DER TANZ DER GÖTTER

DIE SIEBEN INSELN
BUCH FÜNF

A.R. KNIGHT

1

HARROWS RAND

Eujo wachte jeden Tag mit dem Gedanken auf, dass sie noch nie so gefroren hatte, nur um am nächsten Morgen eines Besseren belehrt zu werden. Ihre vierköpfige Gruppe – Eujo, Wax, seine Schwester Bliss und die Diebin Torny – überquerte Whents vereiste Insel bei Tag und Nacht, dank der Skars, die um ihr Handgelenk geschlungen waren und an einer Kette um Wax' Hals hingen. Die kleinen Edelsteine waren auch jeden Morgen bei ihr und flüsterten Unsinn, gefärbt mit Emotionen, in ihrem Kopf – ein Geplapper, das Eujo inzwischen zu einem summenden Hintergrundgeräusch zwang.

Bliss schlief neben ihr in dem baufälligen Bett, während Torny und Wax auf Stroh verteilt im kargen Zimmer lagen. Holz und Stein bildeten zusammen das schlecht zusammenpassende Gasthaus, in dem sie nun schon fast eine Woche wohnten, sich gleichermaßen vorbereitend und erholend. Der Verkauf ihres gestohlenen Schlittens, der erschöpften Ochsen und der überschüssigen Najahn-Ausrüstung, die sie nicht brauchten, finanzierte den

Aufenthalt und die Mahlzeiten des Quartetts, aber die Zeit schritt voran, und bald müssten sie weiterziehen.

Gerüchte würden sich verbreiten, auch wenn Harrows Rand wie eine Stadt wirkte, in der jeder Geheimnisse zu hüten hatte.

Die Morgencrew des Gasthauses, die im Fackelschein Brei und Knochenmehlsuppen schlürfte, während die Dämmerung noch in weiter Ferne lag, begrüßte Eujos Abstieg mit nicht mehr als flüchtigen Blicken und stillen Nicken. In dicke Pelze gekleidet, mit warmen Ledersachen darunter und Schmutz harter Arbeit auf ihrer Haut, sah Eujo nicht im Geringsten wie die Königin aus, die sie war, nichts wie die Erneuerung, die sie gewesen war. Als sie um ihre eigene Schüssel bat, reichte der Wirt sie ihr ohne Umschweife, zusammen mit einem kleinen Steinbecher gefüllt mit frischem Schmelzwasser.

Rette die Welt, rette deine Insel. Die Bürde einer Königin, oder zumindest hatte man Eujo das erzählt, nachdem die Najahn den Ruf zur Erneuerung ausgesandt hatten. Sammle die Skars von jeder Insel, besteige den Thron der Ägis und halte die Unholde zurück, bis du zu einer vertrockneten Hülle wirst. Eine Ehre, und in den ersten Wochen hatte Eujo das auch geglaubt. Das ultimative Schicksal für eine Straßenratte mit genug Glück, um es ganz nach oben zu schaffen: Unsterblichkeit unter den Rettern.

Jetzt wurde sie gejagt wie nie zuvor in ihrem Leben. Die Najahn hatten aus Gründen, die Eujo nicht kannte, die Erneuerung beendet. Sie forderten die Skars und deren Macht für sich selbst. Ihre eigene Insel, Kance, und deren andere Königin taten dasselbe und versuchten, die Steine als Bollwerk gegen gefährliche Kreaturen zu horten. Möglicherweise auch gegen noch gefährlichere Inseln und deren Armeen.

Was Eujo orientierungslos zurückließ, was sie dazu brachte, sich Brei in den Mund zu löffeln, das warme Fett und Getreide floss jetzt genauso leicht wie in ihrer Kindheit. Tröstlich auf eine fade Art. Wie der Anblick ihrer alten Hütte am Fuße der himmelhohen Türme von Kance, zu wissen, dass sie noch existierte, die Lumpen und Ruinen, die jemand anderem eine kleine Atempause von den Schrecken des Lebens boten.

»Isst du gerne allein?«, fragte Wax, der Vis unter seinen Schichten kaum wiederzuerkennen. Auch er hatte seine eigene dampfende Schüssel und setzte sich ihr gegenüber an den kleinen Holztisch. Ein Feuer brannte – es brannte immer, bei der grimmigen Kälte draußen – hinter ihnen in einem geschwärzten Kamin, der die Wärme leitete.

»Ich dachte, du schläfst noch.«

»Du bist nicht so leise, wie du denkst.«

»Sind alle wach?«

Wax zuckte mit den Schultern und lächelte leicht. »Bliss und Torny waren noch nicht bereit aufzustehen.«

Kein Geheimnis mehr, was das bedeutete. Genug Gefahren, genug gemeinsame Zeit hatten ein Feuer zwischen Wax' Schwester und der Banditin entfacht. Obwohl sie es noch nicht offen verkündet hatten, waren Bliss und Torny seit ihrer Flucht vor den Najahn am Goldenen Riss noch unzertrennlicher als zuvor. Eujo und Wax hatten darüber spekuliert, was das Paar in die Intimität getrieben hatte, und Eujos Vermutung lag auf den Tagen nach der Flucht, als sie und Wax in einem erschöpften, bewusstlosen Zustand gefangen waren, nachdem die Anstrengung, die die Skars für ihre Flucht gefordert hatten, sie bis aufs Letzte ausgelaugt hatte.

Torny und Bliss hatten den Schlitten gelenkt, ihre Mahlzeiten in der Tundra zubereitet, Lager aufgeschlagen und sie in Bewegung gehalten. Ein gemeinsamer Stress, der ihre Herzen wohl geöffnet hatte.

»Schön für sie«, sagte Eujo und tauchte wieder in ihren Brei ein. »Wenigstens haben unsere Wächter Spaß.«

Wax ließ seinen Löffel in einer trägen Linie durch den Schankraum gleiten, der sich füllte, als andere Gäste und Einheimische aus Harrows Rand kamen und gingen, der Tagesbeginn rückte näher. »Was, du etwa nicht? An diesem Ort?«

»Es hat seinen Charme.«

»Tägliche Unhold-Angriffe, Schatzjäger, wilde Gerüchte und jeder denkt darüber nach, dich abzustechen?« Wax lachte, leise und gedämpft. »Hat definitiv was.«

»Zumindest interessiert sich niemand für uns.« Eujo holte tief Luft, atmete etwas Ruß aus dem Kamin ein und hustete einmal, zweimal. Schüttelte es ab. »Wir hätten inzwischen eine Antwort erhalten müssen, falls Deux unsere Nachricht je bekommen hat. Ich sage, wir gehen. Wir sind bereit.«

»Bereit, etwas zu tun, das keiner von uns je versucht hat, meinst du?«

»Ist tollkühner Mut nicht dein Ding, Wax?«

»Allerdings. Ich bin dabei. Lass uns übers Eis laufen und sehen, ob wir die andere Seite erreichen.«

Eujo kicherte. Es war schwer, angesichts von Wax' fröhlichem, funkelndem Blick nicht zu lachen. Der Vis hatte einen unverfälschten Charme, und Eujo war nicht dumm genug, dessen allmähliche Wirkung nicht zu sehen oder zu spüren. Sie waren nun seit fast zwei Monaten gemeinsam auf Abenteuer, in fast ständiger Gesellschaft, und trotz einiger Beinahe-Tode und tiefer Fragen über ihr Leben und ihren Zweck hatten sie und Wax einander geholfen, die andere Seite zu erreichen. Sie zweifelte nicht daran, dass diese Fragen immer noch hinter Wax' Grinsen lauerten, aber wenn überhaupt, hatte der Sturz von Berühmtheiten zu Geächteten den Vis nur noch kühner gemacht.

Als ob jetzt zu gewinnen, all diese Skars zu bekommen und ...

»Was werden wir tun?«, fragte Eujo, nicht wirklich an Wax und nicht wirklich an sich selbst gerichtet. Eine Frage an die Götter, die Wax sich trotzdem entschied zu beantworten.

»Nachdem wir sie alle haben, meinst du?«

Eujo nickte.

»Ganz einfach.« Als Wax das Wort aussprach, verblasste sein Grinsen jedoch zu einer ernsten Linie. Eine Hand griff nach seiner Halskette. »Eujo, wir wissen, wozu diese Skars fähig sind. Die Unholde kommen aus der Dunklen Tiefe. Wenn wir die Aegis nicht ersetzen können, dann sage ich, wir tun, was sie nicht kann: Wir benutzen die Skars, um dem für immer ein Ende zu setzen.«

Harrow's Edge lag an der Ostküste von Whent, an seiner äußersten Spitze inmitten einer unwirtlichen Mischung aus Bergen, Wald und zerklüfteten Klippen. Die Stadt selbst thronte über dem Wasser, an einem Ort, wo kaum mehr als kleine Fischerboote es wagten, Sandbänke, versteckte Felsen und im Winter plötzliches, zackiges Eis zu riskieren. Isoliert und nicht Eujos beabsichtigtes Ziel nach ihrer hektischen Flucht aus der Goldenen Schlucht. Ein Ort, den Bliss und Torny gewählt hatten, nachdem sie in kleinen Tundrastädten Gerüchte aufgeschnappt hatten, die darauf hindeuteten, dass die Najahn sie verfolgen würden, dass die offensichtlichen, größeren Häfen im Südosten vor Kopfgeldjägern nur so wimmeln würden.

Ein guter Ort, um die Welt sich drehen zu sehen.

Jetzt wandte Eujo den Blick von den Gerüchten ab, von

den kleinen Häusern und den Jägern, die sie versorgten, hin zu einem zerklüfteten Meer, dessen graue Oberfläche sich wie ein lebendiges Wesen wölbte. Auf seinen schwankenden Wellen balancierten die Eisschollen, weiße Flecken, die hier und da das Sonnenlicht wie Leuchtfeuer einfingen. Einige beherrschten riesige Meeresflächen, fast schon Inseln für sich, während andere auf der kleinsten Strömung umherirrten wie Insekten auf Nahrungssuche. Sie würden sie alle nutzen müssen, die präzisen Sprünge machen, ihre Stacheln und Haken einschlagen, nur um nicht abzurutschen.

»Hier hast du wenigstens ein paar Sekunden, bevor du stirbst«, sagte Torny, die Banditin, die mit dem großen Rucksack auf ihrem Rücken überladen aussah. Sie und Wax würden die Notfallrationen schleppen. Bliss spielte Kundschafterin und Assistentin.

Eujo würde den kleinen Schlitten ziehen, wobei der Kance-Skar ihr den ganzen Weg über zuflüsterte.

»Fertig?«, fragte Wax, der unten am Strand stand, wo sich Eis mit schmutzigem Sand vermischte. »Der Tag wird nicht jünger, und es gibt keine Möglichkeit, dass wir im Dunkeln über diese Schollen springen.«

Drei Tage auf den Eisschollen. Das sagten die Eisjäger von Harrow's Edge. Eine direkte Überquerung zur nördlichsten Spitze von Tamas. Wie weit sie dann reisen müssten und durch was, wusste Eujo nicht. Die Jäger hier kümmerte das nicht.

Tamas war nicht ihre Art von Ort, abgesehen von dem Bier, das in den süßeren Sommerwellen nach Norden trieb.

»Wenn du so weit bist«, gebärdete Bliss, Wax' Schwester. Sie hatte einen weiteren verwitterten Stab erhandelt und eine spitze Picke an dessen Ende befestigt, was ihr eine starke Stange für das Eis gab. Sie hatte dafür gesorgt, dass ähnliche scharfe Spitzen alle ihre Stiefel zierten, bereit, Halt zu finden.

Eine Vorbereitung, die Eujo zu schätzen wusste, eine Vorbereitung, von der sie erst erfuhr, als sie geschah. Für eine Königin hatte sie genug Zeit an den dunkelsten, schmutzigsten Orten verbracht. Aber Gossen lehrten einen nichts über die Wildnis, über die Ausrüstung, die nötig war, um eine Nacht auf einem gefrorenen Meer zu überleben.

Wenn jedoch irgendeine Angst drohte, fand Eujo es leicht genug, sie zu ignorieren: Wax zog ihre Aufmerksamkeit auf sich, zog alle ihre Blicke an, und mehr als ein paar Zuschauer aus Harrow's Edge fragten sich, was diese Narren da taten. Wax beugte sich hinunter, hielt seine Hand knapp über den Rand des schwappenden Ozeans. Das Meer zitterte, Wellen brachen gegen die Strömung, bevor die Oberfläche zu einem weißen Gitter wurde, Schneeflocken-Muster breiteten sich aus und verschwanden wieder, als festes Eis vom Strand zu den Eisschollen schoss. Ein klarer Weg zum Gehen, breit genug für den Schlitten.

»Übung, Übung«, sagte Wax und stand auf. »Wer sagt, dass man einem Skar nichts beibringen kann?«

Bliss nahm die Worte ihres Bruders als Signal, trat auf die Eisbrücke wie sie es mit den anderen in den letzten Tagen getan hatte. Sie waren stundenlang hierhergekommen und hatten Brücken geschmiedet, bis Wax fast zusammengebrochen wäre. Eujo tat es ihr jetzt gleich, als Bliss entlangging und das Eis mit ihrer Stange testete. Der Kance-Skar der Königin nahm ihren Wunsch auf, Eujos Pelze wurden fast schwerelos, der Effekt zog sich entlang der Riemen, die von ihren Schultern zum mit Taschen vollgestopften Schlitten führten. Was die ganze Gruppe gebraucht hatte, um ihn zum Strand zu führen, knarrte jetzt, als er sich um Haaresbreite über den Sand erhob.

»Bereit«, sagte Eujo, der Kance-Skar summte in ihrem Ohr.

Mit Torny an der letzten Stelle in der Reihe marschierte das Quartett auf das Eis, eine Reise, die durch magische Steine möglich wurde, dieselben, die Die Sieben Inseln so lange gerettet hatten und es vielleicht wieder tun würden.

Und doch, als Eujo über diese Wellen ging, das Eis unter ihren Füßen knackend, ließ die Energie des Skars nach. Sie spürte seine ersten Schlucke, die Kraft, die nicht aus der Macht eines toten Gottes gezogen wurde, sondern aus Eujos eigenem Willen. Wie eine unaufhörliche Übung, die ihre Muskeln, ihren Geist, ihr ganzes Sein verschlang, um den Schlitten schweben und ihr Gepäck leicht zu halten.

Die Aegis starb schnell, als die Skars sie aussaugten. Als der knirschende Weg sich vor Eujo erstreckte, konnte sie sich nur fragen, wie schnell die Steine auch sie ausbluten würden.

2

DIE DSCHUNGELINSEL

Ihr Schweiß verriet sie als Fremde, das und ihre von der Sonne weniger berührte Haut. Annalyse beobachtete, wie der Tag vom Zentrum der Herberge aus anbrach, einem fächerförmigen Bambusboden, der sich mehrere Meter über dem schlammigen Waldboden erstreckte. Sie war nun schon seit einigen Tagen in Kitaye und tauschte Zeit zum Nachdenken gegen ihre wenigen Besitztümer ein. Fisch, Obst und süßer Wein handelten mit ihren Stunden, misstrauische Blicke knabberten an den Minuten, und plötzliche Ideen schnappten nach Sekunden, nur um von einer seltsamen Verzweiflung zunichte gemacht zu werden.

Annalyse hatte noch vor wenigen Wochen alles gehabt. Ein Labor und Assistenten, besser als alle anderen in den Sieben Inseln. Fast unbegrenzte Ressourcen. Selbst Dämonen zum Testen ihrer Ideen konnten ohne großes Aufsehen gefangen und herbeigeschafft werden, als ob ihre Launen Dutzenden als Anleitung dienten. Anfangs eine berauschende Sache, eine bedeutsame Position, die sie mit Gladdrings Hilfe zu weltrettender Effizienz geformt hatte.

All das war nun weg. Was sie retten konnte, war in eine Tasche gepackt, nach einem eiskalten Schwimmen und einer heimlichen Flucht an Bord eines Schiffes, das Rana-Reis und Ausrüstung nach Vis lieferte. Eine kurze, elende Reise, bei der sie sich unter Deck versteckt hielt, und jetzt war sie hier, ungesehen und völlig nutzlos.

Was hatte Quik ihr noch gesagt? Nach Vis fliehen, ihre Arbeit neu beginnen und besser als je zuvor zurückkehren?

Annalyse, einen heißen, über Kohlen gewärmten Kaffee in den Händen, stellte sich den Jäger ohne große Mühe vor. Sie hatte mit seinem Bild gesprochen, spät in der Nacht Fragen über diese oder jene Vis-Kuriosität gemurmelt. Eine Ablenkung, die sie beiseite legen musste.

Heute war der Tag. Sie hatte gepackt, zusätzliche Nahrung und für Dschungelwanderungen im feuchten Winter geeignetes Schuhwerk besorgt. Sogar ein Messer, groß genug, um schnüffelnde Raubtiere abzuwehren, lag vor ihr auf dem Tisch, scharf und bereit. Die Wanderung würde nicht kurz sein, aber Annalyse hatte ein Ziel, das ihr wieder von Quik gegeben worden war.

Sie hatten Geschichten im Sand ausgetauscht, während Quik auf Amis strengen Befehl hin in seinem Gefängnis festgehalten wurde. Annalyse erzählte von Whent, von den Steinsoldaten, den Schulen, der Isolation, die durch harte Winter und noch härtere Gesetze auferlegt wurde, die es verboten, nun ja, irgendetwas für die anderen Inseln zu tun, ohne einen Profit daraus zu schlagen. Ein hartes Volk, ihr eigenes, das sich nicht viel um den Rest der Welt scherte.

Quik lieferte seine eigene Version davon: Vis, Dschungelstämme, prächtig in ihrem eigenen perfekten Ort, und ebenso unwillig, ihn zu verlassen, wie die Whent ihre Tundra. Doch Besucher wurden nicht abgewiesen, nicht für das, was sie hatten, ausgenutzt und dann wieder ins Meer zurückgeworfen. Nein, hatte Quik gesagt, eine Person konnte nach Vis kommen, wenn sie fliehen, neu anfangen oder einfach verschwinden wollte.

Svarde hatte das getan. Der alte Wächter. Quik sprach von der Hütte des Barbaren, irgendwo im Südwesten. Hinter einem großen Moor. Ein solides Gebäude und nun Annalyses Hoffnung. Sie konnte dorthin gelangen, ihre Werkzeuge, ihre Skars mitbringen und von vorn beginnen, ohne Angst, dass ein Najahn-Spion ihr eine Droge in den Drink mischen oder einen Dolch in ihr Herz stoßen würde.

Denn Gladdring war ein Verräter gewesen, und Fassle duldete keine Verräter.

Zwei zusammengebundene Taschen auf dem Rücken, einen Wasserschlauch an der Hüfte mit dem großen Messer auf der gegenüberliegenden Seite und die Skars in einem Beutel an ihrem Oberschenkel verstaut. Annalyse hatte ihre Najahn-Kleidung, die hier zu schwer war, gegen Vis-Gewebe eingetauscht, die dünneren Pflanzenfäden lagen leicht auf ihrer Haut, als sie zum südlichen Rand der Stadt ging. Locker und kratzig im Vergleich zu echtem Stoff, lenkte die Dschungelbekleidung die Blicke dennoch von Annalyse ab, während sie sich bewegte. Beiläufige Blicke bestätigten, dass sie wahrscheinlich keine Händlerin auf der Suche nach einem Geschäft oder eine Reisende war, der man etwas verkaufen konnte, das sie verzweifelt nicht brauchte.

Diese Wahrnehmung hielt an, bis Annalyse die südliche Grenze von Kitaye erreichte, wo sich die Hauptstraße in mehrere Wege aufteilte, von denen jeder durch seinen Zustand Werbung für sein Ziel machte. Nach links und Westen lag die stabilste Straße, der Boden von ständigen Schritten gepolstert, hier und da von Wagenrädern zerfurcht und von Kommenden und Gehenden bevölkert.

Der mittlere, ein gerader Weg nach Süden, zielte, so verstand Annalyse, auf den zentralen See von Vis und die umliegenden Luxusgüter und zeigte Pflege und genug Verkehr, um unbesorgt zu gehen.

Der dritte, nach Osten und sich nach Süden biegend, warnte mit schlammigen Spuren und einem Jäger, der daneben stand, sich auf seinen Speer stützte und Annalyse mit mildem Interesse beobachtete. Er kaute auf einem gewürzten Blatt. Andere bogen um die Wissenschaftlerin herum und ignorierten das seltsame Klirren aus ihren Taschen, als Metallinstrumente gegeneinander stießen. Sie wählten ihre Wege, keiner entschied sich für die östliche Straße.

»Warum?«, fragte Annalyse den Jäger, als sich die Menge lichtete. »Keine Städte in dieser Richtung?«

»Es gab welche«, antwortete der Jäger und gab Annalyse einen Blick, der sagte, dass ihre Aussichten in diese Richtung, nun ja, düster waren. »Die Dämonen haben sie zerstört oder die Menschen so erschreckt, dass sie hierher zurückkehrten. Wenn die Erneuerung vorbei ist, werden wir sie zurückerobern.«

»Die Erneuerung ist vorbei.«

Diese Nachricht war schnell gekommen. Die Najahn erklärten, es sei Zeit, direkt gegen die Dämonen zu marschieren, eine überzeugende Idee, die durch ihr Beharren darauf, dass alle Inseln Fassles Befehlen gehorchen, ihre Skars aufgeben und Najahn-Soldaten gehorchen müssten, sauer wurde. Annalyse nahm an, dass Whent den Vorschlag verlachen würde, genauso wie die Vis es getan hatten.

So wie dieser Jäger es gerade tat.

»Unsere Erneuerung ist noch da draußen«, erwiderte der Jäger grinsend. »Er wird die Skars sammeln und den

Thron besteigen, egal was diese schwachen Knochen in ihren Türmen sagen.«

»Die Najahn halten aber die Wunde, oder?«

»Wenn sie unsere Erneuerung nicht durchlassen, dann wird Kitaye marschieren, und die Najahn werden sehen, wozu der Dschungel fähig ist.«

Selbstbewusst, diese Person. Aber waren sie das nicht alle? Annalyse war die vertriebenen Dorfbewohner in der Stadt aufgefallen, jene, die nun in Schuppen und provisorischen Strohhütten am Boden lebten, während die Stadtbewohner ihre Häuser in den Bäumen behielten. Das war der einzige Unterschied, den sie bemerkt hatte: Selbst diejenigen, die Familie verloren hatten, trugen eine trotzige Vitalität zur Schau, wagten sich zurück in den Dschungel, um Früchte zu sammeln, zu jagen oder neue Werkzeuge herzustellen. Sie kämpften gegen die harten Wendungen des Lebens und zeigten keine Anzeichen von Schwäche.

Vielleicht hatte der Jäger Recht, vielleicht würden die Najahn es bereuen, Vis herausgefordert zu haben.

Nicht, dass sie hier sein würde, um es zu sehen.

Sie machte einen Schritt an dem Jäger vorbei, weg von der Kreuzung und auf den weicheren Boden. Sie war im Begriff, einen weiteren Schritt zu machen, in den Vormittag hinein und auf ihre Reise, als der Speer des Jägers vom Boden hochschnellte und ihr den Weg versperrte.

»Das ist nicht der richtige Weg für dich«, sagte der Jäger. »Es ist gefährlich.«

»Das bin ich auch.«

Die Augen des Mannes funkelten, der gleiche Blick, den Annalyse bei Quik gesehen hatte, eine lachende Einschätzung.

»Was suchst du dann, Gefährliche? Nur Unholde, der Sumpf und der Tod warten in dieser Richtung.«

»Einen Neuanfang, zum einen.«

»Dann nimm ihn am Seeufer. Oder wandere zu den östlichen Bergen nach Mottilan, zu diesen verfluchten Fischern. Du kannst deine Jahre verlieren wie sie, Netze auswerfen und über uns jammern.«

Annalyse schnaubte: »Eine verlockende Wahl.«

Der Jäger ließ sein Lächeln verblassen. »Aber eine, die du nicht in Betracht ziehst.«

»Ich weiß, wohin ich gehe.« Annalyse ging wieder vorwärts, und diesmal ließ der Jäger sie an seinem Speer vorbeigehen. »Ich werde schon klarkommen.«

Er sagte nichts, als sie vorbeiging, sagte nichts, als sie bei ihren ersten schlammigen Schritten wackelte, ihre Vis-Schuhe leichter als die Whent-Stiefel, die Annalyse ihr ganzes Leben lang getragen hatte. Erst als die Straße eine Biegung machte, die von namenlosen Dornen und grasartigen Halmen eingeengt wurde, rief der Jäger ein letztes Mal:

»Bleib nachts vom Boden fern, Schöne, wenn du den Morgen erleben willst.«

Annalyse beachtete diese Warnung am Ende des ersten Tages, nach einer insgesamt angenehmen Wanderung unter dem dichten Blätterdach. Insekten, die in der Sommerhitze unerträglich gewesen wären, stocherten mit lässiger Neugier. Tiere, die Annalyse nicht kannte und kaum wahrnahm, lugten hinter Bäumen und Farnen hervor. Keine Unholde oder Anzeichen von ihnen tauchten auf. Sie war wohl noch nah genug an Kitaye für regelmäßige Patrouillen, nahm sie an.

Wie lange das anhalten würde, wer wusste das schon.

Angst schlich sich nicht ein, als die Sonne unterging. Stattdessen nahm das Abenteuer ihren Platz ein, ein Vertrauen in sich selbst und ihre Fähigkeiten, in die Werkzeuge, die Annalyse bei sich trug. Die Skars, stumm in ihrem Beutel, aber bereit, gegriffen und eingesetzt zu werden. Weit davon entfernt, hilflos zu sein, bereit, die Wildnis zu meistern. Annalyse, die erste Whent seit wer weiß wie langer Zeit, die sich Vis' mächtigem Dschungel stellte.

Sie hätte wohl den ganzen Weg den großen Baum hinauf gegrinst, ein Aufstieg, den Annalyse nach viel zu vielen Versuchen schaffte, nachdem sie Griffe mit dem Messer herausgehackt hatte, als die Äste nicht auszureichen schienen. Sie trug einen Beutel nach dem anderen hinauf, stieg hoch genug, um sicherzustellen, dass ein Sturz ein paar Knochen brechen, sie aber wahrscheinlich nicht umbringen würde. Sie band die Beutel am Baum fest - Vis schien gänzlich mit Seilen zu operieren - und machte sich dann daran, sich zwischen zwei dicken Ästen auszubalancieren, wickelte ein geräuchertes Fischpaket aus und fügte einige gesammelte Knollen und einen gefundenen Pilz hinzu.

Zurück in Kitaye, als sie sich für ihren Weg entschieden hatte, hatte Annalyse ihre Zeit damit verbracht, so viel wie möglich über den Dschungel zu lernen. Sie hatte Jäger, Händler und jeden, der durch das Gasthaus kam, damit genervt, wie man in seiner üppigen Umgebung überlebt. Wie immer hatte sie ihr kleines Notizbuch dabei, das sie von der Whent-Universität mitgenommen und den ganzen Weg bei sich behalten hatte, nun gefüllt mit Kritzeleien darüber, was man essen konnte, wie man sich nachts an die Äste binden sollte, um nicht zu fallen.

Wie man allein überlebt.

In der Dunkelheit, einer toten Dunkelheit mit so wenig Sichi-Licht, das zwischen den Blättern floss, nahm Annalyse einen Skar aus ihrem Beutel und lauschte seinem Flüstern. Diesmal ein Rana-Skar, und er filterte den Tau heraus, der sich bildete, als die Nacht abkühlte. Mit ein wenig Konzentration ließ Annalyse den Skar etwas Feuchtigkeit aus der Luft saugen, sie in ihrer Hand sammeln und der Wissenschaftlerin einen frischen, reinen Schluck geben.

»Ihr seid jetzt meine Freunde«, flüsterte Annalyse dem Stein zu und fühlte sich dabei nur ein wenig seltsam.

Sie würde sich daran gewöhnen müssen.

Sie würde sich auch an die Geräusche gewöhnen müssen. Das Rascheln, das Heulen von Kreaturen, die ihren Weg gingen. Einige trotteten direkt unter ihr vorbei und bestätigten den Rat des Jägers. Andere pfiffen über ihr hinweg, entweder schwingend oder fliegend. Ein seltsamer Lärm, aber nicht allzu weit von der urbanen Musik entfernt, die Annalyse kannte, und einer, der sie bald in den Schlaf sang.

Als der Morgen kam, als Annalyse nur zuckte, um festzustellen, dass sie sich wegen ihrer eigenen Seile nicht bewegen konnte, machte sich die Wissenschaftlerin daran, sich loszubinden. Sie setzte sich auf, ihr Rücken schmerzte von dem harten Astbett, drehte sich, um nach ihrem Wasserschlauch zu greifen, und hielt inne. Ihre Beutel, so sorgfältig am Baum festgebunden, waren verschwunden.

Ihr Ast bog sich, die Luft bewegte sich, und Annalyse blickte wieder nach vorne. Dort, balancierend am Ende des Astes, ein Fuß vor dem anderen, einen Speer haltend, so gefiedert und tödlich, dass er in einen Mythos gehörte, stand eine Jägerin.

»Willkommen in meinem Dschungel, Najahn«, sagte die Frau. »Erzähl mir deine Geschichte, und wenn sie gut ist, überlasse ich dich vielleicht nicht den Unholden zum Töten.«

3
JÄGER DER DUNKELHEIT

Die Wende war schon vor einiger Zeit gekommen, obwohl Ami nicht genau sagen konnte, wann. Die Tage waren verschwunden, die Zeit wurde nur noch an der Erschöpfung und den schwindenden Vorräten gemessen, ergänzt durch das, was sie in der Dunkelheit sammeln und töten konnten. Sie reisten bei dem Licht von leuchtenden Pilzen und Moosen, dem schwachen Schein, den die Skars in Amis Gesicht abgeben konnten, wenn ihre Flüstern im Geist des Wächters aufstiegen. Die Höhlenböden begannen gleich, aber als ihre Schuhsohlen abnutzten, konnte Ami den Unterschied zwischen den Felsen spüren, zwischen rutschigen Körnern, zwischen den Rillen, die vom fließenden Wasser und denen, die von den Klauen eines Ungeheuers geätzt wurden.

Ami hatte begonnen, die Monster und ihre Ablenkungen zu bevorzugen. Die Ungeheuer kamen groß und klein, wobei das menschliche Paar die gefährlicheren mied und die weniger gefährlichen jagte. Sawi war eine fähige Jägerin, in der Lage, sich an ein Ungeheuer heranzuschleichen und es entweder mit einem Stein zu bewerfen oder es für einen Hinterhalt von Ami abzulenken. Das Paar stellte Fallen auf, lockte die Kreaturen in improvisierte Stachelfallen oder in einen Schattenhieb.

Danach entfachten sie ein flackerndes Feuer, heiß genug, um das Fleisch des Monsters zu kochen, das sie gefunden hatten. In diesen Momenten erhaschte Ami einen Blick auf Sawis Gesicht hinter dem Fleisch, schmutzig, aber lebendig, die Augen immer in der Ferne, aber nicht abwesend.

»Zuhause«, sagte Sawi, wenn Ami sie nach ihren Gedanken fragte. »Vis.«

Anfangs trug die Antwort noch etwas Hoffnung in sich, dass sie die Insel irgendwann finden würden, dass ihre Fähigkeiten sie unfehlbar nach Süden zur Dschungelinsel führen würden. Ein törichter Traum, einer, den man brauchte, um überhaupt das Verschwinden in die Dunkle Unterwelt zu wagen. Sonst wären ihre Chancen besser gewesen, wenn sie um Noctia herumgeschlichen wären, auf das Tauwetter im Frühling und ein geheimes Schiff wartend. Stattdessen zerfiel diese Illusion in Fragmente, ein Ruck hier und da, wenn die Tunnel in eine südliche Richtung zu führen schienen, nur um mit dem nächsten Abstieg, der nächsten Sackgasse zu sterben.

»Wir werden für immer hier unten sein, oder?«, fragte Sawi später, als sie durch eine verwinkelte Strecke mit niedrigen Decken und einem sterbenden Gestank wanderten. »Wir werden die Sonne nie wieder sehen?«

»Fang an, so zu reden, und du wirst sie definitiv nicht sehen.«

»Was, die Wahrheit?«

»Du wirst deinen Verstand verdrehen.«

Foti hatte genug solcher Geschichten. Bergleute, die

sich in Tunneln verlaufen hatten, die zu tief gingen, Tage oder Wochen später gefunden, murmelnd über die Dunkelheit. Klügere Gruppen spannten jetzt Leinen hinter sich, ein einfaches Seil, dem man zurück an die Oberfläche folgen konnte. Die billigeren, nun, sie verließen sich auf billige Arbeitskräfte, um die Verlorenen zu ersetzen.

Nicht dass irgendjemand Ami ersetzen würde, nicht dass irgendjemand das wollen würde.

»Wie hältst du dich zusammen?«, fragte Sawi, ihre Stimme, wie die von Ami, ausgetrocknet.

Das Wasser, das sie fanden, kam aus Höhlenbächen, Zeug, das sie tranken, nachdem sie es über ihren kleinen Feuern gekocht hatten. Wenn sie die Chance dazu hatten, jedenfalls. Ansonsten, was spielte Krankheit für eine Rolle, wenn man sowieso nicht hier rauskommen würde?

»Rache ist ein mächtiger Antrieb«, antwortete Ami.

»Ist das alles, was du hast, Rache? Seit ich dich kenne, redest du nur davon.«

Rache an dem Zirkel für das, was sie Catya angetan hatten, der Aegis. Rache an Gladdring dafür, dass er Ami in seinem Turm weggesperrt hatte. Rache an Svarde dafür, dass er sie und seinen Wächtereid verlassen hatte, um zehn Jahre lang in einer Hütte zu hocken… Ami könnte weitermachen.

»Es ist leichter als zu vergeben.«

Sawi lachte.

»Glaubst du das wirklich, Ami?«, fragte Sawi. »Denn ich glaube nicht, dass du so lange in Noctia geblieben bist, weil du wütend bist.«

»Nein? Bitte sag es mir, Vis. Du bist halb so alt wie ich, hast nichts außer deinen Ranken und diesen dunklen Höhlen gesehen, aber du willst mir sagen, was mich antreibt?«

»Jeder, der schon einmal verliebt war, kann es in jemand anderem sehen.«

Ami blieb stehen. So schnell, dass Sawi in ihren Rucksack lief und ihre Ausrüstung durcheinanderbrachte. »Was willst du damit sagen, Sawi? Sprich vorsichtig, oder ich könnte dich hier ausweiden.«

Die Vis lachte wieder, das gleiche Kichern, das in Gladdrings Turm noch so lebendig geklungen hatte. Das hier in der Dunkelheit nichts davon hatte.

»Ich sage, dass es jeder weiß«, sprach Sawi jetzt leise und realisierte vielleicht, dass sie sich weit von zufälligem Getöse entfernt hatte. »Ich sage, dass wir, Annalyse und ich jedenfalls, dich dafür respektieren. Dafür, dass du so lange zu ihr gestanden hast.«

»Ich habe einen Eid geschworen.«

»Dann ist das vielleicht dein Grund, oder?«

»Warum kümmert dich das, Vis?«

»Ich... ich weiß nicht. Es tut mir leid, dass ich es angesprochen habe.«

»Sei nicht traurig und stell meine Beweggründe nie wieder in Frage. Nicht hier, nirgendwo.«

Sawi antwortete nicht.

Sie gingen weiter.

Die Geräusche kamen, nachdem sie sich für die Nacht niedergelassen hatten, ein pfeifendes Heulen, das durch die Tunnel hallte, jeder Ausbruch gefolgt von schnellem Kratzen. Sowohl Ami als auch Sawi setzten sich von ihren Schlafsäcken auf, jede griff nach ihrer Waffe. Ami hatte ihre Harpune, Sawi ein großes Fischermesser. Ohne zu sprechen teilten sie sich auf beide Seiten ihrer engen Kammer auf; jeder Tagesmarsch endete, wenn sie einen geeigneten Rastplatz fanden, einen mit nur einem Ein- und Ausgang. Leichter zu verteidigen, leichter zu sichern.

Leichter, um ein ahnungsloses Geschöpf in eine Falle zu locken.

Ami nickte in Richtung des Eingangs, des zackigen Bogens. Sawi kannte das Signal, protestierte nicht und schlüpfte in den Tunnel dahinter. Ami bewegte sich nach rechts, drehte sich, um ihren Rücken gegen den kalten Stein zu pressen. Violett und Blau, flache Leuchterscheinungen, sammelten sich um ihre Rucksäcke, als die abgerissenen Pilze und Moose um ihr Leben kämpften. Sie würden verblassen, weggeworfen werden, und neue würden innerhalb eines oder zweier Tage gepflückt werden. Ein weiterer Zyklus hier unten.

Ihre Handschuhe, abgenutzt, spürten die Kälte der Harpune. Ihre Berührung erweckte die Vis-Skars, alle zwei, in Amis goldener Platte zum Leben. Ihre neugierigen Flüstern drangen durch, wie der verblassende Hauch eines Traumes. Ami konnte die Worte nicht verstehen, die alte Sprache der Götter, aber sie kannte ihre Tonlagen gut genug: Was für eine dumme Sache hatte sie jetzt vor?

Das Heulen ertönte erneut, gefolgt vom Kratzen, und diesmal lag eine hungrige Note in dem Geräusch. Sawis Schritte, lauter als nötig, dröhnten in Amis Richtung zurück. Die Vis scharrte mit ihren Stiefeln auf dem Felsen und fuhr mit ihrem Messer über den Stein, um die Kreatur weiter anzulocken. Sawi wurde immer besser darin und erwies sich als geschickter Köder.

Ami verlangsamte ihren Atem und spannte ihre Muskeln an. Das Kratzen und Heulen kamen näher. Ohne Vorwarnung stürmte Sawi durch den Eingang, rutschte auf dem Stein aus und krabbelte zu ihren Rucksäcken. Die Vis rollte sich ab, lehnte sich mit dem Rücken an die Taschen und zog ihr Messer. Mit weit aufgerissenen Augen und offenem Mund verlieh sie ihrer Darbietung eine zusätzliche Prise Terror, um die Kreatur vollends anzulocken.

Und das Biest biss an.

Es war eines, das Ami noch nie zuvor gesehen hatte. Ein flacher Körper wie ein Bogen, gekrümmt und schäumend vor Wut, mit gefiederten Klauen. Das vogelähnliche Wesen heulte triumphierend, als es auf Sawi zustürzte, wobei seine viel zu vielen Spitzen sich nach dem ausstreckten, was sein Abendessen hätte sein sollen.

Der Angriff endete abrupt, als Ami zuschlug. Sie zielte mit ihrem Stoß nicht darauf zu verwunden, sondern zu töten. Ein Schlag direkt auf die Taille des Monsters, am unteren Ende des Bogens, wo die Klauen der Kreatur ihre Haltung änderten und zu Fängen wurden. Die Harpune drang mühelos durch, die Federn des Ungeheuers boten kaum Schutz gegen einen gut gezielten Hieb. Das Monster streckte sich, sein Heulen brach vor Überraschung, Wut und offensichtlichem Schmerz. Sein Kopf, der den Bogen in einer ununterbrochenen Linie fortsetzte, drehte sich in Amis Richtung.

Gerade rechtzeitig für Sawi, um mit dem Gnadenstoß direkt unter dem lärmenden Maul des Monsters einzugreifen.

Es gab keinen Laut mehr von sich.

Hoffnung schwand, Hoffnung keimte auf, Hoffnung überlebte im schwächsten Licht. Sawi und Ami fanden erneut zueinander, als sie die seltsame Haut des Monsters säuberten und die verkrüppelten, schmutzigen Federn abzupften. Die Kreatur schien für helle Himmel bestimmt zu sein, nicht für die Tunnel. Eine unglückliche Wendung, dass sie sich hier unten wiederfand. Aber ein Glück für sie beide.

»Ist das ein Bolzen?«, fragte Ami, mehr zu sich selbst als

zu Sawi, während sie die Federn vom Rücken der Kreatur entfernte.

Verborgen inmitten der grauen Wedel war tatsächlich ein schmaler, kurzer Schaft mit Krähenfederbefiederung. Er hatte sich in den Rücken des Ungeheuers gebohrt und war dort stecken geblieben, was eine seltsame Frage aufwarf.

»Wo kommt der her?«, fragte Sawi und beugte sich über das tote Ding, um es genauer zu betrachten.

»Dieses Ungeheuer ist unmöglich durch das Netz der Aegis gekommen«, sagte Ami und bezog sich dabei auf die schützende Hülle, die die Aegis mit ihren Skars über die Inseln warf. Ein Ungeheuer konnte sich durchkämpfen, und viele taten es auch, aber sie würden Verbrennungen davontragen, eine harte Buße für ihre Bemühungen. Dieses hier schien viel zu unversehrt. »Das bedeutet, jemand hat es hier unten abgeschossen.« Ami zupfte an der Befiederung. »Die ist auch in gutem Zustand. Die Wunde muss erst kürzlich entstanden sein.«

»Wer würde hier unten herumlaufen und zufällig Ungeheuer erschießen?«

Ami lehnte sich zurück und schüttelte den Kopf. Blinzelte. In den Wochen bevor alles zusammenbrach, waren Gerüchte aus dem Norden von Whent gekommen. Ein Kriegsherr und eine Armee, eine Expedition in die Tiefen. Angeführt, zumindest teilweise, von einem ehemaligen Wächter mit zu viel Übermut und zu wenig Verstand.

»Ich habe eine Idee«, sagte Ami. »Geh nachsehen, ob es eine Spur gibt.«

Sawi brauchte nicht mehr als das. Die Vis huschte davon, während Ami mit dem Zerlegen fortfuhr. Das magere Ungeheuer würde nicht für viele Mahlzeiten reichen, aber jede Hilfe war willkommen. Ihre Arbeit ging nun schneller voran, ihr Geist schweifte zu den Möglichkeiten ab, die Vis-Skars auf Amis erneuerter Begeisterung leuchteten auf und flüsterten Aufregung.

»Sie ist da«, sagte Sawi, als sie zurückkam, gerade als Ami die letzten Federn entfernt hatte. »Dem Vis sei Dank, dass dieses Ding so viele Klauen hat. Wir können den Kratzern folgen.«

Erstaunlich, was eine kleine Möglichkeit inspirieren konnte. Zum ersten Mal seit zu langer Zeit hatten die beiden einen Plan, und mit dessen Feuer bewegten sie sich schnell, beendeten das Zerlegen und Kochen des Ungeheuers, aßen und wären sofort aufgebrochen, wenn Amis Vernunft nicht die Oberhand gewonnen hätte. Sie waren bereits stundenlang gelaufen, und das Dunkle Unten blieb tödlich. Sawi, die meinte, die Regeln des Dschungels seien ähnlich, widersprach nicht. Die Kratzer waren sowohl zahlreich als auch tief genug, dass sie nicht so schnell verschwinden würden.

Ami erwartete, dass der Schlaf unruhig sein würde, aber er kam schnell, als ob das Wegschieben der Verzweiflung es leichter machte, sich zu entspannen. Doch selbst als sie in Träume von Zivilisation abdriftete, blieb eine nagende Sorge: Der Bolzen war in gutem Zustand gewesen, und dennoch hatte das Ungeheuer gelebt.

Was war also mit dem Schützen geschehen?

4

DER BANDITENHERR

Das Najahn-Viertel zu verlassen fühlte sich immer an, als würde man tausend Augen blenden. Gladdring hielt die dicke Kapuze hochgezogen, die klobigen Winterpelze passten zur Statur, wenn auch nicht zum Purpur und Schwarz der Najahn, von jemandem, der gute Geschäfte im Sinn hatte. Den Prunk eines Adepten gegen unauffälligere Kleidung einzutauschen war das eine, Respekt für eine Verkleidung zu opfern etwas anderes.

Keiner der Wachen in ihrer glänzenden schwarzen Rüstung und mit himmelwärts gerichteten Gleven schenkte ihm einen Blick. Ein Erfolg, wenn auch ein geringer. Dennoch hingen Feldzüge wie Gladdrings von kleinen Siegen ab.

Noctia erstrahlte in den Tiefen des Winters, seine vielen Steinfenster begrüßten den Mittag mit flackerndem Laternenschein. Schnee türmte sich in den Ecken, weggeschaufelt, manchmal nur mit bloßen Händen, von denen, die Brot, Suppe, Überleben brauchten. Gladdring ging an mehreren vorbei, die jetzt mit Steinmeißeln das Eis bearbeiteten. Die Jungs würden ihren Lohn für die Arbeit bekommen, genug, um ihre Mägen für eine Nacht zu füllen, genug Öl oder Holz, um ihre Häuser warm zu halten.

Zumindest bis der nächste Tag kam und alles von vorne begann.

Der Gedanke ließ Gladdring den Blick zum Himmel richten. Vereinzelte Wolken, eine karge Sonne. Keine Stürme am Horizont. Schlechtes Glück für die Straßenreiniger, gut für ihn. Vielleicht konnte der Job früher erledigt werden. Vielleicht ...

Nein, auf diese Nacht zu hoffen würde bedeuten, sich selbst zu enttäuschen. Übermäßige Eile würde riskieren-

Gladdring blickte finster ins Nichts und auf niemanden, stapfte an den Herrenhäusern vorbei, die sich die westlichen Klippen hinaufzogen, und machte sich auf den Weg nach Süden. Private Wachen und gut gekleidete Gruppen eilten zu geschäftlichen oder vergnüglichen Mittagessen, obwohl den Wintermahlzeiten in Noctia der kosmopolitische Geschmack des Sommers fehlte. Vis- und Kance-Früchte und -Fische, was an Whent-Kartoffeln eingelagert worden war, würden genügen, bis es wieder auftaute. Sein Gaumen schmerzte bei dem Gedanken.

Nein, Eile. Zu schnelles Vorgehen war es, was Gladdring überhaupt erst hierher gebracht hatte. Zu viel Aufmerksamkeit darauf verwendet, den lästigen Anführer des Zirkels zu stürzen, und nicht genug darauf, seine eigene Position zu festigen. Die Skars waren Waffen, das hatte Gladdring jetzt bewiesen, aber die Wachen, denen er vertraut hatte, seine Geheimnisse zu bewahren, hatten beschlossen, dass ihre Loyalität zu Purpur und Schwarz über der Loyalität zu ihm stand. Ein Problem, das Yarvick lösen würde, unter mehreren.

Wenn Masayo nur noch lebte. Sie verstand, wie Gladdring, dass wahre Macht darin lag, die Inseln zu retten, nicht sie in Ketten zu halten.

Eine Statue von Demion, der ersten Aegis, dominierte den Platz, den Gladdring nun durchquerte, als würde sie seine eigene Aussage bestätigen. Grausamkeit und eiserne Fäuste schufen keine Legenden. Erinnerungswürdige Taten taten es. Demion war die erste gewesen, die die Skars gesammelt hatte, um die ganze Welt hinter ihre Macht zu stellen. Gladdring würde einen Schritt weiter gehen als sie, würde die Skars und die Najahn zusammen aufbieten, um die Feinde an ihrer Quelle zu vernichten.

Witzig, wie diese direkte Idee von einem bestimmten Wächter kam, einem Foti, der sich in seinem eigenen Ehrgeiz verloren hatte. Gladdring war an jenem Tag dabei gewesen, als Svarde seinen Vorschlag dem Zirkel entgegenschleuderte und einen Schlag in die Dunkle Tiefe als einzige sichere Option erklärte, um ihr Leben zu retten. In diesem Moment fand Gladdring seine Richtung, ein größeres Ziel als einfach nur Fassle abzusetzen, ein Ziel, das unterschwellig von allen Lehrsätzen geteilt wurde, wie es schon so lange der Fall war, wie der Zirkel existierte.

Der Streitpunkt war natürlich, wer die Herrschaft übernehmen würde, sobald Fassles Regentschaft endete.

Vereiste Treppen zu einem südlichen Strand markierten den Weg der Armen, dessen Bewohner, in Klippenhöhlen gehauen, es sich nicht leisten konnten, ihn freizuhalten. Stattdessen, wie Gladdring bemerkte, als er an mehreren vorbeikam, hatten die Menschen, die hier lebten, Nägel in ihre Stiefel geschlagen, um Halt zu finden. Die Sohlen beschädigen, um die Haut zu retten. Gladdring selbst griff auf alte Fertigkeiten zurück, ein perfektes Gleichgewicht, geschärft in einer Kindheit auf Tamas, wo die Fähigkeit, eine Pose zu halten, ebenso viel vom Leben eines Mannes ausmachte wie sein Geschick mit dem Schwert.

Jetzt fanden ihn Blicke, aber Gladdring bekam nicht die Schauer, die er im Najahn-Viertel gespürt hätte. Dies waren neugierige Blicke, müde Blicke. Menschen, die zu wenig Anreiz hatten, sich für etwas zu bewegen, das nicht Essen oder Feuer versprach. Von letzterem, den flackernden orangefarbenen Flammen, sah Gladdring viele, roch sie auch: nicht die holzbefeuerten Luxusfeuer im Norden, sondern lehmige, rauchige Flammen, genährt von Moosen und Müll.

Überleben.

Gladdring konnte nie vergessen, was es dazu brauchte.

Die Höhlen jenseits des harten, gefrorenen Sandes boten für die ersten Schritte kaum mehr als Dunkelheit. Erst als er einige zackige schwarze Obelisken passiert hatte, wieder mit den Augen eines Tänzers, um die Übersicht zu behalten, während das Tageslicht hinter den Felsüberhängen starb, erspähte Gladdring den Schimmer einer Behausung. Auch hier spürte er Blicke, hatte die Veränderung bemerkt, sobald seine Füße den Strand berührten.

Nein, Gladdring selbst hatte es nicht. Der Stein in seiner Tasche, von Annalyse in einen Ring am linken Zeigefinger gesetzt. Das war es, was Gladdring die auf ihn gerichteten Eindrücke spüren ließ, und er täte gut daran, es nicht zu vergessen, wenn er einen kühlen Kopf bewahren wollte.

Denn dies war ein Ort, an dem man Hände verlieren konnte, wenn der Kopf in die falsche Richtung ging.

Was wie eine zerlumpte Meereshöhle aussah, weitete sich durch unnatürliche Anstrengungen zu einer großen Kammer, mit strohbedeckten Plattformen, die sich an den Seiten hochzogen. Seilbrücken kreuzten sich über dem zentralen Boden, wo mehrere Feuer brannten, einige zum

Kochen, einige zum Reinigen, andere dienten als Wärmer für die menschliche Vielfalt, die zur Schau gestellt wurde.

»Wahrlich, alle Inseln können nicht mit dem mithalten, was Ihr hier habt, Yarvick«, sagte Gladdring, als er sich näherte, ohne Blicke von den Menschen drinnen auf sich zu ziehen, bis auf einen. Sie wussten, wer er war, hatten wahrscheinlich gewusst, dass er sich näherte, seit Gladdring das Najahn-Viertel in seiner unbeholfenen Verkleidung verlassen hatte. »Eine Sammlung von Fähigkeiten, die kein-«

»Spar dir deine Schmeicheleien«, sagte Yarvick, der einzige, der sich ihm zugewandt hatte. Der Banditenherr hatte das Aussehen eines Wiedergängers, als wäre er gerade erst aus irgendeinem rattenverseuchten Grab mit ironischer Rache als einzigem Ziel auferstanden. »Es ist einige Zeit her, Gladdring. Als Fassle Wind von deinem kleinen Plan bekam, erwartete ich deinen Kopf auf einer Gleve. Schade.«

Yarvick grinste, als er fertig war, und zeigte dabei prachtvolle Zähne, die schon lange nicht mehr ihre natürliche weiße Farbe besaßen. Stattdessen glänzten Gold, Smaragde und andere Edelsteine, die zu funkelnden Reißzähnen geschliffen und geschärft worden waren. Ein flüchtiger Blick könnte es für eine Machtdemonstration halten, eine Angeberei. Gladdring wusste es besser, kannte die Flüsterstimmen, die dank der ungewöhnlichen Zahnarbeit im Kopf des Banditen widerhallten.

»Ich habe Fassle davon überzeugt, dass mein Tod lästiger wäre als alles andere.« Gladdring stoppte seinen Vormarsch am Rand der Höhle. Ohne Einladung weiterzugehen wäre ... unklug, sagten die Flüsterstimmen. »Ich hoffe, mein fortgesetztes Überleben kann sich für Sie als profitabel erweisen.«

»Das hat es bereits.« Yarvick erhob sich, einen Steinteller mit abgenagten Fischen in der Hand, als er auf Gladdring zuschritt. Schlaksig, mit scheinbar mehr Fleisch an den Fischen als an den eigenen Knochen des Mannes, bewegte sich Yarvick mit einem schlangenartigen Schleichen, wobei Gladdring sich nie sicher war, in welche Richtung ein Schritt den Mann führen würde, bis er ankam. Eine von Yarvicks vielen beunruhigenden Eigenschaften. »Aber ich mag Ihre Denkweise. Wie können Sie mir helfen, Gladdring? Wie wird Ihr neues Adeptengewand den Flinken Fingern nützen?«

»Fassle hegt keine Zuneigung für Sie.«

Eine Wahrheit, die beiden bekannt war, aber es war am besten, Tatsachen festzustellen.

»Fassle hat einen Nutzen für mich, und ich für ihn«, entgegnete Yarvick.

»Aber er würde Sie lieber tot sehen, und all Ihre Diebe dazu.«

Der Bandit grinste daraufhin nur noch breiter. Lass ihn es versuchen, schimmerten diese Zähne, und Gladdring musste zustimmen, dass jede Ausrottung wahrscheinlich ein vergebliches Unterfangen wäre, mit zu vielen Messern in zu vielen Rücken, um lohnenswert zu sein.

»Er hat eine Änderung angekündigt«, fuhr Gladdring fort und nahm Yarvicks Schweigen als Einladung weiterzureden, »Die Najahn stehlen alle Skars, weil ich ihm gezeigt habe, wozu sie fähig sind.«

»Wir wissen das.«

»Dann sollten Sie auch wissen, dass es nicht lange dauern wird, bis er von den Steinen der Götter umgeben ist, und sobald er diese Macht erlangt, werden wir ihn nicht aufhalten können. Mit genug Vis-Skars könnte der Mann jahrhundertelang leben.«

»Mit genug Vis-Skars könnten Sie das auch. Oder ich.«

»Besser wir als er«, sagte Gladdring und behielt seine Hände in den Taschen. Die Flüsterstimmen deuteten an, dass Yarvick Gladdrings Argument zugänglich war, eine Tatsache, die Gladdring lieber für sich behalten wollte. »Sie gedeihen in Geheimhaltung und Hinterzimmermacht. Ich würde Ihnen beides geben.«

»Sie haben versagt, Gladdring.«

»Ich bin nach oben gescheitert, Yarvick. Ich stehe Fassle jetzt näher als je zuvor.«

»Einfacher für ihn, Ihre Schritte zu überwachen.«

Gladdring neigte den Kopf, erkannte die Wahrheit an. »Trotzdem bin ich hier, weil es eine Gelegenheit gibt. Ich kann das Messer nicht führen, aber ich kann Fassle dorthin bringen, wo Sie es tun können.«

Gladdring zögerte, Yarvick behielt sein strahlendes Grinsen bei.

Kein Nein.

»Bevor ich weitergehe, brauche ich Ihr Wort. Ihr bindendes Wort.«

»Wie viel ist das Wort eines Banditen wert, Gladdring?« Yarvicks ascheraue Stimme hallte durch die Höhle, und Gladdring wurde klar, dass jedes andere Gespräch verstummt war. »Ein Verräter kommt zu einem Dieb, um einen Gefallen zu erbitten, wer kann wem vertrauen?«

»Profit und Macht, Yarvick. Die einzigen Währungen, die Sie und ich schätzen. Ein Versprechen auf diese.«

»Nun gut, spucken Sie Ihr Geheimnis aus, Gladdring, und wir werden sehen, ob Sie noch Macht zum Handeln haben.«

Der Tamas-Skar an Gladdrings Finger summte. Worte in einer Sprache jenseits von Gladdrings Verständnis, aber durchdrungen von Tönen, die Gladdring gut kannte. Er war bei seinem ersten Versuch, Fassle zu stürzen, gescheitert, eine überstürzte, skar-getriebene Rebellion, die mit grimmiger Autorität niedergeschlagen wurde. Das war zu offen gewesen, zu freundlich.

In Yarvick, in den Dieben des Mannes und ihren vielen Messern, ihren Armbrüsten, ihren Giften, hatte Gladdring ein anderes Werkzeug und einen Plan, der dazu passte. Yarvick behielt, während Gladdring die Details erläuterte, sein Grinsen bei, sagte nichts, als Gladdring fertig war, außer einer Aufforderung zu gehen.

Eine Nachricht würde auf die eine oder andere Weise bald den Adepten erreichen.

»Bis dahin«, rief Yarvick Gladdring hinterher, als dieser sich über den Eissand zurückzog, »bleiben Sie am Leben, Adept. Sie sind so viel unterhaltsamer als dieser Zirkel, dem Sie dienen.«

Am Leben bleiben? Zum ersten Mal glich Gladdrings eigenes Grinsen dem von Yarvick.

Das hatte er vor, und noch viel mehr.

5
ÜBER DIE EISSCHOLLEN HÜPFEN

Über die Eisschollen zu hüpfen wurde schnell zur Routine, selbst mit den Skars, die das Abenteuer unterstützten. Eujo, die in den Gossen von Kance aufgewachsen war, hatte mehr Tage als ihr lieb war damit verbracht, entlang schmaler Linien zu huschen, zwischen Gebäuden und schwebenden Himmelsinseln zu springen, und diese sichere Fußarbeit zeigte ihre Vorteile, als die Stunden, dann die ersten zwei Tage, in einem grauen Blitz über das Eis verstrichen. Wolken und schneidende Windböen vervollständigten die Szenerie, schäumende Wellen kippten die kleineren Schollen, während das Quartett über die schneebedeckten Oberflächen lief. Wenn die Energie nachließ oder das Licht schwächer wurde, suchten sie den größten Eisblock, meißelten Spitzen hinein, um dicke Schlafsäcke festzubinden, und kuschelten sich alle zusammen.

Sie verloren ihr Zelt in der ersten Nacht, weggerissen von einem heulenden Sturm. Danach quetschten sie sich zusammen und verzichteten auf unmögliche Feuer zugunsten von Körperwärme und Foti-Skars.

Die biersaufenden Betrunkenen in Harrow's Edge schätzten vier oder fünf Tage auf dem Eis, um Tamas' Spitze zu erreichen, und in der Mitte des dritten Tages glaubte Bliss, einen Fleck am fernen Horizont zu sehen, eine Linie, die dank des aufklarenden Himmels und des nachlassenden Sturms sichtbar wurde, als die Dämmerung nahte. Eine Pause, als ob Tamas selbst ein Willkommen ausstrecken wollte. Die Schnelligkeit ergab Sinn mit den Skars, die ihre Geschwindigkeit erhöhten, und Eujo erlaubte sich ein bisschen Optimismus, anstatt der toten Gewissheit, dass ihr Leben für immer zwischen dem Eis verloren gehen würde.

Also ging natürlich alles schief.

Das Ausmeißeln ihres nächtlichen Unterschlupfs ging so schnell wie immer, das Quartett teilte sich die Hammerarbeit, die durch die Hoffnung, dass sie nah an der Rettung waren, beschleunigt wurde. Eujo, der Foti-Skar sprang bei der Gelegenheit an, ließ etwas gesalzenen Fisch in dem einzigen Topf brutzeln, der selbst schon lange mit Salz verkrustet war. Die Göttersteine nährten sich von Eujos eigener erschöpfter Energie, aber der Fisch brutzelte bald, und zusammen mit Kartoffelresten und etwas zerfetztem Brot teilten sie eine Mahlzeit bei Sonnenuntergang.

Torny erzählte eine weitere Geschichte von ihrem Diebstahl, der sowohl richtig als auch falsch gelaufen war, ein kicherwürdiges Stibitzen aus einem Noctia-Herrenhaus und von dessen Besitzern nach einer betrunkenen Feier. Sie war vor einer unglücklichen Najahn-Patrouille geflohen und hatte die fluchenden Wachen durch ein Lagerhaus nach dem anderen geführt, bevor sie ihnen entkam, indem sie sich unter einen Pier klammerte, nur um die gestohlene Beute zu verlieren, als ein neugieriger Fisch den hängenden Beutel von ihren Hüften schnappte.

»So ist das Leben eines Diebes«, sagte Eujo, als Tornys Geschichte endete, ein dramatischer Seufzer entwich ihren Lippen. »Selbst wenn du denkst, du hast alles richtig gemacht, geht es schief.«

»Hast du je so was Ähnliches versucht?«, fragte Torny Eujo, das Gift, das ihre Beziehung am Anfang geprägt hatte, verblasste mit ihrer schelmischen Verbindung.

»Ich habe für Essen gestohlen, nicht für eine Karriere.« Eujo grinste, um die Worte nicht zu scharf klingen zu lassen. »Wenn ich die Chance gehabt hätte, etwas Besseres als schimmlige Birnen zu bekommen, hätte ich es getan. Auf Kance ist es nicht so einfach.«

Torny schien die Aussage abzuwägen, als ob sie entscheiden würde, ob sie mit ihrer eigenen Fertigkeit prahlen sollte, nur um durch Bliss' schnippende Hände abgelenkt zu werden.

'Auf Vis behalten wir keine Wertsachen für uns selbst. Keine Diebe.'

Wax hustete, »Na ja, zumindest keine guten. Diejenigen, die es versuchen, werden in die schlimmsten Jobs geschoben, also macht sich niemand die Mühe.«

»Klingt toll«, sagte Torny, »aber warte, ich hab's gerade wieder erinnert, ihr Leute lebt in Bäumen.«

'Besser als das hier.'

»Was wäre das nicht«, fügte Eujo hinzu.

Als die Mahlzeit zu Ende ging, kamen die Sterne zum Vorschein, so klar eine Decke, wie Eujo sie je über dem Nachthimmel gesehen hatte. Normalerweise würde zumindest das Licht eines Feuers etwas von der Schönheit verbergen, aber hier, eingewickelt in ihre dicken Kleider, der Winterwind küsste ihre Nasen, lag nichts zwischen Eujo und dem Glitzern oben. Wunderschön, atemberaubend und mehr als ein bisschen beängstigend.

»Glaubst du, die Götter haben die auch alle gemacht?«, fragte Wax.

Er lag neben ihr, Bliss neben ihm und Torny außen gegenüber von Eujo. Die subtile Paarung war ihnen allen offensichtlich, blieb aber dennoch unausgesprochen, als ob das Anerkennen der Art und Weise, wie Torny und Bliss sich nahe blieben, ihre sanften Blicke, ihre gezeichneten Witze, ein gerade erst entfachtes Entzücken ruinieren würde.

Was Wax betraf, nun, Eujo war sich nicht sicher, was sie denken sollte.

»Wenn sie das taten, was ist dann mit uns schiefgelaufen?«, Eujos geflüsterte Antwort erhob sich über den Wind, die Wellen, die gegen das Eis schlugen.

Sie und Wax behielten einen Foti-Skar zwischen sich, der andere wurde an Bliss und Torny weitergegeben. Der kleine Stein trug zur Vermischung bei und zwang beide Erneuerungen, ihre Hände in seinem Beutel zu halten, um die Wärme des Skars zu ziehen. Fingerspitzen berührten sich, eine ignorierte Empfindung, wenn das Überleben auf dem Spiel stand, aber jetzt, wo ihr Erfolg scheinbar gesichert war ...

»Schiefgelaufen?«, fragte Wax und brachte Eujo zu ihren eigenen Worten zurück.

»Sie haben sich hier gegenseitig umgebracht. Warum? Was war anders an diesem Ort?«

»Wir, wahrscheinlich.«

Eujo blinzelte, warf einen Blick zu Wax, um zu sehen, dass er immer noch die Sterne absuchte. »Sind wir so schlimm, dass wir die Götter gegeneinander aufbringen?«

»Oder zu perfekt. Vielleicht wollten sie uns alle für sich behalten. Sie konnten nicht teilen, und jetzt sieh dir das an.«

»Also ist jedes dieser Lichter eine kaputte Welt, die die Götter zurückgelassen haben? Ein Experiment, das schiefgegangen ist?«

Wax schnaubte ein leises Lachen, »Besser als die Alternative, oder?«

»Die wäre?«

»Dass wir die Schlimmsten von allen sind, und das ist der Grund, warum sie gestorben sind.«

»Wax, wenn ich dich so kenne, ist das absolut der Fall.«

Er lachte, sie lächelte, und sie zitterten unter den dicken Decken, während die Sterne am Himmel flackerten.

Bis die verdammte Eisscholle ruckte. Eujos Augen schnappten auf, als der Eisberg zur Seite kippte und ihre gemeißelten Pflöcke auf die Probe stellte. Wax, Bliss und Torny rollten durch ihre Decken, jaulend und fluchend zu gleichen Teilen, um gegen Eujo zu krachen, als sich ihre Sicht vom Nachthimmel zu einer schäumenden See verschob, eine, die nicht mehr nur aus Wellen bestand, sondern eine unverkennbare Andersartigkeit trug.

Ein Ungeheuer.

Nein, korrigierte Eujo ihre Einschätzung einen Sekundenbruchteil später, als die Scholle in die andere Richtung zurückschnellte und mit einem platschenden Krachen auf den Wellen landete. Nicht ein Unhold. Viele. Und sie enterten.

Wie eine gallertige Masse wogten die brodelnden Gestalten um die Seiten des Eisbergs herum und krochen auf zu vielen winzigen Beinen hinauf. Im silbernen Sternenlicht – Sichi war trotz des klaren Himmels nirgends zu sehen – kamen die Kreaturen, die wie augenlose Klumpen aussahen, von allen Seiten auf die Vierergruppe zu. Die winzigen Beine kratzten über das Eis, ein raschelndes

Getrappel, das Eujo von nun an in ihren Albträumen verfolgen würde.

Wenn sie natürlich überlebte.

»Skars!«, rief Wax, ein offensichtlicher Befehl, den Eujo beschloss, nicht zu hinterfragen. Stattdessen griff sie nach ihrem Unterarm und dem dort wartenden Kance-Stein.

Seine Flüstern, leicht und flüchtig, waren die ersten, die sie gehört hatte, als sie von ihrer bald verräterischen Königinnengarde zu den Kance-Gipfeln eskortiert wurde. Sie hatten den Stein ausgesucht, während Najahn zusah, und verbeugten sich höflich, als Eujo ihn in das Armband einsetzte und der erste Mischmasch in ihren Geist floss. Die Worte des Skars blieben jetzt unverständlich, aber seine Handlungen waren leicht zu verstehen, als Eujo ihm einen panischen Befehl gab.

Die nächsten Unholde, ihre trippelnden, stumpf violetten Formen, wurden weggeschleudert, als Eujo aufstand. Sie rollten und überschlugen sich und platschten in ein Meer, das sie zweifellos bald zurückbringen würde. Dennoch war gewonnene Zeit genutzte Zeit, als Eujo nach ihrem festgepflockten Rucksack griff und das Rapier zog, das sie seit ihrer königlichen Thronbesteigung immer bei sich trug.

Die dünne Klinge war eine schlechte Waffe, um kleine Massen zu erledigen, aber der Kance-Skar spielte weiterhin seine Hauptrolle und änderte seinen Sturm von einer blasenden Böe zu einer wirbelnden, die die Unholde um Eujo herum aufwirbelte, sodass sie hilflos in der Luft schwebten. Ein einfaches Aufspießen, eines nach dem anderen, die Überraschung verblasste mit jedem Stich.

»Sie beißen!«, rief Wax erneut, und Eujo drehte sich von ihrem letzten Stich weg, um zu sehen, wie der Vis Renewal seine dickere Klinge in einem unbeholfenen Tanz schwang, die Füße näher an den Rand des Eisbergs rutschend, während mehr milbenartige Unholde hinter ihm auftauchten.

Die Hauptsorge des Vis schien der Unhold zu sein, der seinen Stiefel angriff und seinen Körper wie ein sich festklammerndes Tuch um seine Vorderzehen wickelte. Wax schlug mit seinem Schwert darauf, kratzte die Schale ab, ließ aber das sich windende Monster darunter zurück. Er fluchte und Eujo stürzte vor, spießte den Käfer auf und riss ihn weg. Das Ding prallte gegen mehrere seiner Freunde und warf sie zurück ins Wasser.

Bliss hatte zumindest mehr Erfolg: Sie und Torny wirbelten in einem seltsamen Konzert, wobei die Vis die Unholde mit ihrem dicken Stab wegfegte, während Torny alle, die nah herankamen, erstach. Sie hielten vorerst stand.

»Wir müssen uns bewegen«, sagte Eujo und verließ sich auf eine weitere Kance-Böe, um Zeit zu gewinnen, ihren Rucksack anzuziehen. »Schnappt euer Zeug und los!«

»Was ist mit dem Bettzeug?«, fragte Wax und wechselte die Klinge in die andere Hand, während er seine eigene Tasche ergriff. »Wir können nicht-«

»Wir können und wir werden. Jetzt.«

Die Königinnenmaske fiel über sie, eine Angewohnheit, die sie sich schnell angeeignet hatte, nachdem man ihr die Himmelsdiamanten-Tiara aufgesetzt hatte. Befehle erteilen, erwarten, dass sie befolgt werden, eine kommandantische Ruhe legte sich über Eujo, als sie den Befehl wiederholte, als sie Wax zu ihren beiden Wächtern führte. Bliss und Torny hinterfragten die Idee nicht, schlossen sich schnell an, als sie auf eine andere Eisscholle sprangen.

Die Unholde folgten.

»Hier«, sagte Wax, als sie über eine schmale Eislinie

rannten, deren Ränder sich undeutlich gegen das dunkle Wasser abzeichneten. »Lass mich als Letzter gehen.«

Eujo, die bereits keuchte, da der Kance-Skar an ihrer Energie saugte, war froh genug, die Plätze mit Wax zu tauschen und streifte ihn auf dem Eis. Nur um bei Bliss' besorgtem Blick zu ihrem Bruder anzuhalten. Torny, dahinter, rannte einfach weiter, wie sie es sollte.

»Geh«, sagte Eujo. »Er wird schon klarkommen.«

Bliss zeigte etwas, das Eujo nicht verstand, ließ Eujo an ihr vorbei. Loyalität zu Geschwistern und Renewal. Bewundernswert, aber unnötig. Wax hatte eine Idee, am besten ließ man ihn-

Der Blitz ließ sie stolpern, ein plötzliches Aufflackern, das Eujo vorwärts in einen flachen Fall entlang des dünnen Eisfingers katapultierte. Sie rutschte, drehte sich, sah Wax das tun, was der Renewal immer zu tun schien: Feuer zurück auf das Eis hinter ihnen blasen, die nachfolgenden Unholde entzündeten sich wie so viele Knaller in der Dunkelheit, ihre Formen rollten von der Scholle ins Meer. Bliss zog an ihrem Bruder, ihre Gestalten nur Schatten gegen das Licht des Foti-Skars.

Zu viel und nicht genug. Eujo stemmte ihre Hände auf, begann sich zu erheben, spürte Tornys helfenden Griff an ihrer Schulter, aber das war nicht die Sorge: Wax, sein großer Moment vorbei, fiel fast in Bliss' Arme, seine Schwester drehte sich, um dem Renewal entlang des Eises zu helfen.

Sie hatten nicht lange geschlafen, die Skars hatten sich von einem Tag, der genutzt wurde, um über das Eis zu laufen, nicht aufgeladen. Schlimmer noch, die Unholde waren auch nicht fertig. Die wogende Masse, ihre vielen Beine schienen im Einklang zu arbeiten, als sie als Einheit in den dunklen Wellen auf und ab wippten, bewegte sich um die Flamme herum, umkreiste die Scholle und schnitt dem Quartett den Weg zu ihrem nächsten Sprung ab.

»Umzingelt«, spuckte Torny aus und zog wieder ihre Dolche. »Schätze, wir gehen kämpfend unter?«

»Wir gehen nirgendwo unter«, knurrte Eujo, drehte das Armband um und aktivierte ein anderes, schlüpfriges Flüstern. »Haltet euch fest.«

»Woran denn, das ist ein Eisberg?«

»Dann haltet euch an mir fest.«

Wenn Torny darüber noch einen Witz machte, hörte Eujo ihn nicht. Stattdessen sagte sie dem silbernen Skar, was er tun sollte, und der Stein reagierte, sprang auf die Idee an, auf den fernen Horizont, der Eujos Augen fesselte.

Und die Scholle, umgeben von Unholden, begann sich zu bewegen.

6

DIE FORDERUNG DES KRIEGERS

Erstaunlich, wie ein Speer an der Kehle die Wahrheit ans Licht bringt. Die Whent-Akademie hielt nicht viel von Folter oder Verhören – solche Dinge überließ man auf der felsigen nördlichen Insel lieber den Gruben und ihrem hungrigen, wütenden Pöbel. Stattdessen stellten Annalyse und ihre Freunde Fragen, führten Experimente durch und suchten die Wahrheit durch Versuch und Irrtum. Wissen, das über Jahre erworben wurde, kaufte Vis nun in Momenten auf einem Baumast.

»Also deshalb wollen sie die Skars«, sagte Deshiva. Die beiden saßen in einer weichen Lichtung nach einer Nacht voller Gespräche, leichter Drohungen und einfacher Wendungen.

Annalyse gab den Jägern, was sie wollten, und noch mehr dazu.

Was schuldete sie ihrer alten Heimat, die sie verstoßen hatte?

»Es steckt Macht darin«, stimmte Annalyse zu, »aber das ist nicht der einzige Grund. Auch Kontrolle. Der Zirkel hat immer Angst davor, was die Inseln tun könnten. Gladd-ring hat mir das so erklärt.«

Sie hatte das Spiel des Tenets aufgegeben und seinen ganzen Plan erklärt: Fassle stürzen, die Inseln mit den Skars vereinen und gemeinsam die Feinde vernichten. Annalyse hatte keine Antwort auf Deshivas Skepsis gegenüber dieser Idee: Gladdrings Motive hatten der Wissenschaftlerin immer aufrichtig geklungen.

»Das zumindest hast du richtig erkannt«, erwiderte Deshiva. Frischer Kaffee, über dem Lagerfeuer gekocht, kühlte in kleinen Holzbechern in ihren Händen. Um sie herum bewegten sich Schatten, Deshivas Jäger, die das Gebiet sicherten. »Die Najahn sind nur an Kontrolle inter-essiert.«

Deshiva sah genauso wild aus, wie die Gerüchte auf Vis über die Insel erzählten. Sie trug ein Kleid, das Annalyse während ihres kurzen Aufenthalts in Kitaye kaum gesehen hatte. Eng gewebte Kleidung schmiegte sich um tätowierte Haut, Zeichen, über die Annalyse gerne mehr erfahren hätte, unterbrochen von Halftern und Riemen für Bogen, Pfeile und mehr Tricks, als Annalyse sich vorzustellen wagte. Deshivas Haar war in zwei straffe Zöpfe geteilt, die mit einem schmalen, geflochtenen Stirnband zusammen-gehalten wurden, das dem klaren Blau des Sommerozeans glich.

Dass Annalyse sich mit ihren frischen Flechten, ihrer spärlichen Tasche – die ihr zurückgegeben wurde, nachdem die Jäger sie von Werkzeugen und Schätzen gereinigt hatten – und dem völligen Mangel an tödlichen Waffen mehr als ein wenig deplatziert fühlte, wäre eine Untertreibung.

Dass es Deshiva kein bisschen interessierte, war ebenso klar.

»Die Vis-Skars gehören uns«, sagte Deshiva als

Nächstes unaufgefordert und riss Annalyse von ihrem Kaffee hoch. »Wir haben die Najahn sie lange genug für die Erneuerung behalten lassen. Sie können sie nicht für ihre eigenen Wünsche haben.«

Annalyse blinzelte. »Was hat das mit mir zu tun?«

»Du wirst uns helfen.«

»Helfen?« Annalyse schaute nach links und rechts in der Hoffnung, dass irgendein Jäger da wäre, um Deshiva von der Vorstellung abzubringen, dass diese Whent-Frau, fern der Heimat, überhaupt helfen könnte. »Ich bin keine Kämpferin.«

»Jetzt bist du diejenige, die lügt.« Deshiva lächelte. »Du hast die letzten Stunden damit verbracht, mir detailliert zu erzählen, wie Gladdring dich mit den Skars arbeiten ließ, um Waffen zu entwickeln, um Rüstungen zu mehr als nur einer Metallwand zu machen. Du wirst dasselbe für uns tun.«

Erneutes Blinzeln. Eine dumpfe Überraschungslosigkeit machte sich breit. Gladdring hatte ähnlich geklungen, wenn auch ohne die Drohungen, als er zum ersten Mal nach Whent kam, sie inmitten der wenigen Skars in den Lagern der Akademie fand und fragte, ob sie glaube, dass die Steine nur der Aegis gehörten. Dieses Gespräch, ihre Demonstration dessen, was die Skars tun konnten, hatte sie hierher gebracht, an einen Wendepunkt, den sie nun wieder über den schwindenden Gluten des Lagerfeuers aufsteigen sah.

Sich wieder in den Kampf stürzen? Sich wieder von jemandem benutzen lassen?

Quik blitzte auf. Ihr Gespräch am Dock, im Najahn-Hafen, während sie trockneten. Fliehen, überleben und vielleicht die Welt retten. Optimismus in einer hoffnungslosen Situation? Vielleicht, aber war das nicht der Grund, warum sie ihre warme, an der Klippe gelegene Werkstatt auf Whent verlassen hatte?

Der Marsch führte nicht direkt zurück nach Kitaye; die Jäger bogen östlich vom Hauptweg ab und fanden einen Weg durch dichte Bäume und Pflanzen, von deren Existenz Annalyse nichts wusste, bis der flache, mit Blättern bedeckte Waldboden vor ihrem nächsten Schritt auftauchte. Zwei Tage verschwammen, wobei Deshiva die Morgen und Nächte zwischen den langen Wanderungen monopolisierte, um den Verstand der Wissenschaftlerin weiter auszuquetschen.

Schließlich tat Annalyse dasselbe. Sie ließ Deshiva und die Jäger ihre Methoden zeigen, wie sie aufspürten und kämpften, den Angriff eines Feindes oder eines Hanoko in einen Hinterhalt verwandelten. Wie sie ihre Waffen hielten und wo ein Skar am besten platziert werden könnte. Alte Gewohnheiten starben schwer, und Annalyse kritzelte Seite um Seite auf ihr Holzkohle-Notizbuch, zeichnete Ideen, präsentierte sie Deshiva, und als sie am südlichen See ankamen, waren alle Gedanken an Svardes Exil an der Klippe einen einfachen Tod gestorben: begraben von Möglichkeiten.

Baumhäuser umgaben den See, viele begannen tief an einem dicken Stamm, bevor sie sich durch Äste zu benachbarten Bäumen ausbreiteten. Sich verzweigende Seilbrücken hielten die Vis vom Boden fern und ließen Annalyse fast glauben, sie sei wieder auf Noctia, wo die Menschen immer über und unter einem waren. Wedel und Farne ersetzten die Steine und Schiefer, tropischer Vogelgesang ergänzte das Kreischen der Möwen, obwohl der Luft Noctias endloser Ruß fehlte, ein industrieller Beigeschmack, den Annalyse kein bisschen vermisste.

»Das ist für dich«, sagte Deshiva und begleitete Annalyse persönlich zu einem gedrungenen, breiten Baum am östlichen Ende des Sees. Das Wasser umspülte einen grünen Saum, ein einziger Strand, der von Vis-Bediensteten freigehalten wurde, und Fische tollten herum, sprangen, planschten und wurden von glücklichen Raubvögeln davongetragen. Ein natürliches Wunder, das auf Eis gelegt wurde, als Deshiva die dünne Bambustür öffnete. »Wir haben es so gebaut, wie du es gesagt hast.«

»Wie ich es gesagt habe? Du meinst, als ich dir erzählt habe, was Gladdring für mich hatte?«

Annalyse stellte die Frage, aber die Antwort war offensichtlich. Ähnlich wie in Noctia dominierte eine zentrale Platte, diesmal ein kräftiger, gehackter und gesäuberter Baumstumpf, den Raum. Kleinere Tische umringten ihn, jeder mit einer kleinen Truhe bestückt. Eine Strickleiter führte zu einem Hochbett. Vergitterte Fenster verteilten sich über die Holzböden und -wände und ließen weit mehr Licht herein, als Annalyse je in Gladdrings düsterem Turm gehabt hatte.

»Das ist, was du hattest, es ist das, was du brauchst, oder?«, fragte Deshiva, ihr Ton gleichzeitig Frustration über ein möglicherweise übersehenes Detail riskierend und auf das Gegenteil hoffend. »Es bleibt wenig Zeit. Die Najahn befestigen sich bereits.«

Annalyse machte keinen Schritt hinein. Noch nicht. Wenn der Spaziergang, wenn die Gespräche ihr Notizbuch gefüllt hätten, wäre das alles nur Theorie gewesen. Alles für Gladdring war Wissenschaft gewesen, Tests für die praktische Anwendung, aber noch keine Herstellung für den Krieg, für den Tod. Und auch das war für den Einsatz gegen Unholde gedacht gewesen.

»Ich…«, begann Annalyse, stockte dann.

Deshiva packte Annalyse an der Schulter, drehte sie so,

dass die Wissenschaftlerin die Anführerin der Vis sah. Die Sonne sank hinter ihr und verlieh Deshivas Tätowierungen einen feurigen Schimmer, ihren Augen eine Intensität, die Annalyse den Rest ihrer Gedanken raubte.

»Das ist keine Wahl, Annalyse«, sagte Deshiva und zermalmte jede Silbe. Ein Versprechen und eine Drohung. »Du wirst das tun. Ohne das werden die Najahn uns überwältigen. Sie werden diese Insel einnehmen und jeden darauf ihren Zwecken unterwerfen.«

»Was vielleicht edel sein könnte. Sie könnten-«

»Wenn der Kreis unsere Zusammenarbeit wollte, würden sie darum bitten. Sie haben nicht gefragt. Sie werden es nicht tun. Du weißt das. Wähle eine Seite.«

Deshiva sagte die Worte, als hätte Annalyse eine Wahl, aber grimmige Blicke, sowohl von Deshiva als auch von zwei wartenden Jägern, sagten etwas anderes.

»Habt ihr überhaupt irgendwelche Skars?«, fragte Annalyse, und Deshiva lächelte endlich leicht und nickte an der Wissenschaftlerin vorbei ins Baumhaus.

»Wir haben deine.« Das Lächeln schwand zu einem Stirnrunzeln. »Deine Skars und die ersten Teile dafür sind drinnen. Du wirst heute Nacht arbeiten. Wir brechen morgen auf.«

»Aufbrechen? Wir sind doch gerade erst angekommen?«

»Eine kurze Reise«, sagte Deshiva. »Ein Najahn-Schiff hat in Kitaye angelegt. Sie werden die Skars mitnehmen. Das werden wir nicht zulassen.«

»Ich bin keine Kämpferin, ich -«

Ein Schmunzeln jetzt: »Das stimmt nicht. Unholde, die Najahn. Wenn du noch keine Kämpferin bist, dann bist du es jetzt. Mach dich an die Arbeit, Annalyse. Das ist es. Wofür du bestimmt bist.«

Diese Worte blieben bei Annalyse hängen, als sie die Baumhaus-Werkstatt betrat und den Raum musterte. Die Truhen enthielten ihre Beutel, die Skars, die Annalyse selbst mitgebracht hatte, bildeten einen Anfang. Kaum genug, um eine Armee auszurüsten, oder genug, um gegen die Najahn zu kämpfen. Annalyse ging von einem Stein zum anderen, hob sie auf, hörte ihr Flüstern. Was einst so wunderbar geklungen hatte, hörte sich jetzt anders an, fast unheimlich. Nicht ein neues Universum zum Erforschen, sondern eines zum Ausbeuten.

Ihre Kollegen wären beschämt, schockiert oder enttäuscht. So wie sie es waren, als Annalyse zum ersten Mal ankündigte, dass sie mit Gladdring gehen würde. Ihr erster Schritt weg von der Wissenschaft hin zu etwas Praktischem. Dies war nur der nächste.

Wofür sie bestimmt war.

Die Vis waren Plünderer, heimlich und schnell. Nichts wie die Najahn, wie die massiven Whent-Armeen zu Hause. Ein paar Skars, richtig eingesetzt, konnten alles verändern. Die Wissenschaftlerin blickte auf die Speere, die Geflechte, die neben der Baumhaustür gestapelt waren. Die ersten Dinge, mit denen sie arbeiten sollte, um sie in etwas Besonderes zu verwandeln.

Sie würden nicht genügen.

Die Jäger taten, worum sie bat, und liefen in die Dämmerung hinaus. Wenn sie fänden, wonach sie gefragt hatte, dann hätte vielleicht, vielleicht, die Insel, die von der übrigen Welt längst abgeschrieben worden war, eine Chance.

Oder Deshiva, Annalyse und alle Jäger würden sich am Ende einer Glefe aufgespießt wiederfinden.

7
DER KÖNIG IN DER TIEFE

Es dauerte nicht lange, bis Sawi auf ihrer ersten Etappe der Blutspur des Bolzens zugab, dass sie keine Jägerin war. Zumindest nicht im formellen Vis-Sinne. Keine der gefährlichen Fährtenleserinnen, die Ami, Svarde und Catya vor zehn Jahren durch die Dschungelpfade zum Großen Sana geführt hatten.

Stattdessen war sie kaum erwachsen, eine, die zum Früchtesammeln und zum Beobachten der ereignislosen Tage abgestellt worden war.

»Das hättest du auch früher erwähnen können«, sagte Ami, als sie durch eine enge Spalte rutschten, eine Abzweigung ihres Tunnels, die aber immer noch klebrig war vom trocknenden, bläulichen Blut des Ungeheuers.

Nicht dass das Blut selbst in dieser Farbe leuchtete, aber die Moose, die die Taschen beider Reisenden bedeckten, ließen es so erscheinen. Die Reflexion des Blutes half, aber Ami fand den starken Eisengeruch einen besseren Wegweiser, während sie langsam und vorsichtig durch die vielen Windungen und Biegungen der Dunklen Tiefe schritten.

»Du hättest es schon längst gewusst, wenn du auch nur einmal nach mir gefragt hättest.«

»Damit hab ich aufgehört, als meine Freunde ständig starben.«

Sawi, ein paar Handgriffe unter Ami in der absteigenden Spalte, hielt inne und starrte nach oben, ihre Augen funkelten bedrohlich, als Ami zögerte.

»Hör auf, dich wie eine Märtyrerin aufzuführen. Ich hab die Schnauze voll von deiner Nummer, Ami. Tut mir leid wegen Catya, aber sie wusste, worauf sie sich einließ, als sie zur Aegis wurde. Freunde, die gestorben sind? Wer? Du schienst jedenfalls nicht deprimiert, als wir mit Annalyse gearbeitet haben. Jeden Morgen hast du Befehle gebrüllt, dies und das verlangt und-«

»Beweg dich weiter. Red meinetwegen weiter, aber beweg dich.«

Sawi nahm Amis Punkte zur Kenntnis, beide davon. Sie redete weiter, eine tosende Flut, die sich offensichtlich seit einiger Zeit aufgestaut hatte. Was hatte diesen Ausbruch jetzt ausgelöst? Amis beiläufige Bemerkung, eine Zeile, die zwar von Wahrheit gefärbt war, aber im Moment einfach gut klang?

Oder plagten die Vis noch größere Probleme als ihre Reisegefährtin?

Von Gladdring von zu Hause weggelockt, in ein Experiment und dann in einen Umsturzversuch gesteckt. Angewiesen, eine enge Freundin zu ignorieren. In einer Zelle verrotten gelassen, mit dem sicheren Tod als einzigem Ausweg, bis Ami zufällig vorbeikam?

Das könnte den Geisteszustand einer Person in einen zerbrochenen Zustand versetzen.

»Ich war auch schon da«, sagte Ami, als Sawis

Geplapper abflaute, als die beiden den Boden der Spalte erreichten.

Ein letzter Sprung, hoch genug, dass Ami auf allen Vieren landete, die Harpune drückte gegen ihren Rücken. Schrammen und Schnitte zwickten, juckten und wurden ignoriert. Der in Amis Gesichtsplatte eingebettete Vis-Skar flüsterte. Sie würde ihn bald herausnehmen, ihn Sawi am Ende des Weges geben, um die Vis wieder aufzurichten, und ein paar schmerzhafte Stunden ertragen. Eine Art Buße.

Wofür?

»Ja, du warst schon überall«, murmelte Sawi und kauerte vor Ami, bis die Vis die Blutspur gefunden hatte. »Hast alles erlebt, was es zu sehen gibt. Wir sind für dich alle nur Wiederholungen.«

»Ich versuche zu sagen, dass Selbstmitleid nichts bringt.«

»Wer bemitleidet sich denn selbst? Ich sage dir, dass wir zusammenarbeiten müssen, um dieses Ding aufzuspüren, und du redest von Selbstmitleid?«

Ami lachte einmal kurz auf. Sawi hatte Recht. Die Wächterin war wieder einmal ohne triftigen Grund in ein gedankliches Kaninchenloch geraten.

»Die Dunkelheit macht seltsame Dinge mit einem«, sagte Ami schließlich, als sie wieder aufbrachen.

»Ich schwöre dir, Ami, wenn du hier unten den Verstand verlierst, erwarte nicht von mir, dass ich dich nach Hause trage.«

»Als ob du den Weg finden könntest, Sammlerin.«

Sawi zuckte mit den Schultern, ein silberblauer Schatten inmitten der hereinbrechenden, moosigen Dunkelheit. Sie gingen weiter. Weitere Stunden verstrichen. Die Unterhaltung kam in Gang und hielt sich, sank zu Flüstern herab, wenn eine von ihnen ein anderes Geräusch hörte, aber die Ungeheuer waren ruhig geworden. Entweder lauschten sie dem Paar, das durch ihr Gebiet stolperte, oder sie verließen es, wie das, das Sawi und Ami getötet hatten. Wohin und warum, wer wusste das schon.

Hoffentlich war der Besitzer des Bolzens der Grund dafür, und hoffentlich war er freundlich gesinnt, denn Ami hatte längst entschieden, dass sie und Sawi keinen Weg, keinen Plan und keine Chance hatten, allein herauszukommen.

»Hier endet es«, sagte Sawi und verlangsamte ihre Schritte zu einem gebeugten Halt in einer kleinen Kammer. Mehrere Tunnel kreuzten sich, führten in verschiedene Richtungen. »Hier ist eine Markierung, wo der Bolzen eingeschlagen ist. Dann nichts mehr.«

Das Paar untersuchte die Kammer gründlich, fand aber keine weiteren Markierungen. Ami war kurz davor, den Ort für gut genug für eine Nachtruhe zu erklären - die vielen Eingänge waren nicht ideal, aber kleine Tunnel verteilten den Schall. Sie würden eine Warnung haben und enge Räume zum Verteidigen, was besser gegen eine höhere Anzahl von Gegnern war. Doch gerade als Ami ihren Rucksack in den Schmutz fallen ließ, pfiff Sawi.

Leise, tief und neugierig.

»Schau dir den Spritzer an«, sagte Sawi, als Ami fragte. »Der Bolzen ist hier eingeschlagen, es gibt einen Rückspritzer in diese Richtung, den größten Teil davon. Wer auch immer das Ding abgeschossen hat, muss in diesem Tunnel gestanden haben.«

»Dann gehen wir in diese Richtung.« Ami schulterte ihren Beutel wieder. »Gute Arbeit, Vis.«

Sawi warf Ami einen skeptischen Seitenblick zu. »Danke, aber das war irgendwie offensichtlich.«

»Nicht für einen Foti-Bergarbeiter.«

Sawi schnaubte, aber Ami schwor, sie sah ein kleines Grinsen über ihr Gesicht huschen. Sawi führte den Weg auch mit mehr Schwung an als zuvor. Ami begann, es zu rationalisieren, eine sekundäre Begründung dafür zu finden, warum sie Sawi das Kompliment gemacht hatte, hielt dann aber inne. Schüttelte ihren eigenen Kopf im purpurblauen Dämmerlicht.

Manchmal konnte ein freundliches Wort einfach nur das sein. Nur weil Gladdring versuchte, alles in manipulative Schichten zu verwandeln, musste Ami das nicht auch tun.

Als würde er Sawis Bemühungen belohnen, verzweigte sich der gewählte Tunnel lange Zeit nicht, sondern wand sich stattdessen in einem sich kräuselnden Tanz ohne Wahl. Er führte abwärts - natürlich führte er abwärts -, aber das Paar konnte zumindest glauben, dass sie der richtigen Spur folgten, bis ihre Beine sich bleischwer anfühlten, ihre Augen halb geschlossen waren und Sawi anfing, gegen die Wände zu prallen, als ihre Schritte schwankten.

Ein leichter Zustand für einen Hinterhalt, und einer begann, als sich der Tunnel weitete und in eine Gabelung teilte. Links Dunkelheit und weitere Tiefen. Rechts, wie Sawis scharfer Atemzug ankündigte, eine Armbrust und ein neugieriger Blick dahinter. Keine Laternen, aber als das Moos des Paares sein Licht warf, erkannte Ami die Kleidung: eine Fell- und Ledersammlung, wenn auch ausgedünnt, da sich die Dunkle Tiefe in eine Wärme einnistete, die gemütlicher war als der eisige Winter oben.

»Whent«, sagte Ami, während sie neben Sawi trat und ihre Hände frei hielt. Keine gezogene Waffe, kein entscheidender Todesstoß, oder zumindest hoffte Ami das. »Du bist weit weg von zu Hause.«

»Du auch, Foti«, antwortete die Kundschafterin, eine raue Frauenstimme kam aus dem dicken Umhang. »Die andere erkenne ich nicht, was bedeutet, sie muss eine Vis sein. Ein seltsames Paar.«

»Mit einer noch seltsameren Geschichte.« Ami ließ ihre linke Hand in Richtung Sawis gleiten, um sie zu packen, bevor Sawi etwas Dummes tun konnte. »Doch ich wette, deine würde zu unserer passen.«

»Das könnte sein.«

Eine lange Stille. Beide Seiten schätzten einander ab. Ami versuchte zu ergründen, was eine Whent-Expedition so weit unten zu suchen hatte. Zu tief zum Bergbau, aber vielleicht nicht zum Auskundschaften. Eine kleine Gruppe, deren Wahnvorstellungen von verborgenen Schätzen sie weit vom Kurs abgebracht hatten? Oder-

»Wir sind verloren und verzweifelt, verdammt«, sagte Sawi und brach die Pattsituation. »Wir versuchten, durch diese verfluchten Höhlen nach Vis zu gelangen und brauchen Hilfe.«

»Nach Vis? Durch die Höhlen?«

Da Sawi sie zum Reden gebracht hatte, versuchte Ami nicht, die Vis aufzuhalten. Sie erzählte alles, außer ihrer Brandmarkung als Verräter durch die Najahn. Zumindest war sie dafür schlau genug. Ohne Ausrüstung oder die Bereitschaft, den hohen Preis für eine Winterreise nach Süden zu zahlen, sagte Sawi, hätten sie versucht, unterneh-mungslustig zu sein und fanden sich stattdessen dem Untergang geweiht. Als die Kundschafterin auf ihre Waffen hinwies und die Tatsache, dass sie noch am Leben waren, ergriff Ami die Gelegenheit.

»Wir sind gute Kämpfer, Jäger«, sagte Ami. »Und wir würden gerne unsere Reise verschieben, wenn ihr unsere Fähigkeiten braucht.«

Das zog einen anderen Blick von Sawi auf sich, mehr neugierig als wütend. Eine Abweichung von ihren geplanten Absichten, aber wenn Ami die Kundschafterin richtig einschätzte, gehörte sie, nach dem gut gefüllten Wasserschlauch, der Tasche, der Laterne und der Ausrüstung in Top-Zustand zu urteilen, zu einer Whent-Gruppe mit guten Vorräten. Vorräte, die Ami und Sawi gebrauchen konnten.

Und obwohl sie es nie laut sagen würde, war Ami bereit, zumindest für eine Weile, mit dem blinden Wandern durch die Dunkelheit aufzuhören.

»Dann schwört einen Eid«, sagte die Kundschafterin. »Jetzt sofort. Versprecht, dass ihr uns in keiner Weise verletzen, bestehlen oder behindern werdet. Tut das und haltet eure Hände von euren Waffen fern, dann könnt ihr mit mir kommen.«

»Eure Bemühungen behindern?«, fragte Sawi.

»Ihr habt Jochis Expedition gefunden. Mein Name ist Olgata und hier unten werden wir Die Sieben Inseln retten.«

Eine solche Erklärung verdiente etwas Unterstützung, und Olgata lieferte, wenn auch über zwei Tage Reise hinweg. Die Kundschafterin, nach einem langsamen Vertrauensaufbau durch gemeinsame Abendessen und Geschichten, wobei Ami und Sawi weiterhin ihren Najahn-Status für sich behielten, verriet Jochis ganzen Plan. Der Kriegsherr hatte im letzten Monat ein Netzwerk aufgebaut und Außenposten in der Dunklen Tiefe bis zur Oberfläche Whents errichtet. Kundschafter, die von der ganzen Insel rekrutiert worden waren, patrouillierten in benachbarten Tunneln, hielten umherstreifende Unholde fern und kartierten Kammern auf nützliche Erze, Tümpel und Pflanzen. Währenddessen hatte Jochi selbst sein Lager in der

Nähe der Basis der Wunde aufgeschlagen, an einem Ort, den sie jetzt Traumfeste nannten - ein einfacher Name, wie Olgata zugab, aber klar genug in seiner Absicht, um Abenteurer anzulocken -, wo er nach einem Weg suchte, die Tore zu schließen.

»Die Tore?«, fragte Ami.

»Wo die Unholde ankommen«, antwortete Olgata. »Es gibt sieben, passend zu unseren Inseln, und durch sie kommen alle Monster. Unser Problem ist jetzt, wie wir sie zerstören können.«

Die Tunnel, durch die sie gingen, wurden heller, als sie sich der Traumfeste näherten, mit hängenden Laternen und Anzeichen, dass Ingenieure bereits die gröberen Kanten abschliffen. Die Luft roch nicht mehr muffig, sondern knisterte stattdessen vor Asche und Betriebsamkeit. Worte, undeutlich, aber dennoch echte Worte, drangen zwischen Hämmern, Bohrern und Sägen durch. Ami fiel es schwer, ein Lächeln von ihrem halbgepanzerten Gesicht fernzuhalten. Irgendwie würden sie überleben. Irgendwie würden sie-

Der Tunnel mündete in einen größeren, eine massive Röhre überlagert mit Produktion, mit rollenden Karren. Menschen, von Whent-Soldaten über Bergleute bis hin zu den Händlern, die sie alle versorgten, wogten umher, die meisten in eine Richtung. Ami blieb stehen, überwältigt von der schieren Anzahl.

»Wie?«, fragte sie Olgata. »Wie können so viele so weit unten sein?«

»Winter in Whent bedeutet normalerweise sich zu verstecken, die Kälte mit Bier und Langeweile auszusitzen. Jetzt hat unsere Insel stattdessen Möglichkeiten. Eine Chance, etwas Neues zu tun, etwas Unglaubliches.« Olgata warf dem Paar einen Blick zu, musterte sie erneut, auf der

Suche nach etwas, das sie nicht fand. »Auch eine Chance auf Ruhm, auf Ressourcen, die Noctia und die Najahn sich nicht erträumen könnten.«

»Ich dachte, es ginge um die Unholde?«, fragte Sawi.

»Um die Unholde und darum, die Unterdrückung des Zirkels abzuschütteln. Das ist mehr als eine Chance, die Inseln zu retten, Vis. Es ist der Weg, die Ketten zu brechen, die sie binden.«

Was auch immer Amis Gefühle über diese Ketten waren - die Najahn schienen hier unten in dieser unterirdischen Welt unendlich weit entfernt - sie vergaß sie bald darauf, als Olgata sie durch eine weitere riesige Kammer führte, diese auf einer Seite mit glitzernden, spitzen Eisenbefestigungen versiegelt, und in eine seltsame Stadt. Die Häuser und Gebäude wirkten bedrückend, flache Wände und leere Fenster, die gerade erst begannen, mit Reparaturen geschmückt zu werden.

Sawi bemerkte es zuerst, die Erfahrung der Vis hielt jeden Schrei von ihren Lippen fern: Viele, die die Arbeit verrichteten, trugen fleckige Haut, verblasste Augen oder fehlende Gliedmaßen. Sie sprachen nicht, hatten keine Taschen mit Essen oder Wasser in der Nähe und schlurften mit zweifelloser Zielstrebigkeit umher. Dennoch schenkten die Whent-Leute ihnen keinen zweiten Blick oder arbeiteten neben den taumelnden Fremden.

»Was sind sie?«, fragte Ami, nachdem sie Sawis Entdeckung bemerkt hatte.

»Diese Antwort«, sagte Olgata, »wartet dort, wo wir hingehen.«

Was den betraf, der sie gab, die unmöglichste Wendung bisher. Er saß auf einem seltsamen Steinstuhl im Zentrum des größten und einzigen Tempels der Stadt, oben an der Treppe und hinter glatten Wänden. Eine gigantische, gezackte Klinge ruhte in einer Hand, ihre Spitze in die sauberen Platten zu seinen Füßen getrieben. In der Nähe, als würden sie auf ihn warten, standen zwei andere und beobachteten, wie Ami und Sawi sich näherten. Eine, eine wild aussehende Frau mit weit aufgerissenen Augen und einem grimmigen Grinsen, fast bedrohlich, und der andere, so beladen mit Pelzen und mit einem so großen Bart, dass es nur Jochi sein konnte und niemand sonst.

Doch Ami fand ihren Fokus auf dem Mann in diesem Stuhl, demjenigen, der kein Recht hatte, am Leben zu sein, dessen Körper grauer und narbiger aussah als je zuvor, in dessen hellen Augen und entschlossenem Lächeln jedoch echte Hoffnung lag.

»Ami«, sagte Svarde, als das Paar die Kammer betrat. »Bist du bereit?«

8

WAS KÖNIGINNEN BEGEHREN

Ein Besuch in den privaten Gemächern des Zirkels fiel nie leicht. Selbst jetzt, in der goldverzierten Kleidung eines Adepten, nahm Gladdring die Stufen zum Teppich langsam und mit finsterer Miene. Der breite Flur verengte sich im Abstieg hinter dem Hauptraum, wo der große runde Tisch als Treffpunkt für alle diente, die Hilfe von der größten Macht der Inseln suchten. Laternen brannten, Porträts säumten die Wände und zeigten die grimmigen Gesichter vergangener Zirkelführer. Ihre Augen schienen Gladdring nicht zu folgen, sondern starrten in eine harte Ferne, als ob ihre Kämpfe gegen die Dämonen und feindlichen Inseln noch lange nach ihrem Tod weitergingen.

Eine rosige Aussicht für seine eigene Zukunft, aber niemand, der nach echter Macht strebte, war blind für deren Konsequenzen.

Oder zumindest er nicht.

Fassle anscheinend auch nicht.

Der Mann wartete allein in einem kreisförmigen Raum mit einem zentralen Tisch und drei Stühlen, alle üppig gepolstert und makellos in ihren Noctia-violetten Rahmen. Fassle selbst trug eine schlichte schwarze Robe, eine silberne Kette verschwand unter dem hohen Kragen. Kein Gold, keine Medaillen, kein Zeremoniell. Eine heiße Teekanne dampfte in der Mitte des Tisches, zwei Tassen waren bereits eingegossen. Keine Wachen standen in der Nähe. Die einzigen Beobachter waren ein einzelnes Porträt-paar, Demion und ihr längst verlorener Wächter, nach Hörensagen gemalt, die Ölfarben verliehen ihnen eine entschlossene, mutige Haltung gegen ihre unsichtbaren Feinde.

Wenn Gladdring nur denselben Mut finden könnte. Zumindest mit Yarvicks Messern im Rücken würde sich Gladdring keine Sorgen um Waffen machen müssen.

»Dreimal«, sagte Fassle zur Begrüßung und nickte zu dem Stuhl ihm gegenüber. »Dreimal habe ich Sie in diese Gemächer gerufen, und doch wird dies das erste Mal sein, bei dem wir, so hoffe ich, zusammenarbeiten können.«

Gladdring brauchte keine Erinnerung an die ersten beiden Male. Einmal eine einfache Reihe von Drohungen, die Gladdrings bevorstehendes Verderben aufzeigten, gefolgt von der Aberkennung seines Tenet-Ranges und dem Wurf in das geheimste, ödeste Gefängnis des Zirkels. Das zweite Mal, als Fassle beschloss, dass die Skars mehr als nur Propaganda sein könnten, dass sie eine Revolution auslösen könnten, holte er Gladdring aus dem Dreck und bot ihm stattdessen einen Adeptenumhang an. Der Preis der Loyalität.

Eine leichte Entscheidung. Viel einfacher, Fassle von seiner Seite aus zu stürzen als aus einer tiefen Zelle im Kerker.

»Ich war überrascht, die Vorladung zu erhalten«, sagte

Gladdring und setzte sich. »Ich dachte, wir wären auf einem guten Weg?«

»Jeder große Plan stößt auf Probleme.« Fassle hob den Tee und trank. Gladdring musste es ihm gleichtun und schmeckte den Anis aus Tamas, ein wenig Zimt für den Geschmack hinzugefügt. Heiß und perfekt für den Winter. »Ihr Ruf als Handels-Tenet – und nicht als Verräter – bringt Sie hierher.«

»Wie kann ich dienen?«

Ein Stirnrunzeln. »Spielen Sie nicht den Dummen bei mir, Gladdring. Ich weiß, dass jedes Wort aus Ihrem Mund, das mich nicht verflucht, Ihnen Schmerzen bereitet, also lassen Sie mich an etwas appellieren, das, wie ich hoffe, für Sie von Bedeutung ist: die Sache der Najahn.«

»Welche Sache wäre das?«

»Die Skars, Gladdring. Die verdammten Skars. Der Schlüssel zur Erhaltung unserer Macht.«

»Und zur Bekämpfung der Dämonen.«

»Ja, natürlich«, wischte Fassle die Worte beiseite und schüttelte den Kopf. »Nicht jede Insel sieht unseren Ansatz als willkommen an.« Das Stirnrunzeln grub tiefere Linien. »Keine Überraschung. Die Dämonen bleiben. Sie greifen nach jeder Waffe, die sie finden können.«

»Wie sie es tun sollten.«

»Nein. Wenn Ihre kleine Vorführung etwas beweist, dann dass die Skars nicht von denen genutzt werden können, die nicht wissen, was sie tun. Schon hat der Außenposten von Whent Nachricht geschickt, dass Erneuerungen die Steine benutzen, um ihre Gebäude zu zerstören, den Weg zu den Skars der Insel zu ruinieren. Ein einzelner Narr. Können Sie sich dasselbe überall vorstellen?«

»Kann ich. Eine Katastrophe.«

Ein scharfes Nicken. »Dann wissen Sie, dass wir das

nicht zulassen können. Wir müssen die Skars kontrollieren, und wir müssen sie hierher bringen. Foti, Rana und Tamas gehören bereits uns.«

Gladdring beugte sich vor: »Foti? Ich dachte-«

»Sie haben keine Anführer. Nur Händler und Bergarbeiter. Wir haben ihren armseligen Versuch niedergeschlagen, und sie sind schnell genug zu ihren Schmieden zurückgekehrt.« Ein weiterer Schluck und Schwenken des Tees, dessen Wärme Fassle wieder in den Moment zurückzubringen schien. »Whent wird repariert, aber die Goldene Kluft bleibt unser, während die Steinbeißer all ihre Krieger in die Dunkle Tiefe schicken.«

»Ein zum Scheitern verurteiltes Unterfangen, zweifellos.«

»Ein glückliches für uns. Bis die Zeit kommt, dass welche zurückkehren, wenn überhaupt, werden wir jede Stadt kontrollieren. Ihre verbleibenden Mächte wollen Sicherheit, und ich habe sie ihnen geliefert. Aber deshalb sind Sie nicht hier.«

»Oh? Sie haben mich nicht nur gerufen, um sich zu beschweren?« Gladdring ließ eine hochgezogene Augenbraue in der Luft hängen.

»Ich habe Sie hergerufen, um Ihnen eine Aufgabe zu geben. Eine, die Ihrer Fähigkeiten würdig ist.«

»Dann sagen Sie es mir.«

Fassle schnaubte. Gladdring bewegte seine rechte Hand, steckte sie in die Tasche seiner Robe zu dem dort ruhenden Tamas-Skar. Das Flüstern des Steins streifte Gladdrings Gedanken, erfasste Fassle und suggerierte Wahrheit. Was der Zirkel im Begriff war zu fragen, würde echt sein, keine Falle.

»Vis und Kance sind die einzigen beiden Inseln, bei denen noch Zweifel bestehen«, sagte Fassle. »Ich schicke mehr Truppen in den Süden. Die Schifffahrtsrouten bleiben eisfrei, also werden wir diese Dschungelbewohner zermalmen, sollten sie protestieren. Kance ... ist eine andere Sache.«

Ah. Eine Invasion der Himmelsinseln wäre eine Katastrophe. Außer Noctia war Kance die einzige Insel mit echten Anführern, mit militärischen Fähigkeiten jenseits zufälliger Plünderer und halbherziger Kriegsherren. Die beiden Königinnen befehligten loyale und tödliche Truppen, genug, um einen Einmarsch der Najahn blutig und lang, wenn nicht unmöglich zu machen.

»Sie haben unsere Soldaten aus dem Außenposten entfernt«, fuhr Fassle fort, »sie ihrer Waffen entledigt und nach Hause geschickt. Wir haben dort keine Präsenz mehr. Keine.«

»Kance wird ihre Skars nicht handeln?«

»Handeln? Gladdring, ich dachte, Sie hätten verstanden. Es geht hier nicht um Handel. Wir nehmen, denn wenn wir es nicht tun, wird es nur Aufruhr geben. Sie müssen die Königin davon überzeugen. Sie müssen ihren Widerstand brechen. Bieten Sie alles an, außer den Steinen. Bringen Sie sie zur Vernunft und werden Sie belohnt, nicht nur von mir, sondern von all diesen Inseln, denen Sie angeblich dienen.«

»Und wenn sie keinen Deal eingehen will?«

Fassle füllte seinen Becher nach und machte Anstalten, dasselbe mit Gladdrings zu tun. »Sie haben zwei Königinnen, nicht wahr? Wenn die eine, die hierher kommt, ihre Rolle nicht spielen will, vielleicht tut es dann die andere.«

Was mit der sich weigernden Königin geschehen könnte, darüber machte sich Gladdring keine Illusionen.

Der Adept ignorierte den Schnee, während er an den privaten Najahn-Docks wartete. In der Stille des Winters, mit Eis, das die meisten Inseln blockierte, stand er inmitten einer Menge in Lila und Schwarz. Einige mit Gleven und den scharfen Chakram-Scheiben, andere nur mit Seilen und der Bereitschaft, ein Schiff in den Hafen zu bringen. Und was für ein Schiff es war.

Die Kance-Königin kam auf einem Schiff, das auf den grauen Gewässern zu schweben schien, über die Wellenkämme glitt, nie in aufgewühlte Täler hinabsank, stattdessen seine Segel mit solcher Präzision setzte, dass es neben dem schwarzen Felsenpier zur Ruhe kam, ohne es je zu berühren. Anker, silbern getönt, fielen zu beiden Seiten herab, um das dreistöckige Schiff mit seinen abfallenden Kabinen an Ort und Stelle zu fixieren. Arbeiter eilten umher, Rampen wurden herabgelassen, und das Gefolge ging eilig von Bord: ein vollständiger Trupp von zehn Soldaten der Kance-Königinnengarde, ihre schimmernde Rüstung die perfekte Version bewaffneter Kälte, doppelt so viele Diener, die Truhen, Ausrüstung und verhüllte Köpfe trugen. Mehrere Berater kamen als Nächstes, alle näherten sich Gladdring mit Begrüßungen und erhielten sie ihrerseits.

Und zuletzt natürlich die Königin selbst. Etwas älter als Gladdring und mit dem klassischen Auftreten von Kance. Sie schritt die Rampe hinab in dicken Stiefeln unter einem ebenso wuchtigen Umhang, dessen Ränder mit silbernen Federn gesäumt waren, als könnte sie sich plötzlich entscheiden, davonzufliegen.

Andererseits war mit einem Kance-Skar eine solche Bewegung nicht völlig unmöglich.

Ein namenloser Najahn-Assistent flüsterte Gladdring Hinweise ins Ohr, die von Kances Ernten und bemerkenswerten Handelspartnern über den Sommer bis hin zu den bevorzugten Speisen der Königin, ihren täglichen Gewohnheiten und ihrer offensichtlichen Liebe zu den Lelune-Blumen reichten, die den Krater der Wunde füllten. Gladdring behielt nur Letzteres, das er als mögliches Abendsziel beiseite schob.

Die beste Diplomatie fand im Freien und fern von lauschenden Ohren statt.

Die Königin hatte ihre eigenen Quellen, als sie den Pier hinuntermarschierte, ohne einen Blick auf jemand anderen als Gladdring zu werfen. Wenn sie von seinem Ornat beeindruckt war, zeigte sich nichts davon auf ihrem Gesicht, das wie das ihrer verschiedenen Untergebenen von einer seidenen, silberblauen Kapuze verhüllt war. Darunter, als sie sich Gladdring gegenüberstellte – diese Stiefel brachten ihre Größen nahe genug zusammen, um Blicke auszutauschen – sah Gladdring nicht die Killerin, als die Fassle die Kance-Herrscherin dargestellt hatte, sondern jemanden Neugierigen, Fesselnden und zu einer Frage Bereiten.

»Sind Sie Fassles Schoßhund, oder haben Sie einen eigenen Verstand?«, fragte die Königin, laut genug, dass der mausartige Assistent an Gladdrings Seite es hören konnte. Ihre Stimme hatte die Klarheit eines Kristalls, jede Silbe wurde wie der Einschlag eines Pfeils in die dicken Bretter verkündet, die so viele Noctia-Tavernen zierten.

»Ich tue, was der Kreis wünscht«, erwiderte Gladdring, seine traditionelle Honigzunge ein schlechtes Gegenstück.

»Und das ist alles, was Kance besitzt?«

»Wenn Sie es geben würden.« Gladdring grinste. Die Königin erwiderte sein Lächeln nicht. Hier war also kein Scherz zu finden. Seine Finger rieben den Ring, den Skar, aber er schob seinen angebotenen Rat beiseite. Zu viel Verlass auf den Skar würde seine eigenen Instinkte abstumpfen, und die Steine konnten jederzeit gestohlen werden. »Wenn nicht, dann hoffe ich, wir können einen

Weg finden, sowohl unsere Inseln als auch alle anderen in Sicherheit zu bewahren.«

Wenn die Worte die Königin berührten, zeigte sie es nicht. Stattdessen schien sie eine Linie um und durch Gladdring zu ziehen, ihn in jeder Hinsicht zu messen. Gladdring hatte dasselbe schon oft zuvor getan, mit einem Partner auf der Tamas-Bühne vor einer Probe, einer Aufführung, einem Vorsprechen. Er ließ es zu, verbarg nichts.

»Fassle hat mich mit einem Brief hierher eingeladen«, begann die Königin, »Es stand darin, dass die Najahn Hilfe bräuchten, dass ich ihnen alle unsere Skars überlassen müsste. Er stopfte seine Zeilen mit sinnlosen Worten über Einheit, Dämonen und Unsinn voll.«

»Aber Sie kamen trotzdem.«

Endlich ein Bruchteil eines Grinsens. »Ich kam, weil wahre Macht sich nicht in ihrer Burg oder hinter einer verschlossenen Tür versteckt. Ich kam, um Fassle ins Gesicht zu sagen, dass die Tage der Najahn-Vorherrschaft vorbei sind. Die Inseln gehören nicht euch, um sie zu beanspruchen. Ihr könnt euren Handel haben, aber ihr werdet nichts anderes von uns bekommen. Nie wieder.«

Zum ersten Mal seit viel zu langer Zeit spürte Gladdring sein Herz zittern. Ein Lächeln stieg auf, als er der Königin die leichteste Verbeugung machte. Die Welt mochte unter Beschuss stehen, die Najahn mochten jahrhundertealte Traditionen zerstören, und die Konsequenzen könnten das Ende von allem bedeuten, aber dies, dies würde Spaß machen.

9
DORNEN

Behandschuhte Hände umklammerten Seile, einander, alles auf dem Eis, um nicht herunterzurollen. Ein Sturz ins dunkle Meer würde nicht nur eine Durchnässung bedeuten, sondern garantiert einen Fiendsschwarm, eine schnelle Betäubung und einen langsamen Tod unter den Wellen nach sich ziehen.

Diese düstere Tatsache summte in Eujos Hinterkopf, während sie den Kance-Skar mit seinem eigenen Wind laufen ließ, der die langgestreckte Eisscholle mit ihrem verstörten Quartett über das aufgewühlte Meer schob. Irgendwann nach dem ruckartigen Start brach Torny über Eujo zusammen und nagelte die Königin mit ihrem eigenen Körper und einem verzweifelten Meißelgriff auf dem Eis fest. Flüche strömten aus der Banditin, die nur noch zunahmen, als die käferartigen Fiends weiterhin über die Ränder der Eisscholle kletterten.

Aber nicht so viele: Die fiendgefüllten Wellen brachen, als die Scholle vorwärts schoss. Die grubbeligen Monster, die nicht bereits hochkletterten, blieben zurück, während Eujos skargetriebener Wunsch ihr von Kreaturen erschaffenes Floß zerschmetterte. Dahinter, laut Tornys klareren Momenten, klammerten sich Wax und Bliss fest. Das Geschwisterpaar ritt am hinteren Rand der Scholle, nachdem Wax' Foti-Bombe nichts weiter bewirkt hatte, als den Himmel zu erhellen.

Die Skars waren, wie die Götter, die sie erschufen, launische Freunde.

Eujos silberner Stein sang, eine Melodie, die wie eine neue Morgendämmerung aufstieg, obwohl die Nacht um sie herum nur Sterne bereithielt. Stark und fröhlich ertönte es, und Eujo ertappte sich dabei, wie sie vor der Lautstärke zusammenzuckte, als das Lied des Skars zusammen mit der Scholle an Geschwindigkeit zunahm. Das Eis neigte sich, drohte seine Vorderseite unter die Oberfläche zu drücken, nur um dann frei emporzuschnellen – eine Bewegung, die von Tornys hektischen Zurufen an Wax und Bliss begleitet wurde, am hinteren Ende der Scholle zu bleiben.

»Kein Boot, das ich wählen würde, aber ich nehm's«, knurrte Torny nah an Eujos Ohr und wechselte den Meißelgriff in die linke Hand, während sie ein Messer zog. Vor ihnen bahnten sich zwei bekrallte, gepanzerte Fiends ihren Weg über das Eis. »Du kannst diese Fahrt nicht zufällig für einen Moment verlangsamen, Eujo? Mir Zeit geben, diese Käfer zu erledigen?«

Die Königin verarbeitete die Worte, wollte eine Antwort finden, aber der Skar nahm sie vorweg, ein wahnsinniger Rausch, der Eujo die Luft raubte. Ihre Lippen erschlafften, ihre Augen fielen fast zu, und Eujo spürte, wie ihre Hände und Füße taub wurden. Bewegung schien unmöglich, unwahrscheinlich, eine Torheit gegen das weiter anhaltende Lied des Skars.

»Ich schätze, das ist ein Nein«, murmelte Torny. »Gib mir nicht die Schuld, wenn du gebissen wirst.«

Die Fiends teilten sich auf, jeder glitt und bahnte sich seinen Weg zu Eujo von beiden Schultern her. Die Königin konnte nicht die Energie aufbringen, sich zu bewegen: Der Versuch fühlte sich an, als wolle sie ein ganzes Schiff allein an Land schieben.

Panik.

Eine kribbelnde Angst überkam sie, übertönte das Lied des Skars, als die Fiends näher kamen. Sie konnte keinen verdammten Finger rühren, nichts tun, um sich selbst zu retten. Ihr ganzes Leben lang, soweit sie sich erinnern konnte, hatte Eujo sich immer auf ihre Fähigkeiten verlassen können, um Essen zu stehlen, der Verfolgung zu entkommen und, wenn nötig, diese Verfolger zu Partnern zu machen, wenn sie sie erwischten. Jetzt hing ihr Schicksal von einer Banditin ab, einer launischen Diebin, die-

Torny bewegte sich, kletterte hoch und drückte auf Eujos Schultern. Ihr Dolch, ein Blitz zu Eujos Rechten, stieß vor und durchbohrte den ersten Fiend. Gelber Schleim spritzte heraus, platschte auf die Eisscholle, auf Eujos Hände, ihr Gesicht, und sie konnte einen Scheißdreck dagegen tun. Mit einem Ruck schleuderte Torny den Fiend weg und wandte sich seinem Partner zu.

Zu spät.

Eujo wollte schreien, die Melodie des Skars ruckte, ließ das Eis nach links schlitzen. Stechender Schmerz strahlte von ihrem linken Handgelenk aus, Eujo rollte ihre Augen in diese Richtung und sah, wie Torny auf den zweiten Fiend einstach und ihn mit einem weiteren, irgendwie anderen Fluch wegstieß.

»Tut mir leid«, zischte Torny, bewegte sich erneut, um das Rot zu stoppen, das aus Eujos Mantelärmel sickerte und ihren Handschuh sowie das Eis darunter in ein grelles Rosa färbte. »Die Biester sind schnell. Wie schlimm ist es?«

Eujo versuchte gar nicht erst zu antworten. Mit der Beseitigung des Fiends löste sich ihre letzte verbleibende Konzentration auf, ihre Augen rollten zurück zum Horizont und Tamas' verhüllter Linie. Der Skar sang, und sein Lied fegte sie davon wie der Wind, der durch den Palast zwischen den Himmelsinseln schnitt.

»Versuch du es dann«, schwamm Tornys Stimme erneut in Eujos gedämpfte Welt, leise, dunkel und nass. »Es ist ja nicht so, als wäre ich irgendeine Kraftmaschine.«

»Dann geh aus dem Weg.«

Wax? Er klang zumindest lebendig. Besser als Eujo, die anscheinend nicht einmal ihre Augen öffnen konnte, kaum mehr als atmen. Jeder ihrer Muskeln zuckte vor erschöpfter Entleerung, unfähig, auch nur das geringste Zucken zustande zu bringen.

Der Vis-Skar führte nun das Flüstern an, alle anderen kaum mehr als ein Murmeln. Das grimmige Gemurmel des Dschungelsteins sagte Eujo alles, was sie wissen musste: Wo auch immer sie waren, wie auch immer sie überlebt hatten, die Anstrengung, sie dorthin zu bringen, hatte die Königin fast getötet.

Etwas zog an ihren Schultern. Eujo spürte, wie sie rutschte, Erde oder Sand unter ihr verschob sich, als jemand – wahrscheinlich Wax – die Königin einen Hang hinaufzog. Fragen huschten vorbei, Eujo war zu müde, um sich an einer einzigen festzuhalten, und gab stattdessen der Frustration nach. Es war einfacher, wütend darüber zu sein, was sie nicht tun konnte, als rational darüber nachzudenken, besonders jetzt.

Wenn sie nicht einmal sehen konnte.

Der Vis-Skar reagierte, stieg zu einem neugierigen Blubbern an. Eujos Augen juckten, eine plötzliche Blüte, als würde eine verkrustete Schicht weggewischt.

»Sieh dich an. Eine Schwertlänge. So stark.«

Wieder Torny.

»Zumindest ist sie jetzt vom Eis runter.« Wax, die Antwort.

Stille, dann ein Lachen von Torny: »Deine Schwester hat recht, Wax. Wenn du die Aegis sein willst, musst du aufbulken. Dann gibt's mehr von dir zum Verschwendung, weil ich schätze, du wirst in ein oder zwei Wochen nur noch Knochen sein.«

»Vielleicht gebe ich dir alle Skars, sobald wir sie haben, mal sehen, wie dir das gefällt.«

»Klar, dann verkauf ich sie gleich wieder an Fassle für seinen dämlichen Krieg.«

Tornys Scherz kam nicht an, und die Gruppe verfiel in ein noch unangenehmeres Schweigen als zuvor. Eujo, die kurz davor war, ihre Augen zu öffnen, konnte den Grund erahnen: Es war immer schwer, über eine echte Katastrophe zu lachen.

Tamas tauchte in einem Wimpernschlag auf, von tiefschwarz zu atemberaubender Schönheit. Orange- und Purpurtöne, die Eujo den Atem geraubt hätten, wenn sie noch welchen übrig gehabt hätte. Der untere Teil ihres Blickfelds zeigte nur den Strand, dessen schwarze Körner in krassem Gegensatz zum weißen und braunen Sand andernorts standen. Weiter oben, wo die kleinen Dünen in Tamas übergingen, pulsierte das Leben: Geschwungene Blätter hingen von knorrigen Büschen herab, gedrungene Bäume waren mit stacheligen indigofarbenen Blüten übersät, alles vom frostigen Kuss des Winters berührt. Wurzeln zogen sich über den Boden und reichten so hoch, dass sie, wie Eujo vermutete, ihr Knie bei einem unachtsamen Schritt treffen könnten. Ein dichter Humus vermischte sich mit dem Salz des Ozeans, seltsam genug, um einen Husten hervorzurufen, den Eujo in ein prustendes Stöhnen verwandelte.

»Hey, sie wacht auf«, sagte Torny, beugte sich über Eujo und starrte ihr direkt in die Augen. Die Banditin selbst sah sowohl erschöpft als auch wohlauf aus, als hätte sie eine beschwerliche Reise überstanden. »Scheint, als hätte sie sich doch nicht umgebracht.« Die Banditin wandte den Blick von Eujos Gesicht ab, über den Rücken der Königin hinweg, und runzelte die Stirn. »Ich weiß, dass sie geatmet hat, aber nur weil der Körper noch funktioniert, heißt das nicht, dass da oben noch was übrig ist.«

»Ich bin hier«, sagte Eujo, die Worte kaum mehr als ein Flüstern.

Torny seufzte und schnalzte mit der Zunge. »Schade. Hätten einen guten Preis für diese Skars bekommen können. Scheint, als müssten wir es auf die harte Tour machen.«

Die harte Tour, wie auch immer sie aussehen mochte, musste warten. Während Eujo langsam ins Leben zurückkehrte – eine schrittweise Erholung, unterstützt durch das Verschlingen der wenigen verbliebenen Vorräte (Wax und Bliss hatten beide ihre Beutel während der Flucht vor dem Ungeheuer verloren) –, stellten sie fest, dass Tamas zu erreichen nicht dasselbe war wie, nun ja, Tamas wirklich zu erreichen. Ihr Landepunkt, markiert durch das krachende Auflaufen der Eisscholle auf dem schwarzen Sand, schien abgelegen, ohne auch nur den Rauch eines Schornsteins am kühlen blauen Morgenhimmel. Keine Pfade zeigten sich Bliss und Wax, als das Vis-Paar eine erste Erkundung unternahm und zurückkehrte, um zu berichten, dass die dicken Wurzeln in jede Richtung verliefen, außer in eine: einen Weg die Küste entlang.

Das gab ihnen am frühen Nachmittag eine Chance, als

Eujo sich mit Wax' hilfreicher Schulter zwang, einen Fuß vor den anderen zu setzen und schleppend zu gehen. Die Eisscholle war noch nicht einmal aus ihrem Blickfeld verschwunden, als ihr Strandspaziergang bereits zu verschwinden begann.

»Die Flut wird uns den Weg abschneiden«, sagte Wax.

Der Vis hatte Eujo den ganzen Morgen über einen besorgten Blick nach dem anderen zugeworfen, aber er hatte seine Aufmerksamkeit dort behalten, wo sie sein sollte: Eujo aufrecht zu halten. Jetzt hielten sie an, Bliss kletterte den Sand hinauf zu dem knurrenden Wurzel-und-Pflanzen-Gemisch und schüttelte den Kopf.

›Das wird schlimmer als Schnee da drin‹, gebärdete Bliss. ›Jeder Schritt ist eine Falle.‹

»Warum verbrennen unsere magischen Freunde hier das nicht?«, fragte Torny. »Einen Weg freimachen, ein Signal senden und uns etwas Wärme geben. Drei Dinge, über die ich mich jetzt freuen würde.«

»Ich weiß nicht, ob einer von uns dafür die Energie hat«, antwortete Wax, während die Wellen nun bei jedem Schwappen ihre Stiefel küssten. »Warten wir das hier ab und gehen bei Ebbe?«

›Wir werden vorher verhungern.‹

»Oder Kannibalen werden«, fügte Torny hinzu, als sie kam, um Wax zu helfen, Eujo den Strand hinaufzubringen. »Wette, du bist ziemlich zäh, Wax, aber ich würd's trotzdem mit dir versuchen.«

»Danke.«

»Torny hat recht«, sagte Eujo, als sie sich Bliss anschlossen und die Wurzeln betrachteten. Dick, braun und allgegenwärtig. »Wir haben wenig Essen und Wasser. Jede Stadt könnte Tage entfernt sein. Wir können nicht warten, und wir können uns nicht da durchkämpfen.« Als sie die Worte beendete, sank ihre Stimme zu einem Flüstern. »Wir sollten nicht viel brauchen.«

Wax seufzte und tastete unter seinem Mantel nach der Najahn-Kette. Ihre Fassungen, nun mehr gefüllt als leer, glänzten im trüben Sonnenlicht.

»Ein bisschen«, sagte Wax. »Das ist alles. Keine Explosionen.«

»Keine Explosionen«, stimmte Torny zu, als ob sie irgendetwas zu sagen hätte.

Die Banditin und Bliss halfen Eujo weg, ließen Wax zurück, der die Pflanzen anstarrte, eine Hand um die Kette geschlungen, die andere ausgestreckt, als wollte er den Pflanzen einen netten Streichler geben. Zuerst geschah nichts, kein Geräusch außer den Wellen und einigen fernen Vogelrufen, die Eujo nicht identifizieren konnte. Dann flimmerte die Luft, ein Flirren zwischen Wax und den nächsten Wurzeln. Wax begann schwer zu atmen, und die Wurzeln schwärzten sich, Rauch stieg auf, bevor der erste schwache orangefarbene Flicker ausbrach. Mehrere weitere folgten schnell, ein kleines Feuer entflammte, bevor Wax zurücktaumelte und am dunklen Ufer auf ein Knie fiel.

»Na sieh mal einer an«, sagte Torny, nur damit das Feuer flackerte und erlosch. »Oh.«

›Sie sind lebendig und nass‹, gebärdete Bliss und eilte an die Seite ihres Bruders. ›Sie zu verbrennen wird nicht funktionieren.‹

Eujo blickte nach rechts, in der Hoffnung auf eine Chance, und fand eine, wenn auch nicht ganz so, wie sie es erwartet hatte. Als der Ozean ihr Blickfeld füllte, meldete sich der Rana-Skar an ihrem Handgelenk mit einer neuen Note. Eine Möglichkeit, wenn Eujo nur schwimmen wollte. Der Skar würde das Wasser um sie herum bewegen, Eujo überall dorthin treiben, wohin sie wollte, ein formloser

Drang, der von Eujos eigener Erschöpfung und der Tatsache besiegt wurde, dass sie zwei Skar-lose Personen bei sich hatten.

»Aber«, murmelte Eujo und zog einen neugierigen Blick von Torny auf sich, »vielleicht müssen wir gar nicht schwimmen.«

»Du hast recht, wir müssen nicht schwimmen«, sagte Torny. »Gehe nicht wieder in diesen Drink, Aegis hin oder her.«

»Wenn ich recht habe, werden wir es nicht müssen.«

Eujo machte einen Schritt auf die herannahende Flut zu, Torny verstand den Wink und half ihr dabei. Der Rana-Skar erfasste die Idee der Königin und stürzte sich darauf wie ein Hund auf sein Futter. Jenseits, als hätte jemand einen Löffel in die heranrollende Welle getaucht, teilte sich das Wasser, die Welle schwappte um Eujo und Torny herum, ohne sie zu berühren. Eine Art Blase, wenn auch nur vorübergehend.

»Wir wechseln uns ab«, sagte Eujo, als sie Wax und Bliss einholten. »Halten die Wellen fern, gehen weiter, so lange wir können.«

10

LEBENSSCHLAG

Durch unbekannte Eigenschaften konnte ein Träger die Kraft eines Skars durch einen Griff, ein Schmuckband oder einfach durch das Halten des Steins spüren. Annalyse hatte kein Metall, Holz oder anderes Material gefunden, das das Flüstern der Skars blockieren würde, während sie gleichzeitig keine Möglichkeit gefunden hatte, die Skars zu leiten, außer durch Berührung. Mit anderen Worten, egal wie nah sie ihre Hand über die vor ihr im Baumhaus gestapelten Vis-Skars hielt, sie blieben stumm.

Genauso wie die kleine Sammlung in Kisten, die im Raum verteilt waren, einst von Deshiva genommen und nun zu ihr zurückgebracht, Waffen für die Jäger, die am nächsten Tag in den Kampf gegen die Najahn ziehen würden. Sie war damit beauftragt worden, all diese Steine in Speere, Dolche und was auch immer Annalyse sich sonst noch ausdenken konnte, einzusetzen.

Wie die Vis mit den plötzlich in ihren Köpfen auftauchenden Skars umgehen würden, deren Flüstern die Krieger zu diesem und jenem drängte, war sich Annalyse nicht sicher, also plante sie, die Dinge so sicher wie möglich zu handhaben.

Vorerst nur Vis-Skars. In Gewebe eingearbeitet, in Armschienen eingesetzt. Ein Boost, um Deshivas Krieger am Leben zu erhalten, ohne wilde Katastrophen zu verursachen. Ein Vorteil, der den Vis vielleicht den Sieg in der Schlacht ermöglichen würde, ohne den Dschungel zu Asche zu verbrennen, einen Fluss ein Dorf überfluten zu lassen oder einfach jedermanns Seele zu stehlen.

Die Opale, alle drei, lagen getrennt von den anderen Skars. Annalyse betrachtete sie, während die Nacht verstrich, der Vis-Skar in einer einfachen Halskette half der Wissenschaftlerin, wach zu bleiben. Bei all den Tests, die sie mit Ami, Sawi und Quik durchgeführt hatte, hatte sie die Noctia-Skars ferngehalten. Für später aufgespart, ein Später, das Annalyse nie wirklich herbeisehnte, ein Plan, dem Ami zugestimmt hatte.

Die Macht über den Tod war zu heikel, zu erschreckend, zu seltsam, um damit zu spielen, bevor die anderen Steine gemeistert worden waren.

»Und ich werde euch definitiv nicht an sie weitergeben«, murmelte Annalyse zu den schwarzen Steinen.

Sie hielt ihre Stimme leise, angesichts der beiden Jäger, die die Baumhaustür bewachten. Das Bambusgebäude, das die Unterkunft bildete, war nicht gerade schalldicht - der Lärm von der Vielzahl am See ging immer noch stark weiter, Musik, jubelnde Rufe, Lachen und Gesang erklangen in hartem Gegensatz zu den methodischen Kriegsvorbereitungen, die hier drinnen stattfanden. Annalyse erwartete, dass diese Wachen alles, was sie hörten und sahen, an Deshiva melden würden, die wahrscheinlich die Gelegenheit ergreifen würde, was auch immer für einen

Tod diese schwarzen Skars austeilen konnten, auf die Najahn zu werfen.

Najahn, die, wie Annalyse sich in Erinnerung rufen musste, größtenteils aus den Armen und Verzweifelten der Insel bestanden. Rekrutiert und in Rollen gedrängt, gehärtet sowohl durch Versprechen als auch durch die Sicherheit, die von warmen Mahlzeiten und weichen Betten kam. Waffen und das Training, sie zu führen. Nicht böse, nur entgegengesetzte Interessen.

Deshalb hatte Annalyse auch Skars in Hand- und Schulterbandagen eingearbeitet. Sie würde Deshiva den Plan vorstellen: Jeder, der eine schlimme Verwundung erlitt, könnte einen davon tragen, bis Hilfe kam. Die Najahn am Leben erhalten, und vielleicht würde Vis sich nicht in einem brutalen Krieg zermalmt wiederfinden. Vielleicht würden Annalyse keine Albträume erwarten, jedes Mal wenn sie sich zum Schlafen niederlegte.

Ihre Augen wanderten zum Bett, einer blättrigen Matte, die rechts ausgebreitet lag. Ein leichtes Zugeständnis an die Realität: Annalyse würde irgendwann schlafen müssen, und trotz der besten Bemühungen des Vis-Skars hatten der Tagesmarsch und ihre anschließenden hier verbrannten Stunden ihren Tribut gefordert. Ein Zusammenbruch schien angebracht. Sie hatte bereits ein Dutzend Gewebe vorbereitet, anderthalb Mal so viele Bänder. Mehr als doppelt so viele Vis-Skars lagen noch wartend da, aber Deshivas eigene Leute konnten Annalyses Bemühungen schnell kopieren.

Die Wissenschaftlerin hatte eine Pause verdient.

Der Stich weckte sie. Scharf, in ihrer Schulter. Annalyse blinzelte in die Dunkelheit, der Vis-Skar noch auf ihrer Brust erhob sich in spuckender Wut, Kauderwelsch voller Anstrengung. Sie drehte den Kopf nach links, blinzelte erneut. Sie hatte die Laternen gelöscht, bevor sie sich hingelegt hatte - es schien töricht, ein Feuer unbeaufsichtigt in einem Baumhaus brennen zu lassen - also kam das einzige Licht von Sichis rosa Schein und entfernten Fackeln, kleine Strahlen, die durch winzige Spalten in den Bambuslatten tanzten. Genug, gerade genug, damit Annalyse den Pfeil sehen konnte, der aus ihrer Schulter ragte, schwarze und lila Befiederung sichtbar.

Eine Noctia-Waffe.

Die Erkenntnis, zusammen mit dem sich ausbreitenden Brennen, ließ Annalyse sich aufsetzen und die moosige Decke von sich werfen. Ihre Augen schweiften durch den Raum, sahen nichts in den Schatten. Bis eine Gestalt landete, verhüllt und leise, in einer Hocke vor ihr. Eine Hand griff in Gewänder, das Gesicht der Person unter der Kapuze unerkennbar.

Annalyse öffnete den Mund, versuchte zu schreien und brachte stattdessen nur ein Stottern hervor. Ihre Kehle verkrampfte sich, krächzte, als das Gift des Pfeils weiter einsickerte. Der Attentäter - wer sonst könnte es sein, Masayos Dritte Hand, die Fassles Befehlen folgte - zog ein dünnes Messer, richtete es auf die Wissenschaftlerin. Ein einziger Stoß würde genügen. Der Killer stieß die Klinge vor, und Annalyse warf ihren Arm dazwischen, fing den Streich ab und erwischte das Messer mit ihrer Hand.

Der Schmerz brannte, Annalyses rechte Handfläche loderte auf, als das erste Blut tropfte, aber das Messer fuhr an ihrem Hals vorbei und steckte im Holz hinter ihrem Kopf fest. Der Attentäter ließ den Griff los, griff mit einem leisen Fluch wieder in den Umhang.

Annalyse nicht. Der Vis-Skar brüllte, das Gift brodelte, und sie zog das Messer heraus, auch wenn es dabei tiefer schnitt. Ihr Rückhandschlag hatte wenig Geschick, war verzweifelt, und er schnitt quer über das schattige Gesicht des Attentäters. Ein heißer Spritzer verriet Annalyse, dass sie getroffen hatte, und der Attentäter taumelte zurück, gab das Ziehen der zweiten Waffe auf, um sich am zentralen Tisch des Baumhauses abzufangen, dem, auf dem all die Skars lagen.

Kein Laut außer den leisesten Knarren, als die weichen Schuhe des Attentäters über das Holz tappten. Nichts, um die Wachen herbeizurufen.

Wenn Ami Annalyse während all dieser Trainingssitzungen eine Sache beigebracht hatte, dann war es, niemals nachzulassen. Zu drängen, bis man Erfolg hatte oder hart genug scheiterte, dass man entweder starb oder keine andere Option hatte, als sich zu ändern. Annalyse hielt sich jetzt an das Feuer des Wächters, als sie sich vom Bett erhob und ihren Griff am Messer zum Griff gleiten ließ, feucht von ihrem eigenen Blut. Mit nicht geringer Genugtuung bemerkte sie, dass die Spitze der Klinge nicht nur von ihrem eigenen Blut rot war.

Erneut versuchte Annalyse, ihre Stimme zu finden, erneut brachte sie nur ein Krächzen, ein leises Raspeln zustande.

»Du solltest schon tot sein«, knurrte der Attentäter zurück und stieß sich vom mittleren Tisch ab in einen schnellen Angriff.

Annalyse schwang das Messer, um ihm zu begegnen, fand aber ihre Hand durch den linken Arm des Attentäters in einer einfachen Parade blockiert. Ein neuer, pochender Schmerz explodierte in Annalyses Magen, als die andere Hand des Attentäters zuschlug und sie zu Boden drückte, den Rücken gegen ihr eigenes Bett gedrückt. Der Attentäter folgte dem Schlag, pinnte Annalyses Messerarm auf den Boden und brachte die rechte Hand hoch, um ihre Kehle zu umfassen. Straffes Najahn-Leder presste sich hinein und raubte der Wissenschaftlerin den Atem.

Annalyse konnte unmöglich gegen diese Stärke ankämpfen, konnte unmöglich einen Killer der Dritten Hand an Geschicklichkeit übertreffen.

Nicht allein.

Annalyse zuckte mit ihrer rechten Hand, ein Zucken - alles, was sie zustande bringen konnte, während der Killer sie zu Boden drückte -, das das gestohlene Messer über den Baumhausboden schlittern ließ, wo das Metall klappernd auf die Dielen traf. Der Attentäter ruckte mit dem Blick hinterher, behielt aber den Griff um Annalyses Kehle.

Und Deshivas Wachen bewiesen ihren Wert.

Die Holztür schwang auf, Seile knarrten und eine Frage flog aus dem Mund der ersten Wache, die in einen wortlosen, wütenden Ruf überging, als die Wache die Szene erfasste und Annalyses Blick begegnete.

Der Attentäter fluchte erneut, der Griff des Killers wurde zu Stahl, als ob ein leises Erwürgen nicht mehr schnell genug wäre. Annalyse, deren Nerven Feuer fingen, während der Vis-Skar weiterhin frustriert zischte, bäumte sich auf. Sie zog ihre Knie hoch, schlug mit ihrem linken Arm gegen das Gesicht des Attentäters und lockerte den Griff für einen Moment.

Lang genug, damit der Speer eintreffen konnte.

Der Attentäter sprang zurück, als der Vis-Jäger zwischen sie und Annalyse stach, der gefiederte Speer schnitt wie eine rosa Linie zwischen das Paar. Aus den Gewändern - Annalyse konnte immer noch keinen guten Blick auf die Person unter dieser Kapuze erhaschen - zog der Attentäter ein Kurzschwert und benutzte es, um den Stoß der zweiten Wache abzuwehren. Der Killer sprang auf den mittleren Tisch und verstreute Skars über den Boden.

Für einen Moment schien das Quartett in der Zeit gefangen, Annalyse am Boden, versuchend, Atem zu schöpfen, die beiden Wachen, die ihre nächsten Schläge auf den Attentäter direkt über ihnen richteten. Ein gefrorener Tanz, der wieder in Bewegung geriet, als der Attentäter auf die zweite Wache losbrach und einen gefangenen Skar auf den Kopf der Wache schleuderte. Der Jäger bewegte die Schulter, lenkte den Stein ab und verfehlte es, den Attentäter zu erstechen, als der Killer vorbei sprang und zur Tür ausbrach.

Mit einem weiteren Ruf, der jetzt von herannahenden Verstärkungen beantwortet wurde, brach die erste Wache hinter dem Killer her. Die zweite wandte sich Annalyse zu, Sorge paarte sich mit Frustration im Gesicht der Jägerin.

»Sie leben?«, fragte die Jägerin.

Annalyse nickte, das Gift begann nachzulassen, eine Kühle folgte der säureartigen Ausbreitung. Der Vis-Skar tat seine Arbeit.

»Noctia«, sagte Annalyse, die Worte eine Anstrengung.

Erschöpfung folgte in ihrem Kielwasser, plötzlich und verwirrend. Wie konnte Annalyse so schnell nach einem Kampf um ihr Leben bereit sein zusammenzubrechen, während ihre Hand immer noch auf das Holz an ihrer Seite blutete?

Die einzige Antwort schienen die Worte zu sein, die in ihrem Geist strömten, der Vis-Skar, der Annalyse fast zum Bersten mit seinem unverständlichen Geplapper füllte. Er arbeitete daran, sie am Leben zu erhalten, und zur gleichen Zeit... entkräftete er sie?

Die Jägerin sprach wieder, realisierte Annalyse, ein langsames Blinzeln brachte ihren Fokus zurück zur Wache, während der Vis die Wunde an ihrer Hand umschloss. Bereits war ein weiteres Jägerpaar in das Baumhaus eingetreten, zündete die Laternen an und durchsuchte den Ort nach weiteren versteckten Killern. Sie fanden den Einstieg schnell genug, einen dünnen Schnitt im Reetdach über ihnen. Weitere Rufe hallten draußen wider, die Verfolgung ging weiter.

»Sie werden ihn fangen«, sagte die Jägerin, »oder sie. Es wird keine Rolle spielen. Dies sind unsere Dschungel, nicht ihre.«

Annalyse hätte das gerne geglaubt, hätte gerne ihr Vertrauen in die Vis gesetzt, aber die Dritte Hand schickte keine Anfänger auf solche Missionen. Gladdring erwähnte sie oft genug als eine weitere Waffe in seinem Handelsgrundsatz-Arsenal, willig und fähig, jedem, der Noctia im Weg stand, ein tödliches Ende zu bereiten oder damit zu drohen. Der Mann hatte keine Angst vor Masayos Gruppe gehabt, aber er hatte sie respektiert, eine Tatsache, die Annalyse noch nervöser machte.

Dass sich die Najahn so sehr darum kümmerten, einen ihrer Attentäter hinter ihr herzuschicken?

»Du lebst«, Deshivas Stimme, die irgendwie kein bisschen müde klang, durchbrach Annalyses schläfrigen Nebel. Die Wache hatte die Wissenschaftlerin irgendwann zurück in ihr Bett gehoben und die Decke hochgezogen. »Ich muss nicht fragen warum, oder wie dieses Gift dich nicht getötet hat.«

Deshiva ragte über ihr auf, tippte auf die Halskette, die Annalyse immer noch trug, und den Skar darin.

»Du wirst sie jederzeit tragen. Und wir werden unsere eigenen für meine Jäger machen.« Deshiva blickte zurück über das Baumhaus, ein nüchterner Blick, als ob sie den Angriff nur nach Fakten und nichts anderem beurteilte. »Noctia will dich nicht gehen lassen, was bedeutet, dass du noch wertvoller bist, als wir dachten. Deine Wache wird verdoppelt. Eine wird die ganze Zeit hier bei dir bleiben.« Deshiva wandte sich wieder Annalyse zu, beugte sich hinunter und zog ihre Decke hoch. »Wir haben den Attentäter noch nicht gefunden, aber wir werden weiter suchen.« Jetzt kniete sie sich hin, ihre Worte fielen zu einem Flüstern. »Wir haben die Skars aufgeräumt, aber einige fehlen. Die schwarzen Steine. Was können sie tun?«

Annalyse sagte nichts, der Schlaf riss sie fort, aber nicht bevor die kalte Spitze der Angst den Tod eigene Albträume versprach.

11

DIE TOTEN BÄNDIGEN

Was sind das?«, fragte Ami, während sie und Svarde geduckt durch ein schmales Loch in einen strahlenden Abgrund spähten.

Sieben Kreise drehten sich in dem tiefen Becken unter ihnen, eine Grube so breit wie eine kleine Stadt und von abfallendem Fels umgeben. Wasser kräuselte sich, schäumte an der Oberfläche, ein Zeichen dafür, dass darunter keine Ruhe wartete. Jeder Kreis hatte seine eigene Farbe, der Farbton passend zu einem bestimmten Skar. Es war, wie Svarde auf dem Weg hierher gesagt hatte, nicht schwer, diese sich drehenden Scheiben mit den Inseln und den Göttern, die sie erschufen, in Verbindung zu bringen. Schwieriger war jedoch zu verstehen, warum sie hier existierten, tief unter Noctias zerklüfteten Küsten.

»Wir haben nur Vermutungen, keine Antworten«, sagte Svarde, und Ami unterdrückte diesmal das Zusammenzucken. Die Stimme ihres alten Freundes hatte ihren Klang verloren und klang jetzt rau und flach, als wäre ihr Leben entrissen worden. Was, wie Ami vermutete, tatsächlich der

Fall war. »Der Tote König und Demion mit ihm haben nie herausgefunden, was sie waren, nur dass die Unholde von ihnen kommen. Türen, Portale, nenn es, wie du willst, aber sie öffnen sich zu Orten jenseits unserer Welt.«

»Oder auf der anderen Seite davon.«

Ihr Tunnel, ein kleiner Abzweig, der von der Schlachtkammer wegführte, wo Jochi und Svardes tote Schergen weiterhin bauten und Befestigungen verstärkten, war von den Whent-Ingenieuren erweitert worden. Kleine kugelförmige Laternen flackerten alle paar Schritte, gestützt von gepflanzten lila-blauen Moosflecken. Das Endziel, das nur einen Tag vor Amis und Sawis Ankunft erreicht worden war, war es gewesen, ein Auge auf die Unholde zu werfen, auf das, was der Feind plante.

Und was sie planten, war eine Invasion.

Die brennenden Obsidianmonster schickten ihre Konstrukte scheinbar jede Minute aus dem Becken, kleine und große murmelnde Maschinen kletterten auf den Stein, manchmal geschoben, andere Male nagten sie sich den Boden hinauf, um eine Klippe oder eine neue, gebaute Plattform zu finden, auf der sie ruhen konnten. Metallkonstruktionen durchzogen jetzt den Raum über dem schwarzen Wasser, unaufhörlich bearbeitet von den blitzenden Unholden. Unbekannte und seltsame Gebäude, einige nur skelettartige Rahmen, die Aktivitäten markierten, während andere zu geschlossenen Kugeln wurden, übersäten die grauen Felswände der riesigen Kammer.

Jochi ließ das Gitter, durch das Ami jetzt blickte, rund um die Uhr besetzen, Spione beobachteten, lernten, fragten sich, was die Unholde wohl tun würden. Was sie gelernt hatten, wurde von Svarde auf dem Weg hierher an Ami weitergegeben, eine den Tag definierende Liste von

Unhold-Aktivitäten, alles von ihren Schlafmustern – die Unholde schienen abzukühlen, ihre heiße Haut schrumpfte zu einem sanften Orange, während sie stundenlang stocksteif standen – bis hin zu dem, was die Monster zum Vergnügen taten: brennende Steine zueinander zu werfen, nur damit ihr Ziel den glühenden Felsen mit einem Metallschläger traf, das feurige Geschoss über den dunklen Pool flog und mit zischendem Rauch landete. Dann würde der Nächste antreten, ein Wettbewerb, um zu sehen, wie weit ihre Schüsse fliegen konnten.

»Selbst wenn sich diese Türen über dem Ozean öffnen würden, würde das nicht erklären, warum jetzt, warum überhaupt«, sagte Svarde. Die große, gezackte Klinge, die nie von seiner Seite wich, wackelte gegen den Steinboden, als Svarde sich bewegte und Ami einen neugierigen Blick zuwarf, den sie sich zwang zu erwidern, wobei das graue Antlitz des Mannes genauso beunruhigend war wie seine Stimme. »Die Unholde greifen jetzt häufiger an, in größerer Zahl und mit mehr Verzweiflung. Selbst diese brennenden Kreaturen bringen mehr herein, als sie bewältigen können, und das schneller. Schau.«

Die Unholde hatten Familien, obwohl die einzige Dynamik, die Ami ausmachen konnte, in der Größe lag: kleinere, funkelnde Versionen rannten in Gruppen um die Ränder des Beckens. Die Erziehung schien unter den arbeitenden, größeren Monstern aufgeteilt zu sein, mit rotierender Aufsicht, eine notwendige Tatsache, da die anderen Portale nicht aufgehört hatten.

Selbst als Ami die fünf Kinder beobachtete – kaum klein, alle waren so groß wie Ami, ihre vier Arme, zwei Beine und glitzernden dunklen Steinköpfe so fremdartig wie eh und je – schäumte das Becken nahe ihrem geräumten Felsfeld. Das Spiel, bei dem sie einen aus Erz gefertigten groben Ball herumkickten, stoppte bei den ersten Spritzern. Ein ausgewachsener Unhold stampfte von seinem Beobachtungsposten herunter, löste seinen Flegel, während die kleinere Gruppe die Metalltreppe hinaufkletterte, Funken folgten jedem ihrer Schritte.

Zwei weitere vertraute Unholde, fleischfarbene, zahn- und klauenbewehrte Kreaturen, kletterten auf den Felsen und knurrten den großen Feuergänger gegenüber an. Es gab keine Verhandlung, keine Diskussion über den gemeinsamen Zweck der Invasion der Inseln. Der Obsidian-Unhold schwang seinen Flegel, die Kette und das Eisen pfiffen durch die Luft und trafen den ersten Hund, der zurück über das Becken flog und in dessen tiefem Zentrum platschte.

»Er wird ertrinken, bevor er wieder ans Ufer kommt«, murmelte Svarde. »Mal sehen, ob der andere es besser kann.«

Während er sprach, flüsterten die beiden Kundschafter, die Jochi am Gitter postiert hatte, einander Seitenwetten zu. Ami runzelte die Stirn, sie hatte nichts gegen das Glücksspiel einzuwenden, aber einer dieser kleinen Unholde gegen einen ausgewachsenen Feuergänger?

Das hundeähnliche Ding hörte Amis Zweifel nicht, stattdessen bellte es einen keuchenden, speichelgetränkten Sturm herauf und stürmte auf den Feuergänger zu. Der große Unhold riss den Flegel zurück und fegte ihn am Boden entlang, um die Füße des anstürmenden Unholds zu erwischen.

Zu langsam.

Ein Sprung, alle vier Klauen ausgestreckt, Zähne weit geöffnet, schien dazu bestimmt, den Feuergänger zu treffen, während der Flegel harmlos darunter durchglitt. Bestimmt, aber verweigert.

Ein brennender Felsen traf den springenden Dämon von oben, schlug in die vordere linke Schulter der Kreatur ein und wirbelte sie zur Seite. Der Angreifer traf den Feuerwandler mit seiner nackten Rechten und schleuderte ihn wild zu Boden, wobei der Dämon von der Haut des Feuerwandlers dampfte. Der Schock dauerte nur einen Moment, bevor der Feuerwandler mit seinen anderen drei Armen zuschlug, ein dreifacher Schlag, der seinen Feind zu Boden trieb, einer von mehreren, die-

Ami wandte den Blick ab, zurück zum Tunnel. Sie hatte genug Tod gesehen.

»Können wir zurückgehen?«, fragte sie Svarde, der wartete, bis die Schläge endeten und jeden einzelnen beobachtete.

»Ich versuche es«, sagte Svarde, als sie den schmalen Tunnel nach Hause gingen, »ich versuche es jedes Mal, eine Verbindung zu finden. Der Tote König konnte es nie, aber ich denke, es ist möglich. Ich habe es mit den gestorbenen Feuerwandlern versucht, aber ihre Körper zerfallen zu Asche. Sie verbrennen alle anderen.«

Eine weitere Geschichte, die sich mit all den anderen in der kurzen Zeit seit Amis Ankunft verwoben hatte. Die Grabklinge, oder so hatte Svarde das Schwert genannt. Wie die Noctia-Narben sich mit dem Dolch verbanden, den Vis vor so langer Zeit geschmiedet hatte, um seinen Träger an die verlorenen Körper um sie herum zu binden. Anfangs kam die Verbindung instinktiv, eine spastische Empfindung wie ein anhaltender Traum, ein Gefühl, irgendwo *anders* als bei sich selbst zu sein.

»Wie das Verstehen der Narben«, erwiderte Ami. »Sie

haben alle ihre eigene Sprache, und sobald man sie lernt, oder zumindest genug davon, geben sie sich einem hin.«

»Und nehmen.«

Ami nickte. Wenn Svarde Geschichten zu erzählen hatte, so hatten sie und Sawi das auch. Die Göttersteine und ihre Kräfte schienen hinter fast allem zu stehen, was ihr Leben verzerrte, und es ergab mehr Sinn, zu akzeptieren, dass die in ihr Gesicht eingesetzten Narben keine Werkzeuge, sondern gefährliche, launische Freunde waren. So wie die Götter selbst offensichtlich fehlerhaft gewesen waren, so waren es auch ihre Schöpfungen.

»Aber wenn ich durchbrechen kann, dann haben wir eine Chance«, sagte Svarde. »Wir können die Feuerwandler vertreiben und das tun, was der Tote König nie konnte: die Becken befestigen und alle Dämonen eindämmen.«

»Für immer?«

»Bis wir einen Weg finden, Noctias Tore zu schließen.«

»Also sitzen wir fest, während du mit deinem Schwert spielst, ist es das, was ich höre?«, fragte Ami.

»Selbst Jochi hat keine bessere Idee. Die Feuerwandler haben zu viele Konstrukte. Jeder Vorstoß den Tunnel hinauf würde in einem Gemetzel enden. Sie sind auch nicht dumm. Sie haben an dem herumgestochert, was wir gebaut haben, und dabei ihre Dämonen verloren. Sie werden es nicht wieder versuchen, bis sie bereit sind, uns zu brechen.«

»Also ist es ein Wettlauf. Du gegen sie, und wir stecken mittendrin.«

Svarde grinste. »Wieder einmal brauchst du mich.«

»Nö«, konterte Ami. »Catya und ich könnten immer einen anderen Weg finden.«

»Sie ist dieses Mal nicht hier.«

»Aber Sawi ist es.«

Svarde folgte Ami nicht zu dem schlichten Haus, das dem Paar als eine Art Wohnquartier zur Verfügung gestellt wurde. Gegenüber von Svardes hohler, düsterer Kathedrale und ihrem Thron gelegen, erhob sich das strenge Blockgebäude mehrere Stockwerke hoch und berührte mit seinem Dach die hängende Höhlendecke. Die grobe Konstruktion, mit Platten, die scheinbar durch endloses Hacken von Körpern, die keine Grenzen ihrer Ausdauer kannten, abgeschert worden waren, ließ das Gebäude wie ein zusammengequetschtes Kinderpuzzle erscheinen: Berührt man es an der richtigen Stelle hart genug, könnte das Ganze zusammenbrechen, trifft man es an der falschen Stelle, könnte es einem Riesenhammerschlag standhalten.

Graue und schwarze Schattierungen dominierten, hier und da unterbrochen von Whent-Laternen und dem allgegenwärtigen Moos. Rauch und Asche drangen durch, überdeckten die natürlichen Erdgerüche des Untergrunds mit dem Duft kochender Pilze, Dämonenfleisch und was auch immer die Whent-Kundschafter sonst noch aus der Dunkelheit aufstöbern konnten.

Sawi hatte jetzt eine Suppe, die in eine irdene Schüssel gefüllt und mit einem konkaven Stein in ihren Mund geschöpft wurde. Die Vis schien, als Ami durch den türlosen Eingang ging, ins Nichts zu starren, während sie aß. Nicht in Stille - die Whent-Handwerker und ihre toten Gehilfen arbeiteten zu hart und zu konstant, als dass die Höhlen je frei von klingenden, krachenden, schlagenden Geräuschen sein könnten - aber in relativem Frieden.

Nicht zufrieden, nein. Ami erkannte die Anspannung an Sawis verkniffenem Kiefer, an der Art, wie sie steif auf der Steinbank saß, die niedrige Steinplatte als Tisch vor ihr. Sawis Haar und Haut sammelten Schmutz genau wie Amis, aber die Vis hatte keinen Ausflug zu einem der nahen

Wasserplätze unternommen, wo Bäche und kleine Tümpel die Möglichkeit boten, sich zu reinigen. Ebenso wenig hatte sich Sawi zu einem der Whent-Kochfeuer begeben, um, nun ja, irgendetwas mit den Kriegern und Arbeitern zu besprechen, die ihren Raum teilten.

Ami hatte Jochis zähe Truppe als erfrischende Abwechslung zur politischen Bevölkerung Noctias empfunden. Hier schienen sich alle mehr darum zu kümmern, die Dämonen zu zerschmettern und ihren nächsten Krug Ale zu finden, als darum, wer Fassle in den Rücken stechen könnte. Noch besser, die Vis-Narben bedeuteten, dass man am nächsten Morgen keine harten Konsequenzen für das Betrunkensein zu tragen hatte.

»Ich habe einen Auftrag für dich«, sagte Ami und kündigte damit ihr Eintreten an, was einen langsamen Blick auf sie zog.

»Ich will keinen Auftrag«, sagte Sawi, während etwas Suppe von ihren Lippen tropfte. »Ich will nach Hause.«

Ein kurzes Lachen, »Vis, wenn du denkst, dass das eine Option ist, dann hast du unsere Wanderung schon vergessen.«

»Du musst nicht mitkommen.«

»Wenn du sterben willst, Sawi, dann nur zu. Aber tu es nicht nutzlos.«

Sawi zuckte zusammen. Die schnelle Reaktion ließ sie fokussieren, und als Ami sich der Dschungeljägerin, Sammlerin, oder was auch immer Sawi sich nennen wollte, gegenübersetzte, wirkte die junge Frau nicht mehr ganz so verloren.

Wut war schon immer das Heilmittel für Verzweiflung.

»Was willst du, Ami?«

»Ich will deinen Verstand und deinen Ehrgeiz«, antwortete Ami, lehnte sich vor und faltete ihre Hände über dem Tisch. Genau so, wie Gladdring es tat, wenn er jemanden manipulieren wollte. »Svarde hat einen langsam brennenden Plan. Ich will ihn beschleunigen.«

»Wie?«

»Ich brauche dich, um uns ein paar Dämonen zu finden.«

12

EINE NOTIZ AM ENDE

Die Anfrage kam zwei Tage später, nachdem die Kance-Königin ihr Willkommensfest und ihr erstes Treffen mit Fassle hatte. Gladdring lauschte auf Neuigkeiten und erfuhr sie über die üblichen Kanäle: geschwätzige Wachen mit zu viel Bier, die wiederum die Ergebnisse von der Königin oder Fassles wütendem Gemurmel gehört hatten. Eine Ablehnung, keine Allianz, kein leichter Zugang zu den Kance-Skars und ihren windverbiegenden Kräften. Pläne für Armbrüste, die Bolzen mit der Kraft eines Sturms abfeuern sollten, wurden im Keim erstickt.

Eine Tragödie.

Gladdring grübelte über die Berichte, die jeden Morgen in seinem Zimmer abgeliefert wurden, wie es einem Adepten zustand. Sie beschrieben eine Najahn-Streitmacht, die sich über die Inseln bewegte und ihre Herrschaft über Foti, Rana, Tamas und Whent festigte, während sie mit Kance und Vis zu kämpfen hatte. Alles passend zum Ruf: Rana kümmerte sich mehr ums Plündern und Saufen als um die eigene Regierung, Foti wollte schmieden und zocken, Tamas war mehr von der Bühne als von Strategie besessen, und Whent ... nun, die meisten aus Whent schienen verschwunden zu sein, seit Wochen in die Dunkle Tiefe abgetaucht, ohne Anzeichen einer Rückkehr. Fassle sabberte schon bei dem Gedanken, Noctias elendere Bürger in den Norden umzusiedeln, sie in die verlassenen Dörfer und Bauernhöfe zu verfrachten und es ein Geschenk zu nennen. Loyale Expansion.

Und ausnahmsweise konnte Gladdring nicht viel an den Argumenten des Mannes aussetzen: Wertvolles Land sollte genutzt werden, und wenn Whent seine Leute zum Gemetzel der Dämonen schickte, warum dann nicht die Ärmsten aus der Armut heben?

Eine bessere Gelegenheit in ihrem politischen Macht-spiel ergab sich jedoch am selben Morgen: eine Einladung der Kance-Königin, sie zur Wunde zu begleiten, eine letzte Besichtigung, bevor sie morgen nach Hause aufbrach.

Warum Gladdring und nicht Fassle? Der Brief deutete an, dass die Königin jemanden mit einer interessanteren Zunge und weniger offensichtlichen Zielen wollte. Sie hatte den Anführer des Zirkels bereits abgelehnt, besser, mit jemandem weniger Gierigen über Blumen, Dämonen und die Zukunft der Inseln zu sprechen.

Wenn sie nur wüsste, wie Gladdring wirklich war.

Trotzdem zog er seine vergoldeten purpur-schwarzen Roben an, diesmal über einem gemütlichen Wollunter-hemd, um Gladdring inmitten des anhaltenden Winter-griffs warm zu halten. Noctias Schneedecke hatte inzwischen das Überschwemmungsstadium erreicht, wo breite Straßen zu einzelnen Spuren wurden, da Verwe-hungen die Fähigkeit der Insel überforderten, die dicken Flocken abzuwerfen. Eisschollen verstopften den Hafen, ein Schachbrettmuster aus Weiß und Grau, sichtbar durch

Gladdrings Turmfenster. Rammboote, ihre Bugspitzen verstärkt mit Foti-geschmiedeten Eisbrechern, räumten Fahrrinnen für den lebenswichtigen Handel frei und huschten wie aufgeregte Insekten hin und her. Rauch spiralte in den grauen Himmel aus tausend Schornsteinen, ihr beißender Geruch zeigte, dass Noctia auf Moose, aus den Klippen geschürfte Kohle und alles andere umstellte, was für Wärme genügen würde.

Das Najahn-Viertel war nicht immun gegen die Veränderung, und Gladdring schloss sich den hustenden Menschenmengen an, als er durch die Plätze zum Klippenpfad ging. Gelehrte und Soldaten eilten gleichermaßen, klirrendes Metall und Stiefel vermischten sich mit leichtfertigen Gesprächen, eine aufgeregte Energie war seit Fassles Ankündigung allgegenwärtig. Eine Welt, die endlich in den Krieg gegen ihre monströsen Gegner zog, verlangte Begeisterung, und wenn dieser Krieg einige Unterwerfung geringerer Inseln erforderte, nun, das war nur ein kleiner Preis, den es zu zahlen galt.

Die Helden mussten weitermachen.

Die Königin wartete auf ihn und stand so allein, dass Gladdring sie zunächst nicht erkannte. Der silberblaue Umhang und die königliche Haltung hätten es verraten sollen, aber gegen die verschneiten Steine und ohne die übliche glitzernde Rüstung ihrer Wachen lief Gladdring direkt vorbei und hielt erst an, als sie sprach.

»Heute Morgen nicht so scharfsinnig wie sonst, Gladdring?«, begann die Königin, der spöttische Ton wie immer ihre Worte begleitend.

Hatte sie je einen Satz mit Liebe geäußert?

Gladdring würde nicht darauf wetten.

»Ablenkung ist in diesen Tagen allgegenwärtig«, sagte Gladdring, drehte sich so gut es sein Körperbau erlaubte und verbeugte sich. »Meine Gedanken sind stets in der Ferne.«

»Dann holt sie zurück. Ich habe nicht um Eure Gesellschaft gebeten, um mich zu langweilen.«

»Ich werde mein Bestes geben, Eure Majestät.«

Die Königin, deren Kopf von einem indigofarbenen Kragen an ihrem silbernen Umhang umhüllt war, nickte Gladdring eisig zu und blickte dann den Pfad hinauf. »Ich war einmal hier. Als die Aegis installiert wurde. Meine Mutter war noch Königin.«

»Und Ihr wart ...?«

»Entsetzt.« Die Königin begann den Aufstieg mit kräftigen Schritten, selbstsicher trotz des harten Bodens und der vereisten Kiesel. »Ich hatte noch nie einen Mann so ausgemergelt gesehen. Er starb fast in dem Moment, als er diesen schrecklichen Thron verließ.«

»Weniger als ein Jahr für die meisten, wenn ihre Zeit um ist«, bestätigte Gladdring. »Eine furchtbare Ehre.«

»Eine, die man leicht jemand anderem überlässt.«

Eine gewagte Aussage, egal wie real oder verbreitet das Gefühl war, oder dass Gladdring ihr zustimmte. Die Königin ließ diese Worte nicht lange in der Luft hängen, sondern begann stattdessen, von den letzten zwei Tagen zu erzählen, wie Fassle sie bedrängt hatte, ein Angebot nach dem anderen für eine Kapitulation von Kance unterbreitend.

»Sicher nicht seine Wortwahl«, sagte Gladdring.

»Sicher seine Bedeutung«, erwiderte die Königin.

Gefeiert zu werden und selbst zu feiern war natürlich ein vertrauter Refrain für die Kance-Königin, und sie wies die Annäherungsversuche des Zirkels mit der kalten Logik zurück, die sie während ihrer gesamten Regentschaft an den Tag gelegt hatte: Die Najahn konnten nicht ohne den

Handel mit Kance auskommen, und wenn sie die Skars der Himmelsinseln wollten, konnten sie sie zu einem angemessenen Preis kaufen. Es würde keine Kapitulation geben, keinen weiteren Najahn-Außenposten.

»Dann kamen die anderen Angebote«, sagte die Königin, als sie sich der Wachstation vor dem Tunnel zur Wunde näherten. »Schiffe und Schwerter, Nahrung und Medizin von allen Inseln, alles geliefert an unsere Küsten unter Purpur und Schwarz.«

»Ihr wart nicht überzeugt?«

»Fassle scheint zu denken, ich könne keine eigenen Geschäfte abschließen. Er, Ihr und diese Insel seid nicht der Mittelpunkt von allem.«

Gladdrings Skar, der Topas, der in dem Ring an seiner Hand ruhte, erzitterte dabei. Ein Flüstern hing in seinem Geist und deutete an, dass die Gewissheit der Königin an dieser Stelle ins Wanken geriet. Noctia lag zwar buchstäblich im Zentrum der Sieben Inseln, aber Gladdring vermutete, dass der Skar etwas Tiefgründigeres im Sinn hatte. Die Königin sorgte sich vielleicht darum, dass Fassle ihr Volk aushungern könnte.

Er verfolgte den Gedanken, während die Königin weiter über ihre zahlreichen Partnerschaften mit anderen Inselführern sprach. Sie war hierhergekommen, um Fassle persönlich abzusagen, etwas, das auch per Brief oder sogar über den Botschafter hätte erledigt werden können, den jede Insel zu dieser schickte. Nein, sie war persönlich gekommen, weil die Ablehnung nicht so schroff sein sollte. Eine abgemilderte Absage, die ebenso viele Türen öffnen wie schließen sollte.

»Hört er Ihnen nicht zu?«, fragte Gladdring und unterbrach damit, was zu einer fast peinlichen Tirade geworden war, bei der die hitzigen Worte der Königin dampfend in den kühlen Morgen strömten.

»Fassle hört nur auf sich selbst. Das wissen Sie doch.«

Gladdring ließ ein leichtes Lächeln über sein Gesicht huschen, gefolgt von einem kaum merklichen Nicken. Solidarität, die den Weg für das ebnete, was kommen würde, für das, was Yarvick in der Nacht zuvor weitergegeben hatte. Seine Diebe, die an jeder Ecke lauschten und jede Botschaft lasen, hatten Fassles wahren Plan entdeckt, und nun trug Gladdring diese Enthüllung in der Tasche gegenüber seinem Skar, wartend auf den richtigen Moment.

Fassle würde wie viele andere Männer durch einen Messerstich in den Rücken sterben, aber um seine Position einzunehmen und die Sicherheit der Inseln zu gewährleisten, würde es Verbündete brauchen. Wenige würden mehr Einfluss haben als Kances Königin. Mit ihrer Unterstützung würden sich die anderen Tenets einreihen, und Gladdrings Position wäre gesichert.

»Ich sagte, bleiben Sie hier«, schnappte die Königin, als sie den Außenposten erreichten. »Sie träumen schon wieder.«

»Sie können nicht erwarten, dass ich all dem zuhöre, ohne darüber nachzudenken, was es bedeutet.«

»Was es bedeutet? Ich habe es Ihnen gesagt. Fassle hört nicht auf zu reden. Ich kann es kaum erwarten, diese elende Insel und ihre dummen Spiele zu verlassen.«

»Bleiben Sie nur noch ein wenig länger und Sie werden vielleicht feststellen, dass ihre Spiele gar nicht so dumm sind.«

Die Wachen auf Posten nickten dem Paar zu, als Gladdring und die Königin unter dem Steinbogen hindurchgingen und einen Tunnel betraten, der zu beiden Seiten mit Büsten vergangener Zirkelführer und Ägiden gesäumt war.

Fackellicht – keine Laternen hier, der Tradition folgend – ersetzte das Tageslicht, die schattige Decke schloss sich um sie, und beide senkten ihre Stimmen zu einem Flüstern unter den leblosen Steinaugen.

»Sagen Sie mir nicht, dass Sie eine weitere Feier planen, Gladdring. Das ist geschmacklos, wenn so viele leiden«, wischte die Königin die Worte mit einem Seufzen beiseite.

»Eine Feier, nein. Aber Ihre Anwesenheit wird trotzdem erforderlich sein.«

»Erzählen Sie mir mehr darüber.«

Gladdring verlangsamte seinen Schritt und hielt sie im Tunnel, allein. Die Königin passte sich seinem schleppenden Gang an, ihr Gesicht so unergründlich wie immer. Eine Deutung unmöglich ohne den Skar in seiner Tasche, der die Neugier spürte.

Also befriedigte er sie. Bat um eine Partnerin in einem tödlichen Plan. Eine kühne Bitte, die Gladdring vielleicht nie gewagt hätte, wäre da nicht die Nacht gewesen, in der Fassle seine früheren Züge zunichte machte und Gladdring dem Tod nahe brachte. Wenn man diesem letzten Abschied einmal so nahe gekommen war, kam die Einladung zum Tanz mit dem Verhängnis, wenn auch nicht leicht, so doch ohne das Schwitzen, Zittern und die Zweifel eines anderen Lebens, die ihn beim ersten Mal heimgesucht hatten.

Das Spiel entfaltete sich zunächst gut, der Tamas-Skar ermutigte Gladdring weiterzumachen. Die Königin war gefesselt, sagte er, und ihre Augen blieben tatsächlich auf ihn gerichtet, nahmen jedes Wort auf. Er fand sein Selbstvertrauen, erklärte, dass, sobald Fassle beseitigt wäre, seine Verbündeten Gladdring an die Spitze setzen würden, mit ihrer Hilfe, und gemeinsam könnten sie-

Ein scharfer Schmerz ließ Gladdring mitten im Satz innehalten. Kein Stich, kein Dolchstoß, sondern der Skar,

der Gladdring warnte, dass sich das Szenario geändert hatte. Der Gesichtsausdruck der Königin blieb unverändert, wechselte nun zu einem Stirnrunzeln, als Gladdring verstummte, aber sie war keine willige Partnerin mehr. Stattdessen sprach der Skar von Traurigkeit, Enttäuschung und Angst.

»Habe ich etwas Falsches gesagt?«, fragte Gladdring und setzte sein bestes Beerdigungslächeln auf, einschmeichelnd und doch traurig.

»Falsch?«, das Stirnrunzeln der Königin vertiefte sich, fragende Falten bildeten sich auf einer ansonsten perfekten Stirn. Ein Schnauben dann, als sie ihre eigene Frage beantwortete. »Natürlich. Ein Skar. Niemand sonst könnte mich lesen, und Sie auch nicht, ohne diese verdammten Edelsteine.« Sie neigte den Kopf. »Welcher ist es? Welcher Inselgott gibt Ihnen den Geist eines anderen zu lesen?«

»Erst meine Frage.«

Die Königin hob eine einzelne Hand, einen einzelnen Finger. Der weiße Handschuh, der ihn umhüllte, gab einen goldenen Schimmer gegen die Fackeln, ein Signal, und Gladdring war nicht überrascht, als die Öffnungen des Tunnels auf beiden Seiten neue Schatten fanden.

»Nehmen Sie es nicht persönlich, Gladdring«, sagte die Königin, als die Schatten, violette und schwarze Najahn, vorrückten. »Fassle versprach, meine Insel in Ruhe zu lassen, wenn ich Ihre Loyalität beweisen könnte, auf die eine oder andere Weise.«

Eine hohle Geste, wie der Brief in seiner Tasche bewies. Die Königin griff nach Hoffnung, wo keine zu greifen war.

»Fassle wird sein Wort nicht halten.« Gladdring seufzte. »Das tut er nie, es sei denn, es ist das Beste für ihn.«

»Für meine Insel und mein Volk muss ich es versuchen.«

Die Wachen kamen näher. Nur noch ein Moment. Der Tamas-Skar flüsterte weiter seine Warnungen und Möglichkeiten. Die Königin hatte sich ihm noch nicht völlig verschlossen: der Skar raspelte ihre Traurigkeit, und Gladdring nutzte es. Er fiel nach vorn, als würde er über den Schutt stolpern, in die Königin hinein. Sie keuchte, versuchte sich zu trennen und schaffte es, als die herbeieilenden Wachen Gladdring von ihr wegzerrten. Die rauen und kampfbereiten Krieger sprachen Gladdring dort und dann das Urteil des Verräters, die Königin bekräftigte ihre Anschuldigungen und erklärte, sie habe eine bereite Aussage.

Doch als die Soldaten Gladdring in Richtung einer kalten, einsamen Zelle abführten, sah er, wie die Königin in ihre eigenen Taschen griff, um den Brief zu finden, und Gladdrings Hoffnung.

13
DER ERSTE AKT

Sie war in ihrem Leben wirklich nur einmal gelaufen: Als Eujo zum ersten Mal nach Vis kam, von der *Sturmkante* abstieg und Mottilans Küste betrat, unter diesen hochaufragenden Klippen und misstrauischen Blicken. Nachdem ihre handelslose Ankunft kaum mehr als Spott hervorgerufen hatte – Wax würde später erklären, dass die ganze Stadt immer noch sauer auf seinen Erneuerungs-Aufstieg war – liefen Eujo, ihre Wachen und einige angeheuerte Helfer, die ihr Gepäck trugen, die Bergpässe hinauf zum Großen Sana.

Das war das einzige Mal gewesen, dass ihre Füße Blasen bekommen hatten, ihre Beine vor Müdigkeit schwer wurden und jeder Atemzug ein keuchender Ruck nach dem vorherigen war. Und doch waren diese Gefühle selbst damals flüchtig gewesen, weil sie wusste, dass die Rast nahe war, dass sie reichlich Vorräte hatte und es nichts zu befürchten gab.

Der Spaziergang entlang der Tamas-Küste bot keinen dieser Tröste, um die lähmende Last zu lindern, die Eujo trug und die anderen leichter. Der weiche Sand war zugleich faszinierend und eine Herausforderung, die Körner verschoben sich unter ihrem Gewicht und zogen ihre Füße mit, ein Trick, der mit dem Rana-Skar, das ihre Kraft raubte, schwerer zu bewältigen war. Wenn Eujo mit Wax tauschte, ein Wechsel, der ausgelöst wurde, wenn einer von beiden unweigerlich stolperte, wurden ihre Schultern leichter, ihre Füße sprangen von einem Schritt zum nächsten, und diese schweren Atemzüge wurden zu angenehmen Schlucken der Meeresbrise.

Zuerst.

Am Ende des Tages fanden ihre müden Beine kaum Erleichterung, selbst wenn die Skars ruhig waren. Als Bliss und Torny mit den gefrorenen Wurzeln und Ästen, die sie schneiden konnten, ein kleines Feuer entfachten, das Wax mit einem Skar verstärken konnte, wollte Eujo nichts mehr, als zu schlafen. Oder zu essen. Oder ein Bad zu nehmen.

Tausend kleine Luxusgüter, die die Tamas-Küste ihnen verwehrte.

Bliss und Torny einigten sich darauf, die Wache aufzuteilen, um ihren Erneuerungen eine ungebrochene Nacht zu gönnen, und Eujo nahm es an. Sie gingen so weit den Strand hinauf, wie sie konnten, bevor sie sich hinlegten, und der hohle Wintermorgen brachte Schmerzen mit sich, die in glückseligen Träumen vergessen worden waren.

Wovon hatten diese Träume gehandelt?

Eujo konnte sich nicht erinnern, aber wenn sie auch nur annähernd so aussahen wie das, was sie am Nachmittag ihres zweiten Tages sahen, wäre sie nicht überrascht gewesen.

Torny erkannte das Schimmern voraus im Süden, ihre Bögen sprangen über die brillanten Büsche und ihre karmesinroten Blätter. Auch Türme, wenn auch solche mit seltsam gewinkelten Spitzen und noch seltsameren

Farben, Gelb und Blau mit karmesinroten Strichen, durchstachen den bewölkten Himmel. Zweifel, Fragen und Hoffnungen reisten danach mit ihnen, die erschöpfte Energie wurde beim Anblick der Rettung wiederhergestellt.

Der Strand bescherte ihnen etwas Glück, indem er direkt bis zum Rand der Türme verlief, ein unzeremonielles Ende der Wildnis, das mit einer geschnitzten Lichtung, Stimmen, Gesang, Musik und Gerüchen einherging, die so reich waren, dass Eujos Magen knurrte. Sie hielten sich an den Händen, alle vier, jeder half dem anderen den dunklen Sand hinauf zu den ersten Körpern, den Wächtern, den seltsamen Gestalten in Outfits, die für Eujo zu fremd waren, um sie zu erkennen.

»Warst du nicht schon mal in Tamas?«, murmelte Torny, als sie sich den halben Dutzend Gestalten näherten, die sich um einen ins Meer ragenden Pier versammelt hatten, der mit Fischerspeeren, Netzen und Angeln gespickt war. »Sieht es immer so aus?«

»Nur an der Südküste«, antwortete Eujo. »Dort ist es nicht so anders als in Noctia. Besseres Bier, mehr Wasser, freundlichere Menschen. Das ist alles.«

Freundlich oder nicht, das Tageslicht tauchte die eklektischen Gestalten in einen mystischen Glanz. Trotz der Kälte drehten sich die Gestalten zu ihnen um, als Eujo und die anderen sich näherten, und enthüllten flatternde Outfits, Stoffbänder, die in kühner Seide umeinander geschwungen waren, in gewelltem Leinen, durchsichtig traf auf undurchsichtig, und alles führte zu ausladenden oder schlanken Schuhen, die alle auf dem Sand zu schweben schienen.

»Neue Freunde?«, kam die erste Begrüßung von der größten Gestalt in der Mitte der Gruppe, deren gelbes und kirschrotes Kostüm sich wie der Schleier einer Qualle um ihn aufblähte. »Aus dem Norden? Es ist einige Zeit her!«

Der Mann schloss seine Begrüßung mit einer tiefen Verbeugung ab, die mit einem Armschwung einherging, und die anderen ahmten die Bewegung nach, während sie in Seitwärtsschritten über den Sand huschten. Eine ablenkende Bewegung, wenn sie sich mit ihren Farben vermischte, und schnell genug, dass Eujo nicht bemerkte, was sie getan hatten, bis Bliss mit ihren Fingern blitzte.

›Wir sind umzingelt.‹

Torny reagierte als Erste, ihre Hände verschwanden in ihren Manteltaschen, um das zu finden, was Eujo für Dolchgriffe hielt. Eujo selbst hätte nach ihrem Rapier greifen können, dem Schwert, das an ihrem Oberschenkel hing, legte stattdessen aber ihre linke Hand auf das Armband an ihrer Rechten. Es war unnötig, die Skars zu beschwören – sie waren immer da, flüsterten immer –, aber die Steine zu verdecken, könnte ihr Geheimnis noch einen Moment länger bewahren, die Überraschung aufrechterhalten. Wax, mit seiner Halskette, glich seiner Schwester in der freihändigen Einschätzung.

Die Vis würden gleich reden, irgendeine abgedroschene Einführung machen. Besser, das nicht zuzulassen.

»Wir haben die Eisschollen zwischen Tamas und Whent überquert«, begann Eujo und machte einen halben Schritt vor Torny, Wax und Bliss. Sie etablierte Führung. »Unterwegs griffen uns Unholde an, deshalb haben wir wenig Vorräte, sind müde und brauchen Nahrung.«

»Eine prüfende Geschichte, da bin ich mir sicher«, erwiderte der Mann und erhob sich, um ein kurzes silbernes Horn aus irgendeinem verborgenen Ort an seiner Person zu ziehen. Er setzte es an seine Lippen, stieß mehrere klare Töne aus, laut und weit, bevor er das Instrument sinken ließ und ein Showman-Grinsen enthüllte, die Art, die Eujo viel zu oft am Hof des Himmelspalastes gesehen hatte. »Aber wir sind ein Zuhause für die Bedürftigen und oft eine Absolution für ebendiese. Seid froh, dass ihr unsere kleine Ecke der Inseln gefunden habt, denn hier könntet ihr alles finden, was ihr je brauchen werdet.«

»Hältst du diese Rede jedem, der hierher kommt?«, warf Torny ein, bevor Eujo eine diplomatischere Antwort finden konnte. »Wir bitten um etwas Suppe, nicht darum, dass du unsere Seelen rettest.«

»Manchmal können beide zusammenkommen, wenn man den richtigen Ort findet.« Das Lächeln des Mannes blieb unverändert. Ein Glanz in seinen Augen, umrandet von schwarzem Make-up, fing die untergehende Sonne ein und funkelte. »Und ihr habt definitiv den richtigen Ort gefunden, meine Freunde.«

Bei seinen eigenen Worten drehte er sich um und winkte den Strand hinauf, wo diese Türme und wirbelnden Schimmer warteten.

»Kommt, folgt mir, und ihr werdet finden, was ihr braucht und noch so viel mehr dazu.«

»Warte«, sagte Eujo, als der Mann seinen ersten Schritt machte. Zu viel Misstrauen, zu viele falsche Wendungen machten einen blinden Gang, selbst hier, selbst wenn jeder ihrer Knochen sich hinlegen und zu Abend essen wollte, zu einer unmöglichen Wahl. »Was ist das für ein Ort, und was habt ihr gemacht?«

»Geprobt, natürlich«, antwortete der Mann, und Glöckchen klingelten, als der Rest der Gruppe nickte, klatschte oder einen einfachen Hüpfer machte, wobei verschiedener Schmuck Klang und Licht einfing. »Was sonst würde man hier am Ende des Tages tun? Der Ozean ist schließlich das respektvollste Publikum.«

»Der Typ hat sie nicht mehr alle«, murmelte Torny.

»Was das Animas betrifft, es ist der Ort, an dem Tamas seinen Zweck findet. Das Ritual aller Rituale, die Bühne, auf der die Künstlerin ihrem Schöpfer und ihrer Bedeutung begegnet.«

»Ich stimme dafür, dass wir weitergehen«, fuhr Torny fort, wobei der Mann sie entweder nicht hörte oder sich nicht darum kümmerte, was sie sagte. Er ging weiter den Strand hinauf und winkte mit beiden Armen, während seine Freunde blieben, wo sie standen, in einem flachen Kreis um das Quartett.

»Scheint, als hätten wir die Wahl«, sagte Wax und blickte auf die glänzenden, allzu ruhigen und allzu glücklichen Gesichter um sie herum. »Entweder wir folgen diesem Typen, oder wir finden einen Weg an diesen Leuten vorbei.«

»Einen Weg wohin?«, sagte eine, eine schlanke Frau, die fast in den Wellen des Ozeans stand.

»Es gibt nirgendwo anders hinzugehen, es sei denn, ihr nehmt die Hauptstraße«, fuhr ein zweiter fort, und Eujo schloss die Augen und atmete tief durch, während das Offensichtliche seinen Weg fortsetzte.

In abwechselnden Phrasen, wie in der Tat die wenigen Tamas-Aufführungen, die Eujo auf Kance gesehen hatte, übermittelten die Schauspieler die Lage des Quartetts: Der Strand würde in ein paar Stunden Marsch zu Klippen werden, während der einzige Weg durch die knurrenden Pflanzen und Büsche genau hier war. Und natürlich, sollten sie sich entscheiden, ins Animas zu kommen, würden sie Wärme, Möglichkeiten und Glück finden.

»Eher unsere Kehlen durchgeschnitten und die Skars gestohlen«, sagte Torny, als sie den Fußspuren des ersten Mannes den Strand hinauf folgten. »Noctia hat seinen

Anteil an Spinnen, die Fallen stellen, aber ich würde jede von ihnen diesen Verrückten vorziehen.«

»Eine Wahl, die wir nicht haben«, sagte Eujo und schätzte Wax' zustimmendes Nicken. »Wir sind ausgehungert, verloren und ohne Freunde. Wir nehmen ihre angebotene Mahlzeit, ein Bett und versuchen, morgen früh unseren Weg fortzusetzen.«

Zu diesem Plan hatte die Banditin endlich nichts mehr hinzuzufügen.

Das Animas entfaltete sich ähnlich wie die Outfits seiner Schauspieler: Wenn Eujo die Türme zuerst sah, ihre schlanken Spitzen hoch aufragend, dann offenbarte jeder Schritt den Strand hinauf sowohl mehr als auch weniger. Der Verstand sagte, wie Häuser gebaut werden sollten, aber das Animas ignorierte diese Anleitung und schickte stattdessen seine Gebäude, gerahmt von denselben Wurzeln, die überall sonst zu finden waren und durch versteiftes Segeltuch getrennt wurden, in wahnsinnige Formen. Die skelettartigen Strukturen erhoben sich hoch, ragten in Winkeln heraus, ihr Wurzelgerüst in allen Farben bemalt, oft eine Mischung aus mehreren, aber immer mit Weiß, das sie verband. Die Haut zwischen den Knochen. Leitern klammerten sich an verschiedene Seiten, große und kleine Stufen waren von Schauspielern besetzt, die kamen und gingen, manchmal anderen Arbeitern, ihre Lächeln ebenso groß, die Kulissen, Requisiten und Menschen von einem Ort zum nächsten trugen.

Zelte und Karren, Kutschen und Kochfeuer verteilten sich auf dem Gelände zwischen den Leinwandgebäuden des Animas und zeigten ein verständlicheres Leben: eines von Essen, Handel, Überleben inmitten der Inseln. Gespräche verliefen wie in jeder anderen Stadt, obwohl ihre Töne hier anders waren, oft in der Art von auswendig gelernten Zeilen, vorgetragenen Reden oder geistreichen Antworten, die mit Applaus bedacht wurden.

Insgesamt fand sich Eujo, wie Torny, zunehmend angespannt und musste die Sorge mit kalter Logik unterdrücken: Nur weil ein Ort anders war, bedeutete das nicht, dass er tödlich war.

Daklin, ihr Führer und derselbe Mann, der sie am Strand willkommen geheißen hatte, führte die Erneuerungen und ihre Wächter zu einem breiten Zelt, das mit von Bänken umrandeten Tischen gefüllt war. Als sie durch die breiten, peitschenden Klappen gingen, fand Eujo die Quelle jener Schimmer: geschnitzte Glasröhren, die sich von kleinen Gruben im Boden aus ihren Weg bahnten, um in das Zelt und darüber hinaus in das eigentliche Animas zu schweben.

»Was ist das?«, fragte Torny und ersparte der Königin erneut, den Mund zu öffnen. »Eine Art Dekoration?«

Die Bevölkerung des Zeltes, mehr als dreimal so viele, die dasselbe frühe Abendessen teilten, das Eujo in diesem Moment wollte, stoppte alle ihre Worte und drehte sich um, um zuzuhören, als Daklin eine schnelle, stolze Erklärung gab: Tamas, eine sandige Insel, bot reichlich Glas, und beim Graben ein wenig unter seiner zitternden Oberfläche konnten Gase gefunden und entzündet werden, die Wärme im ganzen Animas verteilten, um sie warm zu halten, wenn Feuer allein nicht ausreichten.

»Seht ihr hier große Bäume zum Verbrennen?«, fragte Daklin und drehte sich dabei um, um das Zelt zu betrachten, wobei Köpfe bei seinem Anblick schüttelten. »Irgendwelche Noctia-Kohle, damit wir uns in ihrem Schmutz wärmen könnten?« Wieder schüttelnde Köpfe, und Eujo fand sich selbst unter ihnen, sehr zu ihrem eigenen Ärger. Trotzdem hatte der Mann eine Art zu sprechen, dich in seine Wendung einzufangen, die dich in sein Reich drängte, sein Spiel zu spielen. »Wir haben weder Pelze wie Whent noch Lava wie Foti. Unser Gott gab uns das Gas und das Glas, und das ist genug für uns.«

Tamas gab dem Animas offenbar auch genug Nahrung, mit reichlich Fisch und Knollengewächsen, gekocht in einer dampfenden Brühe und an ihren Tisch in Keramikschüsseln serviert, jede mit einer Figurenserie bemalt. Als Wax fragte, sagte Daklin, die Schüsseln spielten Szenen aus einem ihrer Stücke ab.

»Denn das ist es, was wir hier im Animas tun«, fuhr Daklin fort, dieses Grinsen immer breiter werdend, selbst als seine dandyhafte Kappe über seinen gebeugten Kopf sank, »wir unterhalten, wir erleuchten und wir bringen den Menschen das Glück, das sie verdienen.«

»Toll«, sagte Torny, die Suppe verschwand schnell mit ihren raschen Löffeln, »viel Glück bei all dem. Tut uns leid, dass wir nicht bleiben werden. Wir haben Dinge zu tun, Inseln zu retten und so weiter.«

Der Mann nickte, fast traurig wirkend. »Eure Quest kann bis zum Morgen warten. Seht euch heute Abend wenigstens eine Show an. Seht, was ihr gefunden habt.« Wieder dieses Funkeln, dieses Glitzern. »Ihr könntet sogar beschließen, dass ihr bleiben möchtet.«

14
ERSTE FEUER

Allein durch den Dschungel von Vis zu wandern, war eine entspannende, fast transzendente Erfahrung gewesen. Die Musik der Vögel, Insekten und des Windes, selbst im Winter, nahm der Reise die Anstrengung und ersetzte sie durch ein nährendes Staunen. Annalyse hätte glücklich Monate, Jahre, ein ganzes Leben lang unter diesen Ästen wandern können.

Der Lauf mit Deshivas Jägern im Morgengrauen, nach wenig Schlaf, hatte kaum etwas mit jener Wanderung gemeinsam, obwohl die Bäume die gleichen blieben. Selbst mit einem Vis-Skar an ihrer Brust, demselben, das sie vor dem Gift des Attentäters bewahrt hatte und Annalyse mit Energie versorgte, zehrte der Sprint an ihrem Geist und raubte den Zauber. Zum Teil wegen der Speere, der Federn, der entschlossenen Gesichter, die um sie herum zwischen den Ästen huschten.

Zum Teil, weil sie in den Krieg liefen.

Die Inseln existierten in einem zerbrechlichen Gleichgewicht miteinander, jede so bezeichnend für den Gott, der sie erschaffen hatte, dass sie aufeinander angewiesen waren. Offener Krieg blockierte den Handel, verdammte zu viele Menschen zum Elend, sodass Annalyse abgesehen von Rana-Überfällen und gelegentlichen Scharmützeln mit übermütigen Banditen oder gebrochenen Seelen nichts von Krieg hörte. Jetzt war sie mittendrin.

Der Lauf dauerte den größten Teil des Morgens und führte sie vom See ostwärts zum Najahn-Außenposten. Selbst aus der Ferne erhob sich der Große Sana über den Horizont, in flüchtigen Blicken zwischen den Blättern, während Annalyse durch die Bäume rannte, stets im Bewusstsein, dass Deshiva und ihr Speer dicht hinter ihr sprinteten.

Die Anführerin der Jäger sprach nicht viel, außer als sie am Morgen an Annalyses Baumhaus erschien und die eingelegten Rüstungen und Annalyses Teilnahme forderte. Es war keine Frage gewesen. Nur ein Befehl, dem die Wissenschaftlerin ohne Protest folgte.

Gladdring hatte sie so viel gelehrt: Es hatte keinen Sinn, sich Feinde zu machen, wenn es keine Optionen gab.

Sie wäre fast in den Jäger vor ihr gelaufen, stolperte durch einen dichten Farn zum Halt, kurz bevor sie seinen tätowierten Rücken traf. Orange und violette Linien, die Früchte, Tiere und Symbole formten, die Annalyse nicht kannte, bildeten die letzte Barriere vor den gerodeten Najahn-Feldern. Seine ausgestreckte Hand, die Handfläche zu ihr, diente als Auffang, den Annalyse nicht brauchte.

»Du hast dich gut geschlagen«, sagte Deshiva, die hinter Annalyse auftauchte, so lautlos wie der Rest ihrer Gruppe. »Die meisten Vis würden bei so einem Lauf Schwierigkeiten haben.« Deshiva, ihr eigenes Gesicht gezeichnet, die Haare eng am Kopf, nickte zum Stein. »Andererseits laufen die meisten Vis allein.«

»Das ist ihr Problem, nicht meins.«

Ein leichtes Lächeln. »Gut. Du wirst diesen Geist heute brauchen.« Deshiva nickte nach vorn. »Bist du bereit?«

»Wofür? Ich bin keine Kämpferin.«

»Heute beobachtest du. Lernst. Nutze, was du siehst, um uns morgen besser zu machen.«

»Worauf soll ich achten?«

Deshiva blickte nach rechts und links, beugte sich, um an Annalyse vorbeizusehen. Der Jäger zu Annalyses Rechten bewegte sich, spannte einen schmalen Bogen. Die Größe der Waffe verriet, dass sie nicht für weite Schüsse gebaut war, aber dann war das Schießen über große Distanzen in einem dichten Dschungel wohl auch nicht nötig. Der schlanke Köcher deutete ebenfalls darauf hin, dass die Vis selten-

»Studiere uns später«, unterbrach Deshiva. »Ich brauche deine Augen auf den Najahn. Sag mir, wenn du etwas Seltsames siehst. Ansonsten, lerne.«

Deshiva führte ihre Finger an die Lippen und blies. Kein ausgesprochener menschlicher Pfiff, sondern ein hoher, kurzer Laut, wie ein Vogel, der die Sonne begrüßt. Zu leise, um weit zu tragen, aber das musste er auch nicht: Deshivas Signal fand Wiederholer ringsum, der ganze Dschungel schien mit den Piepsen zu erwachen.

Jenseits, auf den Feldern, wurden Tiere, Schweine und Kühe, die von anderen Inseln importiert worden waren, aufmerksam. Tamas-Hühner, ihre braunen Federn flatternd, kreisten in ihren schmalen Gehegen. Holzstapel, ordentlich aufgeschichtet, standen bereit für die Mahlzeitverbrennungen. Vier oder fünf Najahn bewegten sich in der Szenerie, gingen ihrer Tagesarbeit nach, ohne viel auf die Umgebung zu achten.

Reichlich Ordnung.

Leichte Ziele.

Pfeile flogen, das Summen der Bogensehnen kündigte die brennenden Linien an, als sie durch die Luft bogen und auf den Holzstapeln, auf Strohhütten landeten. Nicht viele – Annalyse hätte den Angriff abgetan, wenn das Ziel Najahn-Opfer gewesen wären. Nur ein paar Pfeile schienen an Holz zu haften, das vom Winterregen durchnässt war.

Aber die Schüsse zogen Aufmerksamkeit auf sich, und nach Deshivas grimmigem Nicken war das das Ziel.

Die Najahn schwärmten aus wie träge Bienen, die Art, die Annalyse früher um die Tundra-Blumen von Whent im Herbst taumeln sah. Unbeholfene Rufe, Erstaunen und Gestolper aus den zentralen Gebäuden des Außenpostens. Rüstungen klirrten, als Najahn-Soldaten sie hastig anlegten. Jemand fand ein Horn und ließ drei kurze Töne erschallen. Deshiva signalisierte eine zweite Salve, und nun brannten drei Holzstapel, und mit diesen Funken begann die Jägerin den nächsten Zug.

Auf einen zweiten Pfiff hin stürmten sieben Vis-Jäger, in dunkle Gewebe gekleidet, vom Rand des Dschungels zu den Tiergehegen. Alle zogen lange Messer, deren geschwungene Enden die ursprüngliche Absicht zum Fleischzerlegen zeigten. Diesmal, als die Najahn ihre Linien formten, die ersten Gleven zogen, Armbrüste und die nötigen Bolzen fanden, nutzten die Vis diese Messer, um die Fesseln zu durchtrennen, die die Tore der Gehege geschlossen hielten. Die Jäger schrien, kreischten und hieben um sich, scheuchten die Tiere in panischer Flucht aus ihren Gehegen. Als jedes geleert war, verfolgten die Jäger ihre befreite Beute, trieben sie in Richtung Dschungel, Straße, weg von den Najahn.

»Amüsiert?«, fragte Deshiva, als die gepanzerten Krieger endlich zur Verfolgung ansetzten, fruchtlose Schüsse auf die Jäger abfeuerten und schwerfällige Soldaten in viel zu später Verteidigung losschickten.

»Ich habe noch nie einen Kampf wie diesen gesehen.«

Wenn die Warlords von Whent beschlossen, um Territorium zu kämpfen, waren ihre Schlachten erbitterte, betrunkene Zusammenstöße. Massen trafen sich auf den Ebenen und prügelten aufeinander ein, bis eine Seite aufgab, neue Fässer angestochen wurden und die Verlierer ohne Groll in ihre neue Herde aufgenommen wurden. Ein Warlord würde schließlich den Großteil der Insel verschlingen, wie Jochi es getan hatte, bis, alt und gebrechlich, ihr kleines Imperium zersplittern würde.

»Mit Vis auf unserer Seite wird heute niemand sterben«, sagte Deshiva. »Wir können die Najahn überzeugen, dass sie hier keinen Halt haben, und sie werden in Frieden gehen.«

»Wenn du das glaubst-«

Deshivas plötzlicher Blick schnitt die Worte ab. »Lass deinen Zynismus nicht die Hoffnung töten.«

»Ich würde es Realität nennen.«

»Dann musst du deine Realität ändern.«

Annalyse schüttelte den Kopf und beobachtete, wie die Najahn ihre unbeholfene Verfolgung verlangsamten und stoppten. Fast dreißig bewaffnete und gepanzerte Soldaten standen jetzt auf dem Feld, ein schmalgesichtiger Hauptmann bellte sie in Formation. Deshiva gab einen weiteren leisen Pfiff von sich, der durch die Bäume wiederholt wurde, und die Vis-Truppen versanken mehrere Schritte tiefer in den Dschungel. Annalyse stolperte nur zweimal, eine Leistung.

»Wir laufen weg?«, sagte Annalyse, als sie Deshiva einholte und sich neben der Jägerin hockte. Insekten machten sich in ihrem Haar breit, Farne kitzelten ihre Arme. Ein Dorn verfing sich in ihrem Schuh. Der Dschungel bot nicht viel Platz. »Schon?«

»Es wird schwer zu beweisen sein, dass dies mehr als nur Diebe waren«, sagte Deshiva, »wenn sie den Rest von uns nicht fangen. Doch wenn sie nachdrängen, werden wir sie überraschen.«

»Geradlinig.«

Wieder dieser stirnrunzelnde Blick. »Sind Sie so unerfahren im Kampf?«

Bevor Annalyse mit dem Offensichtlichen antworten konnte, kniff Deshiva die Augen zusammen und blickte auf die Najahn, dann fluchte sie. Die Soldaten, schwerer zu sehen in dieser Tiefe, aber immer noch unverkennbar, hatten sich umgedreht. Marschierten zurück hinter ihre Palisaden. Gaben ihre Felder und ihre Kreaturen auf. Annalyse hätte jubeln mögen: ein Sieg ohne Verlust, ohne eine einzige Wunde?

Deshiva jedoch sah aus, als hätte sie in eine Zitrone gebissen.

»Die schlimmste Reaktion«, sagte Deshiva, als der Nachmittag den Tag dahinschmelzen ließ. Annalyse und einige andere Anführer gesellten sich zu ihr um das Lagerfeuer in einer Lichtung.

Die Vis hatten sich in ein behelfsmäßiges Lager dreißig Minuten vom Najahn-Außenposten entfernt zurückgezogen. Jägergruppen sammelten weiterhin das befreite Vieh ein, um die Tiere zurück zum See zu bringen, wo ihre frühere Bestimmung wiederhergestellt werden konnte. Diejenigen, die sie nicht führen konnten, würden zurückgelassen werden, um sich selbst zu verteidigen, wahrscheinlich Hanoko-Futter.

»Warum?«, Annalyse wedelte mit ihrem hölzernen Suppenlöffel in Richtung des geselligen Lagers. »Niemand verletzt? Ziel erreicht?«

»Der einfachste Sieg, mit dem geringsten Nutzen. Wir

haben Ihre Skars nicht getestet, um zu wissen, ob sie funktionieren. Wir haben die Najahn nicht wirklich bestraft. Und jetzt werden sie sich hinter ihren Mauern verstecken, bis Verstärkung eintrifft, zu viele, um auf einmal gegen sie zu kämpfen.«

»Das wissen Sie nicht.«

»Sagt die Wissenschaftlerin«, aber Deshiva nickte, während sie sprach. »Sie haben jedoch Recht. Ich weiß nicht, was die Najahn tun könnten, was passieren könnte. Ich kann ihre Handlungen nicht kontrollieren, genauso wenig wie Sie wissen können, wann ein Hanoko zuschlagen könnte. Stattdessen müssen wir uns auf das konzentrieren, was wir kontrollieren können.«

»Was wäre das?«

»Ihre Skars.«

Annalyse griff instinktiv nach der Halskette. Sie hatte jetzt vier daran, einen Vis-, Foti-, Rana- und Tamas-Stein. Ihr Murmeln blubberte. Der Tamas-Stein gab einen Hinweis auf Deshivas Stimmungen, aber ihre nachdenkliche Ambition war selbst ohne die geflüsterten Emotionen offensichtlich.

»Was ist mit ihnen? Wir brauchen jemanden, der in einen Kampf gerät, um zu sehen, wie sie sich schlagen.« Annalyse zeigte ein Grinsen, als sie einen Kreis bemerkte, in dem Jäger miteinander zu ringen schienen. »Wer weiß, vielleicht haben wir dort drüben Glück.«

»Nicht die Vis-Skars. Die anderen.« Deshiva griff nach einem Stöckchen vom Boden und steckte es ins Kochfeuer, das jetzt leer war, da das Abendessen aufgebraucht war. »Die Najahn verstecken sich hinter ihren Holzmauern. Ihre Foti-Skars können sie brechen.«

»Oder denjenigen zerstören, der es versucht.«

Wieder ein scharfer Blick, und diesmal hörte Annalyse

auf den Tamas-Skar und fand in Deshivas Ernst eine angespannte Müdigkeit, jemand, der lange unter Druck gestanden hatte und nicht mehr durch Zaghaftigkeit gebunden war. Deshiva würde drücken und drücken, bis sie den Sieg für ihre Insel errang.

»Ihre Leute könnten sterben. Werden sterben. Und selbst wenn sie Erfolg haben, was werden Sie dann tun? Zurück in die Bäume rennen, wie wir es heute getan haben? Die Najahn werden das Loch vorbereiten.«

»Aber sie werden Angst haben. Sie werden wissen, dass wir Dinge tun können, die sie nicht können.«

»Wir? Sie meinen Ihre Jäger? Im Moment sind die Skars noch größtenteils ein Geheimnis, Deshiva. Seit Hunderten von Jahren haben nur wenige versucht, sie für etwas anderes als die Aegis zu benutzen. Wenn Sie diese Tür hier öffnen, werden die Najahn reagieren. Sie haben mehr Skars als Sie, und tödlichere.«

»Die Wissenschaftlerin versucht wieder, mich in Kriegsangelegenheiten zu beraten«, erwiderte Deshiva. Ihr Stock fing Feuer und sie zog ihn zurück, eine Fackel in der Dunkelheit. »Die Najahn kontrollieren uns durch Ordnung, aber haben Sie es nicht bemerkt? Die Unholde kommen nicht mehr in großer Zahl. Es ist, als wäre die Aegis wiederhergestellt worden, aber keine neuen Erneuerungen haben die Wunde gewonnen. Es gibt keinen Grund mehr, Angst zu haben, keinen Grund, den Najahn ihren Halt zu geben. Wenn sie unsere wertvollsten Ressourcen nehmen wollen, werden sie dafür kämpfen müssen.«

»Selbst wenn es bedeutet, die Inseln wild laufen zu lassen?«

Deshiva grinste. »Es sei denn, diese Steine sind mächtiger, als Sie zugegeben haben, Annalyse, ein einfacher Speer wird jemanden mit einem Skar genauso gut töten wie Sie und mich. Gerechtigkeit wird sich einstellen, wie es immer der Fall war, durch die Stärke derer, die sie ausüben.« Sie warf den Stock zurück ins Feuer. »Ich habe bereits Läufer losgeschickt, um den Rest Ihrer Skars zu sammeln. Ich werde bis morgen früh Freiwillige haben. Morgen Abend jagen wir ihren schwarzen Herzen die Angst vor Vis ein.«

15
MYSTERIUM

In Noctia, unter den Najahn lebend, konnte Ami selbst entscheiden, wann sie sich um die Unholde sorgen wollte. Catya an der Wunde zu sehen, würde die Monster und ihre tödliche Gefahr wieder in den Vordergrund rücken, aber diese Spannung würde nachlassen, sobald sie zu den Mahlzeiten, Feuern und der Kultur inmitten einer gut verteidigten Stadt zurückkehrte. Der Abstieg durch das Dunkle Unten mit Sawi hatte diesen Schalter umgelegt und Ami in ständige Alarmbereitschaft versetzt. Auch das Auffinden von Svardes totenreicher Stadt und Jochis Kriegstrupp hatte daran nichts geändert. Die Ziele waren keine verschwommenen Experimente mehr, keine undeutliche Loyalität gegenüber einer Aegis, die ohnehin schon von Beschützern umgeben war.

Hier war das Ziel klar: einen Weg finden, die Feuerwandler zu vernichten und dann die Tore zu schließen. Die Unholde aufhalten, die Inseln retten.

Sie wiederholte dieses Mantra für Sawi, während sie durch die Tunnel nach Süden gingen und Olgata zu den kontrollierten Außenbezirken folgten. Jochis Ingenieure und Soldaten, eine grummelige, biersaufende Truppe, beanspruchten dennoch mit Begeisterung Territorium, gruben Kontrollpunkte und erschlugen alle vorbeistreifenden Monster. Diese Unholde würden Svarde bisher nicht dabei helfen, sich mit ihren Körpern zu verbinden, da sie zerhackt und der nächsten Mahlzeit der Armee hinzugefügt worden waren.

»Vor ein paar Wochen hätte ich das noch eklig gefunden«, sagte Sawi, als sie am letzten vorbeigingen und ihre ersten Schritte ohne Olgata an ihrer Seite machten. »Aber betrachte meine Augen als geöffnet.«

»Manche von ihnen schmecken sogar lecker.« Ami leckte sich die Lippen, eine Geste, die angesichts Sawis geradem Blick nach vorn und dem schwachen Licht ihres gesammelten Mooses verloren ging.

Ihre Zunge schmeckte auch den herben Geschmack, die goldene Gesichtsplatte und die Verbrennung darunter, die durch ihre Vis-Narbe zu einer rauen Stelle geheilt war. Sie kämpfte gegen ein drohendes Zusammenzucken an. Es hatte keinen Sinn, sich in etwas zu verstricken, das sie nicht kontrollieren, nicht ändern konnte. Ohne die Narben und Annalyses schnelles Denken wäre sie gestorben. Eine Karriere im Kampf gegen Unholde und Diebe hatte dafür gesorgt, dass Ami bereits genug Schaden davongetragen hatte, um jede Schönheit in ein grimmiges Bild verlorener Möglichkeiten zu verwandeln.

Sawi hielt an, und Ami riss sich aus ihren Gedanken.

»Was?«, flüsterte Ami und senkte ihre Stimme, als Sawi ein Jagdmesser in der Hand hielt. Sie hatte auch einen Speer über den Rücken geschlungen, aber dieser Tunnel war eng genug, um eine lange Waffe zur Narrenwaffe zu machen.

»Hast du das nicht gehört? Hör zu.«

Ein Kratzen. Ein Scharren. Nicht groß und auf sie

zukommend. Ami tippte Sawi auf die Schulter, nickte auf das Messer hinunter. Die Vis erwiderte die Geste, und Ami zog sich mehrere Schritte zurück, wirbelte etwas Höhlenstaub auf und hielt die Fackel tief. Sawi streifte ihr Moos ab und warf es auf die gegenüberliegende Tunnelseite, um sich selbst zu verbergen. Ein Risiko: Der Unhold konnte möglicherweise in völliger Dunkelheit sehen, aber selbst dann konnte Ami mit ihrer neuen Whent-Klinge heranstürmen und einen Überraschungsangriff bieten.

Außerdem waren nach so langer Zeit beide damit vertraut, im Dämmerlicht zu töten.

Das Getrippel kam näher, wurde schneller. Ami lächelte. Ein Raubtier, das Beute witterte. Was brauchte es, um durch diese Tore zu kommen, aus dem Becken zu schwimmen und in diese Tunnel zu klettern?

Sicher keine leichte Arbeit und nach einer Belohnung suchend. Die Art von Belohnung, die diesen Unhold umbringen würde.

Sawi schlug lautlos zu. Ami wusste nur, dass sie überhaupt zugeschlagen hatte, weil das Wesen seine Verletzung mit einem blubbernden Jaulen ankündigte, wie ein Vogel, der mitten im Krächzen einen Schlag abbekam. Ami stürzte nach vorn, die Fackel in der Linken und die Whent-Klinge in der Rechten, nur um festzustellen, dass ihre Bemühungen unnötig waren. Sawi hatte den Unhold auf ihr Messer gespießt, ein Stoß mehr als genug, da das Monster kaum länger als ihre Klinge war. Dennoch offenbarte der Unhold seine anderweltliche Herkunft mit einer wirbelnden Haut, die scheinbar aus sich windenden rosa Würmern bestand. Die Masse zitterte auf Sawis Messer, das die stirnrunzelnde Jägerin auf Armlänge von sich hielt.

»Ein hübsches Exemplar«, sagte Ami und kräuselte die

Nase zu einem fiesen Lächeln. »Die Götter haben wirklich eine schreckliche Fantasie.«

»Die Götter?«

»Natürlich die Götter. Wer sonst hätte diese Dinger erschaffen?«

»Ich ... «, Sawi schauderte. »Ich schätze, ich hatte nicht darüber nachgedacht. Die Unholde, die Götter.«

»Du dachtest, diese Monster wären einfach aus dem Nichts aufgetaucht, bereit uns zu verschlingen?« Ami kniete sich hin und betrachtete den Unhold näher, während dessen Haut in den kalten Tod überging. Das blass blaue Blut der Kreatur sickerte zu einer Pfütze zu ihren Füßen. Immerhin hatte es überhaupt Blut. Manche Unholde ... »Obwohl, wenn du fantasievoll sein möchtest, könntest du sagen, die Unholde kämen von anderen Göttern, die unsere ärgern wollen.«

»Spielt das eine Rolle?« Sawi legte das Messer mit seiner Beute ab und befestigte ihr weggeworfenes Moos wieder an ihrer Tasche. »So oder so müssen wir sie aufhalten. Es macht keinen Unterschied, wie sie erschaffen wurden.«

»Das ist weniger spaßig.«

»Du bist schon eine Seltsame, Ami.«

»Was hat dich darauf gebracht? Die Gesichtsplatte?« Ami richtete sich auf und starrte den Tunnel hinunter. »Aber vielleicht steckt in deinen Worten eine gute Idee.«

»Wow, ein Kompliment? Von dir?«

»Ich bereue es schon.« Ami machte sich auf den Weg den Tunnel hinunter, nicht zurück in Richtung Jochis Lager.

»Ist das nicht die falsche Richtung?«

»Kommt darauf an, was du willst.«

Sawi zischte, ein Geräusch, das Ami verriet, dass sie etwas Richtiges getan hatte, und die Wächterin ging einfach weiter. Als die Vis aufholte, das Messer und den dazugehörigen Unhold hinter sich haltend, ganz ähnlich wie Ami immer noch die Fackel trug, gab die Wächterin ihr neues Ziel preis: die große Kammer und die Tore darin.

Die Vis warf Fragen auf, wie sie es gerne tat, aber diesmal wies Ami sie nicht mit grimmiger Gewissheit ab. Stattdessen, wie Ami es oft mit Svarde und Catya auf ihrer Erneuerungsreise getan hatte, verwebte die Wächterin Sawis Fragen in ihre eigenen Pläne, arbeitete die Details aus und baute Vertrauen auf. Sawi selbst wurde nur verwirrter, aber das spielte keine Rolle: Ami würde die Tore aus der Nähe sehen, das tun, was weder Svarde, der nun in Svardes Bann stehende Tote König, noch Jochis Kundschafter getan hatten. Und wenn sie diese wirbelnden Lichter klar und deutlich sähe, würde Ami herausfinden, wie man sie abschalten könnte.

»Blinde Hoffnung ist nicht dein übliches Tempo«, murmelte Sawi, als Ami ihre letzte Frage abwehrte. »Du riskierst, dass wir in einen Hinterhalt geraten, abgeschnitten oder verloren werden.«

»Würdest du lieber dein Vertrauen darauf setzen, dass Svarde irgendwie eine Armee toter Monster aufstellt, um andere Unholde für immer und ewig zu bekämpfen?«

»Ich meine, es ist ein Anfang?«

Der Tunnel wand und drehte sich noch eine Weile, mit Abzweigungen und kleinen Kammern, die sich hier und dort abspalteten, obwohl der richtige Weg immer offensichtlich war: Dämonenfüße, Klauen und wer weiß was noch hatten den Weg zur Kammer ausgetreten, und Ami bog ohne anzuhalten in diese Richtung ab.

Selbst wenn sie jetzt ein Wunder vollbringen und die Tore schließen würde, wäre der Rückweg lang, und ihre Beine waren bereits schwer. Am besten machte sie es schnell, kehrte zu Svardes Lager zurück für etwas schreckliches Whent-Bier und mehr Knochenmehl-Pilz-Suppe.

Noch ein Zucken. Nachdem sie wieder an die Oberfläche gelangt war, würde Ami nie wieder Suppe essen.

Die Kammer erschien ohne Vorankündigung. Der dunkle und gleichförmige Tunnel endete abrupt und warf Ami und Sawi auf eine breite graue Felsklippe. Steine, wie die auf Jochis Seite, lagen in Größen von Kiesel bis Felsblock herum. Viele trugen Kratzer, Blutflecken und Schlimmeres. Knochen. Ein natürlicher Friedhof, aber ohne Erde zum Begraben.

Schwarzes Wasser schwappte unter ihnen an die Ränder, ein ordentliches Stück weiter unten, aber näher als der Aussichtspunkt, den sie gestern zum Ausspähen der Feuerwanderer genutzt hatten. Die Erinnerung ließ Amis Blick nach oben wandern, über die große Kammer hinweg: Ein Glühen stieg von dem auf, was an der Oberfläche der Horizont gewesen wäre, und streckte seine spärlichen Linien über die Wände und die Decke in ihre Richtung. Zu weit, um jemanden deutlich zu sehen, zu weit, um zu schießen, zu patrouillieren.

»Zumindest sind wir allein«, sagte Sawi und zog ihren Speer, den sie ohne viel Selbstvertrauen hielt.

Ami hatte die Vis besser ausgebildet als das. Vielleicht noch eine Lektion, wenn sie zurückkehrten. Jetzt keine Nachlässigkeiten, nicht hier.

Wieder hatte Sawi einen Punkt: Ohne einen Dämon auf den Klippen war es Zeit, die Tore zu inspizieren.

Die wirbelnden Lichter sahen von dieser Seite genauso aus, als ob ihre Größe und Form unverändert blieben, egal wie Ami sie betrachtete. Während sie hinunterging, notierte Ami ihre Farben, ihre funkelnden Punkte, die durch das Wasser wirbelten, rasten, trieben. Jochis Beobachter sagten, sie würden sich nie ändern, nicht einmal, wenn Dämonen auftauchten.

Wunderschöne Konstanten, und eine für jeden Gott.

Fotis orangerotes Leuchten brannte auf der linken Seite der Kammer, scheinbar gleich weit entfernt von den beiden flacheren Enden der Kammer, die die Dämonen bevorzugten. Warum gingen die Feuerwanderer dann immer Richtung Traumfeste? Warum wählten die meisten Dämonen diese Seite?

Ami blickte zurück in die Richtung, aus der sie gekommen waren, sah aber keine Hinweise in der Nähe ihres kleinen Tunneleingangs. Der schmale Pfad könnte die größeren Monster abschrecken, obwohl der Totenkönig darauf bestand, dass die größten Passagen unter dem Wasser lägen. Trotzdem musste sie etwas anziehen-

»Die Wunde«, sagte Sawi und folgte Amis Blick über die Kammer. »Die Wunde ist dort, wo wir herkommen. Vielleicht gibt es deshalb weniger Dämonen auf dieser Seite.«

»Wie sollte das eine Rolle spielen?«

»Du hast gesagt, es geht hier alles um die Götter, oder? All unsere Geschichten erzählen, dass die Monster kamen, als Vis und Noctia kämpften, als er sie erstach. Wenn das stimmt, dann könnte das der Grund für die Entstehung dieser Tore und all dem hier sein.«

»Vielleicht solltest du diese Ideen aufschreiben, Sawi. Du bist ziemlich aufmerksam für jemanden, der dazu bestimmt ist, den ganzen Tag Obst zu pflücken.«

Sawi funkelte sie böse an, Ami lachte und machte sich auf den Weg zum Rand des Wassers. Sie beugte sich hinunter und ließ ihre Finger durch die Wellen gleiten. Kalt, aber ansonsten wie jeder andere Teich, See oder Fluss, in den Ami je einen Fuß gesetzt hatte. Nicht salzig. Nicht wie der Ozean. Zumindest würde Ami nicht sterben, wenn sie einen Schluck tränke, zumindest konnten Jochis Späher hierherkommen und mehr Wasser für die Armee zum Abkochen holen.

Ihre Finger brannten auch nicht. Sie kamen nicht mit irgendeinem Monsterschleim überzogen zurück oder wurden fleckig von irgendeinem Parasiten.

Ami tauchte ihren ganzen Arm ein und durchnässte ihr Leinenhemd. Sie zog ihn heraus und beobachtete ihn bei Fackelschein.

»Irgendwas?«, fragte Sawi.

»Wie ein sauberes Bad, wenn auch ein kühles.«

Als das Wasser ihren Arm genauso behandelte wie Amis Hand, begann sie, den Rest ihrer Kleidung auszuziehen, bis auf das Nötigste darunter. Ami reichte die Fackel an Sawi weiter, die fragte, was Ami ihrer Meinung nach tat, und nur seufzte bei Amis Antwort.

Aber die Vis hielt die Wächterin nicht auf, als Ami mit der Klinge in der rechten Hand in das Wasser tauchte und nach unten schwamm, hinab zu den wirbelnden Lichtern und den einzigen Antworten, die zählten.

16

ABRECHNUNG UND BELOHNUNG

Fassle hätte sich keine bessere Mordnacht wünschen können. Wolken verdeckten Sichis rosa Schein, peitschender Schnee machte die Steine glitschig und hielt die Leute drinnen. Heulender Wind vermischte sich mit der Brandung und übertönte jegliche unglückliche Schreie.

Wenn die Götter noch am Leben wären, könnte Gladdring das Wetter als Zeichen deuten, dass sie sich gegen ihn gewandt hatten.

Tatsächlich trug er kaum mehr als ein zerlumptes Hemd, sein blau geschlagener und zerschundener Körper wurde schnell taub, während seine Mörder ihn durch enge Spalten zwischen Türmen, hinunter vernachlässigte Treppen und rutschend, blutend, stolpernd zu einer bestimmten Klippe schleiften. Eine, die Gladdring selbst gut kannte und mehr als einmal für genau diesen Zweck genutzt hatte.

Unter den Geboten kursierten gewisse Ratschläge, wie zum Beispiel wo und wann es am einfachsten war, einen lästigen Gelehrten, einen nervigen Soldaten oder einen Kaufmann loszuwerden, dessen Selbstwertgefühl zu groß geworden war. Unter besseren Umständen hätte Gladdring vielleicht gelacht und den stummen Mördern, die ihn hinunterführten, auf den Zufall hingewiesen. Stattdessen hielt er den Mund und seinen Geist offen.

Fassle kam schnell zu ihm, nachdem seine Wachen Gladdring in die Turmzelle geworfen hatten. Sie entkleideten den Adepten – obwohl er diesen Titel wohl schon verloren hatte – seiner Roben, königlichen Ornamente und der verschiedenen Skars, die er in seinen Taschen versteckt hatte. Das Hemd hatte sie ersetzt, und in seiner fahlen Schlichtheit konnte Gladdring nicht einmal den Blick aufbringen, den Fassle verdient hätte.

»Spionierst du mir schon nach?«, fragte Gladdring zuerst und verweigerte Fassle so den ersten Zug.

Der Najahn-Anführer stand jenseits der Gitter und verwandelte, was auch immer er hatte sagen wollen, in einen wortlosen Seufzer. Im Gegensatz zu Gladdring behielt der Mann seine Gewänder an und sah aus, als würde er gleich eine große Vision vor versammelter Menge verkünden, anstatt in einem heruntergekommenen Gefängnisturm herumzuschleichen. Und nicht einmal in dem schönen, der für jene glücklichen Seelen reserviert war, die die Najahn gegen irgendeinen Deal mit ihren Heimatinseln austauschen würden.

»Ich habe nie damit aufgehört«, sagte Fassle, seine Stimme setzte sich wie Wieselknochen zwischen den Laternen, dem Lachen und den Schreien der Wachen und Gefangenen fest. »Würdest du ein gefährliches Tier frei in deinem Haus herumlaufen lassen?«

»Wenn es nur meine Feinde beißen würde, schon.«

Fassle lachte: »Gladdring, du bist mein einziger wahrer Feind.«

»Es gibt mehr Messer an deinem Hals als an meinem, manche noch tödlicher.«

»Die werden alle der Reihe nach ausgerottet.« Fassle griff in seine Robe und zog einen Ring hervor, einen vertrauten. »Ich lerne jeden Tag mehr. Nützlich, um wahre Absichten aufzuspüren, sowohl für mich als auch für einige, denen ich wirklich vertraue.«

Gladdring konnte seinen Blick nicht von dem Skar losreißen. Er kannte die Rillen des Steins, wie die spitze Seite seinen Finger schneiden würde, wenn Gladdring ihn falsch griff. Jahre um Jahre, seit der letzten Erneuerung, hatten sie jede Minute geteilt. Eine einfache Entwendung aus dem Tamas-Außenposten, wo er stationiert gewesen war, diese alkoholsüchtigen Leute, seine eigenen, leicht zu täuschen, weil es ihnen egal war, nun ja, sich zu kümmern.

Das könnte sich ändern, wenn Fassles violette und schwarze Streitkräfte ihre Ordnung in jedem Tamas-Theater durchsetzen würden.

»Die Skars verraten dir nicht alles«, sagte Gladdring, da Fassle offensichtlich darauf wartete, dass er sprach. Ließ er Gladdring eine Tür offen, um sein eigenes Leben zu retten, oder angelte er nur nach mehr Informationen? Spielte es eine Rolle? »Sie werden dir nicht sagen, warum wir dich loswerden wollen.«

»Dann ist es gut, dass ich hier bin. Ich würde es viel lieber von dir hören.« Ein glitzerndes Grinsen. Gladdring entdeckte Essensreste, fischige Stückchen, in den Zähnen des Mannes. »Ist es nur Macht, die dich zu diesen schrecklichen Zügen treibt? Oder etwas Größeres? Wahnvorstellungen davon, die Inseln zu retten?«

»Es ist dein unerträglicher Geruch.«

Fassle, der gerade Luft holte, um sich in weiteren Unsinn zu ergießen, den Gladdring nicht hören wollte, stoppte mit einer Mischung aus Schlucken und Knurren. Dann kam der Blick, dem Gladdring mit müder Erschöpfung begegnete, während er sich auf die dünne Bank am hinteren Ende der Zelle zurückzog. Sie hatten sich nicht einmal die Mühe gemacht, sie mit einem Laken zu bedecken. Das bedeutete, Gladdring würde nicht lange hier bleiben.

Jetzt, wenn Gladdring raten müsste, hatte er gerade gewählt, wie er diesen Ort verlassen würde.

»Das ist alles?«, fragte Fassle durch zusammengepresste Lippen. »Nach all dem, nachdem ich dir eine letzte Chance zur Absolution gegeben habe, bietest du einen Witz an?«

»Kein Witz. Du bist verdorben, Fassle. Ich kann nicht atmen, wenn ich in deiner Nähe bin.«

Röte stieg in diese fahlen Wangen. Ein Mann, ausgezehrt von seiner eigenen Eitelkeit, verdorben durch endlose Speichellecker und mangelnde Herausforderung. Fassle konnte nicht damit umgehen. Hatte Glück gehabt, es so weit zu schaffen. Gladdring hätte den Dolch liebend gern selbst in das Herz des Mannes gestoßen und den Weg in eine bessere Welt geebnet.

Jetzt musste jemand anderes es tun.

»Du wirst in ein paar Stunden überhaupt nicht mehr atmen«, zischte Fassle und spuckte zur Bekräftigung etwas Speichel mit. »Du hättest so viel besser sein können, Gladdring. Stattdessen wirst du sterben in dem Wissen, dass ich die Früchte all deiner Arbeit ernten werde. Die Najahn werden endlich alle Inseln kontrollieren, und du wirst nichts davon sehen.«

Fassle warf einen letzten höhnischen Blick, als er sich umdrehte, aber trotz all seines Getöses verrieten die verkrampften Hände an seinen Roben Gladdring das wahre Grinsen. Fassle mochte Tausende haben, die bereit waren, seinen Krieg zu führen, seine Festungen zu bemannen und seine Feinde zu zerschmettern, aber Gladdring hatte dennoch die Verteidigung des Mannes durchbrochen.

Dieses gute Gefühl half nicht viel gegen die Kälte. Als sie die Klippe erreichten, wurde Gladdring klar, dass er jegliches Gefühl in seinen Armen und Beinen verloren hatte. Seine Zähne klapperten wie eine verrückte Maschine, Krämpfe liefen durch jeden Muskel. Seine Augen schmerzten, versengt vom Schnee, dem Wind. Der Fall und das schnelle Ende, das damit kommen würde, erschienen fast erstrebenswert.

»Geh bis zum Ende und spring«, sagte die tonlose Stimme, einer der Killer. Gladdring schaute, eine langsame Drehung, und sah, dass beide Foti-Klingen gezogen hatten. »Eine Chance, deine Würde zu bewahren, oder wir weiden dich aus und stoßen dich hinunter.«

Eine Chance, dies wie seine eigene Entscheidung aussehen zu lassen. Der Mann sagte es nicht direkt, aber Gladdring wusste, was passieren würde, wenn seine Leiche in der Nähe des Hafens angeschwemmt würde. Fassle würde am Morgen eine Vermisstenanzeige aufgeben, Gladdring für vermisst erklären, und wenn seine ertrunkene Leiche herangetrieben käme, gäbe es nur Tragödie und keinen Aufruhr.

Weniger Schmerz auch für ihn. Am Ende, warum sollte Gladdring ein Schwert durch seine Haut spüren wollen?

Er trat einen Schritt auf den vorspringenden Felsen hinaus, der kaum breiter war als Gladdring selbst. Eis zog sich durch den Stein. Schnee hatte sich entlang derselben

Linien angehäuft und verschob sich, als Gladdring seine Füße aufsetzte, während der Wind die Flocken entlangtrieb.

»Schneller.«

Hatte er gezögert? Gladdring konnte sich nicht sicher sein. Vor ihm sah er nur wirbelnden Schnee und Dunkelheit. Kälte durchdrang seine Welt. Ein donnerndes Herz übernahm, und wieder wünschte sich Gladdring das Flüstern seines Skars. Sein Freund, bei ihm am Ende.

Zwei weitere zitternde Schritte und Gladdring erreichte den Rand. Er blickte hinunter und sah die schwächsten Wirbel, wo die Wellen gegen Noctias Steine schlugen. Er streckte sich, nahm noch einen gefrorenen Atemzug.

»Halt, bleib stehen«, sagte der Henker. »Dreh dich um. Langsam, damit du auf deinen gefrorenen Zehen nicht ausrutschst.«

Die seltsame Aufforderung durchdrang Gladdrings betäubte Seele und er schaffte eine langsame, schlurfende Drehung, wobei er seine Sohlen über den Felsen schabte. Am Ende standen beide Killer Gladdring gegenüber, aber ohne gezogene Armbrüste oder Klingen. Das Licht hinter ihnen gab ihren Silhouetten ein geduldiges Aussehen, abwartend, nicht die Handlung antreibend.

»Raus damit«, sagte derselbe Sprecher. »Yarvick will wissen, wie du deine Schulden zurückzahlen wirst.«

Gladdring hätte gelacht, hätte geweint, wäre da nicht der Gedanke an Tränen gewesen, an das Einatmen von noch mehr gefrorener Luft, der zu viel Schrecken hervorrief, um ihn zu ertragen. Stattdessen starrte er nur, fand eine Frage und stellte sie.

»Welche Schulden?«

»Die, die du gerade in diesem Moment machst, indem du noch stehst, alles durch seine Gnade.«

»Dann weiß Yarvick, was ich tun würde. Was ich vorhabe zu-«

»Absichten sind schön und gut, aber sie halten das Feuer nicht am Brennen. Bringen uns auch keine Skars.« Der Killer machte einen Schritt auf Gladdring zu, die Hände in die Falten seines Mantels senkend. »Yarvick verlangt mehr als ein Versprechen, Gladdring. Eines, das mit deinem Leben erkauft wird.«

»Nenn es dann.« Gladdring hasste seine klappernden Zähne, seine zuckenden Beine. »Ich werde es bezahlen. Ich habe keine Wahl.«

»Nicht genug.« Der Mann stand nun Gladdring gegenüber, bis zu seiner Brust, und der Atem des Killers stank nach altem Fisch und noch älterem Bier. »Nach heute Nacht gehörst du ihm. Was er verlangt, tust du. Was er will, besorgst du. Und wenn die Zeit kommt, das zu geben, was du dir jetzt nicht vorstellen kannst, wirst du es tun, wegen heute Nacht. Stimmst du zu?«

»Welche Wahl habe ich?«

»Sag es. Versprich es bei deinem verdammten Skar.«

»Ein Skar, das ich nicht habe.«

Die Worte waren kaum ein Flüstern. Der Wind peitschte. Wärme kam jedoch von Gladdrings linker Hand, wo sich die behandschuhte Handfläche seines Killers zurückzog und zwei zarte Steine hinterließ. Ein Topas, glänzend, vertraut und von seinem Ring befreit. Daneben ein funkelnder silberner Stein.

»Versprich es.«

Gladdring konnte seine Augen nicht von dem Skar-Paar losreißen, aber er sagte das Wort. Gab dem Killer, was er wollte. Kaum hatte das Wort seine Lippen verlassen, da gab der Killer Gladdring einen harten Stoß, seine tauben Füße rutschten auf dem harten Stein. Gladdring fiel rückwärts,

der Wind zerrte an seinem Hemd, die Klippe rauschte
plötzlich vorbei.

Dennoch spürte Gladdring keinen Schrecken. Sein alter
Freund war zurückgekehrt, und mit Gesellschaft.

17
THEATERLAGER

Das Theater schlug die Vorstellung. Bänke überwuchert von weichem schwarzen und blauen Moos, Kugellampen, die mit langen Stangen von den Dachbalken hingen, Musiker, die die abendliche Kühle in Kauf nahmen, um gut genug zu spielen, um Eujo an den Kance-Hof und seine vielen, viel zu vielen Luxusgüter zu erinnern. All das für ein kleines Publikum, kaum ein Drittel der Plätze besetzt, und die meisten davon boten kaum mehr als höflichen Applaus.

Torny teilte Eujos Desinteresse an dem, was auf der Bühne vor sich ging. Stattdessen konzentrierten sie sich auf ihre Umgebung, wie Gefangene, die nach einem Fluchtweg Ausschau halten. Denn genau das waren sie, Gefangene, und keiner von ihnen sah es anders.

Ihr hastiges Abendessen endete, als Daklin zurückkehrte, irgendwie noch geschminkter als zuvor, die Haut glänzend von Puder, dazu ein Outfit, das mehr aus Rüschen als aus allem anderen bestand. Er verbeugte sich und machte eine Geste, verkündend, dass die letzte Vorstellung der Animas in wenigen Augenblicken beginnen würde.

Diese angeblich erstaunliche Erfahrung erregte keinerlei Aufmerksamkeit bei den anderen im Essenszelt, die alle damit beschäftigt gewesen waren, neugierige Blicke auf die Neuankömmlinge zu werfen und sonst nichts zu bieten. Keine Vorstellungen, nur fragende Blicke, die sich abwandten, sobald Eujo sie erwiderte.

Daklin wischte Tornys Entschuldigung der Erschöpfung beiseite und meinte, alles, was sie tun müssten, wäre zu sitzen. Und wenn sie einschlafen würden, nun, das wäre Urteil genug über die Unterhaltung. Alles erklärt mit einem Grinsen, das Eisen darunter verbarg, hart genug, dass Eujo Tornys Einwand überging und sie in Bewegung setzte. Weder Wax noch Bliss protestierten, ihre internationale Unschuld gab ihnen eine glückselige Chance, den Abend zu genießen.

»Wir haben ein Zeitfenster nach dem letzten Akt«, signalisierte Torny, die zu Eujos Rechten saß. Die Kance-Königin hatte den Platz am Gang, mit Holzstufen, die zur Bühne hinunterführten. Wax und Bliss saßen auf Tornys anderer Seite, abwechselnd fasziniert und verwirrt von dem Durcheinander, das sich vor ihnen abspielte. »Sie werden zu beschäftigt damit sein, sich gegenseitig zu gratulieren, um uns zu bemerken.«

»Und wohin gehen?«, erwiderte Eujo, ihre Finger schnappten in der übernommenen Vis-Zeichensprache. »In die Nacht hinauslaufen?«

»Wir wollen nicht hier sein. Es ist nicht gut.«

Die Art, wie Torny auf ihrer Lippe kaute, deutete darauf hin, dass die Banditin nicht völlig unerfahren mit Tamas-Fallen war. Die Insel hatte ihren Ruf als schlaffes Spielzeug, das Bier und gute Gespräche hervorbrachte, aber nichts Gefährliches. Was zu wenige sich die Mühe machten zu fragen, was Eujo nicht lange nach ihrem Aufstieg zur

Königin gelernt hatte, war, warum niemand, weder Whent, Rana, Kance oder sogar die Najahn, versucht hatte, die Insel für ihre eigenen Zwecke zu nehmen.

Die düstere Wahrheit war, dass Leute, die mit bösen Absichten nach Tamas kamen oder die sich den Zorn seiner Bewohner zuzogen, nicht zurückzukommen pflegten. Zumindest nicht als sie selbst.

»Sie werden Erneuerern nicht wehtun«, sagte Eujo und richtete ihre Aufmerksamkeit wieder auf die Bühne, um die Zeit einzuschätzen, als vereinzelter Applaus für einige Verbeugungen ausbrach.

Sie gingen also in den dritten Akt über, wenn Eujo es richtig verstand. Das Stück war eine Verwechslungskomödie, aber die Schauspieler waren nicht in Hochform, zwangen Zeilen heraus und verpassten ihre Markierungen auf der Bühne. Die Kostüme trugen die Produktion, alles gefiederte, mit Filigran verzierte Versionen der Najahn-Rüstungen. Jemand musste unzählige Stunden damit verbracht haben, die Federn zu zupfen, zu färben und zusammenzubinden, und der Effekt, als die schimmernden, vogelartigen Gestalten über die Bühne tanzten und debattierten, hätte fesselnd sein sollen.

Aber Daklins ständige Anwesenheit dämpfte die Stimmung.

Ihr Aufpasser verließ selten die Bank zwei Reihen hinter ihnen. Sein grinsendes Starren hielt Eujo und Torny beim Fingerschnappen, und selbst das wurde mit ihren Körpern als Sichtschutz gemacht, um jegliches Spionieren von unten zu blockieren.

»Du sagst das, als wären wir noch Erneuerer. Das ist alles vorbei, erinnerst du dich? Wir sind jetzt nur noch Penner auf der Suche nach Steinen.« Torny zuckte zusammen, als der dritte Akt begann und ein Schauspieler über seine absurden Federbeinlinge stolperte. »Wir sind nichts und wir haben nichts.«

»Wir haben die Skars.«

»Oh ja? Willst du Wax diesen Ort auch niederbrennen lassen?«

Eujo wandte den Kopf ab, um Zeit zu gewinnen. Torny neigte dazu, sich in eine Abwärtsspirale zu begeben, sich in einen düsteren Mantel zu hüllen, um irgendeine dumme, rücksichtslose Handlung zu rechtfertigen. Zumindest sah Eujo es so, und genau das musste sie jetzt verhindern.

Sie stand auf, drehte sich von der Bank weg und ging die Stufen zu Daklins Reihe hinauf. Die Augen ihrer Freunde folgten Eujo, aber sie ignorierte sie, als sie neben Daklin nickte. Ihr Führer runzelte kurz die Stirn, rutschte aber zur Seite und ließ Eujo sich mit königlicher Haltung setzen. Die Manieren einer Königin waren nicht leicht zu vergessen, auch wenn ihre Reise oft die Haltung einer Bäuerin bevorzugte.

»Warum hältst du uns hier fest?«, fragte Eujo und ließ das Flüstern zwischen den Zeilen einer scheinbar hoffnungslos dramatischen Rede über die Wunde, die Unholde und das Schicksal auf der Bühne einfließen. »Was sind wir für euch?«

Daklin drehte sich nicht zu ihr um, sagte nichts, als die Rede zu einem gequälten Ende kam. Eine verlorene Liebe, eine gestorbene Hoffnung. Eujo konnte nicht so tun, als würde sie aufpassen.

»Ihr seid eine Gelegenheit«, flüsterte Daklin zurück. »Nicht nur für uns, sondern auch für euch selbst.«

»Eine Gelegenheit wofür?«

»Ihr sucht unsere Skars, nicht wahr?«

»Das ist es, was Erneuerer tun, Daklin.«

»Dann ist dies eure Prüfung. Arbeitet mit mir zusammen, und ich werde euch eure Seelen gewähren.«

Das Wort, wie ein Blitz, wie das Gefühl einer steifen Brise, löste eine Erinnerung aus. Was die Tamas-Diplomaten immer im Tausch für Himmelsdiamanten anboten, für Kräuter und Mineralien, die für ihre Weine, ihre endlosen Theaterproduktionen benötigt wurden. Eine Elite-Währung, ein Beweis dafür, dass man die Werte von Tamas verstand. Bekomme eine Seele, und du konntest das Beste vom Besten bekommen. Türen würden sich öffnen, Bühnen würden beleuchtet werden, und vielleicht könnte ein Skar erlangt werden.

Das schiefe Lächeln von Daklin, die Augen und die zu glatte Haut deuteten auf einen gefährlichen Deal hin. Ein Mann, der es gewohnt war, seinen Willen durchzusetzen, während er andere glauben ließ, sie bekämen ihren. Eujo hätte den Mann auf Kance hinausgeworfen und überwachen lassen. Hier, mit ihrer durch die Najahn zerstörten Absicht, ihren spärlichen Besitztümern und ihrem noch geringeren Wissen, sah Eujo nur einen Weg.

»Was brauchen Sie?«

Die Zeilen kamen schnell, wurden Eujo zugeworfen, damit sie sie im gleichen Tempo und Ton wiederholen konnte. Sie und ihre Partnerin, eine untersetztefrau, die sich Bayan nannte, standen inmitten der knorrigen Wurzeln und zerzausten Bäume jenseits des Animus. Sie probten, wie Bayan es nannte. Die anderen drei taten dasselbe: Sie warfen sich ihre Zeilen zu, lernten ihre Plätze und versuchten, etwas zu tun, was sie noch nie zuvor getan hatten.

Zumindest konnten Eujo und Torny ein wenig auf ihre Vergangenheit als Banditen zurückgreifen: Täuschung war nur eine andere Art von Bühne.

Vorerst trug Eujo dieselben Roben, die sie von Whent mitgebracht hatte, obwohl Bayan ihr ein Kostüm versprach. In zwei Tagen würden sie mit den vollständigen Proben beginnen. In vier Tagen gäbe es eine Generalprobe. Am sechsten Tag die erste Live-Aufführung vor einem beworbenen Publikum.

Daklin hatte den Zeitplan am Morgen bei einem Fast-Sonnenaufgang-Weckruf erklärt, wobei er dem Quartett in ihrem flachen Zelt praktisch Tee und Brot entgegenwarf. Nach einer Nacht auf verklumptem Heu mit ihren Kleidern als Decken nutzte Eujo den Spaziergang mit Bayan zu ihrem verwurzelten Probenplatz, um ihre schmerzenden Muskeln zu lockern und ihren Kopf für das zu klären, was eine peinliche Zeile nach der anderen wurde.

»Ich bin nicht so für eine Farce«, sagte Eujo, nachdem Bayan eine vernichtende Kritik beendet hatte. »Das ist nicht mein Ding.«

»Oh, tut mir leid, wir werden ein anderes Stück nur für Sie schreiben lassen, das Ihr Ding ist.« Bayan sprach in kurzen Schnappern, wie ein Vogel, der ein paar Töne krächzte, bevor er seinen Schnabel zuschnappen ließ. »Machen Sie es noch einmal. Versetzen Sie sich in die Figur.«

Eine Musikerin, die ihre letzte Lautensaite zerrissen hatte und auf der Suche nach mehr war, was zu einer bizarren Quest führte, bei der sie sich mit drei anderen verlorenen Musikliebhabern zusammenschloss, alles Solo-künstler, die erkannten, dass sie zusammen eine Band bilden und größer sein konnten als jeder von ihnen allein. Bayan hatte Eujo die Zusammenfassung auf ihrem Weg nach draußen vorgelesen, und selbst im Morgennebel hatte Eujo gespürt, wie etwas in ihr bei der Beschreibung starb.

Die besten Tamas-Stücke waren ein Wunder, eine

Abkehr von den Inseln und ihrer oft elenden Existenz. Dies? Dies *war* diese elende Existenz, nur auf eine Bühne gebracht. Dennoch, wenn es Eujo und Wax die Seelen einbrachte, um den Skar zu bekommen, würde sie es durchstehen.

Die Königin von Kance las die Zeilen erneut. Dann noch einmal. Schließlich erklärte Bayan sie beim vierten Durchgang mit einem Seufzen und Achselzucken für gut genug.

»Wie viele noch?«, fragte Eujo, griff nach dem Wasserschlauch und versuchte, nicht zu zittern. Ein kalter und klarer Tag.

»Das war erst die erste Szene«, antwortete Bayan und blätterte durch das steife Pergament, eine weitere Tamas-Produktion. Dieses Papier, so selten und nützlich, wurde für dieses... Eujo kämpfte gegen das Grimassieren an. »Noch fünf im ersten Akt. Seien Sie bereit.«

Als Nächstes kamen die Schritte. Bewegungen durch ihren knorrigen Hain, Bayan bellte Eujo an, hier zu stehen, dort hinzugehen, etwas Schwung in die Bewegung zu bringen. Eine unzufriedene Künstlerin bewegte sich nicht wie eine Königin, eine Diebin. Das Publikum musste es glauben.

»Ich kann es selbst nicht glauben«, sagte Eujo, die Narben an ihrem Armband fingen ihre Frustration auf und murmelten in ihr Ohr, schlugen etwas Gefährliches vor. »Das bin nicht ich.«

Bayan wurde weicher, ließ das Skript an ihrer Seite baumeln und streckte eine Hand nach Eujos Schulter aus, der die Königin mit einem Schritt zurück und einem Starren auswich. Wenn der Wind nicht kälter wurde, fühlte es sich zumindest so an.

»Sie sind hier, durch Zufall oder Schicksal«, begann Bayan, ihr abgehackter Ton blieb erhalten. »Sie können jederzeit gehen. Daklin wird niemanden auf die Bühne stellen, der es nicht versuchen will. Es ist uns egal, ob Sie schauspielern können. Uns interessiert, dass Sie bereit sind, sich anzustrengen.«

»Während auf den Inseln Menschen sterben? Während Ungeheuer wüten? Sie wollen, dass Wax und ich tanzen?«

Gestern Abend im Animas hatte Eujo den Mut aufgebracht und Daklins absurdem Angebot zugestimmt. Die Distanz zwischen diesen Worten und den Handlungen, die sie forderten, zu überbrücken, ließ Eujo jedoch feststellen, dass ihre Geduld nachließ, angetrieben von karger Nahrung und Erschöpfung.

Sie hatte Kance nicht für Spiele verlassen.

»Wenn Sie darin keine Freude finden können, warum dann überhaupt gegen die Ungeheuer kämpfen?«

»Ich finde Freude an gutem Wein und einem warmen Feuer.«

»Dann denken Sie daran, wenn Sie auf der Bühne stehen, und Sie werden vielleicht Ihre Seele finden. Wenn nicht, werde ich Daklin sagen, dass er Sie wegschicken soll. Vielleicht gibt Ihnen eine andere Truppe eine bessere Chance.«

Ungerührt vom Leid Tausender. Typisch für einen Tamas. Eujo sammelte etwas Spucke - der Rana-Skar nur zu glücklich, Wasser aus der Luft zu ziehen - und spuckte zur Seite. Gefolgt von einem Kance-Fluch.

»Zeigen Sie mir die Schritte noch einmal«, schnappte Eujo. »Und diesmal langsam.«

18

ENTFESSELTE MACHT

Wache Albträume. Etwas, das Annalyse nie erlebt hatte, bis sie die Stunden nach Deshivas Überfall in einem provisorischen Lager verbrachte. Seile fesselten die Wissenschaftlerin an einen dicken Ast hoch über dem Boden, Seile, die nichts dazu beitrugen, ihren Komfort zwischen Blättern und Insekten zu verbessern. Andere Vis, die die Nacht damit verbracht hatten, wie Annalyse zu rennen, schienen zwischen Farnen und Rinde schnell Schlaf zu finden, während das Sonnenlicht in tanzende Schatten zersplitterte.

Diese Schatten gebaren die Schrecken, die Annalyse angespannt hielten, ihre Augen flackerten zwischen geschlossen und offen, während fremde Geräusche ihre eigenen Überraschungen hinzufügten. Ein Ruf konnte einen Blick auf einen raschelnden Ast auslösen, ein Dunkel hinter jenen Blättern, wo jemand lauern könnte. Annalyse hielt eine Hand am Vis-Skar, das sie als Halskette trug, dessen beruhigendes Flüstern sich um die Litanei von Insektenstichen kümmerte, die sie bedeckten.

Zu spät hatte Deshiva Öle angeboten, um die Stiche

abzuwehren, und behauptete danach, sie habe nicht gewusst, dass Annalyse sich nicht wusste, wie man sich auf der Insel schützt.

Eine Flüchtige hatte keine Zeit zum Studieren.

Der Läufer schwang früh am Nachmittag an Lianen heran, eine Umhängetasche über der Schulter, die die bei der Expedition zurückgelassenen Skars enthielt. Einige von jeder Insel, außer den bereits eingegliederten Vis und den fehlenden Noctia-Steinen. Annalyse nahm die Tasche und wies eine weitere Bitte von Deshiva ab, ihren eigenen Kriegern eine Lektion über die flüsternden Steine zu erteilen.

»Ich werde nicht dafür verantwortlich sein, sie zu töten«, erwiderte Annalyse knapp.

Stattdessen nippte sie an mehr Vis-Kaffee, dessen Bitterkeit sie um ein Lagerfeuer auf dem Waldboden wach hielt. Ihre Hände wanderten von einem Foti-Skar zum nächsten, erfassten deren Töne und verglichen sie. Die Skars waren nicht alle gleich, ihre Persönlichkeiten kamen in eifrigen Schüben oder leisen Seufzern zum Vorschein. Obwohl sie von demselben Gott stammten, war sich Annalyse nicht sicher, wie die Skars diese Unterschiede hatten, und verlegte es auf zukünftige Forschung.

Vorausgesetzt, sie lebte so lange.

Als Deshiva eine Abendmahlzeit brachte, frische Mango und noch frischeres Fleisch von irgendeinem Dschungeltier, das Annalyse nicht kannte, bestätigte die Jägerin, dass die Najahn ihr selbst auferlegtes Palisadengefängnis nicht verlassen hatten.

»Sie warten hinter diesen Speeren auf uns«, sagte Deshiva. »Zeit, ihnen einen Grund zu geben, herauszukommen.«

»Es ist erst ein einziger Tag vergangen, Deshiva. Können wir nicht noch etwas länger warten?«

Wenn Annalyse eine Frage gestellt hatte, die Deshiva nicht vorhergesehen hatte, hatte die Wissenschaftlerin es noch nicht bemerkt. Stattdessen behielt die Jägerin, die ein dunkleres Gewebe trug, ihr Speer ohne Federn, ihren geduldigen Blick und ihre feste Haltung bei. Eine Verhandlung, bei der eine Seite nicht nachgeben würde.

»Die Najahn versuchen nicht, sich zu entscheiden«, sagte Deshiva. »Sie warten auf Verstärkung. Sobald sie aus der Ringstadt eintreffen, mit ihrer Rüstung, ihren Gleven und Chakrams, werden wir jede Chance verlieren. Ich stelle keine Frage, Annalyse. Ich äußere eine Bitte.«

Gladdring hatte dasselbe getan, nachdem er Annalyse nach Noctia gebracht hatte. Höfliche Anfragen wurden zu Vorschlägen, die zu Anweisungen wurden, viele in demselben Ton vorgebracht, den Deshiva gerade benutzt hatte: als Wahl präsentiert, in Wirklichkeit ein Befehl.

»Ich werde es tun, aber ich habe so etwas noch nie zuvor gemacht.«

Deshiva nickte sich selbst zu. »Deshalb komme ich mit dir.«

Das explosive Risiko mit Foti-Skars brachte Annalyse und Deshiva allein auf die nächtliche Mission. Wieder fand sich Annalyse am Rand des Dschungels wieder und blickte über leere Gehege und halb verbrannte Schuppen zum Najahn-Außenposten. Sichi schien klar, das weiche Rosa überzog alles. Andere Jäger kletterten in die Bäume um sie herum und ließen sich mit Bögen, Pfeilen und eifrigen Speeren nieder, falls die Najahn beschließen sollten, etwas Unüberlegtes zu tun.

Ob irgendeine Gegenmaßnahme sie retten könnte, darüber dachte Annalyse nicht nach. Sie konzentrierte sich auf kaum etwas anderes als den Foti-Skar in ihrer linken Hand, den vernünftigsten der Gruppe, der die Wissenschaftlerin dennoch vorwärts drängte. Zerstörung, Feuer und Wut pochten mit ihren Gedanken.

Deshiva tippte Annalyse an den Ellbogen. Das Signal. Die Jägerin begann zuerst, geduckt und kriechend, mit ihrem Speer in der linken Hand, ihre rechte räumte Farne aus dem Weg, während sie sich bewegte. Annalyse folgte, das frische, dunkle Gewebe klebte eng an ihr, alles, um Formen und Schatten zu minimieren. Spezielle Schuhe, von denen Deshiva behauptete, sie gehörten zu Vis' Lira – wer auch immer das war – schmiegten sich an Annalyses Füße und ließen sie mit kaum mehr als einem Rascheln vom blättrigen Boden abspringen.

Das Schleichen verengte die Dinge. Gedanken an Noctia, Whent, die Skars und ihre Forschung verschwanden, als die Wissenschaftlerin sich darauf konzentrierte, ihre Füße in Deshivas Spur zu setzen. Die Jägerin bewegte sich wie ein Tier, jeder Schritt führte in den nächsten, neigte sich zur einen oder anderen Seite, um zwischen den höchsten Gräsern zu bleiben, um sich hinter Zaunpfosten zu winden oder in den Schatten eines Schuppens zu gleiten. Als Sichi sie voll traf, beschleunigte Deshiva und zwang Annalyse, dasselbe zu tun.

Ihre Zehen stießen gegen ein Gestrüpp, irgendein Unkraut zwang Annalyse ins Straucheln. Ihre rechte Hand schnellte vor, bereit sie aufzufangen, nur um stattdessen Deshivas Speer in ihrem Weg zu sehen. Annalyse fing sich mit der Brust am Schaft ab, blickte auf und sah Deshiva bereits, wie sie sie weiterzog, in den Schatten des nächsten Geheges. Der Blick der Jägerin trug kein Urteil, sondern ruhige Akzeptanz.

Es würde Fehler geben. Sie würden nicht tödlich sein.

Der letzte Sprint zur Palisade war ein freier Lauf, ein Erdpfad bot ein paar karge Steine und sonst nichts. Laternenschein stieg über die Holzwand, so nah. Annalyse konnte von ihrem Platz aus, versteckt hinter einem Lagerschuppen vollgestopft mit Winterfutter, keine Wache ausmachen. Das Strohdach war am Vortag angesengt worden, sein verkohlter Geruch vermischte sich mit der frischen Luft. Unterhaltungen, zu gedämpft um sie zu verstehen, trieben mit der Brise.

»Sie haben uns nicht gesehen«, flüsterte Deshiva kaum hörbar. »Es ist Zeit.«

Der Foti-Skar hörte ebenso gut wie Annalyse und antwortete mit einem Brüllen, das von der Wissenschaftlerin verlangte, die Macht des Feuergottes fließen zu lassen. Annalyse schloss die Augen und drängte ihn zurück, ähnlich wie sie Bauchschmerzen oder einen schlimmen Krampf unterdrücken würde. Nach einem langen Moment ließ der Skar nach und schrumpfte zu einer bloß brodelnden Wut zusammen.

»Alles in Ordnung?«, fragte Deshiva, und Annalyse nickte. »Bereit?«

Ein weiteres Nicken. Diesmal beschleunigte sich Annalyses Herzschlag und überholte den Skar an Geschwindigkeit und Lautstärke.

Als Deshiva die Deckung verließ, folgte die Wissenschaftlerin dicht hinter ihr. Sie schlichen über den Erdboden, zwei dunkle Punkte in Bewegung. Annalyse erwartete einen Ruf, aber keiner ertönte. Blinde Selbstüberschätzung, am Tag nach einem Angriff keine Wache aufzustellen?

Waren die Najahn so selbstsicher?

Der Foti-Skar stieß dazu einen scharfen Gedanken aus, dem Annalyse zustimmte. Die Ringed City würde für ihre Arroganz bezahlen. Hoffentlich jedoch nicht mit verlorenen Leben. Niemals das. Niemals den Tod.

Deshiva erreichte das Tor zuerst, drehte sich mit dem

Rücken zur Mauer und setzte den Schaft ihres Speers auf den Boden. Annalyse stellte sich neben sie, blieb den stabilen, mit Seilen und Metall verbundenen Baumstämmen zugewandt. Ein Tor, das wohl Jahre über Jahre gestanden hatte. Ihres nun, um es zu zerstören.

Der Skar flehte sie um die Chance an.

»Es wird schnell gehen«, murmelte Annalyse. »Geh zurück.«

Deshiva machte einen Schritt zurück, drehte und richtete den Speer aus, bereit, jeden plötzlichen Angriff abzuwehren. Annalyse streckte ihre rechte Hand aus und presste die Handfläche flach gegen das Holz. Der Skar knurrte, bellte fast seinen Unsinn. Die Wissenschaftlerin atmete tief ein. Alles war so schnell gegangen. So leise. Kein Widerstand.

Jetzt würde die Welt erfahren, wozu ein Skar im Krieg fähig war.

Annalyse lenkte den Skar, sprach zum Stein in Eindrücken, vorgestellten Bildern und direkten Wünschen, genau wie sie, Ami und Sawi es all die Tage unter Gladdrings Turm getan hatten. Der Foti-Skar bat nicht um Klarstellung, antwortete nicht, außer sich zu entfesseln.

Wie bei einer schlechten Hitzewallung wurde Annalyse von Kopf bis Fuß warm, das Gefühl schwappte bis in ihre Fingerspitzen und hinaus ins Holz. Im Rosa zischte der dunkle Baumstamm, ein Orange breitete sich aus, als die ersten äußeren Teile die Energie des Skars auffingen. Annalyse wollte, dass es ein Loch brannte, das Tor in Brand setzte, und in den ersten Sekunden, beim ersten Lecken, schien der Skar genau das zu tun.

Doch ein Geschmack macht noch keine Mahlzeit, und der Skar stürzte sich darauf.

Das erste Lecken explodierte nach außen, ein

flackernder Ring nach dem anderen pulsierte von Annalyses Hand aus und flog über das Tor. Lodernde Wellen, die Rufe von innen hervorriefen, als sie über die Torspitze stiegen und einfach weitergingen, Flammen in ihrem Kielwasser zurücklassend. Annalyse wollte ihre Hand zurückziehen, aber der Skar drückte sie gegen das Holz, verlangte, dass sie die Verbindung aufrechterhielt, dass der Skar tun würde, was sie wollte, wenn Annalyse ihm nur alles im Gegenzug geben könnte.

Welche Wahl hatte sie schon?

»Annalyse?« Deshivas Stimme, laut, über den Rufen.

Die Wissenschaftlerin spürte eine Hand auf ihrer Schulter. Spürte, wie der Skar über ihren letzten Widerstand hinwegfegte.

Das Tor barst. Explodierte nach innen, die Wellen zogen sich zusammen, bis sie zu einem massiven Schwall wurden, der die Barriere wegkochte und in einen glühenden Strom verwandelte. Annalyse presste ihre Augen gegen diese Nova zu, öffnete sie wieder und sah Schatten in Flammen gehüllt. Vier Najahn-Soldaten, diese traurigen, neugierigen Seelen, rannten, stolperten, fielen, als die Metalle, die ihre Körper umhüllten, aufloderten, schmolzen, grüne und blaue Scheiterhaufen. Andere, nicht so nah, fingen nur sengend heiße Splitter im Gesicht, an Armen und Beinen. Trockene Wintergräser und die Zelte in der Nähe fingen Feuer und vervollständigten das Chaos.

Deshivas Hand zog Annalyse weg, drehte die Wissenschaftlerin vom Feuer fort. Deshivas Griff wurde nur fester, als Annalyse versuchte, das Gleichgewicht zu halten, versuchte, einen Gedanken zu fassen, Worte jenseits des Foti-Skars Pulsieren nach Macht zu finden.

Der Stein wollte mehr. Der Skar, als ob Annalyse sprintete, etwas viel zu Schweres hob, zehrte sie aus und ließ

Energie durch den Stein laufen, durch ihre Finger und Füße, das Feuer nun ohne Richtung, brennende Fontänen schossen in die Nacht hinauf. Deshiva, ein Heiligenschein hinter Annalyses flammenumhüllten Augen, ließ los und schüttelte brennende Teile von ihrer eigenen Hand.

Annalyse wollte schreien, versuchte es, fand aber ihre Kehle und Stimme ebenso fehlend wie den Rest von ihr. Ohne Deshivas Hand fiel die Wissenschaftlerin zu Boden, der Aufprall schleuderte Funken in alle Richtungen. Der Geruch von brennendem Haar, sterbende Schreie und Deshivas Schatten, alles überwältigt von der Wut des Skars.

Sie griff aus, lenkte das wenige der Skar-Kraft, das sie konnte, in ihre rechte Hand und hielt sie Deshiva entgegen. Der tanzende Schatten der Jägerin huschte, sprang und duckte sich vor Flammen, eine schwarze Linie, die sich in Deshivas Händen wand.

Hilf mir.

Die Worte, falls Annalyse sie überhaupt sagte, verschwanden im Knistern des Skars. Was nicht verschwand, was bis zum Schluss standhielt, war Deshivas schwarze Linie, die auf sie zuschnellte.

19
DIE ANDERE SEITE

Schwimmen war mit Rana-Skars besser. Ami wusste das, bevor sie in das kühle Wasser stieg – nicht kalt, das gesamte Dunkle Unten schien hier unten eine konstante Wärme zu haben – und Ami wusste es, nachdem sie ihren Kopf, ihr goldenes Gesicht und ihren geschundenen Körper unter der ruhigen, weiten Oberfläche des Beckens versenkt hatte.

Auf Foti kümmerten sich nur Seeleute darum, das Wasser als einen Ort zum Verweilen zu betrachten. Überall sonst war es wahrscheinlicher, in Lava oder einen so heißen Strom zu tauchen, dass man sich selbst medium-rare garen würde. Ami hatte es nicht anders gelernt, bis sie Rana erreichten, als Catya, die in Smythe aufgewachsen war und zwischen den Felsen geplanscht hatte, erklärte, sie würde keinen Wächter an die Strömung eines Flusses verlieren. Sie hatten die lange Floßfahrt nach Norden damit verbracht, jede Nacht in die Sommergewässer einzutauchen und die Schwimmzüge, Tritte und das Atemanhalten zu lernen, die Ami jetzt zu den wirbelnden Partikeln brachten.

Unter Wasser breiteten sich die sieben Cluster aus. Ihre

Größen schienen alle ähnlich zu sein, die Partikel schwangen auf verrückten Umlaufbahnen um zentrale Objekte, die Ami nicht sehen konnte. Sie erstreckten sich über die Kammer und hielten Abstand zueinander, als wären sie von einem Hüter an ihren genauen Punkten platziert worden.

Noctia, die Göttin?

Die tote Göttin, erinnerte sich Ami, während sie weiterschwamm und tiefer zu dem ihr am nächsten gelegenen Glitzern tauchte. Türkisfarbene Partikel tanzten, ihre Farbe ähnelte der Ausrüstung der Rana-Plünderer und stach im trüben Wasser hervor. Keine Pilze, kein leuchtendes Moos darunter.

Ihre Lungen meldeten sich mit einem ersten Stechen. Eine Warnung, nichts weiter.

Der erste Partikel näherte sich, als Ami weiter mit den Füßen trat. Die Wächterin stieß mit ihrer Whent-Klinge zu, zielte darauf, das Licht zu durchbohren, doch der Partikel wich dem Stich aus und huschte darunter hinweg wie ein kleines Insekt, das einem planlosen Schlag ausweichen würde. Intelligent also, oder instinktiv?

Beides bedeutete lebendig, oder zumindest lebendiger als das Glühen einer Fackel oder der Funke eines Feuers; die einzigen Dinge, die Ami mit diesen wirbelnden Lichtern vergleichen konnte.

Sie machte weiter.

Die Partikel umgaben Ami schnell. Sie glitten um die Wächterin herum, über ihre Augen, über und unter ihrem Körper, ohne auch nur im Geringsten zu zögern, während sie ihre schnellen Kreise beibehielten. Ami stach erneut nach einem, dann nach einem anderen und versuchte zu sehen, ob sie sie erwischen konnte, aber ihre Erfahrung war keine Herausforderung für deren geschmeidige Leichtigkeit.

Bis sie nach dem tiefsten griff, dem, der dem Zentrum am nächsten war, um das die Lichter rotierten. Ami verfehlte den Partikel – ihre Lungen schmerzten wieder, diesmal stärker –, aber die Klinge biss in etwas anderes. Die türkisfarbenen Lichter gaben Ami Sicht, das Wasser des Beckens war klar genug, dass die Wächterin ihre Augen offen halten konnte, und sie sah, wie die Schwertspitze in einer Falte verschwand.

Nein, keine Falte: Haut.

Ami zog. Sie fand das Schwert feststeckend, ihr Ruck brachte die Wächterin nur noch tiefer. So nah erwartete Ami, einen Körper zu sehen, vielleicht irgendeine seltsame, rülpsende Kreatur, die unter dem Wasser wartete, bereit, weitere Schrecken heraufzubeschwören. Stattdessen fand nichts außer Dunkelheit ihre Augen. Das Ziel der Waffe hielt an seiner Unsichtbarkeit fest.

Aber es konnte sich nicht vor ihrer Berührung verstecken.

Ami verlagerte die Klinge in ihre linke Hand und streckte die rechte zum durchbohrten Punkt aus. Sie fühlte eine gerippte, gewebte Oberfläche. Nicht die steinerne Haut eines Ferriten, aber auch nicht weit von der eines weniger geschmolzenen Echsenwesens entfernt. Sie spürte auch, wie ihre Finger eindrangen, wie bei einer alten Frucht. Fast ohne es zu versuchen, verschwand ihre Hand in den Schuppen und sank mit wenig Druck hindurch.

Ihre Lungen schmerzten jetzt. Sie würde bald nach oben schwimmen müssen, wenn-

Die Haut teilte sich, schälte sich um Amis Handgelenk wie eine aufblühende Blume. Das Schwert schwang frei aus ihrem

Griff und wirbelte davon, als das dunkle Wasser vor ihr verschwand. Was schwarz und verschwommen gewesen war, verwandelte sich in einem einzigen Augenblick in ein nebliges Grau, Formen, die sich so gut wie möglich durch einen wässrigen Schleier in Dinge auflösten, die Ami erkannte: Hügel, übersät mit seltsam aussehenden Bäumen. Ein bewölkter Himmel. Eine schlammige Ebene, die sich vor ihr erstreckte.

Und sie wurde angegriffen.

Der Himmel war nicht nur bewölkt, er teilte und zersplitterte unter Blitzeinschlägen. Die Blitze prasselten über den Boden und zuckten zwischen den Wolken. Diese seltsamen Bäume sahen so anders aus, weil sie von einem treibenden Wind fast zur Hälfte gebogen waren. Die wenigen Felsen, die Ami sehen konnte, geglättet und groß, bebten und spalteten sich, die Erde erzitterte. Etwas Rauch in der Ferne deutete auf ein Feuer hin, während klares blaues Wasser über den Schlamm stürmte. Eine Welt in Trümmern, eine Welt im Krieg mit sich selbst.

Flecken trübten ihre Sicht. Amis Atem ging zur Neige. Sie versuchte, ihre Hand zurückzuziehen, fand sie festsitzend. Ami kreuzte ihre linke Hand hinüber, packte ihre rechte, zog. Diesmal bewegte sich ihre Hand, diesmal, als Schmerz ihren Schädel spaltete, als ihre Lungen sofort nach Luft verlangten, kam ihre Hand frei, Fäden jener verfluchten Welt kamen mit. Die Linien ergossen sich ins schwarze Wasser und lösten sich um die Partikel herum auf.

Ami trat einmal, fand die Bewegung schwer, fand ihre Augen noch immer von dem Wahnsinn jenseits des flüssigen Vorhangs angezogen. Sah einen neuen Schatten seinen Weg finden, der sich über die Sicht schmierte. Gelbe Augen, eingebettet in einen tiefen Schädel, trafen auf Amis.

In einem Ansturm, wie ein Freund, der eintaucht,

spürte Ami, wie das Wasser sie beiseite stieß. Sie ertrank, ihre Tritte waren schwach, ihr Herz hämmerte, ihre Lungen schrien, und sie war nicht länger allein.

Der kieselige Rand des Beckens schnitt in Amis Haut. Herrliche Schrammen und Schmutz, nichts davon verbunden mit dem hustenden, keuchenden Schmerz, der ihre Lungen umklammerte. Sie öffnete flatternd ihre Augen, blinzelte das Schwarz weg, um nicht ihren erwarteten Retter – Sawi – zu sehen, sondern ein schleichendes, schnappendes Ding. Schwimmhäutige Klauen, weit, gefleckt in verblassten und weißen Tönen, huschten über die Kiesel. Ami spürte, wie sie sich mit der Kreatur bewegte, und erkannte dann, dass der Unhold ihr linkes Bein in einem sichelförmigen Maul eingeklemmt hatte.

Ein Bein, wurde Ami klar, das weder blutete noch gebrochen war.

»Ami!«

Der Ruf, sowohl erleichtert als auch viel zu spät, kam von Sawi, die gerade weiter oben auf den Steinen auf die Füße kam.

»Was ist das?«

Ami versuchte zu antworten, ein zischender Fluch, der Sawi gezeigt hätte, wie sehr die Wächterin es schätzte, dem Ertrinken überlassen worden zu sein – dass all dies eine Folge von Amis eigenen Handlungen war, ließ sich allzu leicht beiseite schieben – und endete damit, noch mehr Wasser auszuspucken. Ihr Kopf stieß gegen einen größeren Kiesel auf seinem Weg den Hang der Kammer hinauf, ein spaltender Blitz, unterbrochen von vertrauten Flüstern.

Die Vis-Skars, nicht gewillt aufzugeben.

Sie auch nicht.

Ami zerrte an ihrem eingeklemmten Bein. Spürte, wie es sich im Maul des Monsters bewegte. Der Unhold stoppte seinen Ansturm, die sechs schwimmhäutigen Klauen erstarrten und streckten längere, schärfere Krallen aus, um den Platz des Unholds zu sichern. Diese gelben Augen neigten sich in Amis Richtung und enthüllten ein vollständig schuppiges Gesicht, wenn auch eines mit ockerfarbenem Haar, das an den Gelenken hervorspross. Die Wächterin sah keine Bosheit in diesem Blick, nur Neugierde vermischt mit Furcht, die Überbleibsel der Panik verblassten langsam.

Jenseits der Visage des Unholds bemerkte Ami, wie Sawi sich bewegte, einen scharfen Stein aufhob und ihn zum Schlag erhob. Ein willkommener Zug, außer dass der verdammte Unhold Ami gerade nicht zu töten schien, und ein Steinschlag könnte seine Stimmung ändern.

»Halt!«, gurgelte Ami, wobei die Stille des Beckens half, die verwässerten Worte zu tragen. Sawi zögerte, ihre Stirnrunzeln kaum mehr als eine verschwommene Linie, während Amis Augen sich weiter vom Nahtod erholten. »Es tut mir nichts.«

Sie zog jedoch wieder an diesem Bein. Hart genug, um den Kopf des Unholds ein wenig mehr zu ihr zurückzuziehen.

»Lass los«, sagte Ami und versuchte, so viel Kraft in ihre sprudelnden Worte zu legen, wie sie aufbringen konnte, während sie gleichzeitig versuchte, so sehr versuchte, nicht bedrohlich zu wirken. »Bitte.«

Der Unhold zitterte, ein laufendes Zucken ließ Wasser von seiner schuppigen Form spritzen. Die starrenden Augen blinzelten, und als sie das taten, sah Ami, wie sie sich in der Mitte teilten und in acht Pupillen zerfielen, jede in eine andere Richtung gerichtet. Jetzt konzentrierten sie sich alle auf die Wächterin, ihre zerschlagene Gestalt nackt auf den Steinen, blutend, zerzaust.

Vielleicht empfand es Mitleid, vielleicht entschied es, dass Ami nicht die Nahrung war, die es brauchte, vielleicht wollte es einfach nur weg, und einen Menschen mitzuschleppen war keine gute Idee, aber der Unhold fand seinen Grund und öffnete sein riesiges, kugelförmiges Maul.

Ami hatte ihr Bein in einem Ruck zurück, wurde im nächsten Moment von einer Schwimmhautklaue getreten, der Unhold krabbelte an ihr vorbei, an Sawi vorbei, und war, seinen breiten Körper gegen die Tunnelwand schlagend, verschwunden.

Zu erklären, was sie gesehen hatte, war der einfache Teil. Zu beantworten, was es bedeutete, fiel schwerer, aber Ami und Sawi hatten Zeit während des langen, langsamen Tunnelgangs in Richtung Traumfeste. Sie hatten genug Verbände, genug Nahrung, um Ami wieder zu einigem Komfort zu verhelfen, während die Vis-Skars den Rest erledigten. Diese kleinen Wundersteine raubten Ami die Energie und zwangen Sawi, die Wächterin erneut auf ihre Schultern stützen zu lassen, während sie reisten.

»Wird das zur Gewohnheit?«, fragte Sawi, als Ami das erste Mal gegen sie fiel, eine Frage, die die Stille brach, die nach Amis Erzählung eingetreten war.

»Genieß es einfach, nützlich zu sein.«

»Das werde ich.« Sawi legte ihren Arm um Amis Taille, die beiden fielen in einen abgestimmten Schritt. »Ich würde es mehr genießen, wenn du nicht die ganze Zeit ein Arsch wärst.«

»Wenn du willst, dass ich glücklich bin, finde eine Antwort für das, was ich gerade gesehen habe.«

»Klingt für mich wie ein Traum. Du warst dem Ertrinken nahe, hast angefangen dir vorzustellen-«

Ami fluchte, unterbrach Sawi. »Nein. Dieser Unhold kam nicht aus einem Traum. Ich habe auch noch nie zuvor einen solchen Ort gesehen, und ich war auf jeder Insel. Es war irgendwo anders, und es war in Schwierigkeiten.«

»Vis bekommt manchmal schlimme Stürme. So wie du es beschrieben hast.«

»Nein. Nicht so. Nicht Erdbeben, Überschwemmungen, Blitze alles in einem. Sawi, das war Vernichtung. Apokalypse.«

Sawi lachte, ein hoffnungsloses, verwirrtes Kichern, dem sich Ami anschloss.

»Ami, ich weiß es nicht«, sagte Sawi, als das Lachen erstarb, sein Echo vor und hinter ihnen verhallte. »Ich weiß nicht mehr, was los ist. Alles, was ich tun kann, alles, was ich tue, ist zu versuchen zu überleben und vielleicht auch meine Freunde am Leben zu erhalten.«

Fürs Erste mochte das genügen. Ami jedoch spielte das Gesehene immer und immer wieder ab, während die tiefen Stunden verstrichen. Der Unhold, der hindurchgekommen war, hatte Angst gehabt, hatte Ami in dem, was vielleicht pure Panik gewesen war, gepackt, und angesichts dessen, was Ami gesehen hatte, hatte das Monster jedes Recht, sich so zu fühlen.

Zerstöre jemandes Zuhause, und sie werden auf jede erdenkliche Weise fliehen.

20

DIE FÄDEN VERKNÜPFEN

Schatten fischten Gladdring heraus, triefend, durchnässt und sicherlich tot, wäre da nicht die Rana-Narbe gewesen. Sein alter Tamas-Topas war auch da, in seine Handfläche gepresst, ein tauber Griff und das Einzige, dessen sich Gladdring sicher war. Das Einzige, worauf er sich konzentrierte, während Ruder das Meer schlugen und das schmale Boot nahe genug an den Felsen hielten, um Beobachtern zu entgehen.

Nicht, dass es in einer so kalten, windgepeitschten Nacht wie dieser welche geben würde.

Gladdring versuchte nicht zu sprechen, und die Schatten – er zählte drei – änderten auch nicht seine Meinung. Sie sprachen auch nicht untereinander, stumme Boten für die Verdammten. Ihre Route führte Gladdring nördlich um das Najahn-Viertel und weg von der Ringstadt, weg von allen wachsamen Augen.

Die Schatten boten Gladdring allerdings eine kleine Flasche an, deren steife Flüssigkeit ein willkommenes Feuer auf seine zitternden Lippen brachte. Eine weitere Schuld, die Yarvick der Liste hinzufügen und einfördern würde.

Obwohl, was Gladdring jetzt noch bieten könnte, schien eine offene Frage zu sein.

Yarvick würde das allerdings wissen. Der Gedanke brachte Gladdring keinen Trost.

Schließlich, nach einer zitternden, eisigen Ewigkeit, glitt das Boot in eine schmale Lücke zwischen den Klippen. Zackig genug, um natürlichen Ursprungs zu sein, trug die Lücke dennoch Spuren von Yarvicks Handschrift: Vorsprünge, wo Spione Wache halten konnten, Käfige und Kisten, die knapp außer Sichtweite von draußen schwammen, darauf wartend, aufgehoben und weggetragen zu werden. Erledigte Aufträge, gewonnene Preise und erfüllte Geschäfte.

Alles in allem nicht so anders als Gladdrings eigene, und mit ziemlich denselben Risiken.

Trotzdem hatten beide Berufe noch etwas gemeinsam: Kühnheit war der Schlüssel zum Erfolg.

Gladdring verbrachte die letzten Minuten im Boot damit, seine Roben auszuwringen, sein verknäueltes Haar zu glätten und so viel Selbstvertrauen wie möglich zu sammeln, ein normalerweise stabiler Turm, der ins Wanken geriet, als die Schatten ihm – in kaum mehr als Kerzenlicht – auf einen schmalen Steg halfen. Felsen wölbten sich um sie herum, die Grotte wurde von Wellen ausgespült, die gegen den Stein schlugen.

»Geh«, sagte ein Schatten. Gladdring versuchte, einige Details, irgendwelche Merkmale in der Düsternis auszumachen, aber das Trio schien immer das Licht zu meiden, ihre Köpfe so zu neigen, dass nur ihre Augen hell blieben.

Wohin er gehen sollte, war zumindest klar: Der Steg ging in eine schmale Linie über, die an der felsigen Wand entlanglief. Nass und tückisch, machte Gladdring jeden Schritt langsam, balancierte mit einer Hand am Stein. Die

Dunkelheit vertiefte sich. Als er die Ruder hinter sich schlagen hörte, riskierte Gladdring einen Blick und sah, wie das Boot abstieß, alle drei Schatten an Bord.

Allein, mit nur einem Weg zu gehen.

Yarvick hatte sicherlich ein Händchen für solche Dinge.

Das Grübeln über den Banditenlord und seine Flinken Finger leistete Gladdring während des eisigen Weges Gesellschaft. Yarvick war einfach immer da gewesen, eine Präsenz, die sich über die Ringstadt erstreckte, seit Gladdring an irgendeinem lauen Tag in verschwommener Jugend angekommen war. Sie waren zufällig aufeinandergetroffen, als Gladdring als vielversprechender Gelehrter seinen Vorgänger beim Handelsgebot begleitete. Sein früherer Meister hatte geplant, die Flinken Finger zu engagieren, um einige seltene Tamas-Weine aus der neuesten Lieferung zu entwenden. Der Zug würde einen Tamas-Händler genug schwächen, um ihn zur Erfüllung der Forderungen des Gebots zu zwingen.

Gladdring beobachtete, wie sein Mentor in einer Tavernenecke mit einem biersaufenden Wrack über einen Preis verhandelte, jeder Moment surrealer als der letzte, bis das Gebot zu hart versuchte, einen günstigeren Handel zu fordern. Ein Stich in Gladdrings Eingeweide, als das Gebot fertig war, Gladdrings eigenes Keuchen signalisierte die Statusänderung. Als Yarvick einen Moment später von der Bar herüberschlenderte, hatten seine Banditen sowohl Gladdring als auch das Gebot unter tödlicher Kontrolle.

Das Gebot akzeptierte dann Yarvicks Preis und hoffte zweifellos, Gladdring würde den Schweiß, die Angst, das Stottern in diesem Moment vergessen. Gladdring tat es nie, und doch war er jetzt am selben Ort gelandet wie sein früherer Meister.

Wie gnädig würde Yarvick sein?

Rutschend, fluchend und insgesamt jedem Beobachter deutlich machend, dass Gladdring in warme, behagliche Hallen gehörte, erreichte der ehemalige Gebieter das Ende der Linie, um eine muschelförmige Felswand vorzufinden. Das Wasser lief darunter hindurch, sprudelte aus irgendeiner tiefen Quelle hervor, um den Wellen des Ozeans zu begegnen. Gladdring schaute, aber das gedämpfte rosa Leuchten gab keine Hinweise.

War dies also der Trick? Ein grausamer Scherz, der Gladdring hier zurücklassen sollte, verlassen, nur um zu verrotten? Die Idee brachte tausend andere hervor, Wege, auf denen Yarvicks List einen entkommenen Gladdring stützen, Fassle manipulieren könnte, zu denken, sein Gegner lebe noch, plane immer noch gegen ihn, und in irgendeiner unberechenbaren Zukunft Fassle in den Wahnsinn treiben würde ...

»Du siehst so tot aus wie jeder, den ich je gesehen habe«, kam Yarvicks raue Stimme, ganz Fusel und Whiskey, von hinten.

Gladdring drehte sich langsam um, behielt seinen Stand bei und lehnte sich mit dem Rücken gegen den Felsen. Dort, auf der Linie stehend, die er gerade gegangen war, war Yarvick. Der Banditenführer hatte eine bessere Aufmachung für eine eisige Nacht als Gladdring und wirkte trocken, fast vergraben in dem großen Whent-Pelzmantel und den Lederstiefeln. Yarvick hielt eine fröhliche Fackel in einer Hand, die andere steckte in der Manteltasche. Wo Gladdring ein Auge auf seine Füße haben musste, stand Yarvick, als stünde er auf festem, trockenem Kopfsteinpflaster.

Wenn er überlebte, versprach sich Gladdring, würde er versuchen, sich wieder mit etwas körperlicher Fitness vertraut zu machen. Diese ganze Sache war eine zu große Schwäche, um sie bestehen zu lassen.

»Alles Teil des Plans«, prahlte Gladdring und richtete sich zu seiner geradesten Haltung auf.

»Welcher Plan?«

»Der, den ich mir gerade ausdenke.«

Yarvick schnaubte ein einzelnes Lachen. »So viel ist offensichtlich. Du bist zu tief gefallen, als dass es absichtlich sein könnte. Besonders für einen Luxusliebhaber wie dich.«

»Ich ziehe es vor zu denken, dass ich einen guten Geschmack habe.«

»Wie hat dir das Meerwasser geschmeckt? Du darfst gerne noch mehr davon trinken.«

Der Tamas-Skar löste ein Flüstern aus. Gladdring stimmte zu. Sie waren jetzt im Spiel, er und Yarvick. Der heikle Tanz der Worte.

»Sie haben mich gerettet. Warum?«

Am besten, die Bühne zu bereiten. Sich auf Fakten einigen, damit diese Wahrheiten hin und her gehandelt werden konnten.

»Das versuche ich gerade herauszufinden.« Yarvick trat einen Schritt näher, die Fackel wackelte bei der Bewegung. Die Wasserschatten wanden sich um sie herum. »Ich dachte, ich hätte einen Pakt mit jemandem Nützlichem geschlossen. Einen Pakt, den Sie, wie ich glaube, nicht mehr erfüllen können.«

»Momentan.«

Aus der Nähe betrachtet spross Yarvicks fleckiger, verstreuter grau-schwarzer Bart wie Spinnenbeine aus seinem eingefallenen Kinn. Die Haut um seine Augen und im Gesicht war straff und verfärbt, ohne jegliche Erschlaffung. Gladdring hätte den Mann für beinahe tot gehalten.

Der Grund, warum er es nicht war, lag, wie einige, einschließlich Gladdring, glaubten, in Yarvicks linkem Auge: ein schwarzer Stein, ein Noctia-Skar.

Die Göttin des Todes konnte großzügig sein.

»Dann sagen Sie mir, wie Sie diesen Moment enden sehen«, sagte Yarvick, »und ich werde Ihnen sagen, ob ich zustimme.«

Talent. Gladdring und Yarvick überlebten beide, indem sie es besaßen und wussten, ob andere es auch hatten. Der Banditenlord würde nicht all dies für nichts tun, und jetzt spielte Yarvick ein besonderes Spiel. Er könnte Gladdring einfach befehlen, seinen Willen zu tun, hier am zerklüfteten Rand ein Lebensschuldversprechen einfordern, aber Yarvick wollte mehr.

Der Tamas-Skar flatterte, warm. Zustimmung, und damit ein Sprung zu dem Einzigen, was Yarvick vielleicht wollte, aber noch nicht, noch nicht, hatte.

»Eine Marionette«, sagte Gladdring und hasste die Worte nicht so sehr, wie er erwartet hatte. »Sie wollen eine Marionette, die den Najahn leitet. Und Sie wollen, dass ich diese Marionette bin.«

Yarvick antwortete mit einem leichten Grinsen, einem kurzen Nicken. Noch immer schweigend. Gladdring hatte den richtigen Weg eingeschlagen, konnte er fortfahren?

»Fassle hat Ihre Angebote abgelehnt und er fängt weiterhin Ihre Diebe«, sprach Gladdring bedächtig und wog jede Behauptung mit den Hinweisen des Tamas-Skars und Yarvicks schmalen Andeutungen ab. Der ehemalige Tenet verlief entlang Yarvicks Hoffnungen, seinen üblen Plänen und dunkleren Träumen, alles möglich mit einem Verbündeten, der den Zirkel kontrollierte. »Und wenn es getan ist, wenn jeder Tenet, die Adepten, die Berater Ihnen gehören, was dann?«

Yarvick behielt sein fahles Lächeln. »Das bleibt Ihre Frage und mein Geheimnis, Marionette. Sie kennen die Bedingungen. Sie haben sie selbst ausgesprochen. Akzeptieren Sie?«

»Gibt es eine Alternative?«

Yarvick deutete mit einer Handbewegung auf das Wasser. »Sie sind schon einmal in diesen Wellen geschwommen. Sie können es wieder tun.«

Diesmal kein Rettungsboot.

»Dann werden Sie Ihre Marionette haben.« Gladdring verbeugte sich tief. »Was kommt zuerst?«

»Ihre Rebellion, natürlich. Zeit, Sie aufzupolieren und bereit zu machen, um etwas Chaos zu entfachen.« Yarvick lachte trocken. »Die Inseln brauchen etwas frisches Blut an der Spitze. Heute schneiden wir das Alte heraus.«

Damit war zumindest die Marionette einverstanden.

21

DIEBE UNTER SICH

Es war eine von drei der vier akzeptierte Wahrheit: Schauspielerei war eine Folter, die man seinen schlimmsten Feinden zufügen sollte. Nur Wax sah das anders, als er am Tisch lümmelte, während der Abend nach ihrem dritten Probentag sich dem Ende zuneigte. Sie hatten einer weiteren Probeaufführung beigewohnt, diesmal öffentlich, und mit Grimassen zugesehen, wie eine Gruppe ähnlich der ihren Texte verhunzte, auf der Bühne herumstolperte und eine Tragödie in eine Farce verwandelte. Das inspirierte Wax zu der Behauptung, er und seine Freunde könnten es besser machen.

Eujo war sich da nicht so sicher.

Drei Tage hatte sie sich mit dem Skript gequält, abwechselnd Zeilen gemurmelt und geschrien, wurde angewiesen, dies zu flüstern, jenes abzumildern, ihre Hände gar nicht oder so zu bewegen, als wolle sie ein vorbeifahrendes Schiff anhalten. Was auch immer sie am Kance-Hof über das Verbergen ihrer Gefühle gelernt hatte, verflog angesichts der Wurzeln und der harten Blicke ihres Lehrers.

Manche Menschen lebten für die Bühne. Eujo bevorzugte die billigen Plätze.

»Ach, so schlimm ist es doch nicht«, sagte Wax. »Du musst dich einfach nur entspannen, das ist alles. Schlüpf in die Rolle. Sei die Person, die das Skript vorgibt. Nimm es nicht so ernst.«

»Sagt der Mann, der in seinem Leben noch nie ernst war«, gebärdete Bliss, der bereits zwei Krüge des zugegebenermaßen feinen Tamas-Bieres intus hatte. »Weißt du, was sie mich machen lassen? Komödie. Ich soll hinfallen oder auf Leute zeigen und so tun, als würde ich lachen.«

»Was, würdest du lieber eine Rede halten?«

Bliss bedachte ihn mit einem wohlverdienten Blick.

»Zumindest musst du nicht diese blöden Akzente versuchen«, sagte Torny. Sie drehte ein Messer auf dem Tisch, dessen Spitze ein kleines Loch bohrte, während es wirbelte. »Ich hab noch nie wie ein Rana gesprochen und werde jetzt auch nicht damit anfangen.«

Die trotzige Behauptung der Diebin schien durch das Stimmengewirr um sie herum herausgefordert zu werden, die verschiedenen Truppen, die ihr Abendessen inmitten der Tischreihen einnahmen. Die meisten rezitierten Zeilen oder kritisierten ebenjene. Bänder waren aufgehängt worden, die dem Ort eine festliche Atmosphäre für die Gäste verliehen, die den Aufführungen beiwohnten. Jeden Tag würde es eine neue geben, die in der Vorstellung von Eujo, Wax und ihren Wächtern gipfeln würde.

Verteilte Flugblätter kündigten ein seltenes doppeltes Erneuerungs-Ereignis an. Dass Eujos und Wax' Bilder auf dem vergilbten Papier ihnen kaum ähnelten, schien Daklin nicht zu kümmern, dem es nur darum ging, dass die Kunst endlich ein großes Publikum haben würde.

»Überstehen wir die eine Aufführung, bekommen wir

unsere Pässe, und dann müssen wir es nie wieder tun«, sagte Eujo. Sie hatte ihr eigenes Bier kaum angerührt, der kühle Krug verspottete sie mit einem vergnüglichen Abend und einem elenden Morgen danach. Zeilen mit einem Kater zu lesen, gehörte zu den schlimmsten Realitäten. »Wenn ich es schaffen kann, könnt ihr es auch.«

»Du bist die Erneuerung. Es ist dein Job. Ich sehe nicht, wo steht, dass Wächter bei diesem Unsinn mitmachen müssen.«

Wax grinste, »Ein guter Wächter unterstützt seine Erneuerung in allen Dingen.«

Torny wackelte mit ihrem eigenen Krug, als wolle sie Wax damit übergießen. »Diese Wächterin könnte ihren Eid überdenken.«

»Dafür ist es zu spät.« Wax' Lächeln erstarb. »Wenn man bedenkt, dass die Najahn und Eujos Kance-Killer uns an den Kragen wollen, wäre es wohl nicht gut, uns zu trennen.«

»Glaubst du, sie werden uns auf der Bühne umbringen?«

Eujo und Wax hatten beide gegen die Flugblätter und die Öffentlichkeit protestiert, was Daklin ohne eine Sekunde zu zögern abgeschmettert hatte. Das Publikum würde auf Armbrüste durchsucht werden, und außerdem sei es auf Tamas ein schweres Verbrechen, eine Aufführung zu unterbrechen. Jegliche Morde und Überfälle würden bis nach der Show warten müssen, wenn das Quartett, mit erhaltenen Seelen, nicht länger Teil der Animas-Gruppe wäre. Kaum ein Trost, aber Daklin weigerte sich erneut nachzugeben.

Bedrohungen ihres Lebens waren nicht sein Problem, solange die Show weiterlief.

»Daklin hat uns versichert, dass nicht«, sagte Eujo.

»Ah ja, lass uns dem Schauspieler glauben.« Torny drehte das Messer erneut. »Was nützt es uns, diese Seelen zu bekommen, wenn wir gleich danach entführt und getötet werden?«

»Wenn wir diese Seelen nicht bekommen, sitzen wir fest«, erwiderte Wax, »Es ist ein schlechter Deal, ich weiß, aber wir sind schon einmal entkommen. Wir können es wieder tun.«

»Aber diesmal werden sie wissen, wohin wir gehen. Sie werden uns direkt zum Tamas-Skar folgen. Und dann nach Kance. Wir können ihnen nicht ewig davonlaufen.«

Wax griff in seine gekräuselte Tunika – die Kostüme, die sie trugen, waren allesamt extravagante, absurde Dinge, die wärmende Wollunterwäsche verbargen – und rückte seine Skar-Kette zurecht. Die wilden Gelb-, Orange- und Rottöne der Spitze, die übergroßen Ärmel kennzeichneten sie als Animas-Schauspieler und waren, so Daklin, eine Voraussetzung während der öffentlichen Aufführungen.

»Vielleicht doch, mit diesen«, sagte der Vis.

»Die Skars geben nur für eine begrenzte Zeit«, sagte Eujo nachdenklich. »Torny hat recht. Wenn wir warten, sitzen wir fest. Wenn wir aber jetzt aufbrechen, könnten wir einen Vorsprung bekommen.«

Torny nickte, »Sie werden in ein paar Tagen kommen und eine Aufführung erwarten, aber bis dahin könnten wir längst weg sein.«

»Aber wir hätten dann die Seelen nicht?«

Eujo bemerkte Tornys blitzende Augen, das leichte Grinsen der Diebin.

»Was gegeben werden kann, kann auch gestohlen werden.«

Wax und Bliss protestierten nicht groß gegen die Idee, besonders als Torny es abschwächte und sagte, sie und Eujo würden nur einen Blick riskieren. Wenn die Seelen, was auch immer sie waren, nicht geschnappt werden könnten, würden sie einen anderen Weg finden.

Als sie aus dem Essenszelt schlüpften, fanden sie sich in der kühlen Tamas-Nacht wieder. Weit entfernt von einer laut- oder lichtlosen Nacht, mit schimmernden Laternen, die von Stangen hingen und übenden Musikern, probenden Schauspielern oder dem Publikum, das alles mit Bier und stärkerem Zeug in Händen oder Pfeifen beobachtete, Licht spendeten. Ein nebelhaftes Leuchten breitete sich über die herannahenden Wurzeln und stämmigen Bäume aus. Spät fallende Blätter suchten im Wind nach einer Heimat.

»Hast du eine Ahnung, wo Daklin steckt?«, fragte Torny, als sie zum größten Theater schlenderten, einem leichten Ziel im Zentrum der Animas. »Oder sollen wir einfach anfangen zu fragen?«

»Es ist egal, wo er ist.« Eujo nickte zum großen Theater. »Dort werden sie ihre wichtigsten Dinge aufbewahren.«

»Im Theater?«

»So gut wie jeder andere Ort zum Anfangen.«

Die Vermutung war nicht so zufällig, wie Eujo es klingen ließ. Erstens hatten die großen Theater Räume, Gänge und Ebenen, die von der Bühne und den Sitzen aus nicht sichtbar waren. Jede Menge Platz, um Dinge zu verstecken. Zweitens, wenn die Wohnquartiere, in denen Eujo und die anderen untergebracht worden waren, ein Indikator waren, war die Fluktuation hoch und die Sicherheit lax.

Weder sie noch Wax hatten die Skars seit ihrer Ankunft abgelegt, und Eujo würde das Armband verdammt sicher nicht von ihrem Handgelenk nehmen, bis sie diesen seltsamen Ort weit hinter sich gelassen hatten.

Das Haupttheater des Animas erhob sich wie ein fabelhafter Traum aus dem Boden, seine mehreren Eingangsbögen waren durch behauene Steine getrennt, die aus Whent importiert und mit dickem Mörtel verbunden waren. Lebendige Wandgemälde bedeckten die Blöcke, einige waren auf eine verschmolzene Art übermalt, um neue Szenen mit alten zu kombinieren, leuchtende Tänzer huschten durch stilisierte Schatten, Tierkostüme tollten mit verblassten Königen und Königinnen herum. Tagsüber, bei all dem Trubel, verschwand die Kunst. Jetzt, im Laternenlicht und mit wenig anderem in der Nähe, verlangsamte Eujo ihren Schritt und nahm es in sich auf.

»Nicht schlecht«, sagte Torny neben ihr.

»Es ist wunderschön.«

»Du magst so was?«, schnaubte die Banditin. »Hatte nie Zeit dafür.«

»Ein Luxus, den ich zu schätzen gelernt habe.« Eujo fühlte sich zu einer verloren wirkenden Frau hingezogen, die abseits saß und auf einen unsichtbaren Boden starrte, gekleidet in ein cremefarbenes Gewand. Sie streckte die Hand aus und fuhr mit dem Finger über das ernste Gesicht. »Wenn man den ganzen Tag in einer Rolle gefangen ist, beginnt man, nach der Wahrheit zu suchen, wo man sie finden kann.«

»Und die Wahrheit ist diese traurige Dame?«

»Ich denke, sie versucht herauszufinden, was sie tun soll.«

Ein weiteres Schnauben. »Versuchst du mir zu sagen, dass du verwirrt bist, Eujo? Denn ich dachte, wir hätten hier einen ziemlich klaren Plan.«

Eujo zog sich zurück. Sie nickte in Richtung des nächsten Bogens, eine große, falsche goldene Drei war in der Mitte aufgeklebt. »Den haben wir. Diesen Skar holen, Wax seinen Kance-Stein besorgen und dann direkt nach

Noctia marschieren und uns verhaften lassen. Hinrichten. Was auch immer.«

»Na, wenn du es so sagst, sollten wir vielleicht neu bewerten.« Torny zog ihr Messer heraus, warf und fing es wieder auf. »Wette, Yarvick würde uns alle aufnehmen, da ich das Tagebuch habe. Könnten dann alle Diebe sein.«

»Ich werde nie wieder dorthin zurückgehen.«

Sie gingen unter dem Bogen hindurch, ein kurzer Tunnel teilte sich an den Seiten, um das Gebäude zu umschließen. Sie gingen nach links, die Laternen wurden spärlicher unter einem Theater, das keine Wanderer erwartete, und die beiden warfen einen Blick auf aufgehängte Plakate. Namen, die sie noch nie gehört hatten, dominierten in auffälliger Manier. Wie die Kunst draußen hatten die Besetzungslisten eine Aura nutzloser Unsterblichkeit.

»Ah, also gehst du zurück zu der Königin, die dich töten will?«, stichelte Torny nach ein paar Sekunden Stille, die Banditin wartete vielleicht darauf, dass Eujo eine bessere Antwort lieferte, die sie einfach nicht hatte. »Oder hältst du an deiner ursprünglichen Idee fest, in einer Najahn-Zelle zu verrotten, bis jemand beschließt, dich zu hängen?«

»Wir werden einen anderen Weg finden.«

»Hoffnung ist ein schlechter Plan, Eujo.«

»Besser als zu planen zu scheitern.«

Torny zuckte zusammen, wurde wieder still. Hatte Eujo mit dieser letzten Zeile einen persönlichen Stich versetzt?

Wie auch immer, es spielte keine Rolle. Sie hatten das Ende des Tunnels erreicht, eine Tür mit dem lächelnden Sigil des Animas wies darauf hin, dass sich dahinter die Bühne befand. Torny testete den einfachen Griff, fand die Tür verschlossen. Wahrscheinlich verriegelt.

»Einen anderen Weg?«, fragte die Diebin.

Je länger sie um das Theater schlichen, desto wahrscheinlicher war es, dass jemand sie erwischen würde. Eujo trat an die Tür heran, klopfte mehrmals scharf und wäre fast umgefallen: Mit jeder Berührung sprang der Whent-Skar in ihrem Geist auf, ein Schrei, der Eujo aufforderte, ihn loszulassen.

»Alles in Ordnung?«, bot Torny an. »Glaube nicht, dass jemand antwortet.«

»Dann ist es sicher, reinzugehen.«

»Ich bin nicht sicher, ob ich-«

Torny hielt inne, als Eujo ihre Handfläche flach gegen die Tür legte. Die Skars waren gefährlich, aber wenn sie diesen nur auf die richtige Weise massieren könnte ...

Die Tür bebte, zunächst ein rasselndes Zittern, das zu einem engen, knackenden Summen direkt am Griff schrumpfte. Torny spürte, wie die Wärme des Skars durch ihre Finger in das Holz der Tür strömte, eine Linie zum Riegel zog, der das Portal verschlossen hielt, und mit einem scharfen Knacken, das mehr echote, als Eujo in dem steinernen Gang hinter ihnen lieb war, brach der Riegel. Mit einem Quietschen schwang die Tür zu ihnen hin auf.

»Das ist ein guter Trick«, sagte Torny, öffnete die Tür weiter und spähte hinein. »Wäre echt Mist gewesen, wenn du uns das Gebäude über dem Kopf zum Einsturz gebracht hättest.«

Eujo, schwer atmend, als wäre sie gesprintet, fand ihre Stimme wieder: »Er hat auf mich gehört. Gerade genug.«

»Muss sich gut anfühlen, wenn jemand auf dich hört.« Torny stieß die Tür auf. »Glück für uns, ich glaube, du hast recht.«

Zunächst sah Eujo nicht, was Torny meinte. Der Back-stage-Bereich breitete sich vor ihnen aus, überfüllt mit Kulissen und hängenden Kostümen. Schmuckstücke und Fälschungen lagen hier und da gestapelt, ein geheimnisvolles System oder gar keines wurde benutzt, um ihre Platzierung zu leiten. Eujo folgte der Banditin in den Raum, Torny schritt zielstrebig voran, und nach drei vorsichtigen Schritten sah Eujo, wohin die Banditin steuerte: eine weitere Tür, diese versteckt, ein auffälliges, staubiges lila-goldenes Schild erklärte sie für verboten. Ein echtes Schlüsselloch-Schloss, von schwarz zu grün verwitternd, krönte den Knauf.

Eujo hatte nicht einmal Zeit, den Skar erneut vorzuschlagen, bevor Torny ihre Werkzeuge herausholte und mit einer dünnen Metallfeile und einem dickeren Partner am Schlüsselloch hantierte.

»Halt einfach Wache«, murmelte Torny, als Eujo über ihre Schulter blickte. »Das ist nichts, worüber man sich aufregen muss.«

»Was?«

»Das Schloss. Es ist billig. Die gleiche Art wird auch überall in Noctia verwendet. Und ich kann mir denken, warum.«

Bevor Eujo Torny dazu bringen konnte, das näher auszuführen, klickte die Tür. Dahinter war weniger ein Raum als ein Schrank, nur mit einer einzigen Truhe, die offen auf dem Boden stand. Darin lagen gestapelte schwarze Tafeln, jede mit einer lächelnden Theatermaske eingemeißelt und dann mit goldenem Farbstoff ausgefüllt.

Die Seelen. Was sonst konnten sie sein?

Zum ersten Mal seit sie sich auf dem Whent-Schlitten betrunken hatten, teilten sowohl die Banditin als auch die Königin ein ehrliches Lächeln, einen unehrlichen Sieg.

22

VOM FEUER GESCHMIEDET

Dreck brannte in ihrem Mund. Sandkörner knirschten zwischen ihren Zähnen. Das war die erste und einzige Empfindung, die Annalyse überkam, als sie abrupt erwachte. Der Schmerz ließ allmählich den Rest ihres Körpers zu Bewusstsein kommen. Arme und Beine waren noch da, flach auf dem Boden ausgestreckt, ebenso wie ihre Brust und ihr Kopf. Mit dem Gesicht nach unten. Ein harter Sturz, wenn man nach dem metallischen Nass ging, das ihre Stirn verschmierte und sich mit dem Sand auf ihren Lippen vermischte.

Die Flüstertöne in ihrem Kopf.

Die Skars waren außer sich. Vis, wie immer, krabbelte herum und stieß Unsinn aus, während ihre Wunden juckten, als der Gott des Lebens seine Essenz zu ihnen sandte. Foti, immer noch in Annalyses linker Hand, tobte, suchte nach Zielen und war frustriert von der schwarzen Erde vor ihnen. Der Rubin murmelte dazwischen auch Zufriedenheit über eine mehr als erfüllte Aufgabe. Was das war, daran musste sich Annalyse nicht erinnern.

Die Geräusche, die nicht in ihrem Kopf geflüstert wurden, erzählten diese Geschichte gut genug.

Knistern, Knacken und Schreie erzählten von einer brennenden Festung. Pfeifen, von der Art, wie es frisch an ihrem Ohr vorbeizischte, deutete darauf hin, dass der Kampf noch im Gange war. Klirrendes Metall bestätigte es, ebenso wie Najahns bellende Befehle, mit denen sie ihre Truppen auf dem Schlachtfeld dirigierten. Das Leben in Noctia hatte Annalyse genug Erfahrung mit diesen Übungen gegeben, sodass sie die kurzen, knappen Kommandos erkannte.

Den gepanzerten Herrschern der Sieben Inseln erging es nicht besonders gut.

Mit einem Ruck hob Annalyse den Kopf, zerrissenes und verfilztes Haar fiel ihr über die Augen, als sie zum ersten Mal richtig den sanften Hügel hinaufblickte. Dort war einmal ein Tor gewesen, jetzt nur noch eine verkohlte Ruine, eine Tür hing an zersplitterten Fetzen, die andere war nicht mehr als schneeweiße Asche auf dem Boden. Durch die Öffnung und darüber hinweg flogen Pfeile in zerstreuten Blitzen, ihre winzigen Formen fingen für Augenblicke Sichis Rosa ein. Ihre Ziele lagen jenseits, verborgen im Rauch. Annalyse beobachtete für eine lange Sekunde, hörte aber keine Armbrustbolzen, kein Gegenfeuer.

Entweder waren die Najahn bereits tot, oder sie sahen die Vis-Pfeile nicht als Bedrohung an.

Annalyse schob die Strategien und Theorien beiseite. Sie war kein Akteur mehr in diesem Kampf. Deshivas Befehle waren gewesen, das Tor zu sprengen und zu fliehen, waren gewesen-

Die Wissenschaftlerin drehte sich, der Grund für ihren Sturz ins Gesicht flammte durch einen erschöpften Schleier auf. Dort, nicht mehr als ein oder zwei Schritte den Hügel hinunter, lag die Anführerin der Vis. Die Ursache war nicht schwer zu erkennen, da ein brennender Ring die Stelle markierte, eine versengte schwarze Linie führte direkt von Annalyse zur Jägerin. Deshivas langer Speer, dessen Schaft Annalyse wohl zu Boden geschleudert hatte, lag in Stücken, alles bis auf die Steinspitze glimmte noch.

»Nein«, hustete Annalyse und krabbelte an Deshivas Seite. Sie drückte ihre Handflächen in heißes Gras, trat glimmende Stöcke beiseite. Der Vis-Skar protestierte.

Und Deshiva lebte. Die Augen der Jägerin waren geschlossen, aber ihre Brust hob und senkte sich. Ihr offener Mund atmete, als Annalyse ihre Hand dagegen hielt. Ein kleines Wunder, das Annalyse dem Vis-Skar an Deshivas Armband zuschreiben konnte.

Sie waren also beide am Leben, zumindest für den Moment. Annalyse verlangsamte ihren eigenen Atem, ließ die Panik abklingen. Die Pfeile galten nicht ihr. Die Befehle der Najahn, die jetzt schneller und lauter kamen, galten nicht ihr. Schlachtfeldtaktiken, ein Pflichtfach für jeden, der die akademische Leiter von Whent erklimmen wollte – Rana-Räuber und streitsüchtige Kriegsherren erforderten solche Dinge –, besagten, dass sie und Deshiva, bereits als Opfer abgeschrieben, bis zum Ende des Kampfes ignoriert würden.

Was, sollten die Najahn triumphieren, Düsteres für sie beide bedeuten würde.

Annalyse blickte über Deshiva hinweg, den langen Hügel hinunter mit seinen unordentlichen Gehegen, verbrannten Schuppen, bis hin zur Dschungellinie. Schatten huschten umher. Vis-Jäger, die anhielten, um Bögen zu spannen und Pfeile über die brennende Palisade zu schießen. Sie konnten unmöglich ein Najahn-Ziel sehen, die Pfeile würden wahrscheinlich im Dreck landen, also warum...

Der zweite Teil des Plans. Den Rückzug decken, falls nötig. Deshiva hatte Annalyse das nicht gesagt, aber der Zug ergab Sinn. Nicht auf Tötungen aus sein, sondern die Najahn zurückhalten. Sie erschrecken, sie verlangsamen, bis Deshiva und Annalyse nach Hause zurückkehren konnten.

Schlachtfeldtaktiken.

Deshiva zischte. Ihre Augen blieben geschlossen. Ihr Körper war zu schwer für Annalyse, um ihn zu ziehen. Nicht ohne Hilfe.

Annalyse hob den Kopf und winkte mit dem Arm. Gegen das Licht des Feuers würde sie wie ein schwarzer Fleck erscheinen, aber die Vis-Jäger waren scharfsichtig. Hoffentlich würden sie verstehen.

»Ich hole uns Hilfe«, sagte Annalyse zu Deshiva. Wer wusste, ob die Worte durchdringen würden, aber vielleicht. Selbst wenn nicht, half allein das Sprechen, ihre raue Stimme, die die Worte hervorwürgte, der Wissenschaftlerin, sich zu konzentrieren. Auf den Plan fokussiert zu bleiben. »Die Najahn kommen nicht heraus. Wir werden in Ordnung sein, Deshiva.«

Die Jägerin bewegte sich nicht.

Die Stimmen der Najahn erhoben sich erneut. Ein einzelnes Wort wurde wiederholt. Seine Bedeutung war kein Geheimnis.

Annalyse beugte sich hinunter, schob ihre Arme unter Deshivas Seite. Sie versuchte, die Hitze zu ignorieren, die von der Haut der Jägerin ausging, die verkohlte Rüstung, und drückte. Deshiva, Ausrüstung und durchtrainierte Muskeln, bewegte sich nicht. Ein zweiter Versuch brachte kein anderes Ergebnis, außer dass Annalyse ein Leben verfluchte, das größtenteils in akademischen Grenzen geführt wurde. Ein paar Jahre draußen in den Dschungeln der Vis, und sie hätte vielleicht-

Da!

Annalyse schoss ihre Hand erneut hoch, als ein Schatten, ein Jäger, näher heranstürmte. Weit innerhalb der Reichweite der Bögen und schnell auf sie zukommend. Zu zweit, dachte Annalyse, könnten sie zumindest ziehen... warte. Der Schatten verlangsamte, begann einen Bogen von seinem Rücken zu nehmen. Annalyse runzelte die Stirn und winkte mit dem Arm.

»Keine Zeit dafür!«, versuchte die Wissenschaftlerin zu rufen, ein krächzendes Geräusch, das vielleicht bis zu Deshivas Ohren gedrungen war und nicht weiter.

Nun, wenn sie nicht helfen würden, dann müsste Annalyse es selbst tun. Sie griff nach ihrer Halskette und löste den Vis-Skar, ließ ihn aus zitternden Händen fallen. Schmerzen, Stiche und ein sehr, sehr trockener Hals rasten zu ihren Nerven, raubten ihr den Atem. Sie ließen für einen Moment nach, als die Flüstertöne des Vis-Skar aufflammten, als Annalyse den türkisfarbenen Stein vom Schmutz aufhob, nur um zurückzukehren, als Annalyse den Edelstein in Deshivas verbrannte linke Hand drückte.

Ihre Forschung auf Noctia war in diesem Punkt überaus deutlich gewesen: Skars würden einander verstärken, und zwei Vis-Steine zusammen könnten weitaus mehr bewirken als einer allein.

Ein Pfeil zischte über Annalyses Schulter hinweg, nahe genug, um ihr verbranntes Haar zu bewegen. Das Geräusch ließ sie zusammenzucken, das darauffolgende brachte sie dazu, sich zu bewegen.

Ein scharfes metallisches Klirren, so nah, als wäre es direkt über ihnen. Annalyse versuchte zu Boden zu gehen, und mehr fielen an ihrer Seite, ein weiterer Luftzug streifte ihre Haut, als eine gebogene Speerspitze einer Voulge den Raum durchbohrte, wo sie gerade noch gewesen war. Eine Najahn-Soldatin führte die Waffe, in schwarz-violetter Rüstung, die weiße Ascheflocken eines Feuers trug, das Gesicht hinter einem Metallvisier verborgen. Hinter ihr fächerten sich weitere auf, teilten sich in Dreiergruppen und liefen in unregelmäßigen Läufen ins Gras.

Falls die Najahn an einer Kapitulation interessiert war, sagte die Soldatin kein Wort darüber. Sie zog die Voulge nur zurück, diesmal für einen freien Stoß. Annalyse hatte weder Schild noch Waffe.

Zumindest keine, die die Najahn sehen konnte.

Der Foti-Skar brüllte und Annalyse ließ ihn los, wobei ihre rechte Hand, die sie als nutzlose Abwehr ausgestreckt hatte, als Leiter diente. Die Luft zwischen der Wissenschaftlerin und der Soldatin flimmerte, bevor sie sich in einem funkelnden Glitzern löste. Hitze traf sie, prallte gegen die Soldatin, warf den Speer beiseite und ließ die Najahn zurücktaumeln.

Aber keine sengende Flamme folgte, kein verheerendes Inferno, obwohl Annalyse es sich wünschte. Der Skar schien nach Luft zu schnappen, und in seinem Kampf spürte Annalyse ihre eigene Erschöpfung. Sie war verbrannt, verwundet, ausgezehrt und hatte ihre Energie damit verbraucht, den Foti-Skar einen ganzen Außenposten in Brand setzen zu lassen. Für mehr bräuchte sie eine lange Ruhepause, Nahrung und Zeit.

Sie hatte nichts davon.

Die Najahn fand ihr Gleichgewicht wieder. Sie hob die Voulge, kam aber nicht näher.

»Noch ein Schritt und Sie sterben in dieser Rüstung«,

sagte Annalyse, ihr Krächzen verlor sich erneut im Wind. »Wissen Sie, was mit Metall passiert, wenn es heiß wird?«

»Wissen Sie, was mit einem Körper passiert, wenn eine Voulge trifft?«, erwiderte die Soldatin, der Helm verzerrte die Worte und verriet Annalyse, dass in der Rüstung eine Frau steckte, eine müde und verängstigte noch dazu. »Ich habe es gesehen. Ihre Freunde sehen es gerade. Die gebogene Spitze bildet einen Haken. Und wenn ich ziehe, kommen Sie mit.« Sie packte die Voulge mit beiden Händen. »Ergeben Sie sich, oder Sie sterben wie die anderen.«

Annalyse hatte es nicht bemerkt, hatte sich nicht über das Hier und Jetzt hinaus konzentrieren können, aber die Drohung der Najahn zog wie ein sich öffnender Vorhang den Rest der Schlacht herein, die Schlacht, die nicht hätte gekämpft werden sollen. Noch immer waren Schreie zu hören, aber ihr Ton hatte sich verändert. Weniger die Qual der Verbrannten, mehr die scharfen, kurzen Schreie beendeter Leben. Auf das Nicken der Najahn hin blickte Annalyse zurück und sah, wie die Schatten auf die Soldaten trafen.

Die Vis hatten Speere und Pfeile, Waffen, die die meisten Feinde, die meisten Unholde fällen konnten. Die Najahn, die gegen sie marschierten, hatten Masse, hatten Metall und waren für den Krieg ausgebildet. Chakrams, diese klingenbewehrten Scheiben, glitten von Rücken und flogen in die Nacht, schnitten in die Bahn fliehender oder angreifender Jäger. Selbst Fehlwürfe trafen Kanten und überschlugen sich, rollten in die falschen Wege. Jeder Vis, der an den Scheiben vorbeikam, sah sich Voulgen gegenüber, die so lang wie ihre Speere waren, und Najahn-Trios, die im Einklang arbeiteten, um zu teilen, einzukesseln und zu vernichten.

Annalyse brauchte nicht mehr als ein paar Sekunden, um zu erkennen, welche Richtung Deshivas Trupp einschlagen würde, wenn der Kampf weiterginge. Brauchte nicht mehr als ein paar Sekunden, um das schnelle Ende zu erkennen, dem sie entgegensehen würde, wenn sie etwas anderes täte als sich zu ergeben.

»Leg den Skar nieder«, befahl die Najahn, als Annalyse sich zurückwandte, die Schultern hängen lassend. »Ich nehme an, in diesem Beutel sind noch mehr?«

Annalyse nickte. Hinter ihr murmelte Deshiva erneut, ein schmerzerfülltes Stöhnen.

»Dann werden sie dein Leben erkaufen. Ihres auch.« Die Najahn tippte mit der Voulge auf den Boden zu ihren Füßen. »Wirf die Skars hierher.«

»Sie werden mich töten, wenn ich es tue.«

Gladdring hatte Annalyse so viel beigebracht: Gib niemals deinen einzigen Vorteil auf.

»Dies ist keine Verhandlung.« Die Najahn machte einen Schritt näher, verlagerte die Voulge quer vor ihre Brust. Die Schreie in der Ferne dauerten an. Pfiffe riefen endlich zum Rückzug. »Tu es, oder du stirbst, und ich nehme sie mir trotzdem.«

Annalyse warf einen Blick auf Deshiva, deren Augen fest geschlossen waren, der Mund zu einer grimmigen Grimasse verzogen. Keine Hilfe in Sicht. Sie griff nach dem Beutel. Im Tod würden sie und Deshiva niemanden retten.

Im Leben, im Leben gab es immer eine Chance.

23
ÜBER WELTEN HINWEG SPRECHEN

Der Leichnam des Ungeheuers bewegte sich nicht. Hatte sich die ganze Zeit nicht gerührt, während Ami dort stand und einen faden Pilztee trank - alle Tees hier unten waren fad. Sie beobachtete, wie Svarde um seinen steinernen Thron im großen Saal des Tempels auf und ab ging. Licht sickerte von oben herein, aus weiter Ferne, durch die Wunde hindurch bis zu diesem Ort. Manchmal blickte Ami zu dem winzigen Spalt hinauf und fragte sich, wie lange es dauern würde, wenn sie eine Hand nach der anderen setzte, den ganzen Weg zurück nach Catya zu klettern. Einen Tag, zwei, drei?

Und wie weit würde Ami kommen, bevor ein Chakram oder ein Armbrustbolzen sie herunterholen würde?

»Immer noch keine Verbindung«, brummte Svarde. »Es ist nicht alles unsichtbar. Wie bei meinem Fuß, mein Finger ist eingeschlafen. Er ist da, aber reagiert nicht.«

»Versuch's härter«, schlug Ami vor.

Svarde grunzte. »Das ist nichts, wo man 'härter versuchen' kann. Entweder es funktioniert oder nicht. Ich sage diesen Knochen da draußen, sie sollen sich bewegen, und sie tun es.«

»Vielleicht sprichst du nicht seine Sprache.«

»Ach ja? Willst du mir vielleicht sagen, wie ich mit so einer toten Ratte reden soll?«

»Das musst du schon selbst herausfinden.«

Ami schwenkte ihren Tee. Blies den Dampf weg. Wenigstens war es besser, das Gebräu heiß zu haben. So blieb es glatt und der Tee konnte den ständigen Schmutz und Staub hier unten von ihrer Kehle spülen. Der Rest von ihr war zumindest nicht allzu schmutzig: Höhlenströme und Quellen boten bequeme Bade- und Erfrischungsmöglichkeiten. Jochis Armee kümmerte sich nicht einmal um Latrinen, ein Segen, der den Gestank der Armee auf ein erträgliches Maß reduzierte.

Insgesamt musste Ami zugeben, dass die Whent einen Feldzug richtig anpackten. Jochis Versorgungslinien liefen stetig, mit frischem Bier, Essen und Ausrüstung, die jeden Tag von der Oberfläche heruntergeschafft wurden. Außenposten wurden erweitert, befestigt und planten mit jeder verstreichenden Stunde weiteres Wachstum zu unterirdischen Städten. Wenn man Jochi Glauben schenken durfte, waren bereits Boten zu jeder Insel geschickt worden, um für billiges Wohnen und Schutz gegen Arbeit zu werben. Das Eis des Winters würde jede Wanderung verlangsamen, aber Ami vermutete, dass mehr als ein paar Gassenkratzer Jochis Angebot annehmen würden.

In ein paar Generationen könnte das Dunkle Unten einfach ein weiteres Land zum Bereisen sein, wie alle anderen, mit Städten, Gasthäusern und Industrie, die fleißig arbeiteten. Wenn, das heißt, die Ungeheuer nicht alles zerstören würden.

»Schau uns an, Ami«, sagte Svarde, als er zu seinem Thron zurückkehrte und sich setzte. Nach Amis Einschätzung bot der Stuhl keinerlei Komfort mit seiner harten Sitzfläche, der steifen Rückenlehne und den scharfen Kanten. Svarde hatte jedoch nicht um eine Änderung gebeten. »Eigentlich sollten wir beide tot sein. Ich bin ein verblasstes Ding, abhängig von diesem verdammten Schwert, und du hast ein halbes Gesicht, verbannt von überall. Nicht der Weg, den ich für uns erwartet hatte.«

»Hättest du das vorausgesagt, Svarde, hätte ich viel mehr Bier getrunken.«

»Wir hatten schon genug davon.«

Wahr. Dieses erste Jahr mit Catya auf dem Thron war ein betrunkener Nebel gewesen. Sicher, die Inseln feierten eine neue Aegis, wie es sich gehörte, aber Ami und Svarde trieben es auf die Spitze, genossen ihre Berühmtheit und den völligen Mangel an Verantwortung mit einem Gelage nach dem anderen. Damals ritt Ami auf den Lobpreisungen, wachte in hundert verschiedenen Betten auf und erinnerte sich an nur wenige davon. Svarde tat das Gleiche, beide stolperten oft als Wrack in dasselbe Najahn-Café, vermieden den Blickkontakt des anderen, während sie sich stöhnend durch ein Frühstück quälten, einen Tag lang vermieden sie, was Catya wirklich für jeden von ihnen bedeutete.

»Sie hatte es am schlimmsten«, sagte Ami.

»Von Anfang an«, stimmte Svarde zu. »Sie gab immer vor, so stoisch zu sein, aber man konnte es sehen. Jedes Mal, wenn wir sie besuchten, konnte man erkennen, dass sie es hasste, an diesen Stuhl gefesselt zu sein.«

»Es wurde schlimmer, nachdem du gegangen warst.«

Svarde antwortete darauf nicht, zwang Ami nicht zu

beschreiben, wie Catya sich im Laufe der Jahre immer mehr zurückzog. Wie sie die Unterhaltungen zu ertragen begann, anstatt sie zu genießen. Mehr als einmal mussten Najahn-Wachen Catya von der Wunde zurückziehen, von einem Schritt über den Rand. Ami würde eine Nachricht erhalten, schnell zu kommen, und bis sie ankam, war Catya wieder ruhig, durch Noctias beste Drogen zur Vernunft gebracht: Bier und verschiedene Pflanzen, die die Aegis in eine betäubende Glückseligkeit versetzten.

»Als ich sie zuletzt sah, schien sie ganz sie selbst zu sein«, sagte Svarde. »In ihrem Geist zumindest.«

»Weil sie vor zwei Jahren aufgegeben hat«, erwiderte Ami. »Sie sagte mir, jede Chance auf ein normales Leben, auf einen normalen Tod, sei vorbei. Dass sie jetzt alles fühlen wollte bis zum Ende.«

»Sie ist stark.«

»Nein. Sie ist schwach, genau wie du und ich, wie alle.« Ami leerte ihren Tee, machte Anstalten, die Tasse zu werfen, bis sie sich erinnerte, dass es hier unten nicht unendlich viele von den verdammten Dingern gab. »Catya konnte sich nicht die Mühe machen, ihr Leben zu ändern, und so wird sie auf diesem Stuhl sterben. Wir konnten sie auch nicht retten, und der Rest der Inseln versucht es nicht einmal.«

Svarde musterte Ami. »Du bist heute düsterer als sonst.«

»Hab ich einen Grund, es nicht zu sein? Ich weiß nicht, ob du dich umgesehen hast, Svarde, aber wir stecken unter der Erde fest, umgeben von einem Haufen Ungeheuer und Leichen -«

»Du vergisst Jochi.«

»Den Kriegsherren? Selbst wenn er einen Weg findet,

diese Tore zu schließen, wird er einfach die Macht übernehmen. Den Weg für sein Imperium ebnen.«

»Mein Imperium?«

Der Whent-Kriegsherr, flankiert von den allgegenwärtigen Leibwächtern des Mannes in ihrem wuchtigen Leder und scheinbar endlosen Bärten, stand im Eingang des Tempels. Der Kriegsherr hatte die Hände gefaltet, ein geduldiges Lächeln. Keiner der Wächter teilte seinen Gesichtsausdruck und gab einen besseren Hinweis auf die wahre Stimmung des Mannes.

»Eine Sorge für eine andere Zeit«, sagte Svarde, der genug wusste, um Ami keinen warnenden Blick zuzuwerfen.

Sie konnte nett sein. Für eine Minute oder zwei.

»Gut, denn ich habe eine Sorge für jetzt.« Jochi trat in den Raum und nickte Ami zu. »Unsere Freunde fahren fort, sich zu verschanzen, aber sie haben einen Rückschlag erlitten. Ein großes Ungeheuer ist aufgetaucht. Ein Ding, dem ich froh bin, dass wir uns nicht stellen mussten, und das genug Schaden angerichtet hat, dass ich glaube, wir haben eine Öffnung.« Die gefalteten Hände lösten sich, öffneten sich mit den Handflächen zu Svarde. »Mit Euren Körpern und meinen Soldaten könnte ein starker Angriff jetzt ausreichen, um die brennenden Ungeheuer zurückzudrängen. Vielleicht sogar zu vernichten.«

»Zurück wohin?«, fragte Ami. »Ins Wasser?«

»Ihre Heimat. Diese Tore.«

Der wirbelnde Sturm, die bebende Erde, wogende Meere. Eine zusammenbrechende Welt.

»Wissen wir, ob sie zurückkehren können?« Ami erwartete keine Antwort und erhielt auch keine, nur eine gerunzelte Stirn von Jochi und ein leichtes Grinsen von Svarde. Der Barbar hatte in seinem seltsamen Tod-Leben eine neue

Geduld gefunden, die Ami vielleicht später untersuchen würde. »Wissen wir überhaupt, warum sie hierher kommen?«

Angesichts Jochis anhaltender Verwirrung berichtete Ami, was sie gesehen hatte. Die offensichtliche Schlussfolgerung, dass die Unholde aus einer zerstörten Heimat flohen, wurde vom Whent-Kriegsherrn mit einem Achselzucken quittiert.

»Was zählt, ist, dass sie hier sind und gegen uns kämpfen«, sagte Jochi. »Wir müssen sie vernichten.«

»Oder«, schlug Svarde vor.

»Oder was, verhandeln?« Jochi lachte. »Versuchen, sie zum Frieden zu überreden?«

»Der Tote König sagt, sie seien seit Jahrhunderten hier unten und kämpfen die ganze Zeit. Diese Unholde sind keine Tiere. Sie könnten genauso erschöpft sein wie wir. Wenn wir einen Weg finden können, dies zu überwinden, wenn wir-«

»Sie in unser Zuhause willkommen heißen? Brennende Monster?« Jochi setzte eine undurchdringliche Miene auf und blickte sowohl Ami als auch Svarde an, während er sprach. »Selbst wenn, selbst wenn sie irgendwie zu einer Einigung kämen, wie könnten sie unter uns leben? Wohin würden sie gehen? Welche Insel würde ihnen Land abtreten?«

Ami schnaubte: »Foti würde sie willkommen heißen. Wette, diese Hitze könnte viel dazu beitragen, die Schmieden heiß zu halten.«

»Es wäre nicht ohne Herausforderungen, aber wir würden Leben retten«, fügte Svarde hinzu.

»Ein Barbar und eine Wächterin, die Frieden vorschlagen?« Jochi sprach, hielt dann inne. »Ich warte darauf, dass ihr sagt, das sei ein Scherz, aber das tut ihr nicht.« Ein tiefer

Atemzug. »Wir können es uns nicht leisten, hier unten zu kämpfen. Wenn ihr versuchen wollt, mit diesen verdammten Kreaturen zu reden, dann tut es. Ich werde euch nicht aufhalten. Aber wenn sie beschließen, euch am Spieß zu braten, werde ich euch auch nicht retten.«

Ami verbrachte den Tunnelmarsch in Richtung der Unholde damit, sich zu fragen, warum sie die dumme Sache getan und ihr Schwert gegen ihren Mund eingetauscht hatte. Svarde und der Tote König gingen an ihrer Seite. Abgesehen von Svardes Schwert hatten sie nicht einmal Waffen dabei. Sie hatten auch keinen Plan, außer es zu versuchen.

Als sie es Sawi erzählt hatte, hatte die Vis genauso gelacht wie Jochi und Ami viel Glück gewünscht. Sawi sagte, sie verbringe mehr Zeit mit den Kundschaftern und versuche, den besten Weg zurück zu ihrer Dschungelinsel durch die Tunnel zu finden. Ami wollte Sawi eine Feigling nennen, als die Vis sprach, aber stattdessen hatte sie Sawi gesagt, sie solle es tun, solle fliehen, solange sie noch konnte.

Das Ende des Tunnels, seine weite Öffnung, ragte wie eine aufgehende Sonne auf. Gesprengtes Metall einer Ami unbekannten Zusammensetzung hing um die Kanten, in den Fels gebohrt, um ein Gitter zu bilden, Stützen für die Decke und Platten für den Boden. Vielleicht einfacher, diese Konstrukte zu bewegen. Keine Laternen, keine Fackeln außer der, die der Tote König trug. Unnötig für die brennenden Unholde. Die Hitze stieg, Schweiß durchnässte Ami bereits, obwohl sie bemerkte, dass weder Svarde noch der Tote König tropften.

Der Vorteil des Todes.

»Lass mich vorangehen«, sagte Svarde, als nur noch

wenige Schritte übrig waren. »Sie kennen mich. Sie werden mich respektieren.«

»Oder sie werden dich auf der Stelle töten.« Ami legte eine Hand auf Svardes linken Arm. »Ich sollte als Erste gehen. Sie haben mich noch nie zuvor gesehen. Ich bin neutral.«

»Du bist die Einzige von uns, die sterben kann.«

»Das bedeutet, ich habe etwas zu verlieren.«

Svardes Stirnrunzeln zeigte, dass er dieses Argument nicht kaufte, aber Ami wartete nicht. Sie bewegte sich schneller, vermied es, das glühend heiße Metall an allen Seiten zu berühren, und ging zum Rand des Tunnels. Sie schaute hinaus und schirmte ihre Augen ab.

Als die schiere Helligkeit verblasste, erwies sich Jochis Bericht über die Verwüstung als Untertreibung. Die seltsamen Eisenbehausungen, die die Unholde entlang der Kammerwände errichtet hatten, lagen in Trümmern, Stangen verbogen oder völlig zerschmettert. Die monströsen Konstrukte hatten den Tunnel verlassen und richteten ihre Ballisten und feuerspeienden Türme auf den Teich, auf die größere Bedrohung. Kalte, ascheweiße Körper lagen in Haufen, während andere Unholde an den Kiesufern hackten und versuchten, Löcher in den zu harten Boden zu graben. Noch mehr drängten sich um behelfsmäßige Schmieden, erhitzten und formten neues Metall, um das beschädigte alte zu ersetzen.

Ein hektischer Puls untermalte die hitzeverschwommene Bewegung.

Doch als Ami sich näherte, stand einer aufrecht, ein größerer Unhold stand auf der vorspringenden Klippe und hielt einen Flegel in einem seiner vier Arme. Ein beschädigter Kettenmantel bedeckte seine Brust und Beine. Nichts krönte seinen obsidianschwarzen Schädel, die dreieckige

Form schien auf einer endlosen Flamme zu schweben. Das Monster hob den Flegel, als wolle es zuschlagen, musste dann aber Amis ausgestreckte und leere Arme bemerkt haben, ihre fehlende Armee.

Stattdessen stellte sich die Kreatur Ami direkt gegenüber, obwohl sie fast doppelt so groß war wie sie. Der schwarze Stein begann zu funkeln, und Ami wurde klar, dass sie keine Ahnung hatte, was sie sagen sollte.

24
BIER UND BÜNDNISSE

Die Najahn-Gefängnisse hatten mehrere entscheidende Vorteile gegenüber Yarvicks Banditenversteck: Wärme und ein anständiges Bett waren die ersten beiden, Hygiene der wichtige dritte. Während Gladdring vermutete, dass die Flinken Finger den Ozean als ihre persönliche Toilette nutzten, wie jeder auf jeder Insel, schienen Duschen und Waschmöglichkeiten nicht zu existieren. Der Geruch, der das Höhlennetzwerk am südlichen Ende der Stadt durchdrang, dominierte Gladdrings erschöpfte Wahrnehmung, als er ankam, zunächst von Yarvick und dann, nachdem der Banditenführer verschwunden war, von mehreren Untergebenen durch Seitengassen, weitere Höhlen und Lagerhäuser mit Falltüren geführt, um schließlich hier zu landen.

»Schlaf«, sagte der dünne Dieb, der Gladdring auf etwas feuchtem Stroh weit entfernt von den schwelenden Feuern der Höhle absetzte. »Du wirst nicht viel bekommen.«

Die Träume kamen schneller, als Gladdring es erwartet

hätte, was er später den langen und düsteren Abenteuern der Nacht und der seltsamen Stille der Banditen-Höhle zuschrieb. Das letztere Rätsel löste sich mit einem schüttelnden Aufwachen, irgendwann gegen Mittag. Gladdring und seine zerlumpten Roben rollten mit einem verschwommenen Schütteln vom Stroh, nur um zu entdecken, dass alle leeren Nischen nun schlafende Diebe beherbergten.

Natürlich würde eine Branche, die am besten im Dunkeln betrieben wird, die frühen Morgenstunden als ihre aktivste Zeit haben.

Nicht so für Gladdring. Während Yarvick selbst keine Mission präsentierte oder irgendwelche Hinweise auf sein endgültiges Ziel durchsickern ließ, übernahmen Handlanger die Stelle des Lords und beauftragten Gladdring mit einem einfachen Start in sein neues Marionettenleben: sitzen, trinken und Schulden eintreiben.

Der Tenet fand sich in ein altes Lieblingsrestaurant geführt, gut innerhalb der gehobenen Viertel der Ringstadt. Hoch auf den Kliffen und dem Winterkälte trotzend mit gut geräumten Straßen, hellen Flaggen mit Hauswappen und dem ständigen Geklapper von Lieferungen, die ihre Runden machten, versetzte der wirbelwindähnliche Wechsel von Yarvicks schmutzigem Lager und nur wenige Stunden entfernt von einem Bad im eisigen Meer Gladdring in einen gemischten, surrealen Nebel.

Wenn ihm jetzt jemand gesagt hätte, dass dies der wahre Traum sei, hätte Gladdring nicht widersprochen.

Stattdessen ehrte das Restaurant sein Erscheinen und seine Bitte, hilfreich eingereicht in seinem Namen von Yarvicks zugewiesenem Banditenbodyguard, einer wettergegerbten Frau mit der scharfen Zunge einer Rana, einen Hinterraum zu übernehmen, der normalerweise für besondere, kleine Feiern reserviert war. Die meisten Noctia-Restaurants in dieser wohlhabenden Gegend hatten ähnliche Räume, in denen Geheimnisse geteilt und die Privatsphäre geschützt werden konnte.

Nie zuvor hatte Gladdring einen solchen Raum benutzt, um die Kraft zu untergraben, die die Stadt regierte.

Doch mit frischem Kaffee und einem dampfenden Omelett vor sich, fand sich Gladdring dabei wieder, dem Bodyguard aufzuzählen, wer ihm was und wie viel schuldete. Die Banditin bat hier und da um Wiederholung, schrieb aber sonst nichts auf. Als er fertig war, ließ die Banditin ein leichtes Grinsen durchblicken.

»Das dürfte für einen Tag reichen«, sagte sie. »Ich hole Ihnen noch einen Kaffee.«

Er hatte gerade erst einen Schluck genommen und wollte fragen, was sie mit ›einem Tag‹ meinte, als die Banditin den Raum verließ. Die Tür nach draußen hatte kein Schloss, aber Gladdring versuchte nicht aufzustehen. Der Stuhl hatte ein schönes Polster, und Yarvick hatte neue Roben bestellt, eine frische Rasur für den ehemaligen Tenet, die Gladdring ein Gefühl von seinem früheren Selbst gab. Das Tamas-Skar - das Rana-Skar war verschwunden, als Gladdring aufwachte - fügte seine eigene Wärme hinzu, sein bereites Flüstern.

Das Spiel, so erklärte die Banditin bei ihrer Rückkehr einige Minuten später, lange nachdem Gladdring das Omelett aufgegessen und mit seiner zweiten Tasse Kaffee begonnen hatte, war einfach: Gladdring würde diese Schulden einfordern, und wenn sich jede Person seinem Befehl beugte, würde Gladdring einen einfachen Plan anbieten: Wenn Fassle fiele, würden ihre Türme, ihre Geschäfte, ihre Familien ihm die Treue schwören.

»Das ist zu dreist, um zu funktionieren«, sagte Gladdring, als die Banditin fertig war. »Niemand spricht so offen über Verrat.«

»Sie tun es jetzt.«

Gladdring kniff die Augen zusammen und versuchte zu entscheiden, ob sie zu unerfahren in den Wegen der Machtpolitik war oder einen anderen Grund hatte zu glauben, Gladdring könnte damit durchkommen, das Ende des Zirkels zu verkünden. Das Tamas-Skar flüsterte nur Zuversicht ihrerseits, was auf Letzteres hindeutete.

»Yarvick glaubt, es wird so einfach sein?«, fragte Gladdring.

»Kein Glaube. Tatsache. Fassles Zeit geht schnell zu Ende. Sie werden sicherstellen, dass Sie bereit sind, seinen Platz einzunehmen.«

»Wenn Yarvick Fassle so leicht stürzen könnte, warum hat er dann bis jetzt gewartet?«

Wieder das Grinsen der Banditin: »Das ist nicht meine Sache, das zu sagen. Ihre, es herauszufinden, würde ich erwarten, wenn Sie das nicht vermasseln.«

Es wäre schwer gewesen, es zu vermasseln. Die vorherige Abwesenheit der Banditin musste dazu gedient haben, Läufer durch die ganze Stadt zu schicken, um Gladdrings Schuldner zu versammeln, so wie die Najahn Möchtegern-Soldaten fanden. Jeder einzelne, von Industriekapitänen bis zu Najahn-Gelehrten, Botschaftern und Admirälen, fand sich Gladdring gegenüber wieder. Die meisten sahen Gladdring an, als wäre er ein Geist, der ins Leben zurückgekehrt war, ein Rätsel, das sich klärte, als einer erwähnte, Fassle selbst habe Gladdrings bedauerliches Ableben verkündet.

Gladdring behandelte die Überraschung, wie es jeder tun sollte: als Werkzeug.

Schock und subtile Manipulation, dank des Tamas-Skars, verwandelten Skeptiker in gedämpfte Untergebene, wobei jeder Gladdrings Anweisung mit einer Mischung aus Zweifel und Erleichterung akzeptierte. Wenn Gladdring sich über Fassles Unterstützung in ganz Najahn gewundert hatte, bestätigten die Treffen des Tages, dass der Anführer des Zirkels seine Grenzen überschritt. Die meisten Najahn kamen von Inseln jenseits von Noctia, und als sie hörten, wie ihr vermeintlicher Anführer eine effektive Besetzung ihrer Heimat erklärte, beschädigte dies einst makellose Loyalitäten.

Fassle mochte denken, dass das Zusammentreiben aller Skars und die Beendigung der Erneuerungen helfen würden, die Flut der Unholde einzudämmen, aber der Schritt schien stattdessen die Unterstützung der Najahn zu untergraben. Mehr als einer gestand freiwillig, dass sie bereits gegangen wären, wäre es nicht Winter gewesen und hätten die Inseln keine anderen Mittel gehabt, um große Angriffe von Unholden abzuwehren.

Bei jedem einzelnen Treffen bemerkte Gladdring auch, wie die Banditin ihn beobachtete. Sie bewegte sich nie, lächelte nicht, hustete nicht und bot keinerlei Kommentare. Sie öffnete nur die Tür, um eine eingeschüchterte Gestalt hinauszulassen und die nächste hereinzuführen.

Yarvick vertraute seiner Marionette nicht. Nicht vollständig.

Gladdring würde es auch nicht tun.

Am Ende des Tages, erreicht mit mehr Kaffee, als Gladdring sich vorstellen mochte, pochte der Kopf des ehemaligen Tenets mit einem scharfen Schmerz, seine Kehle war trocken vom vielen Reden, und er hatte begonnen, um den Tisch zu laufen, um etwas Leben in die steifen Muskeln zu bringen. Als die Banditin das Ende der Parade verkündete, konnte Gladdring nur nicken und murmelte eine Frage darüber, was als Nächstes käme.

»Das liegt an Ihnen«, sagte die Banditin. »Sie haben sich heute gut geschlagen, basierend auf dem, worauf Yarvick mich achten ließ. Weil Sie das getan haben, bekommen Sie eine Belohnung.«

Gladdring warf ihr einen skeptischen Blick zu. »Eine Belohnung?«

»Suchen Sie sich einen Ort aus. Dieser hier geht, aber ich wette, Sie haben genug vom Essen hier für einen Tag gesehen. Eine Taverne. Wir gehen hin. Getränke gehen auf mich, bis Sie betrunken sind, dann geht's zurück in die Höhlen. Morgen machen wir das Gleiche, bis Ihre Liste abgearbeitet ist.«

»Das ist mein Schicksal?«

Die Banditin verschränkte die Arme. »Kaum ein Schicksal, über das man sich beschweren sollte. Hier sitzen, essen, trinken, den ganzen Tag lang plaudern. Sie führen ein Leben in Luxus.«

»Mit einem Messer an der Kehle.«

»Inwiefern unterscheiden wir uns? Ich mache einen falschen Schritt und lande in einer Najahn-Zelle oder in den Klauen eines Unholds. Treffen Sie Ihre Wahl. Wenn ich schon auf Sie aufpassen muss, tue ich das lieber mit einem Bier in der Hand.«

Jeder Bewohner der Ringed City stellte seine eigene Liste von Etablissements nach seinem moralischen Kodex zusammen. Man konnte nur die saubersten Orte besuchen, jene, die den Schmutz im Hintergrund versteckten und eine helle, schicke Glückseligkeit zum Eintauchen boten. Das Mittelfeld, Restaurants und Kneipen, die auf ihr Essen achteten, wurde von denen dominiert, die gerade auf der Leiter nach oben kamen und es sich selbst, ihren Partnern, ihren Eltern beweisen wollten.

Gladdring bevorzugte das untere Ende, die Orte, die

nichts versteckten und nur ein wenig mehr verlangten. Seine Banditenbegleiterin warf etwas losen Schmuck auf den Tresen, und sie hatten im Nu Ale, dunkel und frisch, vor sich. Der *Anchor's Rest*, trotz des Namens, lag nicht in der Nähe des Hafens. Stattdessen bediente er die Seefahrer, die den Handel gegen den Schreibtisch eingetauscht hatten, aber den Geist nicht verlieren wollten. Buchstäbliche Anker hingen überall herum, wurden als Ständer für Tische, Laternen und Sitze verwendet. Alles Angebotene kam per Import, und alle Getränke aus Tamas.

Die Banditin nutzte den Alkohol nicht als Vorwand zum Reden. Sie wehrte Gladdrings Versuche zu plaudern ab und überließ es ihm, einem einsamen Gitarrenspieler zuzuhören, der über gemurmelten Gesprächen schwermütige Seemannslieder zupfte. Gedämpfter als üblich.

Fassles Proklamation oder nur saisonale Flaute?

So oder so ließ Gladdring die Banditin sie beide mit Runden versorgen. Sie leerte jeden Krug und wollte mit Gladdring mithalten, der mindestens dreimal so groß war wie sie. Ein kühner Zug, der damit endete, dass Gladdring, nicht die Banditin, das Paar nach draußen führte.

Es näherte sich Mitternacht, ein klarer Himmel ließ Sichi die Stadt in Rosa ertränken. Gladdring ließ die Kälte den Nebel des Getränks abschütteln, die Banditin lehnte an seiner Schulter und murmelte etwas darüber, wie verärgert Yarvick sein würde, dass sie beide so spät draußen geblieben waren.

»Keine Sorge, es wird ihm nichts ausmachen«, sagte Gladdring und steuerte die Banditin auf ein nahegelegenes Fass zu. Er drehte die Diebin so, dass ihr Kopf auf einem anderen ruhen konnte, die gestapelten leeren Fässer warteten auf ein Schiff, um sie nach Hause zu bringen. »Ich bin gleich zurück. Muss mich um mich selbst kümmern, bevor wir losgehen.«

Die Banditin hätte vielleicht geantwortet, aber alle Worte verschwanden, als ihr Kopf sich in ihren Arm vergrub. Der Tamas-Skar flüsterte seine ölige Bestätigung, dass die Diebin nicht simulierte. Gut so, denn als Gladdring in die Gasse neben dem *Anchor's Rest* einbog, warteten zwei Personen.

»Sie haben meine Nachricht erhalten«, stellte Gladdring nüchtern zur kläräugigen Königin von Kance fest. Neben ihr, nicht weniger verwirrt aussehend, stand ein bulliger Vis-Jäger, ein Mann, den Gladdring bis zu diesem Moment nie getroffen hatte. »Da ich noch am Leben bin, nehme ich an, Sie stimmen zu?«

Die Königin blickte zum Vis. »Er sagt mir, Sie hätten ihn in einem Käfig gefangen gehalten. Dass Sie Experimente an ihm durchgeführt haben.«

»Ich hätte die Königin heute Nacht getötet«, sagte der Vis und verwarf die Kommentare der Königin, »für das, was sie meinem Bruder und unseren Freunden anzutun versuchte. Hätte es getan, außer dass Ihre Warnung etwas Wichtigeres versprach. Also reden Sie und retten Sie ihr Leben.«

Das Stirnrunzeln des Vis passte zu seinen harten Augen. Gladdring übergoss sie beide mit einem Lächeln.

»Diese Experimente werden die Inseln retten. Wichtiger als Ihre nutzlose Rache. Annalyse sprach in den höchsten Tönen von Ihnen, und ich hoffe, sie hatte recht.« Gladdring nickte dem Vis zu und wandte sich dann an die Königin. »Ihre königlichen Streitereien sind angesichts dessen, was wir gemeinsam tun können, ebenso bedeutungslos. Rufen Sie Ihre Hunde zurück, falls sie noch jagen.« Er faltete die

Hände vor sich. »Fassle wird fallen. Wir müssen sicherstellen, dass ich seinen Platz einnehme. Die Alternative, das versichere ich Ihnen, ist weitaus, weitaus schlimmer.«

Als keiner von beiden Anstalten machte zu fliehen, nach den Wachen zu rufen oder Gladdring wie einen Fisch auszunehmen, begann die Revolution wirklich.

25
ABGANG NACH LINKS

Viktorie erzeugte Schwung. Als sie sich mit den Seelen in der Hand von den Animas wegschlichen, hinaus in ein späteres, aber belebteres Lager, hielten Torny und Eujo den Erfolg mit einstudierten Sätzen von ihren Gesichtern fern. Die beiden tauschten Unsinn aus und lieferten auswendig gelernte Sprüche, wann immer jemand in die Nähe kam. Eine unnötige Vorsichtsmaßnahme? Vielleicht, aber weder die aktuelle Diebin noch die ehemalige wollten irgendetwas riskieren.

Nicht jetzt, nicht wenn die Flucht so nahe war.

Sichis hohe Lage bedeutete, dass die Zeit näher an Mitternacht rückte. Die Stimmung wandelte sich von Ausgelassenheit zu trunkenen Eskapaden, als Besucher von weit her und erleichterte Schauspieler sich dem Bier, den Kräutern und einander hingaben, um einen gelungenen Tag zu feiern. Spontane Lieder begleiteten ihren Weg, Jubel und fröhliches Geplauder hüpften zwischen Gruppen hin und her, die von Kostümen bis zu blumigen, dicken Mänteln gekleidet waren. Die ganze Szene hatte eine so begeisterte

Atmosphäre, dass Eujo fast an ihren Gründen für die Flucht zweifelte.

Wenn Eujo bliebe, könnte sie ein paar Krüge leeren und vielleicht etwas von diesem Spaß abbekommen.

Wenn Eujo bliebe, würde sie einen Dolch zwischen den Rippen oder einen vergifteten Tropfen in ihrem Getränk finden.

Leicht genug also, die glückseligen Idioten zu ignorieren.

Zurück in ihrem Gemeinschaftszelt, schoben sich Eujo und Torny durch den Vorhang und fanden den Ort fast leer vor. Die Esstische waren abgeräumt und verlassen, keines der schmalen Feldbetten besetzt. Eine Nacht für sich selbst war offenbar keine Option, außer für Wax und Bliss. Die Geschwister bemerkten die Ankömmlinge zunächst gar nicht, Wax war in eine weitschweifige Szene vertieft, in der seine Figur mit irgendeiner erstaunlichen Leistung prahlte. Eujo erkannte es wieder: Sie würde in einer weiteren Minute auftreten, bereit, Wax' Charakter auf die richtige Größe zurechtzustutzen.

Dann konnte sie auch gleich die Rolle spielen.

»Ich sehe, du bist bereit zu gehen«, sagte Eujo, sowohl direkt als auch ohne die Kraft, die sie normalerweise hinzufügen würde. Die Pläne geheim zu halten, musste hier das Spiel sein.

'Habt ihr die Seelen bekommen?', funkte Bliss schnell zurück, als Wax seine Rede unterbrach. An der Hoffnung in den Augen des Vis-Mädchens konnte man erkennen, dass sie die Leidenschaft ihres Bruders für die Bühne nicht teilte. 'Bitte sag ja. Sein Akzent ist schrecklich.'

»Hey«, protestierte Wax und pfiff, als Torny ihren eigenen Mantel öffnete und die vier darin versteckten Tafeln enthüllte. »Gute Arbeit.«

»Hab dir ja gesagt, ich bin gut darin«, sagte Torny, während sie zu ihrem Feldbett und dem daneben lehnenden Rucksack ging. »Lass uns verschwinden. Da draußen ist eine so große Party, dass sie nicht einmal merken werden, wie wir gehen.«

Die wiedererweckte Zielstrebigkeit trieb das Quartett zu schnellem Handeln an. Wax und Bliss waren nicht untätig gewesen, während Eujo und Torny die Pässe stibitzten: Sie hatten Wasserschläuche gefüllt und heimlich Snacks in die Rucksäcke gepackt. Ersatzkleidung, dank ihrer Kostüme, wurde in den verbleibenden Platz gestopft. Der Anblick der übertriebenen Absurditäten weckte in der Königin von Kance den Wunsch nach ihrer besseren Abenteuerausrüstung, die größtenteils auf der Sturmkante auf sie wartete, wo auch immer Deux das Schiff dieser Tage hatte.

Würde er nach Kance zurückkehren, das Spiel aufgeben, wenn Eujo ihn nicht bald benachrichtigen könnte?

Eine weitere Sorge, die es beiseite zu schieben galt. Sie konnte jetzt ohnehin nichts daran ändern.

Sie brachen nach ein paar Minuten auf, Wax führte den Weg aus dem Zelt. Mit den Rucksäcken über den Schultern sah die Gruppe nicht bereit für die Feierlichkeiten aus, und Blicke fanden sie schnell. Neugierige Starrer brachten innerhalb weniger Sekunden Zweifel in den Plan, zerstörten die Idee, sie würden unbemerkt verschwinden. Sogar ein vorbeifahrender Handelskarren, gezogen von zwei zotteligen Tamas-Ponys, verlangsamte seine Fahrt, als der Kutscher der Gruppe einen langen Blick zuwarf.

»Na, das war ja wohl blöd«, sagte Torny, als Wax sich in Richtung des südlichen Randes des riesigen Lagers aufmachte. »Daklin wird uns erwischen, bevor wir an diesem Zelt vorbei sind.«

Eine Übertreibung, aber nicht um viel. Zeit für etwas anderes, eine Idee, inspiriert von diesen klappernden Ponys.

»Lasst die Rucksäcke fallen«, sagte Eujo. »Sofort.«

»Aber-«, begann Wax, nur um von Eujo unterbrochen zu werden, die den Befehl zischend wiederholte. »Na gut.«

Vier Rucksäcke trafen auf den Boden, Torny zwang ein Lachen in die Luft. »Hab dir doch gesagt, die wären zu schwer zum Tragen auf der Bühne, Wax. Du Idiot.«

Sie warf die Arme hoch, schüttelte den Kopf und drehte sich zu Eujo um, ihre Finger blitzten. 'Sag mir, dass du eine bessere Idee hast.'

»Ich denke, es ist Zeit, diese schlechte Idee mit einem besseren Drink zu feiern«, sagte Eujo, während ihre Hände etwas anderes sprachen. 'Wir lenken ab. Du und Bliss besorgt einen Karren.'

Tornys Kopf neigte sich, während Wax losrannte, um Krüge zu holen. Bierfässer und gestapelte Becher lagen überall, sodass man, egal wo man hintrat, die Trunkenheit zur Hand hatte. Während er weg war, schmiedeten Torny, Eujo und Bliss einen Plan mit Fingerschnipsen, einen Plan, den Eujo hasste, obwohl es ihre eigene Idee war.

Diese Leute wollten eine Show, also konnten sie auch eine bekommen.

Wax kehrte mit vier gefüllten Krügen zurück und fand nur Eujo um die Rucksäcke stehend vor. Trotz des seltsamen Starts hatte keine wirkliche Aktion das improvisierte Publikum gelangweilt, das zu seinen Gruppen, seinem Proben, Singen und all den Dingen zurückgekehrt war, die man tut, wenn man nicht gerade einen verzweifelten Fluchtversuch unternimmt.

»Also, was ist jetzt der Plan?«, sagte Wax. »Diese austrinken? Uns wie Idioten benehmen?«

»Das wäre zu einfach für dich.«

»Autsch.«

Eujo lächelte ihn nur an: »Nein, hier ist der echte Plan. Wir beginnen unsere Szene. Genau wie bei der Probe, nur besser. Spiel, als würdest du es ernst meinen.«

»Als würde ich es ernst meinen? Ich spiele nie falsch, Eujo. Niemals.« Wax nahm den ersten Krug und leerte den Inhalt. Er bot den zweiten Eujo an, die es ihm gleichtat. »Du kennst die Szene. Bereit?«

Das Bier bekam einen anderen Geschmack, gewürzt mit Vorfreude, mit Dringlichkeit, mit der Furcht, etwas zu tun, das sie sich nie vorgestellt hatte, und dem Glauben, der verdammten Gewissheit, dass sie es gut machen würde. Eujo war eine Königin von Kance. Sie war von den Gossen in den Thronsaal aufgestiegen und würde noch weiter gehen. Sie würde die Inseln retten, sie würde-

»Gib mir den anderen«, sagte Eujo und griff nach dem dritten, den sie hinunterstürzte. Wax lachte, leerte den vierten und wischte sich ein paar Spritzer vom Kinn. »Okay, jetzt bin ich bereit.«

Trotz ihrer Erklärung fanden nur wenige umherschweifende Blicke das Paar und ihre Taschen. Instrumente wetteiferten weiterhin mit Gesprächen, Gesang und fröhlichen Rufen über die kühle Nacht hinweg. Genug, um Eujo sich fragen zu lassen, ob sie und Wax überhaupt Aufmerksamkeit erregen mussten. Vielleicht konnten sie sich mit einem Karren davonschleichen, ohne dass sie ...

»Ah ha!«, verkündete Wax, trat einen Schritt von Eujo zurück, weit aufgerissene Augen, offener Mund und wedelnde Arme taten alles, um Eujos heimliche Träume zu zerstören. »Ich habe dich endlich allein gefunden.« Wax mimte einen Blick umher, hielt eine Hand über die Augen.

»Keine Diener in der Nähe, keine lauschenden Ohren, die uns erwischen könnten?«

Eujo suchte nach der richtigen Zeile. Erinnere dich an den Ort, die Handlung, den Punkt. Ein paar neugierige Leute wandten sich ihnen zu, und ihre Blicke trieben sie direkt in die Worte.

»Nicht dieses Mal«, sagte Eujo. »Sie wurden in die Irre geführt. Sie denken, ich bereite mich auf die Hochzeit vor.«

»Ah, clever wie immer.«

»Wenn du es nur auch wärst.«

Wax neigte den Kopf, legte eine Hand ans Kinn. Der Vis engagierte sich wirklich, legte seine ganze Verve in die Bewegungen. Eujo kämpfte eine Röte nieder und fand stattdessen ein eisernes Stirnrunzeln.

»Was meinst du damit? Ist das nicht, was du wolltest?«, fragte Wax. »Das ist es, wo wir den Plan schmieden, um an die Macht zu kommen!«

»Wir? Oh, mein Lieber, ich glaube, du hast die Hoffnung wieder zu Kopf steigen lassen.« Eujo begann einen langsamen Rundgang um Wax, während sie den Kopf in Richtung des wachsenden Publikums schüttelte. Die Blicke, die ihr entgegenkamen, waren meist verwirrt, was nicht überraschend war, da sie mitten im Stück eingestiegen waren. »Ich werde die Macht haben, und du hast das Vergnügen, mir zu dienen.«

Wax blitzte für einen Moment ein mürrisches Stirnrunzeln auf, zuckte dann mit den Schultern und lächelte. »Es gibt schlimmere Schicksale! Also, wie sollen wir es anstellen? Gift? Ein Schlag auf den Kopf? Ein Messer zwischen die Rippen?«

»Alles zu offensichtlich.«

Eujo sah wieder zu ihrem Publikum. Verdrehte die Augen. Erntete ein paar Kicherer. Sie versuchte, darüber hinaus zu sehen, zu finden, wo Torny und Bliss mit dem Karren kommen würden, um sie aus diesem Unsinn zu retten, und sah eine Gestalt im Hintergrund vorbeiziehen. Jemand schrie, aber ihr Publikum beachtete es kaum.

»Stattdessen«, sagte Eujo, legte eine Hand auf Wax' Schulter und drehte ihn zu sich, »denke ich, wir sollten uns für einen Unfall entscheiden. Ein kleiner Stoß aus einem kleinen Fenster.«

»Welches Fenster? Und wann?«

Ein machthungriges Grinsen heraufzubeschwören, war nicht schwer. Das zumindest hatte Eujo im Thronsaal von Kance zur Genüge getan, eine der ersten Lektionen, die nach ihrem Aufstieg erteilt wurden. Lass Händler und Besucher von anderen Inseln immer denken, du würdest alles tun, um deine Position und ihre Vorteile zu erhalten. Trotzdem würden ihre Zeilen bald zu Ende gehen.

»Hast du jemals ein Kleid getragen?«, fragte Eujo, was zu weiterem Kichern führte.

»Ein Kleid? Ich-«

»Denn ich habe genau das richtige, und ich denke, du wirst in Weiß großartig aussehen.«

Wax ließ den Kiefer fallen. Die Menge kicherte. Eujo ließ ihr manisches Lächeln beim leisen Trappeln näher kommender Hufe auf dem Boden verrutschen. Rollende Wagenräder. Sie riskierte einen Blick, sah genau das, worauf sie gehofft hatte. Zeit, das Ganze mit etwas Improvisation abzuschließen.

»Jetzt ist es Zeit zurückzugehen. Wir haben beide etwas anzuziehen«, sagte Eujo.

Noch ein paar Sekunden. Der Karren, zwei Ponys und die beiden Wächter, die ihn fuhren, kamen schnell näher. Eujo musste die Menge halten, sie davon abhalten, dem Karren in den Weg zu kommen, sich zu wundern.

»Es wird alles gut gehen«, sagte Eujo, beugte sich dann vor und gab einem verdutzten Wax einen plötzlichen Kuss.

Die Bewegung kam instinktiv und erntete mehr Lacher, übertönte den herannahenden Karren, als Torny und Bliss heranrumpelten. Einige fluchten, als der Karren sie beiseite schob, ein paar weitere stellten Fragen, als Torny und Bliss absprangen, die Taschen packten und sie auf die Ladefläche des Karrens warfen, aber diese Teile verschwammen gegen den Kuss. Gegen Wax' Erwiderung, der Vis wich nicht zurück, er hielt den Moment. Genau wie es sein Charakter tun sollte, genau wie die Szene es verlangte.

»Los geht's!«, schnappte Torny und schob Eujo und Wax auseinander. »Wenn sie euch sehen, seid ihr beide tot!«

Eine Zeile. Ihre Zeile. Das Stück. Eujo, diesmal fiel es ihr schwerer, die Röte zu bekämpfen, drehte sich auf dem Absatz ihres abgenutzten Stiefels und stürzte sich in den Karren. Wax zog sich danach hoch, und Bliss schnalzte mit den Zügeln. Die Menge klatschte, ein paar Dutzend Hände, die schnell von wütenderen Rufen übertönt wurden. Als der Karren vorwärts rumpelte, kam ein zerlumpter Händler, mehr in Nachtwäsche als sonst was, durch die Menge gestürmt und stieß kostümierte, betrunkene Feiernde beiseite. Der Mann zeigte mit dem Finger, rief um Hilfe. Der Karren rollte weiter.

Eujo winkte. Wax lachte.

»Unglaublich«, sagte Wax, als Bliss ihr Tempo erhöhte und zum Rand des Lagers durchbrach. »Hätte nie gedacht, dass du das in dir hast, Eujo.«

»Ich bin die beste Schauspielerin, die du je sehen wirst, Wax. Brauche nur vorher ein paar Bier.«

Diesmal lachten sie beide, Sichis rosa Licht wusch von oben herab, während der Karren dahinrollte. Vorne zeigte

Torny auf Gefahren, Bliss steuerte, und die Kälte schien weit entfernt. Sie hatten die Tamas-Seelen, sie hatten das Stück und die Attentäter, die damit gekommen wären, umgangen. Jetzt brauchten sie nur noch den Skar, und dann ... Eujos Hochgefühl starb einen schnellen Tod. Wax hatte sich in den Taschen niedergelassen, grinste immer noch. Er legte sogar einen Finger an die Lippen, blickte zu Eujo hinüber, hob eine Augenbraue.

Der Vis hatte keinen Kance-Skar. Aber er brauchte ihn nicht. Sie hatte einen. Eujo konnte die nächste Aegis sein.

Sie konnte nicht nach Hause gehen. Nicht jetzt, nicht wieder.

26

WAS BLUT BRINGT

Die Whent-Gruben hatten ihren ganz eigenen Geruch: Blut, Schweiß und Bier vermischten sich zu einem Gestank, dem man am besten mit demselben Ale beikam, das ihn verursachte. Annalyse hatte diese besondere Mischung schon einmal ertragen, bei einem Ausflug, den ihr Vater zu einer jährlichen Tradition machen wollte. Eine Art Urlaub. Dieser Plan endete, als Annalyse die Waffen, die Kämpfe und die Unholde ein wenig zu faszinierend fand.

Die Leichen vor ihr und die Najahn um sie herum rochen ganz ähnlich, aber Annalyse war nur angewidert, besiegt und ausgelaugt. Faszination hatte in einer plötzlich so brutalen Welt keinen Platz mehr.

Sie hatten sie mit gefesselten Händen auf einen Baumstamm gesetzt, um zuzusehen. Die Unterhaltung, das grausame Geschäft, geschah in Etappen, während Najahn-Paare und -Trios, die meisten nicht mehr in ihrer klobigen Rüstung, einen Körper nach dem anderen in das lodernde Feuer zerrten. Ein Countdown, ein Wurf, und ein weiterer Vis verschwand in den Flammen.

Annalyse hatte sich gar nicht erst die Mühe gemacht zu zählen.

Soweit sie es in den düsteren Stunden seit dem Ende der Schlacht und dem Beginn der Aufräumarbeiten verstanden hatte, hatten die Vis-Jäger ihren Zusammenhalt verloren, als Deshiva fiel. Einige versuchten, die Najahn anzugreifen, andere flohen, und wieder andere taten weder das eine noch das andere und warteten auf ein Signal, das nie kam. Armbrüste und Chakrams forderten ihren brutalen Tribut von jedem Jäger, der die Bäume verließ, um einen besseren Blick oder einen klareren Schuss zu haben.

Die Najahn machten sich nicht die Mühe, Gefangene zu nehmen, zumindest nicht, soweit Annalyse es sah.

Außer ihr und Deshiva, die nützlich sein konnten. Diejenigen, die um ihr Leben bettelten mit ein bisschen Wissen. Nun, Annalyse hatte das zumindest getan. Deshiva hatte meist nur gestarrt, geflucht und gespuckt, während die Najahn sie in einen provisorischen Raum schoben und die Tür verriegelten.

Die Wissenschaftlerin jedoch konnte die Skars benutzen. Das machte sie wertvoll.

Veritrus, der Najahn-Kommandeur, der die absurden formellen Namen trug, mit denen die Oberschicht Noctias ihre Kinder wie königliche Umhänge zu behängen pflegte, setzte sich neben Annalyse auf den Baumstamm. Kaum Platz für zwei, der Mann stieß gegen sie und ließ die Metallhandschellen klirren, die ihre Hände vor ihr zusammenhielten. Er reichte ihr einen einfachen Steinbecher.

»Wasser, nichts weiter«, sagte Veritrus. Schmalgesichtig und streng, seine Stimme hatte die ganze Kraft der Logik und keine Spur von Mitgefühl. »Trink es.«

Sie tat es. Deshiva hatte den Trotz gewählt, und was hatte es ihr eingebracht?

»Werden sie zurückkommen?«, fragte Veritrus.

»Ich habe dir bereits alles gesagt, was ich weiß.«

Bis zu einem gewissen Grad jedenfalls. Dass sie die Skars benutzen konnte, ja. Dass Deshiva und die Vis sie im Grunde gezwungen hatten, ihnen zu helfen. Dass Annalyse, eine Whent, keine Loyalität gegenüber Vis empfand und gerne stattdessen mit den Najahn zusammenarbeiten würde. Das hatte ihr den Baumstamm, das Wasser und null Schläge eingebracht.

Sie war auch nicht auf dem Scheiterhaufen.

»So sagst du«, erwiderte Veritrus, »aber Täuschung ist nicht dein Spiel, Annalyse. Deine Augen zucken weg, wenn du dich einer Lüge näherst. Deine Hände zittern. Du gibst dir mehr Mühe mit deiner Stimme, wenn du sprichst, als könntest du vielleicht durch Anstrengung die Wahrheit erzwingen. Entspann dich und sprich. Du bist hier sicher.«

»Was für eine Sache zu sagen.« Annalyse nickte zum Scheiterhaufen. »Ich dachte, die Najahn stünden über Brutalität.«

»Und ich dachte, die Inseln wären es auch, doch hier sind wir. Täglich von Unholden angegriffen und jetzt von Vis-Jägern bei Nacht. Wir beschützen diese Menschen, und sie erheben ihre Hände gegen uns. Warum?«

»Frag den Zirkel.«

Veritrus nickte. Sie starrten beide in die Flammen. Zwei Najahn warfen eine weitere Leiche obendrauf. Niemand jubelte. Niemand sang. Nichts wie ein Whent-Sieg.

»Fassles Entscheidung stellt uns in einen direkten Krieg gegen die Unholde«, sagte Veritrus. »Nicht gegen Vis. Nicht gegen diese Dschungeljäger. Sie hätten zuhören und leben können.«

Annalyse hätte dem widersprechen können, hielt sich aber zurück. Als Quik ihr geholfen hatte, das Boot nach Vis zu besteigen, hatte er ihr geraten, sich bedeckt zu halten. Sich unauffällig zu verhalten, während sie ihre Forschung fortsetzte. Die Skars und ihre Geheimnisse in Svardes verlassener Hütte zu enträtseln. Das konnte sie immer noch tun. Sich aus diesem chaotischen Krieg heraushalten und ihre Talente so einsetzen, wie sie es wollte.

Das Problem war, dass sie dafür ihre Skars zurückbekommen musste.

»Deshiva ist diejenige, mit der du reden solltest«, sagte Annalyse. »Wenn du ihre Meinung ändern willst, wirst du ihre Hilfe brauchen.«

»Die, die mir ins Gesicht gespuckt hat?« Veritrus lächelte, dünn und klein. Ungewohnt. »Scheint unwahrscheinlich.«

»Das ist nicht mein Problem.«

Ein scharfer Blick. Dieses Lächeln starb schnell. »Es ist absolut dein Problem, Steinbeißerin. Sie kam mit dir, und selbst wenn du eine Geisel warst, wie du behauptest, hast du mein Tor zerstört und die Hälfte meines Außenpostens niedergebrannt. Du stehst in meiner Schuld.«

»Du hast meine Skars genommen. Gib sie zurück, und ich zeige dir, wie du deine eigenen als Bezahlung benutzen kannst.«

»Was die Schuld begleicht, entscheide ich.« Veritrus langte hinüber und nahm ihr den Wasserbecher aus den Händen. »Du kannst heute Nacht anfangen. Wir haben Verwundete, und du wirst ihnen beibringen, wie man mit den Vis-Skars heilt. Tu das, und wir können sehen, wie du uns sonst noch für deine Taten entschädigen kannst.«

Veritrus ließ Annalyse keine Wahl. Als er zu Ende gesprochen hatte, hob der Mann eine Hand, und zwei schwere Griffe landeten auf Annalyses Schultern. Befehle folgten, streng, direkt und ohne Frage.

Immerhin konnte Annalyse dort, wohin sie sie brachten, den Scheiterhaufen nicht mehr sehen oder riechen.

Das Frühstück kam spät, fiel mager aus, und Annalyse aß es draußen. Ein kühler und bewölkter Morgen, der mit etwas nieselte, was zu Hause Schnee gewesen wäre. Dennoch halfen die Früchte und das frische Fleisch von irgendeinem Dschungeltier, die schlechten Erinnerungen an die vergangene Nacht zu verbannen. Sie hatte mehrere Stunden damit verbracht, von einem verwundeten Najahn zum nächsten zu gehen, ihnen beim Umklammern der Skars zu helfen, die Vis-Flüstern zu akzeptieren. Nicht einer war gestorben.

Nicht ein einziger Vis erhielt die gleiche Gnade.

Zumindest waren die Ketten weg. Anscheinend hielt Veritrus es für unwahrscheinlich, dass Annalyse weglaufen oder einem seiner Soldaten ein Messer an die Kehle setzen würde, eine Einschätzung, der Annalyse zustimmte. Zu essen und zu trinken, ohne dass die Handschellen sie beschwerten, war eine magische Erfahrung. Es war nur eine kurze Folter gewesen, aber lang genug.

»Wir hatten einen Besucher«, verkündete Veritrus. Er hatte seine Rüstung gegen saubere Gewänder getauscht, sein Gesicht zeigte nicht mehr den Schmutz eines Tages, den Staub einer Schlacht. Er stand, während Annalyse saß, und musterte sie mit an den Seiten hängenden Händen. »Einen, der dich bereits getötet hätte, wenn ich es nicht verboten hätte.«

Annalyses Feindesliste war kurz. Niemand auf Whent kümmerte sich genug darum, sie tot zu sehen, trotz möglicher Eifersucht auf ihr erfinderisches Können. Niemand auf Vis kannte sie, außer Deshiva, die noch immer eingesperrt war. Das ließ Noctia übrig, und insbesondere einen Skarstehlenden Attentäter.

»Wo sind sie?«, fragte Annalyse. »Sie haben einige meiner Skars, die ich gerne zurückhätte.«

Veritrus lachte, aufrichtig, wie Annalyse glaubte. »Du willst mit ihnen sprechen? Wirklich? Entweder bist du mutiger, als ich dachte, oder einfach nur ahnungslos.«

»Ich bin entschlossen.«

»Töricht, eher.« Veritrus klopfte mit seiner linken Hand gegen seinen Oberschenkel, wodurch sich die Gewänder bewegten. »Weißt du, warum meine Soldaten kämpften, anstatt zu fliehen, nachdem du unser Tor zerstört hast?«

»Weil Laufen in all dieser Rüstung schwer ist?«

Ein Seufzen. »Weil wir glauben, Annalyse. Wir glauben an die Sache der Najahn. An unsere Pflicht, die Inseln zu verteidigen. Selbst wenn die Vis jeden Mann, jede Frau und jedes Kind aus ihren Dschungelstädten gegen uns werfen, werden wir bleiben und verteidigen, weil wir im Recht sind.« Seine Hand erhob sich und zeigte auf sie. »Die Person, die darum gebeten hat, dein Leben zu nehmen, sagt, dass du das nicht glaubst.«

»Man kann einen Krieg auf mehr als eine Weise verlieren, Veritrus.«

Der Hauptmann nickte, verstand. »Dann hilf mir erneut. Überzeuge Deshiva, uns zu unterstützen, Frieden zu schließen.«

»Was kannst du anbieten?«

»Leben.«

Der Attentäter wand sich. Spuckte sowohl einen Fluch als auch eine nasse Linie über Veritrus' Stiefel. Seines Kapuzenumhangs und seiner Dritte-Hand-Roben beraubt, schien der dünne Mann weniger bedrohlich als ein Straßentaschendieb. Annalyse sah nicht hin, als zwei Soldaten ihn festhielten, Deshiva selbst ihren alten Speer führte. Mit einem einzigen Stoß war die Tat vollbracht. Blut für Blut, und Veritrus war schnell bereit, den Mörder in seiner eigenen Mitte preiszugeben.

»Hier«, sagte Veritrus und wandte sich Annalyse zu, ohne eine Gefühlsregung im Gesicht. »Diese gehören dir, nehme ich an?«

Drei schwarze Steine. Die Noctia-Skars. Warm und ihre seltsamen, unsinnigen Gedichte flüsternd, als sie in Annalyses Hände fielen. Todesbringer, oder so hatte Ami sie genannt. Unvollkommene, nach dem, was Annalyse gesehen hatte: Die Tiere, an denen sie getestet hatten, denen sie eine tödliche Wunde mit den angebrachten Skars zugefügt hatten, schienen von ihren Instinkten abgeschnitten, wanderten in einer Welt umher, die sie nicht mehr bewohnten.

»Du nimmst sie nicht?«, fragte Annalyse.

»Es gibt einige Steine, die ich zu benutzen gedenke. Vis, allen voran. Die Göttin des Todes braucht keinen Platz unter meinen Soldaten.«

»Aber sie haben Macht-«

Veritrus schloss Annalyses Hand über den Steinen. »Wie du sagtest, es gibt mehr als einen Weg, einen Krieg zu verlieren.« Er blickte zu Deshiva. »Zufrieden?«

»Kaum.« Die Jägerin schritt auf Veritrus zu und pflanzte ihren blutigen Speer in den Boden. »Aber ich brauche keine weiteren Leichen. Keine toten. Macht euch auf den Weg.«

»Nicht viel für Geduld übrig, was?«

»Wenn ich etwas jage, nehme ich mir alle Zeit, die ich brauche. Wenn ich Najahn von meiner Insel vertreibe, will ich es schnell erledigt haben.«

»Wie du willst.« Veritrus blickte Annalyse an. »Ich hoffe, du verstehst, dass die Bedingungen eingehalten werden müssen. Andernfalls wird Fassle nicht zufrieden sein, und jeder auf deiner Insel wird sterben, einer nach dem anderen, bis ihr euch ergebt.«

Annalyse erwartete, dass Deshiva eine Gegendarstellung liefern würde, irgendeine mutige Drohung, aber die Jagdmeisterin knurrte nur. Ein Eingeständnis der Wahrheit und vielleicht Deshivas Bereitschaft, den Pakt einzuhalten, den sie am selben Morgen geschlossen hatten.

Ebenso offensichtlich, zuerst für Veritrus und später für Annalyse und Deshiva, war, dass die Najahn nirgendwo bleiben konnten. Das Feuer des Foti-Skars hatte Getreidevorräte, Kasernen und die Außenpostenmauern dezimiert und die Siedlung zu einem leichten Ziel für Unholde und Vis-Angriffe gemacht. Glaube an die Najahn-Mission hin oder her, die Soldaten mussten gehen oder sich damit abfinden, sich den Leichen in den Gruben anzuschließen.

Veritrus hatte all das gewusst und trotzdem auf Zugeständnisse gedrängt, die er an der Spitze einer Glefe erhielt.

Die Vis-Skars würden zu den Najahn fließen, und Annalyse würde dafür sorgen. Im Gegenzug würde Veritrus ihre Forschung und ihre Sicherheit vor der Dritten Hand garantieren. Frieden, Unabhängigkeit und eine Chance, die Inseln zu retten, alles in einem.

So perfekt, aber als Annalyse die Najahn-Kolonne nach Norden marschieren sah, mit Deshivas gepfiffenen Rufen an ihre Jäger, die übrige Beute zu bergen, war Frieden weit von ihren Gedanken entfernt. Die Noctia-Skars und ihr hungriges Flüstern, das mit jeder verstreichenden Stunde lauter wurde, drängten diese Hoffnung in weite Ferne.

27

DER HANDEL DER HOFFNUNG

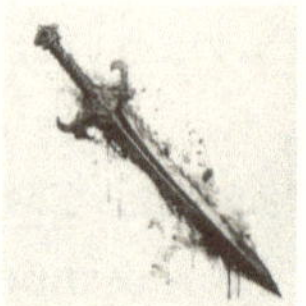

Was sagt man zu einem brennenden Dämon?

Technisch gesehen hielt Ami den Mund. Technisch gesehen ließ sie die Unholde für sich selbst sprechen, indem sie hinter dem Monster und seinem Dreschflegel auf die Katastrophe dahinter zeigte, die zerbrechlichen Ruinen, die in der felsigen Kammer verstreut lagen. Beschädigte, zerstörte, gedämpfte Geister schienen offensichtlich, so offensichtlich, dass Ami sich fragte, wie sie es früher übersehen konnte, als sie von Jochis Höhle aus spionierte.

Diese brennenden Bestien mochten zwar gefährlich sein, aber von hier aus sahen sie nicht wie Plünderer aus.

Ihr Gegenüber, einige lange Schritte entfernt und immer noch kurz davor, Amis Atem zu verbrennen, folgte Amis Geste nicht. Oder zumindest drehte es sich nicht um. Mussten sie das, um zu sehen? Zu hören? Funktionierten diese Dinge überhaupt nach den Konzepten, die Ami in Betracht zog, den Vorstellungen von Flucht, Krieg führen, in eine neue Heimat einzufallen?

»Gib ihm eine Chance«, rief eine Stimme hinter ihr,

eine Frau, die Ami nicht gut kannte und die der Wächterin etwas verloren vorkam. Maena, die Rana-Kapitänin. »Sie werden dich verstehen. Beobachte die Blitze.«

Als ob Maenas Rat sich als verlorener Schlüssel erwies, flammte das obsidianfarbene Dreieck, das den brennenden Körper des Unholdes krönte, auf. Eine knisternde blaue Linie wellte sich entlang der Kanten, zuckte zufällig zur Mitte hin, bis ein Stoß hängen blieb. Die indigofarbene Flamme bildete einen Kreis so groß wie Amis Hand. Auf der gegenüberliegenden Seite des Dreiecks entzündete sich ein orangefarbenes Feuer, sprang und bildete einen ähnlichen Kreis. Die beiden Formen verweilten für eine schwelende Sekunde nebeneinander, bevor der orangefarbene flackerte und der Kreis in sich zusammenbrach. Funken stoben frei. Gerade als die Form in einem einzigen feurigen Schwall zu verschwinden schien, schoss eine andere Linie heraus, schlängelte sich mehrmals durch das dunkle Obsidian, bevor sie den blauen Kreis fand.

Ami hatte Kneipenspiele gelernt, die schwieriger zu entschlüsseln waren als das. Sie nickte. Berührte ihren Kopf. Und dann was? Ihr Herz? Würden die Unholde überhaupt wissen, was das bedeutete?

Ferrites. Denk zurück an sie. Als Svarde Kivi zum ersten Mal gefunden hatte, war die Felsechse so jung und ungezähmt wie jedes wilde Geschöpf gewesen. Der Barbar, mit Amis Hilfe, als sie mit Catya von Insel zu Insel reisten, lehrte mit Geduld, mit Händen und ermutigenden Tönen, bis Kivi verstand.

Also kniete Ami nieder, berührte den schmutzigen Stein zu ihren Füßen. Nahm etwas von dem Schmutz und hielt ihn dem Unhold entgegen. Sicher, wenn das Monster versuchte, sie zu berühren, würde Ami rösten, aber wenn es verstand ...

Für einen Moment blieb nur der indigofarbene Kreis auf dem Obsidian, als der Unhold sie betrachtete.

»Wir können teilen«, sagte Ami. »Zusammen.«

Der Unhold beobachtete für einen weiteren langen Moment. Das indigofarbene Feuer verblasste. Er beugte sich auf ein massives Knie, kratzte mit seinem rechten mittleren Arm über die Felsklippe und warf Funken auf. Hielt den verkohlten Staub Ami entgegen.

Das Obsidian blitzte einmal auf, golden, hell.

»Als Einführung war das großartig«, sagte Jochi zurück im Tempel des Traumhalts.

Der Kriegsherr schritt auf und ab, während Svarde auf dem massiven Thron saß. Der Tote König stand in seiner Rüstung abseits und zeigte kein Anzeichen von Beleidigung über Svardes Usurpation. Ami, Arme und Gesicht mit kühlenden Lotionen bestrichen, die von Whent-Ärzten hergestellt wurden, lehnte an der Wand nahe dem Eingang. Während Jochi und Svarde Amis Unhold-Gespräch nach Hinweisen durchforsteten, staunte die goldverkleidete Wächterin über den Moment. Maena saß auf dem Boden und schärfte ein grobes Messer, das sie irgendeiner alten Leiche abgenommen hatte.

Sie hatte eine echte Unterhaltung mit einem Unhold geführt. Eine kurze, sicher, eine, die nach dem Blitz durch Amis Erkenntnis abgebrochen wurde, dass ihre Kleidung zu brutzeln begann. Sie hatte sich entschuldigt, die Gruppe zog sich zurück. Keine Waffen gezogen, keine Schläge ausgeteilt. Eine Tür einen Spalt geöffnet.

»Ami, ich weiß, wir haben das schon gesagt, aber du hast dich gut geschlagen«, sagte Svarde, sein förmlicher Ton ließ Ami zusammenzucken.

Sie mochte ihn lieber als rücksichtslosen Krieger denn als König, aber das Schicksal liebte es, Scherze zu treiben.

»Ich brauche keine Komplimente. Ich würde einen Plan bevorzugen.«

»Oh, das ist offensichtlich«, erwiderte Jochi, das bärtige Grinsen des Mannes tat alles, um Ami an den Worten zweifeln zu lassen, die folgen würden. »Wir schicken eine Delegation nach Noctia. Erklären, was passiert. In der Zwischenzeit halten wir diese Unholde hier. Helfen ihnen, genau dort ihr Lager aufzuschlagen, wo sie sind.«

»Um den Pool herum?«, fragte Svarde.

»Wo sie das Töten erledigen werden«, fügte Maena hinzu und endete mit einem scharfen Ting, als sie das Messer an einem Wetzstein entlangzog. »Richtig, Jochi?«

»Die Rana hat's erfasst, so ungern ich auch einem Flussratz Anerkennung zolle«, sagte Jochi. »Die Unholde sind unser neues Aegis. Sie werden die Mauer gegen alle neuen Monster halten, weil sie müssen. Wir werden natürlich alle Vorräte bereitstellen, die sie brauchen. Waffen, was auch immer, aber ansonsten bekommen wir das beste Ergebnis: Feinde töten Feinde.«

»Sie sind nicht unsere Feinde«, sagte Ami.

Maena lachte: »Du hast nicht gesehen, was sie mit dieser Whent-Stadt gemacht haben. Die Hälfte davon niedergebrannt. Svarde und mich fast getötet. Sie kamen nicht in Frieden, Foti. Sie kamen, um zu nehmen.«

»Weil ihre eigene Welt stirbt!«

Maena sprang auf die Füße und richtete das Messer auf Ami. »Unsere auch, falls du's nicht bemerkt hast? Überall Monster. Die Inseln an der Kehle der anderen, alles, weil die Unholde nicht aufhören zu kommen. Jochi hat recht. Das ist die Antwort. Lass sie gegeneinander kämpfen, bis ihre Heimaten zusammenbrechen. Problem gelöst.«

»Grausam.«

Jochi schüttelte einmal den Kopf. »Ami, ich bin

enttäuscht. Ich hätte gedacht, du würdest echte Grausamkeit kennen. Wir könnten diese Unholde zurück ins Wasser treiben. Wir geben ihnen eine Chance.«

Ami verengte ihre Augen zu dem Mann, Visionen von schnellen Enthauptungen liefen durch ihren Kopf, dann sah sie zu Svarde. »Was denkst du, Svarde? Glaubst du, diese Unholde zu zwingen, für uns zu kämpfen, ist der richtige Schritt?«

Svarde wandte sich sowohl Jochi als auch Maena zu, einem nach dem anderen, und nickte in Richtung des Tempelausgangs. »Gebt uns eine Minute. Es gibt Worte, die geteilt werden müssen, die ihr nicht hören müsst.«

Dass der Kriegsherr und der Rana-Hauptmann Svardes Befehl nicht in Frage stellten, sagte mehr über die Macht des Barbaren aus als alles, was Ami bisher gesehen hatte. Offenbar konnte man es im Leben weit bringen, wenn man den Tod abwehrte und kampfgebrochene Leichen nach Belieben befehligen konnte.

Weit genug, um zu vergessen, wo man angefangen hatte.

»Was willst du ihnen anbieten, Ami?«, fragte Svarde. »Bier? Ein Stück Land auf Whent?«

»Es gibt hier unten genügend Höhlen, die nicht-«

»Sie werden mit dem anfangen, was wir ihnen geben, und dann den Rest nehmen. Du hast ihre Maschinen gesehen. Besser als alles, was wir haben. Sie sind fast doppelt so groß wie wir und können uns ohne Berührung zu Tode verbrennen. Wenn wir sie in unsere Welt loslassen, haben wir verdient, was passiert.«

»Also willst du sie stattdessen verdammen?«

Svarde faltete seine Hände, die glitzernde schwarze Klinge unterbrach die verschränkten Finger. »Was hat sich geändert, Ami? Vor nicht mal zwei Tagen wolltest du mir noch einen toten Dämon besorgen, damit wir diese Monster vertreiben können. Und jetzt?«

»Weil ich gesehen habe, wovor sie weglaufen, Svarde. Das ist keine Wahl für sie. Es ist Verzweiflung, sie fliehen vor etwas Schrecklicherem, als wir je gesehen haben.«

»Und?«

Verdammt sei Svarde dafür, dass er sie zu gut kannte.

»Wir haben das Catya schon angetan!« Ami trat direkt vor Svarde. »Wir haben sie für das Wohl dieser verrotteten Inseln aufgegeben. Hat sich das für dich richtig angefühlt? War es das wert, sie auf diesen Thron zu setzen und zuzusehen, wie sie dahinsiechte?«

Svarde, selbst schon genug geschwächt, erwiderte Amis Blick und gab ihr nichts. Die Augen des Mannes, in den Jahren, die sie ihn kannte, so reich an Kampf, Lust und Prahlerei, verrieten keine Hinweise, kein Leben. Die Falle der Unendlichkeit.

»Ich frage dich noch einmal, Ami. Was denkst du, wird passieren?«

»Es ist mir scheißegal, was passiert, Svarde. Mir ist wichtig, dass wir es versucht haben, dass wir versucht haben, all die schlechten Entscheidungen, all den Tod mit etwas Besserem wiedergutzumachen.«

»Und was wirst du tun, wenn Jochi sich weigert?«

»Ich werde den Bastard töten, und den nächsten, und den übernächsten, bis wir einen Whent haben, der es versteht.«

Darüber lachte Svarde zumindest. »Das würdest du tun, nicht wahr?«

Ami fand ein Schmunzeln, verschränkte die Arme und trat einen Schritt zurück. »Gewalt war schon immer unsere Antwort, Svarde. Zum ersten Mal versuche ich es mit Frieden.«

Wieder ein langer Blick. Was Svarde in diesem Blick suchte, war Ami nicht klar. Wenn er die alte Ami wollte, die feurige, selbstbewusste Schwertkämpferin, die für ein Abenteuer bereit war, würde Svarde sie nicht finden. Deren Zeit war vorbei. Wer an ihre Stelle getreten war, dessen war sich Ami selbst nicht so sicher.

»Also gut.« Svarde sprach die Worte, als müsse er sich selbst überzeugen. »Lass die Dämonen einen Botschafter auswählen. Nur einen. In der Zwischenzeit werden wir die Whent-Ingenieure etwas für das Monster zum Anziehen ausarbeiten lassen.«

»Zum Anziehen?«

»Wenn wir einen Dämon zu den Leuten bringen wollen, Ami, darf er nicht wie ein Dämon aussehen.« Svarde gluckste. »Ich kann mir nicht vorstellen, dass Fassle es gut aufnehmen würde, wenn seine schlabberigen Roben Feuer fangen, nachdem er Hallo gesagt hat.«

»Was, wenn Jochi nein sagt?« Ami warf Svarde seine eigene Frage zurück. »Oder Maena?«

»Wie du schon sagtest, wir können einfach weiter Steinbeißer töten, bis wir einen finden, der ja sagt.« Svardes schnelles Lächeln verblasste. »Was Maena betrifft, sie ist zu beschäftigt mit ihren eigenen Problemen. Heute ist sie dagegen, morgen könnte sie dein größter Fürsprecher sein. Mach dir um sie keine Sorgen.«

Zwei Siege an einem Tag. Ami würde ihr Ego zügeln müssen. Der beste Weg, den sie dafür kannte, war, Bier in großen Mengen zu finden und sich bis zum Kater am nächsten Morgen daran zu laben, der sie wieder zur Vernunft bringen würde. Sie stieg die steinernen Stufen des Tempels hinab, steuerte auf Dreamholds einzige wiederbelebte Taverne zu, nur um unten anzuhalten, wo ein vertrautes Gesicht auf sie wartete.

»Hab von deinem Gespräch gehört«, sagte Sawi, die Vis sah erholt aus. »Guter Zug, sich mit den Feuerläufern anzufreunden.«

»Feuerläufer?«

»Muss man sie ja irgendwie nennen, statt Dämonen, oder? Wenn sie schon hier rumhängen werden?«

»Das ist noch lange nicht sicher.« Ami machte sich auf den Weg zur Taverne und Sawi gesellte sich zu ihr. »Viele Leute müssen noch überzeugt werden.«

»Ich bin sicher, du kriegst das hin. Dein goldenes Gesicht ist ziemlich einschüchternd.«

Ami schnaubte und warf Sawi einen Seitenblick zu. »Warum bist du so gut drauf? Den ganzen Tag geschlafen?«

»Fast. Wirkt Wunder.«

»Ich nehm' dir's mal ab.« Doch Ami tat es nicht ganz. Ein längerer Blick bestätigte Sawis gute Verfassung. Neue Kleidung, Stiefel. Ein Gürtel mit Platz für eine Klinge, ein Messer und mehrere Beutel. Einer, der für eine Reise gemacht war. »Ich mag dein neues Outfit.«

»Danke. Ich hoffe, es macht dir nichts aus, ich hab deine Harpune dafür eingetauscht.«

»Ich wäre sauer, wenn das Ding nicht so ein mieser Dämonentöter gewesen wäre.« Die Taverne ragte vor ihnen auf, laute Rufe drangen heraus. Krüge klirrten. Der sanfte Malzgeruch von Bier lag in der Luft. »Warum eigentlich?«

»Weil ich morgen abreise, Ami. Ich gehe nach Hause.«

Sawi erklärte den Rest über mehrere Runden hinweg. Whent-Kundschafter waren weit genug vorgedrungen, um eine gute Route unterirdisch bis nach Vis auszumachen. Jochi hatte einigen die Erlaubnis erteilt, die Reise anzutreten, und Sawi würde sich ihnen anschließen. Sie war zu lange weg gewesen, brauchte die Sonne, die Reben, den Pfirsichswein.

»Ist dir das Whent-Bier nicht gut genug?«, scherzte Ami.

»Es passt zur Dunkelheit, schätze ich«, erwiderte Sawi, ihr Zweiertisch war in einer hinteren Ecke versteckt, unter einer brennenden Laterne. Schieferwände, von toter Arbeit geglättet, tauchten den ganzen Ort in eine grimmige Fröhlichkeit. »Davon hatte ich aber genug.«

»Ich auch, Sawi. Ich auch.«

28

ALPTRAUM-NAHRUNG

Eine Betrunkene zu tragen, war mit der Kraft der Zufriedenheit viel einfacher. Es waren ein paar raue und harte Tage für Gladdring gewesen, aber das Blatt schien sich zu wenden. Es gab so viele Redewendungen und Sprichwörter darüber, dass man auf sein Glück warten sollte, und hier war es, sein Moment.

Schade nur, dass er ihn mit Erbrochenem auf seiner Robe teilen musste. Ein ruckartiger Schritt nach unten, als Gladdring Noctias luxuriösere Viertel in Richtung der besseren verließ, ließ die Frau in seinen Armen einen guten Teil ihres Biers ausspeien, ein Ereignis, das ihn nur zum Lachen brachte. Umso besser, um die patrouillierenden Najahn-Wachen auf den Straßen von seiner Fährte abzuhalten: Welcher Tenet würde eine so schreckliche Beschichtung zulassen?

Nicht, dass die Najahn-Patrouillen dicht gewesen wären, die Nacht neigte sich nun dem frühen Morgen zu. Als Gladdring über die gefegten Kopfsteinpflaster ging, deren abfallende Seite mit Rillen versehen war, um die Neigung zu brechen, hing die Stadt in jenem heiklen Intervall zwischen nüchternen Gesellschaftsstunden und streitlustigen Kneipenschlägereien. Fröhliche Flocken wirbelten herab. Eine ständige Meeresbrise drohte, die verbliebene Wärme von Gladdrings Bieren fortzuwehen. Brennendes Holz und in Foti abgebaute Kohle stachen ihm in die Nase. Gladdrings adoptierte Stadt erzählte ihre Geschichte über all seine Sinne.

Eine Geschichte, der er ewig hätte lauschen können, eine, die verblasste, als Gladdring die Zickzack-Treppe hinunter zum verlassenen südlichen Strand erreichte.

Die hier flackernden Laternen standen weiter auseinander, einige flackerten, als ihr Öl zur Neige ging. Noctia war nicht so sehr darauf bedacht, den Weg für die ärmsten Zusammengekauerten zu beleuchten, die sich in die Ritzen entlang der rutschigen Stufen zwängten. Die Gespräche, so wenige es waren, hatten einen anderen Glanz, die Schärfe der Verzweiflung. Stress, Hunger, Angst.

Und, verstreut in den Antworten, die zwischen dem Krachen der Wellen unten zu Gladdring heraufdrangen, ein Hauch von Hoffnung.

Der Tamas-Skar nahm es auf und lenkte Gladdring ab. Er hatte die Frau einige Blocks zuvor abgesetzt und schob sie nun vor sich her, während sie Unsinn murmelte. Das Flüstern des Skars dämpfte das Gebrabbel und gab stattdessen, wie ein Blatt, das sein Ohr kitzelte, diese hellen Fragmente weiter. Gladdring blickte ein- oder zweimal zu den Höhlen hinüber und traf dabei auf vorsichtige Augen, zerlumpte Decken über schlafenden Gestalten.

Eine Wache, wurde ihm klar. Sie hielten hier Wache, in der größten Stadt der Inseln.

Der beunruhigende Gedanke blieb bei ihm, als Gladdring und seine Fracht den Sand erreichten. So beschäftigt waren sie alle mit den Feinden, den Skars, mit ihren großen

Ambitionen, dass Gladdring all jene übersehen hatte, die so weit unten standen. Nicht als Almosenfälle, nein - dieser Weg würde zu Schwäche führen, zu Verrat, zu Ablenkung - sondern als Werkzeuge. Hebel, die er für seine eigene Position einsetzen konnte und die im Gegenzug deren eigene erhöhen würden.

Eine Revolution von oben könnte Veränderung erzwingen, eine Revolution von unten würde sie garantieren.

»Nicht die Ankunft, die ich erwartet hatte.«

Yarvicks raues Flüstern und das seines Begleiters empfingen Gladdring, als er und seine betrunkene Last den Eingang der Flinken Finger erreichten. Gladdring dachte keine Sekunde lang, dass Yarvick dort gewartet hatte. Wahrscheinlicher war, dass irgendein Späher ihr Näherkommen schon vor einiger Zeit bemerkt und dem Banditenführer erlaubt hatte, eine Falle vorzubereiten.

Wenn Yarvick Gladdrings Treffen mit der Kance-Königin und dem Vis-Jäger gesehen hatte, würde diese Falle wahrscheinlich tödlich sein.

Der Tamas-Skar flüsterte keine Panik, also weigerte sich Gladdring, welche zu zeigen.

»Wir alle haben Nächte, die uns entgleiten«, erwiderte Gladdring und stützte die Banditin weiterhin gegen seine Schulter. »Kein Schaden entstanden.«

»Nein?«, fragte Yarvick. »Vielleicht nicht für dich, aber für mich ein großes Ärgernis.« Yarvick trat voll in die fallenden Flocken, der Schnee nahm zu, während die Nacht in Richtung Morgendämmerung glitt. Ein schmaler grauer Hut ergoss sich in Yarvicks verfilzte, fettige Locken, bevor er einen breiten Umhang traf. Keine Pelze, nur unzählige Taschen, aus denen Yarvick eine kleine Klinge zog. Nicht länger als Gladdrings Finger. »Die Flinken Finger sind, so seltsam es auch erscheinen mag, auf Vertrauen aufgebaut.

Ein Dieb muss wissen, dass er sich in allen Dingen auf seine Partner verlassen kann.«

Yarvick packte mit seiner freien Hand die betrunkene Banditin und warf sie in den Sand. Sie landete mit einem Grunzen, einem Stöhnen und wenig mehr. Während das Laternenlicht und Sichis bewölktes Rosa nur eine düstere Sicht boten, bemerkte Gladdring Yarvicks zusammengekniffene Augen, scharfe Stirnfalten. Der Tamas-Skar fand keine Traurigkeit, nur Enttäuschung.

Die Klinge glitzerte, während Yarvick starrte. Was als Nächstes kommen würde, war nicht schwer zu erraten.

»Fehler sind nur das, Yarvick. Irrtümer, aus denen man lernen kann.« Gladdring behielt seine Arme verschränkt. Keine Aggression.

Rat wurde angeboten, aber es lag an Yarvick, danach zu handeln. Manipulation war stärker, je unsichtbarer die Fäden waren.

»Wenn das deine Einstellung ist, ist die Antwort darauf, warum die Najahn so erbärmlich sind, jetzt klar.« Yarvick richtete seinen Blick auf Gladdring, warf die Klinge hoch und fing sie am Ende an ihrer Spitze auf. »Ein Fehler ist ein Ausrutscher auf einer glatten Treppe, ein Dietrich, der in einem Schließzylinder bricht. Es sei denn, du sagst mir, dass du sie gezwungen hast, sie festgehalten und ihr den Drink in den Hals geschüttet hast, ihr Zustand war ihre eigene Tat.«

Dass der Tamas-Skar die Banditin vielleicht dazu gedrängt hatte, sich gehen zu lassen, behielt Gladdring für sich.

»Trotzdem schlägst du den Tod vor«, begann Gladdring. »Ich bin hier. Unverletzt. Sie kann daraus lernen, und deine Finger können sehen, dass du vernünftig bist.«

»Das ist deine Argumentation? Schlechte Entscheidungen kosten nichts?« Yarvick spuckte zur Seite. »Gut, dass du unter meiner Leitung stehen wirst. Diese Inseln könnten sich jemanden so Schwachen nicht leisten.« Er streckte Gladdring den Messergriff entgegen. »Nimm es. Ein einziger Schnitt über die Kehle sollte genügen. Mit all dem Bier wird sie es vielleicht nicht einmal spüren. So barmherzig ein Tod, wie er auf diesen verdammten Felsen existiert.«

Gladdring ließ das Messer in der Luft hängen. Behielt seine Hände in seinen Roben.

»Ich werde nicht.«

Yarvick ließ die Klinge für einen weiteren Atemzug verweilen, dann zog er sie zurück. Er steckte sie wieder in seinen Mantel. Der Banditenführer hockte sich in der Nähe des Kopfes der betrunkenen Diebin nieder, tätschelte ihn einmal und ließ dann seine Finger zu ihrem entblößten Ohr gleiten. Er kniff hinein und zog es nach oben. Mit einem Aufschrei flatterten die Augen der Banditin auf.

»Versteh das«, sagte Yarvick in einem Ton toter Logik, »dieser Mann hat dir dein Leben geschenkt, aber nicht deinen Platz hier. Du wirst heute noch einen Weg von Noctia finden. Bis morgen werden alle Flinken Finger wissen, dass sie dir eine Klinge zwischen die Rippen schieben, Gift in deinen Drink mischen oder einen Draht um deinen Hals legen sollen. Noctia ist nicht länger dein Zuhause.«

Man konnte Menschen nicht über einen gewissen Punkt hinaus treiben, und Gladdring nahm an, dass er das Ende dieses Weges erreicht hatte, also hielt er den Mund. Die Banditin schien nüchtern genug zu werden, um etwas von der Situation zu begreifen, und stotterte Bitten und Entschuldigungen hervor. Die Worte erstarben, als Yarvick seinen Blick zurück zur Höhle wandte und mit einer Hand eine einzelne Kreuzgeste machte. Zwei Schatten materialisierten sich, fegten auf die schluchzende Diebin zu und hoben sie hoch. Das Trio bewegte sich in Richtung der Treppe nach oben, wo Gladdring keinen Zweifel daran hatte, dass sie mit nichts weiter als den Kleidern am Leib und einem verzweifelten Leben vor sich abgesetzt werden würde.

»Glaubst du, das ist besser?«, fragte Yarvick, nachdem die Gruppe verschwunden war, während sie ansonsten in wellenumtosten Stille Wache hielten. »Verbannung? Sie wird schlimmer werden müssen, Schlimmeres tun müssen, um jetzt zu überleben. Das Messer wäre ein gnädigeres Ende gewesen.« Yarvick musterte Gladdring. »Du scheinst wach genug zu sein. Lust, mit mir zu kommen, Marionette? Es gibt etwas, das du sehen solltest.«

»Was gibt es zu dieser Stunde schon zu sehen?«

Yarvick antwortete nicht. Er ging los, und Gladdring akzeptierte den stillen Marsch zurück die Treppe hinauf. Auf halbem Weg kamen ihnen die beiden Schatten entgegen, ihre Gesichter in verfilzte Schals gehüllt, die in die andere Richtung zurückgingen. Von der betrunkenen Diebin war keine Spur zu sehen. Als sie die Straßenebene erreichten, ging Yarvick weiter nach Osten, entlang des südlichen Viertels der Ringstadt. Bescheidene Häuser erklommen hier die Terrassen, einige beanspruchten zusätzlich zu ihren steilen Hängen und regenfangenden Dachrinnen kleine Ackerflächen.

Gladdring hatte verlassene Straßen erwartet, aber mehr Gestalten spukten durch die eisigen Alleen. Sie gingen allein oder zu zweit, mit wenigen Worten und noch weniger Stolpern unter ihnen. Keine Betrunkenen oder Feiernden also, sondern Menschen, die sich zielstrebig bewegten. Yarvick schenkte ihnen keine Beachtung, und

Gladdring folgte seinem Beispiel. Sie nahmen die linken Abzweigungen, wenn sich die Straßen teilten, immer höher steigend.

Ihr Ziel tauchte aus dem dichten, wirbelnden Schnee auf. Wie ein Najahn-Turm in die Klippe gebaut, hatte das breite Gebäude einen zweckmäßigen Charakter, wenig Rücksicht auf Raffinesse oder Eindruck. Es erstreckte sich weitläufig, verschlang das Ende der Straße und reichte darüber hinaus, wobei Steinstützen und Stützmauern dazu dienten, seine mehreren Stockwerke und all ihr Gewicht an Ort und Stelle zu halten.

Kein Schild verkündete seinen Namen oder Zweck.

»Sag kein Wort«, bemerkte Yarvick und überging den Haupteingang, eine breite, vergitterte Holztür, zugunsten eines kleineren einzelnen Eingangs am anderen Ende des Gebäudes.

Gladdring blieb ruhig, obwohl er sich übergeben wollte, als sie eintraten.

Ein kurzer Raum, vollgestopft mit Schreibtischen, die ihrerseits mit dicken Papierbänden übersät waren, verlor jeden gemütlichen Charme durch den monströsen Gestank, der die Luft erfüllte. Yarvick reagierte nicht darauf, ging einfach hindurch und zog keine Aufmerksamkeit des einzigen Mannes auf sich, der Zahlen in ein vergilbtes Papierbuch ritzte. Schmächtig, eine Pfeife rauchend, machte die Blässe des Mannes ihn zum Feind des Tageslichts. Gladdring hatte mehr als ein paar dieser Nachtmenschen gekannt, und alle hatten ihre Gründe, der Sonne auszuweichen.

Die Gründe dieses Mannes waren leicht zu erfassen, so leicht wie der Geruch.

Durch den Raum führte Yarvick Gladdring hinaus zu einem Aussichtspunkt, einer Lippe, die sich von ihrem

Ausgang weg und über flache, raue Steine zum großen Eingang hin erstreckte. Breite Treppen führten von beiden Seiten hinunter zu einer riesigen Grube. Dort sah Gladdring die Quelle des Gestanks, des Würgens in seinem Magen.

Hunderte, möglicherweise Tausende von Menschen hackten, zerhackten, häuteten und zerteilten. Sie saßen, standen und bewegten sich zwischen massiven Steintischen. Körper lagen auf diesen Platten, aber keine menschlichen. Seltsame Bestien mit Schuppen, Federn, Tentakeln und Teilen, die Gladdring nicht benennen konnte. Alle tot, doch nicht im Begriff, begraben oder verbrannt zu werden. Stattdessen brachten andere Arbeiter, in schmutzige Schürzen gekleidet, schwarze Eimer herbei und schoben das Fleisch hinein, wenn Stücke gesäubert waren. Andere schoben Holzkarren, schaufelten die Eingeweide hinein und fuhren damit weit außer Gladdrings Sichtweite. Dieselben Karren, manchmal mehrere zu einer Reihe verbunden, tauchten Minuten später mit einem neuen Körper auf, der zerlegt werden sollte.

»So ernährt sich deine Stadt«, sagte Yarvick.

»Was? Ich weiß, woher unsere Nahrung kommt, ich weiß, womit wir handeln-«

»Eure Nahrung. Eure Najahn-Luxusgüter.« Yarvick verzog das Gesicht, als hätte er in eine Zitrone gebissen. »Noctia ist eine verfluchte Insel, Gladdring. Es gibt nicht genug Fisch und Ernte, um die meisten seiner Bewohner zu ernähren. Also nutzen wir, was wir können, was die anderen Inseln billig abgeben.«

»Unser Volk isst Ungeheuer?«

»Die, die wir kochen können.« Ein leichtes Lächeln fand Yarvicks blasse Lippen. »Wir testen sie alle zuerst an den Kleinkriminellen, die eure Najahn nicht erwischen. Eine angemessene Strafe, findest du nicht, Krankheit und

Tod zu riskieren, um so viele vor dem Hungertod zu bewahren?«

Wieder würgte Gladdring die Reste des Ales hinunter, die drohten, sich zu befreien.

»Warum hast du mich hierher gebracht, Yarvick?«

»Damit du verstehst, Gladdring. Fassles Krieg zur Auslöschung der Ungeheuer wird seine eigene Stadt aushungern. Tausende und Abertausende werden umkommen.« Yarvick verstummte, als jemand unten fluchte, irgendeine Säure oder Ähnliches spritzte heraus und überzog einen nun ruinierten Arm. »Trotzdem kann dieser Abfall nicht bleiben. Fassles blinder Krieg, diese schrecklichen Gruben, die Inseln müssen neu gestaltet werden. Wenn wir die Najahn zerstören, Gladdring, werden wir die Skars nutzen, um all das zu beenden. Um ein neues Idyll zu schaffen.«

»Mit dir am Ruder.«

»Ja.«

Yarvick beendete seine Rede dort, aber Gladdring hörte sie weitergehen, während er die arbeitenden Armen unter sich beobachtete. Leben, die nach Veränderung riefen, sie brauchten.

Sie würden sie bekommen, und zwar bald. Genau wie Yarvick.

29

INMITTEN VON SCHNEE UND SONNE

Ihr Gelächter flog in die Nacht hinaus, vermischte sich mit knorrigen Wurzeln, Sichis rosa Lichtern und den holpernden Karrenrädern, die auf dem harten Erdpfad rumpelten. Vier Personen auf einer Quest, um ihre Heimat zu retten, und sie gewannen, verdammt noch mal, sie gewannen trotz so vieler Hindernisse, die ihnen in den Weg geworfen wurden. Eujo zählte sie eine nach der anderen auf und rief die Lawine des Goldenen Spalts, ihre verräterischen Königinnenwachen und die allgegenwärtigen Unholde in die Luft, damit Wax und Torny sie der Reihe nach verurteilten. Bliss, die Hände fest an den Zügeln, mit denen sie die verwirrten, erschöpften Ponys lenkte, fügte ihr eigenes grimmiges Grinsen hinzu.

»Und wir sind immer noch hier!«, schloss Eujo. »Nimm das, Noctia! Nimm das, ihr Unholde!«

Ihr gegenüber, eingebettet in ihre Taschen, das warme Glühen des Ales in seinem mondbeleuchteten Gesicht, wiederholte Wax ihre Prahlerei, bevor er in einen klassischen Vis-Jubelschrei verfiel.

Keine Verfolgung rasselte hinter ihnen her, keine Gefahr

lauerte vor ihnen. Für den Moment, für diesen Augenblick, konnten sie sich im Erfolg sonnen.

Momente vergehen jedoch, und so auch dieser, der zu Ende rollte, als die Wurzeln dünner wurden und in eine schneebestäubte Ebene übergingen. Hügel, die hart auf und ab gingen, ohne freundliche Wellen, verzerrten die Straße vor ihnen und deuteten eine geschwungene Linie durch sauberes Land an. In weiter Ferne, an einem Horizont ohne gerade Linie, deutete ein sanftes Gelb auf eine erreichbare Stadt hin.

Doch Bliss lenkte den Karren vom Weg ab und ließ die schweißglänzenden Ponys, deren Atem Dampfwolken in die Luft schickte, ausruhen. Der Halt weckte Eujo aus ihrem Schlummer, an den sie sich nicht erinnern konnte, der ihr aber offensichtlich genug unbequemen Schlaf verschafft hatte, um ihre Kraft wiederherzustellen und ihren Rücken schmerzen zu lassen. Wax schnarchte noch immer.

»Wach?«, fragte Torny, ihr Kopf erschien über dem Bett des Karrens. »Gut, denn wir werden den Rest des Weges zu Fuß gehen.«

»Zu Fuß?«, sagte Eujo, die Worte kratzten und veranlassten sie, nach ihrem Wasserschlauch zu greifen.

An ihrer Taille getragen, die Körperwärme reichte aus, um den Inhalt vor dem Gefrieren zu bewahren, das Wasser grenzte dennoch daran, die Kehle der Königin zu betäuben, als sie es trank. Torny erklärte, die Animas würden eine Verfolgung schicken und sie würden nach einem Karren wie diesem suchen. Die Ponys würden sowieso nicht viel weiter in dieser Nacht reisen, besser sie auf einen Irrweg zu schicken und die Verfolgung so lange wie möglich abzuschütteln.

»Wird nicht jeder, der hinter uns her ist, einfach zur nächsten Stadt fahren?«, sagte Eujo, während sie sich trotzdem vorsichtig aus dem Karren hievte. Bliss schlug ihrem Bruder auf die Schulter und weckte ihn mit einem Fluch. »Wenn es ihnen so wichtig ist, werden sie uns finden.«

»Deshalb gehen wir zu Fuß. Jede schnelle Verfolgung wird uns in dieser Stadt zuvorkommen, uns dort nicht finden, und dann sind wir frei.«

Das Gepäck schien nicht so schwer, als Eujo es sich auf die Schultern hievte, eine Erinnerung daran, dass es ihnen an Vorräten und Ausrüstung für jede Überlandreise mangelte. Das hier würde nicht wie die Wanderung auf Whent sein. Sie würden erfrieren, verhungern oder beides. Eujo erinnerte Torny daran, nur um zuzusehen, wie Bliss den Ponys einen kräftigen Klaps auf den Hintern gab und der leere Karren mit ihnen in der Dunkelheit verschwand.

»Wir werden unser Glück versuchen«, sagte Torny, obwohl sie zumindest nicht begeistert davon aussah. »Ich würde lieber ein bisschen hungern, etwas mehr zittern, als wieder auf dieser Bühne mit einem Halsband um den Nacken zu landen.«

Ein überzeugendes Argument, das. Eujo machte jedoch keine Prahlereien, als die Gruppe ihre ersten Schritte nach Westen machte, wobei das gefrorene Gras unter ihren Füßen knirschte.

Dass ihre Überlandroute eine klare Spur hinterlassen würde, entging keinem von ihnen, eine Realität, die Torny ansprach, indem sie sie im Vordämmerlicht wieder nach Norden abbiegen ließ. Die Überreste des Wurzelwaldes hielten den Boden sauber genug, um, so die Banditin, einen Haufen Tamas-Schauspieler daran zu hindern, ihr zu folgen.

»Bist du nicht ein bisschen abfällig?«, fragte Eujo, die mit der Banditin an der Spitze der Vierergruppe ging.

Torny hatte ihre Dolche gezückt und benutzte sie, um lästige Dornen wegzuhacken, ein gefährliches Unterfangen in der Dunkelheit: Sie alle hatten sich bereits ein paar Kratzer eingefangen. »Tamas ist keine Insel voller Idioten.«

»Hab ich auch nicht behauptet, aber wenn ich sie richtig einschätze, sind Daklin und diese Narren nicht gerade Experten im Überleben in der Wildnis.«

»Und du bist es, Banditin aus der Stadt?«

»Seit dieser Quest kannst du Gift darauf nehmen.« Torny wedelte mit einem Dolch in Eujos Richtung. »Ich habe jetzt vier Inseln mit Wax und Bliss überquert, mehr als die meisten in einem ganzen Leben schaffen. Die Natur ist mein Spielplatz, Eujo.«

Kaum hatte sie die Worte beendet, prallte Torny, deren Blick mehr auf ihren Dolch gerichtet war, direkt gegen eine schräg stehende Wurzel.

Eujo lachte, »Das sehe ich.«

Die Morgendämmerung fand sie zurück zwischen den Hügeln, schwere Augenlider bei Torny und Bliss, während Wax und Eujo das Tageslicht mit helleren Blicken begrüßten. Das Wandern in schweren Mänteln hielt die Gruppe warm, so dass die ersten Strahlen nicht mit Hitze, sondern mit Pracht einfielen und sich über ein glitzerndes Regenbogenland ergossen. Eujo beschattete ihre Augen, Wax stieß einen entzückten Pfiff aus. Funken blitzten in alle Richtungen, kletterten hinauf und fielen herab, während sich die Hügel, jeder eine Herausforderung zu erklimmen, als exquisite sonnenbeleuchtete Leinwände erwiesen. Auch Tamas' einheimische Kreaturen tauchten auf, klare Himmel füllten sich mit jagenden Falken, während neugierige Kreaturen unter den Wurzeln hervorkamen, um ihr Glück in der gefrorenen Prärie zu suchen.

Und Kutschenräder trugen ihr Geklapper mit dem Wind.

»Könnt ihr den ganzen Tag laufen?«, fragte Eujo Torny und Bliss, als sie sich auf der anderen Seite eines Hügels duckten, wobei der Buckel die Sicht vom Weg versperrte und weit im Westen einen anderen aufsteigenden Wurzelwald zeigte. »Oder werdet ihr eine Pause brauchen?«

»Was ich brauche und was wir tun werden, sind zwei verschiedene Dinge, denke ich«, antwortete Torny und warf Bliss einen finsteren Blick zu. »Sie ist schlimmer dran als ich. Ich habe gedöst, sie musste fahren.«

Bliss hörte sie, oder spürte Tornys Blick, und schenkte ihnen ein schwaches Lächeln. »Mir geht's gut.«

»Sie lügt«, sagte Torny zu Eujo und senkte ihre Stimme. »Wo wir hingehen, in diese Stadt, werden wir nicht lange verborgen bleiben. Wenn wir hier ein paar Stunden Schlaf bekommen können, sage ich, wir tun es. Das Gras ist bequem genug, wenn man es platt drückt.«

Eujo nahm Tornys Vorschlag an, unterbreitete ihn Wax und Bliss, und die Vis-Wächterin hatte trotz des Sonnenlichts innerhalb von Minuten ihre Augen geschlossen und lag auf ihrem Rucksack. Torny gesellte sich zu ihr, und die beiden kuschelten sich in ein improvisiertes Bett aus zusammengetragener Ausrüstung.

»Ich übernehme die erste Wache«, sagte Wax und biss von einer gefrosteten Karotte ab, die noch von Harrow's Edge übrig geblieben war. »Schlaf, wenn du willst.«

»Will ich eigentlich nicht.« Eujo ließ ihre Hand zu ihrem Armband gleiten, den flüsternden Skars. »Ich denke, ich sehe mich mal um, ob diese Stadt unsere einzige Option ist.«

Der Hügel bot eine großartigere Aussicht als unten, obwohl Eujo ihre Augen fast schloss, um das Blenden gering zu halten. Sie sah schimmernde Schönheit, spürte kalten Wind unter ihre Mäntel kriechen und beobachtete, wie Tamas seinen Morgen verbrachte. Einfach nur beobachten. Sie schob die Skars und ihr Flüstern beiseite, das Schicksal und seine Forderungen, um den Moment zu genießen, das Jetzt, den Frieden.

Keine Unholde, keine Messer, keine Verräter, keine Peiniger.

Wenn Eujo es schaffen würde, den Tamas-Skar zu sammeln, dann den Noctia-Skar - ob Wax darauf bestehen würde, nach Kance zu gehen, war ein Problem, das sie später angehen würden - würde es sich dann so anfühlen? Nicht so schön, mitten im Krater der Wunde festsitzend, aber mit Wachen, mit all ihren Bedürfnissen, die nach Eujos Launen erfüllt würden. Keine Verantwortung außer dazusitzen und zu verfallen.

Das heißt, wenn die Najahn sie überhaupt lassen würden.

Der Gedanke schlug einen anderen Ton an. Sie und Wax hatten nicht viel über die Erklärung des Zirkels gesprochen, eine unausgesprochene Annahme, dass die Najahn einfach zulassen würden, dass eine vollendete Erneuerung den Thron besteigt, beendete dieses Gespräch, bevor es wirklich beginnen konnte. Und doch, würden sie? Selbst wenn Eujo alle anderen Skars sammeln und sich in der Ringstadt präsentieren würde, würden die Najahn die Steine einfach wegnehmen?

Wenn ja, was dann?

Eujo, ihre Augen schonend, blickte den Hügel hinunter auf die drei Gestalten, die an seinem silbernen Hang lagen. Wax winkte, eine träge Bewegung. Zwischen ihnen hatten sie neun Skars. Neun kleine Steine mit der Macht eines Gottes darin. Sie konnten Berge versetzen, ganze Städte niederbrennen oder eine Flut aus dem ruhigsten Fluss aufschäumen lassen. Die Najahn wollten diese Kräfte direkt gegen die Unholde einsetzen. Eine Idee, die funktionieren könnte, aber... Eujo unterdrückte ein Schnauben. Die Inseln würden sich den Najahn nicht so vollständig ausliefern.

Die Skars, für etwas anderes als die Ägis verwendet, würden die Inseln zerreißen.

Was also dann?

Ihre Freunde boten keine Antworten. Auch nicht die Falken am Himmel oder der Schnee zu ihren Füßen. Vielleicht lag die Lösung aber in dem, was sie nicht tun konnte, anstatt in dem, was Eujo tun konnte. Nach Kance zurückzukehren würde Tod oder Verbannung bedeuten. Wax schien bereit, nach Vis zurückzukehren, und da Torny und Bliss sich jeden Tag näherkamen, würde die Banditin, nachdem sie ihre Schuld beim Diebesfürsten von Noctia beglichen hatte, dem Vis-Mädchen wahrscheinlich auf die Dschungelinsel folgen.

Könnte Eujo auch dorthin gehen? Die Himmelsdiamanten, die Berge, ihre Heimat für eine neue aufgeben?

Vielleicht.

»Hast du da oben etwas gefunden?« fragte Wax, als Eujo zu ihrem improvisierten Lager zurückkehrte.

»Antworten, gewissermaßen, und mehr Fragen.«

»Wie zum Beispiel, was die Tiere hier draußen fressen?« Wax nickte über das kleine Tal zwischen den Hügeln zu einem hoppelnden Kaninchen, dessen lange Ohren und weißes Fell es gut gegen den Schnee tarnten. »Es gräbt immer wieder hier und da, aber ich weiß nicht wonach.«

Eujo lachte kurz und schüttelte den Kopf: »Wax, ich wünschte, ich könnte so unbekümmert sein wie du, was den Lauf der Dinge angeht.«

Ein kleines Lächeln: »Eujo, ich komme aus bescheidenen Verhältnissen, ich habe nicht mit Großem gerechnet, also werde ich so viel Glück finden, wie ich kann, bis ich nach Hause komme oder tot ende.«

Eujo zuckte zusammen: »Tot? Das ist-«

Wax zuckte mit den Schultern, das Grinsen verschwand. »Realistisch. Mein Freund starb, nachdem wir einen einzigen Skar gefunden hatten. Wir haben so viele weitere sterben sehen. Jetzt werden wir von Kance-Assassinen und den stärksten Soldaten der Inseln gejagt? Eujo, wenn wir nicht aufgespießt, gehängt oder von irgendeinem hungrigen Unhold gefressen werden, wäre das ein Vis-Wunder.«

»Und trotzdem fragst du dich nach dem Futter eines Kaninchens?«

»Viel angenehmer als die anderen Dinge, über die ich nachdenken könnte.«

»Stimmt wohl.« Eujo starrte auf das pelzige Geschöpf, als es noch mehr Schnee aufwirbelte. »Ich wette, es sind die Wurzeln.«

»Was?«

»Das Kaninchen. Es versucht, an die Wurzeln zu kommen.«

»Oh.«

Eujo spürte, wie Wax' behandschuhte Hand auf ihre Schulter landete und zudrückte.

»Mach dir keine Sorgen, Himmelskönigin. Unsere Quest mag gefährlich sein, unsere Erfolgschancen gering, aber ich werde keinen Tag vergehen lassen, ohne dich zum Lachen zu bringen.«

Was ihm genau in diesem Moment gelang, und trotz all der Sorgen, die Eujos Welt durchstreiften, ließ sie sie für einen Augenblick fallen.

Nur für einen Moment.

30
GEFAHREN BEIM ABENDESSEN

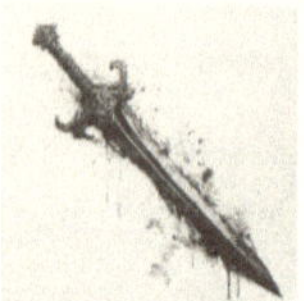

Deshivas Hand zog Annalyse vom Rand des Blütenblatts zurück. Die große Sana breitete sich in strahlendem Lila und Weiß aus, doch Annalyse ertappte sich immer wieder dabei, wie sie an den Rand eines langen, tödlichen Sturzes taumelte.

»Schon wieder, Whent?«, fragte Deshiva. »Wie oft schulde ich dir jetzt schon dein Leben?«

»Ich versteh's einfach nicht«, sagte Annalyse und schüttelte den Kopf wie eine Ratte, die Wasser abschüttelt. »Es ist, als würde ich zum Rand gezogen, obwohl-«

»Eine häufige Krankheit bei Leuten, die nicht an Höhen gewöhnt sind. Du warst zu behütet an den falschen Orten. Ein paar Tage Schwingen durch die Baumkronen werden dich heilen.«

Deshiva klopfte Annalyse auf die Schulter und wandte sich wieder dem Geschehen um das Zentrum der Sana zu. Annalyse riss ihren Blick von der sich ausbreitenden Aussicht los und sah, wie Deshiva einem anderen Jäger etwas zuflüsterte und in Richtung der Wissenschaftlerin nickte. Sie gab Verantwortlichkeiten ab. Annalyse spürte, wie ihr die Röte ins Gesicht stieg, und unterdrückte sie.

Sie konnte nichts gegen die Impulse tun, also warum sollte sie sich dafür schämen?

Najahn- und Vis-Jäger durchsuchten den Stempel der Großen Sana, zogen einen Vis-Skar nach dem anderen heraus und warfen sie in Taschen. Die Vis schienen überrascht, als jeder neue Stein frei kam, und murmelten über den Tod einer weiteren Lüge, an die Annalyse selbst geglaubt hatte, bis Gladdring ihr die gesammelten Vorräte in der Ringstadt gezeigt hatte.

So lange war den Inseln erzählt worden, dass Skars im Einklang mit den Erneuerungen nachwuchsen, und nur so viele, wie nötig waren, um die nächste Ägis zu sichern. So lange war diese Lüge ohne Frage akzeptiert worden und hatte die Najahn die Fragmente der Götter abbauen und abbauen und abbauen lassen, ohne den geringsten Verdacht.

So viel falsch platziertes Vertrauen.

Jetzt würden diese Steine nach unten geschickt, in Rüstungen eingesetzt, in Armschienen eingewoben oder in Halsketten platziert werden. Die Vis und jene Najahn, die zu Verrätern geworden waren – Veritrus schickte diejenigen, die sich weigerten, auf eine schnelle Reise nach Norden, wo Kitaye sie per Schiff nach Hause zurückschicken würde – würden die Vis-Flüstern hören, würden feststellen, dass ihre Wunden schneller als je zuvor heilten. Eine Streitmacht, die in der Lage war, weiter zu kämpfen, lange nachdem ihr Feind Krankheiten, Wunden und Infektionen erlegen war.

Wenn man Deshiva und Veritrus glauben sollte, würde diese Streitmacht Vis nie verlassen. Sie würde nur dazu dienen, den Dschungel zu verteidigen.

Annalyse hatte solch edle Ankündigungen schon früher gehört und gesehen, was passierte, wenn diejenigen, die sie machten, bedroht wurden.

Diesmal würde sie sich da raushalten. Die Reise zum Gipfel der Großen Sana war ein Abschiedsgeschenk, eine Chance, die beste Aussicht auf Vis zu genießen, bevor Annalyse zu ihren Taschen, ihrer Forschung und ihrem Rückzug in Svardes Hütte an der Westküste zurückkehren konnte. Zumindest hatte sich der Aufstieg gelohnt, die Große Sana war von unten bis oben ein faszinierendes Ökosystem.

Allein diese blitzenden Schmetterlinge und die sich windenden Raupen bestätigten Annalyses Entscheidung als die richtige, auch wenn sich die Wissenschaftlerin wieder einmal dem weiten Fall näherte.

Mit ein wenig Aufmerksamkeit und ein paar gezielten Schritten brachte sich Annalyse wieder in die Nähe der Mitte. Die Aussicht war auch von hier aus wunderschön, und sie konnte das Pflücken um sie herum und dessen Auswirkungen ignorieren, wenn sie es versuchte.

Die Rückkehr brachte Annalyse zu einem erwarteten Festmahl mit unerwarteten Gästen. Veritrus hatte ein gutes winterliches Angebot ausgebreitet, ergänzt durch die üppigen Früchte, Fische und Gemüse von Vis, die aus den Vorräten des niedergebrannten Außenpostens gerettet worden waren. Die verkohlten Überreste der Kantine ragten um sie herum auf, provisorische Reetdächer und erste Reparaturen waren bereits im Gange. Tische waren zu einer langen Reihe zusammengeschoben worden, genug für zwanzig Personen, darunter Annalyse, Deshiva und verschiedene handverlesene Jäger und Najahn.

Zu ihnen gesellten sich die Neuankömmlinge, die in

einem schnellen Lauf aus dem Osten, aus Mottilan, einge-
troffen waren.

Korrus beanspruchte die Führung über die sechsköpfige
Entourage, ein bulliger Mann mit harter Kante, eine
vertraute Frustration, die von seinen oft geballten Fäusten
und zusammengekniffenen Augen ausging. Annalyse hatte
sich nach vielen gescheiterten Experimenten ähnlich
gefühlt und ausgesehen, aber für Korrus schien das Stirnrunzeln sein Normalzustand zu sein. Trotzdem verhandelte
der Mann die Plätze seiner Leute am Tisch mit einem
Versprechen, so murmelte Deshiva Annalyse zu, des
Friedens.

Bier floss, die ersten Bissen erwiesen sich als so köstlich,
wie sie aussahen, und Annalyse ließ den Pfirsichweins den
Tag wegspülen.

Zumindest bis Korrus zu reden begann.

Veritrus war kein Narr, und er hatte sich selbst,
Deshiva, Korrus und Annalyse an einem Ende des Tisches
platziert. Gladdring hätte es gutgeheißen, die Machthaber
nah beieinander zu halten, um sensible Diskussionen
geheim zu halten, obwohl Annalyse sich dabei ertappte,
wie sie, als Korrus seine Eröffnungssalve begann, sehn-
süchtig auf das selige Trinken am anderen Ende des Tisches
blickte. Dort schien sich das Gespräch auf unterhaltsame
Jagden und die Frage zu konzentrieren, wie genau man mit
einem Bogen schießen konnte, nachdem man mehrere
Flaschen von Kitayes feinstem Fruchtwein getrunken hatte.

»Mottilan verdient seinen Anteil«, begann Korrus. »Wir
sind die nähere Stadt.«

»Und die kleinere«, sagte Deshiva. Die Jägerin steckte
sich Fischbissen mit den Fingern in den Mund, während sie
sprach, und schien sie zwischen den Worten ganz zu

verschlucken. »Ihr seid willkommen, wie alle Vis, an dem teilzuhaben, was uns gehört. Zu gleichen Teilen.«

»Zu gleichen Teilen? Seit wann spricht Kitaye von Gleichheit?«, Korrus lehnte sich vor, die Ellbogen auf dem Tisch. »Bei jeder Erneuerung nehmt ihr den Mantel und teilt nichts davon mit uns. Wenn Najahn oder Kance Handel planen, sind eure Versuche, jedes Schiff zu nehmen, rücksichtslos.«

»Freundlicher Wettbewerb, nicht mehr.«

Veritrus konzentrierte sich, wie Annalyse, auf das Essen. Manche Kämpfe waren besser zu vermeiden.

»Euer freundlicher Wettbewerb kostet Mottilan Handel, kostet uns die Chance auf ein besseres Leben. Kitaye teilt nie Beute mit uns, nie. Und jetzt sprecht ihr von Gleichheit, wenn Mottilan eindeutig die bessere Wahl ist.«

»Die bessere Wahl?«, fragte Deshiva und schnitt die Worte ab. »Die bessere Wahl wofür, Korrus?«

Der Mann machte eine ausladende Handbewegung und stieß dabei fast Annalyses Wein um.

»Für all das hier. Den Außenposten. Die Skars. Wir sollten die Große Sana kontrollieren.« Er verengte seinen Fokus auf Deshiva. »Natürlich würden wir Kitaye seinen Anteil geben.«

Diesmal beugte sich Deshiva vor, legte jedoch ihre Handflächen flach auf den Tisch. »Ich werde das hier nicht verhandeln. Nicht jetzt. Unsere Ältesten sollten diejenigen sein, die entscheiden. Nicht wir.«

»Das wird Zeit brauchen, Zeit, die wir nicht haben, es sei denn, Sie glauben, Noctia wird tatenlos zusehen und uns selbst entscheiden lassen.« Korrus zeigte auf Deshiva. »Außerdem sehe ich, was hier vor sich geht. Ihre Jäger machen sich schon bequem, bauen neue Baumhäuser am Stadtrand. Zeit bedeutet Kitaye-Kontrolle.«

»Zeit bedeutet genau das, Zeit.«

»Gut. Dann nehmen Sie sich Ihre Zeit woanders.« Korrus blickte zu Veritrus. »Ihr Najahn-Oberhaupt, Gladdring, versprach Mottilan eine größere Rolle auf dieser Insel. Es ist an der Zeit, dass Sie diesen Schwur erfüllen.«

Veritrus blickte von seinem Fisch auf, den er langsam und bedächtig mit Besteck zerlegte, anders als Korrus und Deshiva. »Gladdring? Ein Verräter. Sein Wort ist jetzt weniger als nichts wert.«

Korrus lehnte sich zurück, sein Blick wurde unfokussiert. Ein neuer Plan formte sich.

»Ein Verräter wie Sie?«, sagte der Mann.

»Ich bin weder tot noch machtlos«, erwiderte Veritrus. »Gladdring wurde vor einigen Tagen auf Noctia gehängt. Das gesagt, Ihr Streit ist mit Deshiva, nicht mit mir.«

»Dann werden Sie keine Seite wählen?«

Veritrus schüttelte den Kopf, und Annalyse verschluckte sich fast, als Korrus sich ihr zuwandte.

»Und wie steht es mit Ihnen, Noctia-Wissenschaftlerin?«

»Wie steht es mit mir, was?« Annalyse sah zu Deshiva, ein Blick, den sie hastig zurückzog, als Korrus mit der linken Hand auf den Tisch schlug. Gespräche verstummten, Augen wandten sich ihnen zu, Annalyse versuchte, Logik zu finden und scheiterte. »Ich verstehe nicht-«

»Doch, das tun Sie. Das tun Sie alle. Ich bin kein misstrauischer Mann-«

Deshiva hustete. Korrus wurde rot, fuhr aber unbeirrt fort.

»Wie ich sagte, Sie alle haben Ihre Absichten, genau wie ich, und meine ist es, Mottilan Respekt zu verschaffen. Also frage ich Sie, Wissenschaftlerin, ist es Ihnen egal, wer die

Große Sana kontrolliert? Werden Sie sich aus diesem Kampf heraushalten?«

Das zumindest konnte Annalyse beantworten.

»Ich möchte einfach in Ruhe gelassen werden.«

»Da haben wir's.« Korrus nickte, hob dieselbe Hand, die den Tisch geschlagen hatte, und legte sie schwer auf Annalyses Schulter. »War das so schwer? Jetzt Sie, Deshiva. Seien Sie ehrlich. Wenn ich meinen Läufer schicke und meine Mottilan-Jäger hier in der Nähe herbeirufe, werden Sie diesen Ort aufgeben?«

»Eroberer sind auf Vis nicht willkommen«, sagte Deshiva, ihre Hände verschwanden unter dem Tisch. »Macht wird hier geteilt.«

»Aber nicht mit Mottilan.« Korrus schnappte sich ein handtellergroßes Fischfilet vom Holzteller, stopfte es sich in den Mund, während er aufstand. »Sie haben Ihre Wahl getroffen, Kitaye. Sie werden bald die Konsequenzen tragen.«

Der Mann hob einen einzigen Finger, und die Mottilan-Jäger am Tisch sprangen alle von ihren Stühlen auf, folgten Korrus aus der Tür in die Nacht hinaus. Deshiva verlor keine Zeit, sprang ihnen nach, pfiff Befehle, und binnen Sekunden zersplitterte die Ausgelassenheit des Außenpostens in neue Klänge, dem Krach, Knall und den Liedern des Krieges.

Veritrus aß während des ganzen Austauschs weiter seinen Fisch und schien nicht im Geringsten beunruhigt. Annalyse, nun die einzige andere Person, die noch am Tisch saß, leerte ihren Wein. Ohne ein Wort zu sagen, griff Veritrus nach dem Weinschlauch und füllte den leeren Becher nach.

»Was ist gerade passiert?«, fragte Annalyse, nachdem sie auch diesen geleert hatte.

»Der Grund, warum die Najahn diese Außenposten so lange hielten«, sagte Veritrus und warf einen wehmütigen Blick auf seinen nun leeren Teller, »ist, dass wir den Frieden bewahrten. Freiheit ist keine leichte Sache.«

»Was werden Sie tun?«

»Meinen Soldaten befehlen, sich rauszuhalten. Ich empfehle Ihnen, dasselbe zu tun.«

Annalyse nickte. Sie betrachtete den leeren Teller vor sich. Das Essen stellte eine andere Frage. Wenn sie heute Nacht ihre Taschen packte und aufbräche, müsste sie selbst nach Nahrung suchen. Lernen, Fische zu fangen, Fallen zu stellen und Früchte auf einer unbekannten Insel zu ernten. Ein Dilemma, das sie auf ihrer ersten Reise ignoriert hatte und hier fast wieder ignoriert hätte.

Erstaunlich, wie leicht man die Gefahren übersieht, wenn man sich auf seinen Weg festgelegt hat.

»Wenn Korrus nicht tausend Jäger hat«, sagte Annalyse, »wird er die Skars nie überwältigen können. Er wird massakriert werden.«

»Oder er wird genau das tun, was er vorhat«, erwiderte Veritrus. »Unterschätzen Sie nicht die Hartnäckigkeit der Mottilan. Der Underdog weiß, was es braucht, um zu gewinnen.«

Annalyse beobachtete, wie Veritrus sich mehr Wein einschenkte. So cool, so unbeeindruckt. Warum?

Was würde Gladdring vermuten?

»Sie spielen mit beiden.« Annalyse sprach flach, sicher. »Sie wollen, dass sie kämpfen.«

Veritrus stoppte seinen Schluck, bevor der Becher seine Lippen erreichte. Dunkle Augen glitzerten. Annalyse wurde sich in diesem Moment sehr bewusst, wie leer die Messe geworden war. Der Krieg schien die Aufmerksamkeit aller zu fordern, außer ihrer beiden.

»Der Attentäter hatte Recht. Sie sind Ärger.« Veritrus stellte den Becher ab, schob seinen Stuhl zurück und stand auf. »Ich denke, Sie und ich sollten einen langen Spaziergang machen, Annalyse, und darüber reden, was dieser Konflikt für Noctia, für die Najahn und für Sie bedeutet.«

31
EIN ANZUG FÜR TEUFEL

Die Katastrophe erwies sich als hervorragendes Heilmittel gegen den Kater. Trotz eines Biers nach dem anderen am Vorabend, vielleicht unterstützt durch die Vis-Narben, wurde Ami schnell munter und rollte sich beim ersten Hornstoß von der Strohmatratze, die ihr als Bett diente. Sie ersetzte das zerlumpte Hemd – Ami sollte wirklich Jochis Händler nach neuer Kleidung fragen – durch eine Kampflederkluft, abgewetzte Stiefel und ein kräftiges Zweihänder-Schwert, das Jochi ihr am Vorabend als Geschenk überreicht hatte.

Eine Belohnung und ein Dankeschön, so sagte der Kriegsherr, dafür, dass sie seine Truppen vor einer endlosen Schlacht nach der anderen mit den feurigen Teufeln bewahrt hatte. Ein seltsames Eingeständnis angesichts Jochis Position als Kriegsherr und der Whent-Faszination für Gladiatorenkämpfe, aber da war es. Vielleicht ließ die große Entfernung von ihrem normalen Leben die Whent ihre Meinungen überdenken.

Was auch immer der Grund war, Ami steckte das Schwert in die Scheide auf ihrem Rücken und warf einen stillen Blick auf die leere Matratze nebenan. Das Stroh war bereits weggeräumt worden, irgendwo anders wiederverwertet. Sawi war also weg. Die kleine Vis, die mit Ami die beschwerliche Reise gewagt hatte, hatte ihr Versprechen eingelöst und war verschwunden.

Sie könnte schon tot sein.

Ami grinste. Unwahrscheinlich. Die Wächterin hatte Sawi während ihrer Tage in Gladdrings Turm und der Dunklen Tiefe mehr als nur ein wenig beigebracht. Die Vis hatte die Fähigkeiten, um es nach Hause zu schaffen. Ob sie auch das nötige Glück hatte, war eine Frage, die Ami nicht beantworten konnte.

Die Frage des Hornstoßes kam jedoch mit einer klaren Erklärung, als Ami Traumfeste verließ und sich neugierigen und gezwungenen Soldaten sowie von Svarde gelenkten Leichen anschloss, die zur Front wanderten: kein Angriff auf die Whent-Soldaten, noch nicht, oder auf die Stadt. Aber Teufel in Hülle und Fülle, die aus dem Kammerbecken aufstiegen und die Feuerläufer angriffen.

Sawis Name blieb haften und veranlasste Ami, einen Soldaten, der in die andere Richtung ging und dessen Nachtdienst beendet war, zu fragen, wie er sich fühlte. Die barsche Antwort kam zurück, dass Jochi die brennenden Teufel für würdig befunden hatte, einen eigenen Namen zu bekommen, jetzt, da sie mehr als nur Feindseligkeit zu bieten hatten.

Der Whent-Kriegsherr wartete in der Nähe der Tunnelbarrikaden, umgeben von seinen stoischen Leibwächtern, und ertrug einen Bericht nach dem anderen von Spähern, die zum Schlachtfeld eilten und zurückkehrten. Ami schnappte den letzten auf, eine wilde Beschreibung von riesigen, wässrigen Insekten, die aus dem Becken aufstiegen und die Feuerläufer umschwärmten. Beide

Seiten schienen in hoher Zahl zu sterben, die Leichen häuften sich inmitten der grauen Steinhänge.

Jochi, der dies hörte, erteilte den versammelten Truppen, lebenden und toten, die um ihn herum ihre Ausrüstung anzogen, neue Befehle. Die Barrikaden dahinter, die den Tunneleingang versiegelten, blieben geschlossen, bis auf die kleine Tür, die von den eilenden Spähern benutzt wurde. Soweit Ami sehen konnte, würde keine Whent-Rettung hervorstürmen.

Und das war verdammt verschwenderisch.

»Was machen Sie da?«, sagte Ami zur Begrüßung und schob sich an einem älteren Mann vorbei, der an metallenen Stiefelüberzügen zerrte.

»Ich lasse unsere Feinde sich gegenseitig erledigen«, sagte Jochi und hob eine Hand, um diese hünenhaften Leibwächter davon abzuhalten, sich zu bewegen. Vor ihm stand ein einfacher Tisch, auf dem verschiedenfarbige Steine anscheinend die Zusammensetzung des Schlachtfelds zeigten. »Jeder Anführer weiß, dass man aus dem Weg gehen muss, wenn zwei Probleme aufeinanderprallen.«

»Außer, dass wir uns gerade mit einem dieser Probleme angefreundet haben.«

»Haben wir das?« Jochi tippte auf einen rötlichen Stein. »Soweit ich es verstehe, haben wir kaum einen Dialog. Sie könnten jederzeit ihre Meinung ändern. Wenn die Feuerläufer überleben, werden sie schwach sein. Eher bereit, sich unseren Forderungen zu beugen.«

Ami hielt inne und ließ die Empörung abklingen, wie Catya es ihr vor langer Zeit beigebracht hatte. Eine Lektion, an die sie sich nach eigenem Gutdünken erinnerte, die aber Amis Flüche verstummen ließ. Jochi hatte einen Punkt, aber nicht das ganze Bild.

»Was, wenn die Feuerläufer verlieren?«, fragte Ami.

»Was passiert, wenn unser jetziges Bollwerk wieder zu endlosen, unberechenbaren Teufeln wird?«

»Ja, das habe ich bedacht. Wir werden bis zum richtigen Moment warten, Ami, und dann eingreifen. Ein paar Armbrustbolzen, so sagen mir meine Späher, werden sicherstellen, dass die Feuerläufer überleben. Dann haben wir ihre Loyalität, ihre-«

»Sie sind nicht dumm, Jochi. Sie werden wissen, dass wir sehen, was passiert, dass wir jetzt handeln könnten, und es nicht tun.« Ami griff hinunter und schob mehrere graue Steine in die Nähe des roten. »Es ist höchste Zeit.«

Jochi warf Ami den misstrauischen Blick zu, den sie verdiente. »Vorsicht, Wächterin. Du bist hier nicht der Befehlshaber.« Er wandte den Blick von ihr ab, zu den sich versammelnden Soldaten. »Aber ich werde dir gewähren, was du willst. Nimm diejenigen, die bereit sind, geh zum Tunnelrand und hilf.« Diese Augen fanden ihre, ohne einen Hauch von Jochis selbstgefälligem Übermut in ihnen. »Wenn auch nur einer meiner Leute beim Helfen dieser Monster stirbt, Ami, werde ich dich nie wieder in die Nähe eines Kommandos lassen.«

Das Plateau überragte die Katastrophe. Ami und die etwa zwanzig Whent-Soldaten und Späher, die mit ihr reisten – da Svarde anderweitig beschäftigt war, ließ Ami die steinewerfenden Leichen zurück –, wagten sich ohne Widerstand über die Tunnelöffnung hinaus auf den vorspringenden Punkt. Kein Feuerläufer stand Wache, denn die Schlacht hatte ihr Lager erfasst.

Diese großen Konstrukte hatten ihre Düsen und Ballistawerfer zurück in Richtung des riesigen Beckens gerichtet und entfesselten in einem stetigen Strom Sturzbäche und dunkle Eisenbolzen. Rauch stieg auf, wenn Lava auf Wasser traf, der aufwallende graue Dunst verwandelte die Höhlendecke in Sturmwolken. In dem kochenden Dunst tauchten die scheinbaren Feinde der Feuerläufer auf und ab, wilde Kreaturen, halb so groß wie ein Ochse und bestehend aus Flügeln, Beinen und saugenden, schimmernden Mäulern.

»Runter, Kommandantin!«, rief ein Späher hinter Ami, und sie tauchte ab, als eines der Geschöpfe einen langen Gleitflug in ihre Richtung machte.

Ami behielt das Ding im Auge, beobachtete, wie sein ganzer Körper sich beim Fliegen zusammenzog, sich hinter der Schnauze zusammenballte, bevor es in einer Gallendusche ausbrach. Der Spritzer traf die Steine an der Vorderseite des Plateaus, spritzte und zischte um alles herum, was er berührte.

Also Säure.

Die gleitende Kreatur richtete ihren Anflug aus, als Ami aufstand und nach einem Stein griff. Doch bevor die Wächterin einen unüberlegten Wurf machen konnte, klickten hinter ihr ein Dutzend Armbrüste. Die Bolzen trafen das Ungeheuer wie Bienenstiche, rissen überall ein, wo sie trafen, wie Wellen durch eine brechende Brandung. Das Monster trudelte, diese Wellen breiteten sich aus, und als es auf die Felsen prallte, platzte das ganze Ungeheuer wie eine schlechte Blase und verteilte seine wenigen echten Teile über den Hang.

»Hässlich und schrecklich«, murmelte Ami und näherte sich wieder dem Rand des Plateaus.

Unten schienen die Feuerwandler ratlos. Die Wasserkäfer prallten immer wieder vom Becken ab, saugten bei jedem Flug mehr Wasser auf und nutzten es, um die brennenden Monster mit tödlichen Schauern zu löschen. Die Feuerwandler versuchten, ihre Konstrukte als Schutz zu nutzen, und duckten sich hinter die größeren Rahmen, bis die Säure das Metall zu Schlacke schmolz. Ein glücklicher

Dreschflegelschlag, ein gut getimter Feuerstoß trafen, aber der Ausgang der Schlacht war offensichtlich.

»Wählt eure Ziele, zielt und feuert nach Belieben«, sagte Ami zu den Whents und schätzte Jochis Disziplin, als die Steinbeißer genau das taten, worum sie gebeten hatte.

Armbrustbolzen füllten den Himmel der Kammer, die meisten verfehlten die schnellen Wasserkäfer, aber genug trafen, um die flüssigen Ungeheuer aus ihrem schnellen Flug zu werfen. Die Feuerwandler nutzten jeden Fehltritt mit einem geschleuderten Stein, einem massiven Ballista-bolzen, um den Wasserkäferschwarm zu Fall zu bringen. Ami griff darauf zurück, als Feldherrin zu agieren und ihren Soldaten Schüsse zuzurufen.

Eine neue Erfahrung für jemanden, der es gewohnt war, sich die Hände blutig zu machen, aber keine schlechte. Catya musste eine ähnliche Befriedigung empfunden haben, jedes Mal wenn Ami und Svarde auf ihre Anweisung hin ein Ungeheuer niederstreckten oder ein Rätsel lösten.

Als der letzte Käfer inmitten der Feuerwandler zerschellte und sein wässriges Ende weiße Ascheflecken auf den nahen brennenden Ungeheuern hinterließ, sprach Ami den Whent-Bogenschützen wohlverdientes Lob aus.

Dann schickte sie die Truppe zu Jochi zurück, bis auf einen einzelnen Läufer, der am Rand des Tunnels wartete.

Ein Wagnis, das sich auszahlte, als sich ein Feuer-wandler näherte, ein anderer als zuvor. Ami konnte nicht das Geringste über das erkennen, was sich unter dem flam-menumhüllten Körper verbarg, aber der Obsidiankopf wies einzigartige Kanten auf, und diese glitzernden Funken schienen bei diesem etwas schärfer zu sein.

Heller auch, als der Feuerwandler Ami mit Blau, Silber und Braun überschüttete. Die Wächterin trat einen Schritt zurück und atmete etwas Luft ein, ohne sich die Lungen zu versengen. Eine weitere Erinnerung daran, dass Jochi mit all seinen Bedenken darüber, wie sich diese lodernden Wesen in die Inseln integrieren würden, nicht falsch lag.

Doch vier Hände, die sich miteinander verschränkten, ein Dreschflegel, der in den Staub fiel, und eine Ansammlung von Funken, die sich zu einem einzigen goldenen Schein vereinten, waren Gesten, die Ami verstand und die sie mit einem geneigten Kopf, einem Wort des Dankes und einem langsamen Rückzug erwiderte.

»Sie schulden uns jetzt etwas«, sagte Jochi, als Svarde zu ihnen stieß, nahe der Barrikade, nachdem Ami Bericht erstattet hatte. »Gute Arbeit, Ami. Zum ersten Mal in der Geschichte der Inseln hast du Ungeheuer in unsere Schuld gebracht.«

»Schuld?«, fragte Ami, sich bewusst, dass ihr Trio inmitten beobachtender Augen und lauschender Ohren stand, während ihre Whent-Truppe ihre Waffen und Rüstungen ablegte. »Und wie, denkt Ihr, werden sie uns das zurückzahlen?«

»Indem sie uns erst einmal nicht angreifen«, sagte Jochi, ein Grinsen kletterte seine Wangen hinauf. »Und indem sie diese hier tragen.«

Der Kriegsherr hob eine Hand. Mehrere Soldaten traten auseinander, entweder indem sie zurückwichen oder beiseite geschoben wurden, als mindestens zehn Ingenieure mit einem beladenen Karren herankamen. Mehrere schwarze Klumpen lagen in der Mitte, jeder so groß wie Ami oder größer. Sie stanken nach Asche und Ruß, hatten keine Reflexion und sahen für Ami aus wie etwas Totes, das geröstet und zum Trocknen ausgelegt worden war.

Eine der Ingenieure, eine gedrungene Frau mit mehr Muskeln, als Ami je erworben hatte, die durch ihre werkzeuggesprenkelte Weste schimmerten, trat vor und begrüßte sie alle mit einem kräftigen Ausspucken zur Seite.

»Dämpfer, fertig wie angefordert«, sagte die Ingenieurin und klippte die Worte in der Art, wie es die ländlicheren Whent zu tun pflegten. »Haben in den heißesten Schmieden, die wir hier unten haben, gut standgehalten. Wenn die verdammten Ungeheuer heißer sind als das, dann würd' ich sagen, schickt sie zurück, weil die Inseln kein Platz für sie sind.«

»Dämpfer«, wiederholte Jochi und nickte dann. »Gute Arbeit, und genau zur rechten Zeit.«

»Wie immer«, erwiderte die Ingenieurin, ohne ein Lächeln oder eine Grimasse ihr gesetztes Gesicht berühren zu lassen. »Sie sind auch nicht leicht, verstanden, also seid nicht dumm und versucht nicht, einen davon selbst zu tragen. Die Feuerwandler sehen groß genug aus, um das Gewicht zu stemmen.«

»Was sind das denn?«, fragte Svarde und lehnte sich auf diese große Klinge, als wäre sie eine Art Gehstock.

Typisch für einen Axtmann, ein Schwert so zu misshandeln.

Auf Jochis zweites Nicken hin antwortete die Ingenieurin: »Hitzeblocker. Der Feuerwandler steckt seine Arme durch die Löcher, trägt es wie eine Weste. Es wird das Schlimmste davon abhalten, euch zu versengen.« Sie musterte Jochi. »Das Material, um diese herzustellen, ist weder billig noch leicht zu finden, also verliert sie nicht.«

»Habt Ihr welche mit Ärmeln?«, fragte Ami.

Die Ingenieurin spuckte wieder aus. »Wenn Ihr Ärmel wollt, beweist erst, dass diese funktionieren. Ich verschwende keine Zeit und Leder mehr, bis wir wissen, dass es sich lohnt.«

»Nun«, sagte Jochi, »ich denke, wenn es hier jemanden

gibt, der unsere feurigen Freunde davon überzeugen kann, eines davon anzuprobieren, dann bist du das, Ami.«

Die Wächterin verschränkte die Arme, überlegte, ob sie die Spuckerei der Ingenieurin nachahmen sollte, schüttelte aber stattdessen den Kopf. »Wozu? Wir brauchen nicht-«

»Los, Ami«, unterbrach Svarde. »Es wird Zeit, dass wir den Inseln zeigen, was hier unten wirklich vor sich geht. Die Erneuerung stoppen. Die Najahn dazu bringen, uns zu unterstützen.«

»Und Ihr wollt, dass ich das mache?«, lachte Ami. »Eine Verräterin?«

Jetzt war es an Jochi zu kichern. »Nein, Ami. Du bringst einen oder zwei Feuerwandler dazu, sich auf unsere Seite zu stellen, und selbst Noctia könnte ihre Meinung ändern.«

32
TUMULT AM KAI

Fassle hätte keinen schöneren Tag aussuchen können, um einen Krieg zu beginnen. Der Anführer der Najahn, Kapitän des Zirkels und allgemeiner Schwachkopf, stand auf der über Nacht errichteten provisorischen Plattform am Dock und winkte mehreren geliehenen Whent-Galeonen zu, die mit gepanzerten Najahn-Soldaten vollgestopft waren. An den meisten dieser Uniformen, die in den Wochen zwischen Gladdrings Vertreibung und seiner jetzigen Anwesenheit als verhüllter Beobachter inmitten der morgendlichen Massen, die der Verabschiedung beiwohnten, angebracht worden waren, prangten nun Vis-Skars. Über Jahre hinweg gestohlen, gelagert und jetzt gegen ihre Heimatinsel eingesetzt.

Neben dem Anführer des Zirkels stand eine grimmige Frau, geschmückt mit Najahn-Medaillen. Noctias Erneuerung, zurückgekehrt von Whent, wo sie sich aufgehalten hatte, als Fassles Erklärung, die die ganze Maskerade beendete, verkündet wurde. Sie war trotzdem als Heldin gefeiert worden, hatte Unholde, Banditen und gefährliche Meere auf ihrer Reise um alle bis auf zwei Inseln überlebt. Ihre Bemühungen zeigten sich um ihren Hals, wo der klassische Schmuck über dem Brustpanzer der Frau zur Schau gestellt wurde.

Keine Erneuerung mehr, sondern eine Generalin, eine Anführerin für die Najahn. Ihrem grimmigen Lächeln nach zu urteilen, war sie von ihrer Schicksalswende nicht enttäuscht. Wer wäre das auch? Eine Veränderung des Schicksals vom Verrotten auf einem Steinstuhl zum Anführen der mächtigsten Streitmacht der Inseln?

Zumindest, solange Fassle noch die Macht innehatte.

Gladdring wollte ein wenig Stolz darauf empfinden, dass der von ihm entwickelte Plan in die Tat umgesetzt wurde: Es war seine Idee gewesen, Annalyse hereinzubringen, die Skars nach so langer Zeit der Verschwendung ihrer Macht aus Angst, Verwirrung und Routine endlich auf die Probe zu stellen. Er wollte sich Fassle auf dieser Plattform anschließen und winken, zuversichtlich, dass sie die Inseln in eine bessere Zukunft führten.

Aber auf dieser Plattform zu stehen, würde den Tod bedeuten.

Dafür würde Yarvick sorgen.

Der ehemalige Tenet, dessen Tamas-Skar ihn mit Ahnungen aus der Menge um ihn herum quälte, versuchte nicht, die Aufständischen des Banditenführers auszumachen. Fassle hatte die Verabschiedung nicht geheim gehalten und Yarvick genügend Zeit gegeben, seine Attentäter zu positionieren. Auch Gladdring hatte seine Rolle zugewiesen bekommen: die Bühne besteigen, nachdem Fassle gefallen war, sich zum neuen Najahn-Anführer erklären und die Truppen auf den Weg schicken. Der Krieg gegen Vis würde hier nicht gestoppt werden, sollte nicht gestoppt werden, denn wenn Gladdring, Yarvick und Fassle sich in einem einig waren, dann war es die Notwendigkeit der Skars als militärische Angelegenheit.

Die Frage war nicht, ob die Najahn die Inseln regieren sollten, sondern wer die Najahn regieren sollte.

Als Fassle zu seinem Schlusswort ansetzte, drängte sich Gladdring durch die Menge. Die Straße am Meer, gesäumt von Anlegestellen und einem Seilzaun, der die summende Menschenmenge vor einem schnellen Ertrinken bewahrte, hatte an den Seiten aufgeschobenen Schnee. Kaffee- und Essensverkäufer nahmen Tauschgeschäfte aller Art an, von verpfändetem Schmuck über selbstgesponnene Kleidung bis hin zu Gutscheinen für zukünftige Gefälligkeiten. Diese Gerüche, warm und würzig, konkurrierten mit dem gefrorenen frischen Fang und dem Gestank der Seeleute. Eine nervöse Energie pulsierte, die Gladdring nicht einmal mit seinem Tamas spüren musste.

Es war vor aller Lebzeiten gewesen, als die Najahn das letzte Mal in den Krieg zogen. Damals war es gegen Kance gewesen, um genau die Insel zu unterwerfen, deren Königin jetzt hinter Fassle lauerte. Ihr Gesicht blieb ausdruckslos unter ihrem silberblauen Mantel, der viel größer war als der, den sie bei ihrer Ankunft getragen hatte, als wäre er von innen aufgebläht. In ihrer Nähe stand der Vis-Jäger Quik, der seine Rolle als Eskorte und Muskelmann spielte. Die Königin von Kance hatte natürlich ihre eigenen Wachen. Alle trugen voluminöse Mäntel, als ob die ganze Kohorte plante, eine Woche lang durch die kälteste Tundra Whents zu reisen.

Gladdring schauderte. Das zumindest würde nicht geschehen.

Fassle streckte eine geballte Faust zum blauen, sonnigen, kalten Himmel. Als seine Worte abebbten, in denen er seinen Truppen Glück und die Stärke Noctias selbst wünschte, schimmerte die Luft um seine Hand, bevor eine blau-weiße Flamme nach oben schoss, sich zu einer brennenden Kugel entfaltete und dann verblasste.

Ein Skar. Fassle hatte einen Foti-Skar und wusste, wie man ihn einsetzt.

Das war nicht-

Bolzen flogen. Kleine schwarze Pfeile schossen aus nahe gelegenen Gasthäusern, Lagerhäusern und wahrscheinlich von der Straße. Mindestens drei, vielleicht mehr, durchlöcherten Fassles Umhang. Der Mann, dessen Arm noch nicht herunter war, zuckte zusammen, als sie trafen, trat einen Schritt zurück. Die Menge nahm den Angriff auf, die Schreie begannen. Najahn-Soldaten, die nicht auf den Schiffen waren, die bereits ablegten und nach Süden fuhren, zogen Waffen oder zögerten, verwirrt. Die beiden Adepten, die in ihren prunkvollen Roben hinter Fassles Plattform standen, verschwanden hinter den Griffen ihrer eigenen Wachen.

Wenn Yarvicks Bestechungen wirkten, würden diese selben Wachen in Sekunden die Kehlen der Adepten durchschneiden.

Fassles eigener Schutz stürmte die Bühne, vier gepanzerte Najahn mit ihren nutzlosen Gleven, die in der Luft wirbelten und nach jemandem suchten, den sie erstechen konnten. Sie formierten sich um Fassle, während ein fünfter auf die Waffen verzichtete, um sich hinunterzubeugen und den Körper aufzuheben.

Gladdring näherte sich, was jetzt einfacher war, da die Menge wegströmte. Zu viele Menschen und zu wenige Ausgänge für eine schnelle Flucht. Sobald Fassle die Bühne verlassen hatte, würde Gladdring immer noch ein Publikum haben, würde immer noch ...

Die schwarz-violetten Roben flatterten. Fassle stieß den helfenden Wächter weg und erhob sich zu einem wackligen

Stand, mit einem wütenden, trotzigen Blick im Gesicht. Die von den abgefeuerten Bolzen gerissenen Löcher ließen Fassle nur noch stärker aussehen, ließen Gladdring nur noch breiter lächeln.

Yarvick würde sich jetzt verpflichten müssen, und Gladdring hatte seine Chance.

Mehr Klicks. Mehr Bolzen strömten herein, prallten diesmal von den gepanzerten Wachen ab, die Fassle umgaben. Einer wurde in dem schmalen Streifen zwischen Helm und Brustplatte getroffen und brach zusammen. Ein weiterer traf Fassle erneut, bohrte sich in die Schulter des Mannes, nur damit Fassle ihn herausriss und beiseite warf. Er brüllte einen Befehl, und endlich fanden die Soldaten in der Menge ihre Anweisungen, rannten auf die Gebäude zu, in denen sich Yarvicks Attentäter versteckten.

Und machten so den Weg frei für Gladdring.

Der ehemalige Tenet entfernte sich von der Plattform. Jede Chance, Fassle dort und dann zu verdrängen, war vorbei. Selbst wenn Yarvick noch mehr Tod zu verteilen hätte, wäre die Menge für einen siegreichen Umsturz zu dünn. Stattdessen setzte sich ein anderer Plan in Bewegung, dem Gladdring hinter Fassles Plattform, entlang der Uferstraße nach Norden, folgte.

»Das lief schlecht«, zischte die Kance-Königin, als Gladdring sich ihr, mehreren Kance-Königswachen und Quik anschloss. »Ich dachte, Yarvick wäre gut darin.«

»Das ist er«, erwiderte Gladdring und ließ Quik und eine Königswache, die in ihrer ausgefallenen silbernen Rüstung glänzte, die Führung übernehmen. Der Vis-Jäger sprach schnell mit dem Mann, zweifellos um die Route zu erklären. »Ob er gut genug ist, um Fassle zu zerstören, werden wir sehen, aber wir können uns auf keinen von beiden verlassen.«

»Ich verlasse mich auf Sie, was mir nicht gefällt.«

»Ich habe nie verlangt, dass es Ihnen gefällt, nur dass Sie daran glauben.«

Um sie herum zerstreuten sich die Zuschauer auf verschiedene Weise. Einige fanden Aussichtspunkte, um auf die abfahrenden Schiffe und die anhaltenden Angriffe auf Fassle zurückzublicken. Neue Geräusche erklangen, Metallklirren vermischte sich mit gebrüllten Befehlen, Fassles eigene Stimme beschimpfte seine potenziellen Mörder. Andere stürmten durch verschlossene und offene Türen, schlugen sich durch, um in den Schatten zu verschwinden und das Chaos abzuwarten. Jemand rief nach Bier und einer Klinge, in beliebiger Reihenfolge.

Gladdrings Gruppe wandte sich nach innen und aufwärts, erklomm Stufen, als Hornstöße ihre ersten Rufe durch die Stadt sandten. Ein Alarm, der in letzter Zeit häufiger zu hören war, wann immer ein Unhold einen Beinahe-Überfall machte, aber immer noch ein erschreckender Klang. Najahn-Wachen zogen vorbei, strömten aus den Kasernen, einige passten ihre Waffen und Rüstungen im Laufen an. Einer rutschte aus, fiel die gepflasterten Stufen in ihrer Nähe hinunter. Eine Königswache hielt an, um ihm aufzuhelfen, wurde aber von der Königin weitergeschickt.

Die mehreren Tage, die in Noctias Tavernen verbrannt wurden, um Loyalitäten zu wenden und Wissen zu erlangen, liefen in Gladdrings Kopf wieder ab, während er sich beeilte. Ihr gesamter Plan beruhte auf einer einzigen Tatsache, und wenn Fassle beschloss, sie zu ändern, wenn sich diese Tatsache als falsch erweisen sollte, dann …

Dann müsste Gladdring hoffen, dass Yarvick Erfolg hatte und immer noch einen Platz für ihn sah. Eine

Möglichkeit, die es zu bedenken galt, wenn, falls diese dunkle Zeit käme.

Die Tore zum Najahn-Viertel kamen schneller als Gladdring erwartet hatte, obwohl der Schweiß, der durch seinen schweren Mantel und seine Kapuze floss, darauf hindeutete, dass er sich die Passage verdient hatte. Mehr Wachen als üblich standen draußen, Hellebarden gezogen, und zwei Armbrustschützen lauerten mit schussbereiten Bolzen auf den Zinnen des Tores. Weitere schwarz-violette Soldaten strömten weiterhin hinaus.

Harte Blicke begrüßten sie, harte Blicke, die durch die eisige Forderung der Kance-Königin, Najahn solle seine königlichen Gäste schützen, abgewendet wurden. Keine zweiten Blicke fielen auf sie, keine Kontrollen. Quik, der Jäger in Najahn-Roben, gab sich als ihr Begleiter aus, sie seien auf dem Weg zu geschützten Quartieren.

Chaos erwies sich als wertvoller Verbündeter, da der Torkommandant keinen Gedanken daran verschwendete, warum die Königin, Teil von Fassles Festentourage, allein zurückkehren würde. Stattdessen wurden sie durchgeschleust und angewiesen, Schutz zu suchen.

Das würden sie tun, und taten es auch, nur nicht dort, wo es ein Najahn-Soldat erwarten würde.

Gladdrings vertrauter Turm sah genauso aus wie zu der Zeit, als er ihn regierte. Fassle mochte bereits einen neuen Handels-Tenet ernannt haben, aber der neue Herr hatte seiner Herrschaft noch keinen Stempel aufgedrückt. Dieselben symbolischen Banner, eines für jede Insel, hingen vor der Tür, nun ohne eine einzige Wache, die Wache stand. Ein weiterer bestätigter Gedanke: Wenn der Zirkel unter Angriff stand, wen kümmerte da ein Turm voller Gelehrter und Handelsabkommen?

Quik und der Kommandant der Königswache brachen

die Tür auf, eine Aufgabe, die leicht gemacht wurde, als panische Gelehrte sie beim ersten Klopfen aufrissen. Der Vis-Jäger schob das Paar in Roben beiseite und befahl ihnen, in ihre Kammern zurückzukehren und ihre eigenen Türen nicht zu öffnen, bis die Hörner von Najahn etwas anderes sagten. Der Gang zur zentralen Treppe lag leer und bereit zum Laufen.

Die Königin nickte Gladdring zu, was er nicht erwiderte. Kein Wagen auf Erfolg, bis er garantiert war, bis das, wonach sie suchten, wartete.

Zwei Ebenen tiefer und ein Hindernis. Drei Wachen, bewaffnet und gepanzert, standen vor einer Tür, die Gladdring nur zu gut kannte. Sie starrten die Gruppe verwirrt an, bis Gladdring selbst vortrat und seine Kapuze zurückwarf. Mit seiner Hand schob Gladdring Quik einen Schritt zurück. Er kannte diese Wachen, ihre Anwesenheit hier war eine Überraschung und verdächtig.

»Verräter«, sagte der mittlere, ihr Anführer. »Du solltest tot sein.«

»Bin ich aber nicht.« Gladdring nickte hinter sich zu den wartenden Königswachen, alle mit den Händen an ihren Rapieren. »Glücklicherweise ist für euch eine Chance gekommen, eure Seelen ins Gleichgewicht zu bringen. Macht euren Verrat wieder gut und lasst uns vorbei.«

Der Wächter lachte: »Verrat? Wiedergutmachen? Wir dienen dem Zirkel, haben immer -«

»Ich diene den Inseln«, verkündete Gladdring. »Ich diene den Menschen, die hier leben. Euren Familien, Freunden, Söhnen und Töchtern. Fassles wilde Launen werden sie umbringen. Ich werde sie retten. Ihr wisst das.«

»Weiß ich das?«

Hellebarden waren in den engen Räumen eines Turms nicht sehr nützlich, also trugen diese drei Foti-Klingen, ihre bläulichen Metalle schimmerten, als der Anführer und seine zwei Freunde sie zogen. Der Anführer richtete seine Spitze auf Gladdring, und der Tamas-Skar schrie eine Warnung.

Es würde keine Verhandlungen geben.

Der Vis-Jäger erkannte die Realität genauso schnell, riss nun behandschuhte Hände unter seinem Gewand hervor. Er schob Gladdring mit der Schulter beiseite, schlitzte die Klinge des Anführers mit seinem ersten Hieb auf, schlug sie zu Boden, setzte die Klauenspitzen beim zweiten an den Hals des Wächters. Zwei Königswachen traten neben Quik, ihre Rapiere kreuzten sich Spitze an Spitze mit den Klingen der Feinde.

»Dann eure Leben«, sagte Gladdring und schnitt ein, bevor Quik irgendeinen nutzlosen Vis-Unsinn äußern konnte. »Wenn die Inseln selbst nichts zählen, dann vielleicht euer eigenes Überleben.«

Sterblichkeit brach wie immer alte Formen. Der Anführer der Wache knurrte einen Fluch, ließ seine Hände erschlaffen. Die anderen beiden folgten seinem Beispiel, ließen ihre Klingen fallen. Die Kance-Königin sagte dann etwas, das wie Kauderwelsch klang, aber beide Königswachen stürmten vor, versetzten den beiden Najahn Schläge gegen die Schläfen und ließen sie zu Boden fallen. Der Anführer protestierte für eine kurze Sekunde, bevor ihm dasselbe widerfuhr, und ließ drei regungslose Körper auf dem Stein zurück.

»Wir verschwenden Zeit«, sagte die Königin. »Los.«

Durch den Korridor, vorbei an einer weiteren Tür und eine Wendeltreppe hinunter zum Moment der Abrechnung, in der Hoffnung, dass Fassle noch keinen Weg gefunden hatte, seine neuen Waffen zu mobilisieren. Eine Hoffnung, die sich in den wartenden Haufen erfüllte. Mehr Skars, als

Gladdring je zu sammeln vermocht hatte, lagen in Annalyses alten Truhen. Yarvicks Informanten, die Andeutungen in den Tavernen von gefügigen Najahn, bewiesen ihre Genauigkeit: Fassle hatte die alten Skar-Testgelände für sich beansprucht, für neue Initiativen, die noch nicht bereit waren.

Viele Najahn-Skars waren hierher gebracht worden, nur wenige eingesetzt. Gladdring konnte gut verstehen warum: Ein Vis-Stein mit seiner angeborenen Heilkraft ließ sich einfach in den Armschutz, das Schwert oder die Rüstung eines Soldaten einsetzen. Ein Foti- oder Kance-Skar, das bei falscher Anwendung die eigene Kraft des Soldaten nivellieren konnte, erforderte Training. Mehr Forschung. Mehr Zeit, als Fassle seit seiner Säuberung hatte, bei der er die einzigen Experten in Najahns Diensten hinausgeworfen hatte.

Und nun würden Fassles eigene Fehler zu Gladdrings Rettung werden.

»Sammelt sie ein, so viele wie wir lagern können. Beeilt euch«, bellte Gladdring, während er sich selbst zur Tamas-Sammlung begab. Seine Hände griffen unter seine schweren Mäntel und begannen, die Steine in Taschen zu stopfen. »Diese Momente erkaufen unsere Zukunft.«

Die Königsgarde und die Königin selbst holten Taschen unter ihren riesigen Mänteln hervor und fegten mit einem Schwung nach dem anderen Skars in die Beutel. Unvorstellbare Macht war in jedem dieser Steine gepackt, und hier gehörten Dutzende und Aberdutzende ihnen.

»Es ist Zeit«, sagte der Vis, der nahe der Treppe stand, die weiter nach unten führte. »Lasst uns gehen.«

Gladdring ließ einen letzten Blick schweifen, während die Königsgarde ihre Taschen zuschnürte und den Rückzug mit ihrer Königin im Schlepptau begann. Die meisten Skars waren verschwunden, das Labor in der Eile verwüstet worden. Welche Wunder hätten sie hier wohl entdeckt, wäre Fassle klüger gewesen oder zu dumm, um es zu bemerken?

Bedauern hatte jedoch wenig Einfluss auf Gladdring. Es verschwand sogar völlig, als seine Füße den gefrorenen Sand berührten und seine Augen, die zur schmalen Meereshöhle und ihrem kleinen Pier blickten, den Kance-Klipper erblickten, der am Dock wartete.

Oben ertönten erneut die Hörner von Najahn. Die Schlacht tobte noch immer.

33
NEUE STADT, ALTE FEINDE

Eujo umarmte diese frostigen Hügel zwei Tage lang. Die Tierwelt war verlockend, und Wax und Bliss verfielen in alte Jägergewohnheiten. Sie marschierten zuerst westwärts, fanden mehr knorrige Wurzeln am Rand der Ausläufer und damit Möglichkeiten. Mit Tornys Messern schnitzten Bliss und Wax Pfeile und die hohlen Röhren, um sie abzuschießen. Während die Banditin und die Königin das Feuer am Brennen hielten, pirschten das Vis-Paar an den Abenden und frühen Morgen, erlegen huschende Nagetiere und gelegentlich einen zu tief fliegenden Vogel. Sie brachten Torny und Eujo bei, durch gefrorene Gräser zu graben und dickere Wurzeln zum Kochen zu finden, sowie Höhlen, in denen vergrabene Nüsse als Snacks dienten.

Das Häuten kam als nächstes, eine nächtliche Aufgabe, um die Felle von den Körpern abzuziehen und sie zum Trocknen an den gestapelten Taschen aufzuhängen. Als Torny bemerkte, dass die Pelze zu klein zum Tragen seien, wies Wax darauf hin, dass sie groß genug für Fäustlinge, Mützen und Stiefel wären.

»Wenn du nicht denkst, dass wir Almosen bekommen, wenn wir in die Stadt kommen, werden wir etwas zum Tauschen brauchen«, sagte Wax, während er das Messer der Banditin unter einen hellgrauen Pelz schob, dessen früherer Besitzer am Spieß über knisternden Flammen saß. »Wenn ich mich nicht irre, sind wir ohne den Schutz der Erneuerung einfach Reisende wie alle anderen.«

»Er hat Recht«, fügte Eujo hinzu, obwohl sie ihre Augen von dem grausigen Geschäft abwandte.

Nicht dass das Zerlegen von Fleisch und Fell sie unwohl machte - Eujo hatte genug Menschen auf grausame Weise enden sehen, um diese Beeinträchtigung zu verbieten - aber die Tamas-Nacht war ansonsten zu schön, um sie mit dem Anblick von Blut und Eingeweiden zu verschwenden. Sie waren mit einer klaren Periode gesegnet worden, sternenklaren Himmeln und milden Winden. Als sie sich südwärts bewegten, schienen die Dinge wärmer zu werden, obwohl Eujo sich nicht vorstellen konnte, dass sie schon so weit gekommen waren.

Sicher, die kleinen Tiere und verstreuten Gemüse reichten nicht aus, um ihren Magen zu füllen, aber der Hungertod war nicht unmittelbar, gewaltsamer Tod schien fern. Es war schwer, allzu enttäuscht zu sein.

»Okay, aber wohin reisen wir?«, fragte Torny. »Auf eisigem Boden zu schlafen ist ja toll, aber ich hätte gerne ein Bett. Etwas Stroh. Einen Krug mit etwas anderem als geschmolzenem Schnee.« Sie hielt eine knorrige, gekochte Wurzel hoch und runzelte die Stirn. »Ich würde sogar eine Karotte dieser Sache vorziehen.«

»Es wird andere Städte geben, mit weniger wahrscheinlicher Verfolgung«, sagte Eujo. »Mit jedem Tag, den wir von den Hauptstraßen fernbleiben, sinken die Chancen, dass wir gefasst werden.«

»Sagst du. Wenn sie uns wollen, wette ich, dass sie uns finden werden.«

»Haben sie noch nicht«, murmelte Wax zwischen Messerschnitten.

»Hast du jemals gedacht, dass es dafür einen Grund geben könnte?« Torny gestikulierte mit der Wurzel nach Norden, woher sie gekommen waren. »Es ist nicht einfach, Spuren im Schnee zu verbergen. Wir wären jetzt schon gefasst worden. Ich denke, sie haben aufgegeben, sind zu ihrer Show zurückgekehrt.«

»Du setzt viel auf diese Wette«, sagte Eujo.

»Ja, meinen eigenen Verstand. Denn wenn ich noch ein paar Tage zusehen muss, wie dieser Vis Fleisch zerlegt, werde ich durchdrehen.«

Die Kance-Königin sah sich nach Bliss um, aber die Jägerin war gerade auf der Jagd. Bliss konnte Torny normalerweise von ihren ätzenden Tiraden abbringen, mit humorvollen Handzeichen oder dem Vorschlag eines Spaziergangs. Wie ein kleines Kind würde Torny abgelenkt werden, ihren Kreuzzug fallen lassen und mit Bliss davonwandern, gemurmelte Flüche folgten ihren Schritten.

»Dann lass uns einen Kompromiss schließen«, schlug Wax vor. »Ich bin auf deiner Seite, Torny. Ich mag die Kälte nicht, das Fleisch hier ist wild, und es gibt kein Obst an den Bäumen. Ich würde tausend Töpfe Schneeschmelze gegen ein einziges Bier tauschen.«

»Endlich spricht jemand vernünftig.«

Wax nahm die Pfote des toten Kaninchens, richtete sie nach Süden und wackelte damit. Eujo rümpfte die Nase, Torny lachte nur.

»Die nächste Stadt ist nicht allzu weit in diese Richtung. Wette, wir könnten morgen dort sein, wenn du bereit bist zu laufen.«

»Bereit?«, spottete Torny. »Ich würde jetzt sofort dorthin rennen, wenn es nicht bedeuten würde, euch alle hier draußen dem Tod zu überlassen.«

»Du bist diejenige, die uns am Leben erhält?«, fragte Eujo. »Du?«

»Natürlich. Es sind meine Messer, die ihr benutzt habt, um all diese Beute zu säubern. Ohne sie wärt ihr das Futter für diese Dinger.«

Wax blickte von seiner schmutzigen Arbeit auf, »Kaninchen fressen kein Fleisch.«

»Tamas-Kaninchen schon. Ich habe gesehen, wie sie einen ganzen Ochsen verschlungen haben. Sie haben ihn umschwärmt, in Sekunden war er weg.« Torny schüttelte den Schnee von ihren Handschuhen, während sie sprach. »Überall hier draußen lauern Schrecken, ferngehalten von eurer wahrhaftigen.«

Eujo seufzte. Vielleicht wäre es keine schlechte Idee, irgendwohin zu kommen, wo es warm war, mit anderen Menschen zum Reden.

Eine schlechte Idee. Die Stadt war eine verdammt schlechte Idee.

Sicher, es hatte gut angefangen, als das zerzauste Quartett die Taverne in einem Ort etwa von der Größe des Najahn-Außenpostens auf Whent erreichte. Die Sonne neigte sich nach einem harten Tag dem Horizont zu, ein Sturm schien sich endlich anzubahnen und wirbelte Schnee auf, und der Gedanke an einen Kamin war verlockend genug für Eujo, Wax, Bliss und Torny, um zügig über die Hügel zu kommen. Sie überholten sogar einen sich langsam bewegenden Karren, der von den östlichen Bergen kam, auf einer von mehreren Straßen, die in das Dorf führten.

Tamas-Hütten waren reichlich vorhanden, pilzförmige Gebäude mit zentralen Schornsteinen und Strohdächern.

Lehm- und Steinwände. Wenige Fahnen, weniger Getöse als die Animas und ihre Karnevalsstimmung. Torny sagte etwas darüber, das echte Tamas zu treffen, und Eujo konnte nicht widersprechen, konnte fast Gemeinsamkeiten finden mit den Menschen, die herumschlurften und täglichen Aufgaben nachgingen, auf eine Weise, wie sie es schon so, so lange nicht mehr getan hatte.

Aber die Taverne, das war der Fehler gewesen, obwohl Eujo sich nicht sicher war, wie sie ihn hätten vermeiden können. Als Kennzeichen sowohl für das Gasthaus als auch für die Tränke des Ortes stand die Taverne an einem ruhigen Platz, ein weitläufiges einstöckiges Gebäude, dessen Dach sich auf und ab wölbte wie all die Hügel, über die sie gelaufen waren. Rauch und der Duft von gebratenem, gewürztem Fleisch rollten ihnen entgegen, um ihre pelzbedeckten Taschen zu begrüßen, als das Quartett sich näherte, als sie in den Ort stampften und ihren ersten Blick auf die zivilisierte Gesellschaft seit mehreren Tagen warfen.

Dieser Blick gab Eujo alles, was sie wissen, sehen und vor dem sie weglaufen musste.

Livier, der Kance-Attentäter, Vientas-Mitglied und Mann, der der falschen Königin treu ergeben war, hob einen Krug, als sie durch die Tür traten. Zwei weitere, die das gleiche Trio markierten, das vor allzu langer Zeit auf Noctia versucht hatte, Wax und Eujo beim Brunch zu verprügeln, saßen bei ihm, mit glitzernden Grinsen. Bliss und Torny, die diesem blutigen Frühstück entkommen waren, bemerkten es nicht und gingen einfach weiter hinein, bis Wax seine Schwester packte.

»Was ist los?«, fragte Torny, als Wax und Eujo in der Türöffnung stehen blieben.

Jemand rief, sie sollten die stabile Barriere schließen und die Kälte draußen lassen, und Eujo stellte eine schnelle und grobe Berechnung an: Der Tag war spät, sie waren lange mit müden, halb verhungerten Beinen marschiert. Ihre Mäntel und Taschen waren schwer von Fellen und Knochen zum Tauschen. Selbst mit den flüsternden Vis-Skars, die ihre Bereitschaft signalisierten, gäb es kein Entkommen vor ausgeruhten Killern.

Keine Flucht über ein schneebedecktes Land mit Spuren, die so leicht zu verfolgen waren wie das Gehen selbst.

»Ich bin am Ende, Wax«, sagte Eujo und fand in den Worten eine vertraute Orientierung. Einen Kurs setzen und ihm folgen. »Hol ein Zimmer. Bleibt, ruht euch aus. Sie werden sich nicht um euch kümmern.«

Livier und die anderen beiden standen jetzt auf. Kamen auf sie zu.

»Ich kann den Foti-Skar loslassen«, murmelte Wax, als Bliss und Torny die Stimmung aufnahmen und das näher kommende Trio sahen. Hände glitten zu Waffen. »Sie und diesen ganzen Ort niederbrennen.«

Der Rest des Gasthauses hatte noch nicht bemerkt, wie nah die Katastrophe lag.

»Sie werden dich wahrscheinlich zuerst töten, oder die Nächsten werden es tun«, sagte Eujo und schob sich an Wax vorbei, um sich vor den herannahenden Killern aufzubauen. »Die Vientas hören nicht auf, weil einer fällt. Sie werden uns bis zum bitteren Ende jagen.«

»Eujo ...«, begann Wax, mit jenem Aufbau, den Eujo selbst so oft von Mitdieben, von Queensguards, von der anderen Kance-Königin gehört hatte. Im Begriff, ihr zu sagen, was richtig war, was sie tun sollte, wie sie sich verhalten sollte. »Ich bin nicht-«

»Stimmt, bist du nicht«, sagte Eujo und warf ihren

Freunden einen eisigen Blick zu, der sich gewaschen hatte. »Geht. Das ist nicht euer Kampf.«

»Als dein Wächter«, sagte Torny, »glaube ich schon, dass es meiner ist.«

»Du bist nicht mein Wächter, es gibt keine Erneuerung.«

Bevor Torny eine andere Ausrede erfinden konnte, und die Loyalität der Banditin wäre rührend gewesen, wäre sie nicht so dumm gewesen, kamen Livier und seine Kumpanen an. Sie blieben vor Eujo stehen und sahen gesund aus – abgesehen von einer Markierung an Liviers Hand, wo Wax' Gabel Gerechtigkeit gefunden hatte – und bereit, das Urteil ihrer Königin zu vollstrecken. Saubere Gewänder, klare Augen und Liviers ruhige Stimme, als er sprach.

»Schön, Euch wiederzusehen, meine Königin, nach unserer unglücklichen Begegnung auf Noctia«, begann Livier und bot Eujo eine leichte Verbeugung an. Der Blick des Killers wanderte über sie hinaus zu Wax, das Lächeln des Mannes zuckte. »Und die Vis-Erneuerung, noch am Leben. Wie glücklich ihr alle sein müsst, es so weit geschafft zu haben.«

»Kein Glück«, sagte Torny und schob sich neben Eujo. »Können. Jede Menge Können. Von der Sorte, die ihr nicht auf die Probe stellen wollt.«

»Oh, glaubt mir, euer Können zu testen ist nicht der Grund, warum wir hier sind.« Livier trat zurück und deutete auf ihren früheren Tisch, groß genug für zwei oder drei weitere. »Bitte, wir haben Platz, und das Bier ist recht gut.«

Für einen kurzen, schrecklichen Moment wollte Eujo Wax' Vorschlag nachgeben. Auch ihre eigenen Skars waren bereit, die Flüstern griffen ihr Unbehagen auf. Die Steine freisetzen, zurück in den Schnee rennen, ihr Glück in der nächsten Stadt versuchen. Hoffen, dann, dass sich die Nachricht von ihrer Zerstörung nicht verbreitet hatte. Sie wären dann auf der Flucht, gesucht und ohne jeglichen Erneuerungsschutz.

Nur gewöhnliche Schurken mit ungewöhnlicher Macht.

Livier konnte ihr das nicht antun.

»Meine Freunde sind müde«, sagte Eujo und streckte ihre rechte Hand aus, um auf Tornys Mantel zu drücken und die Banditin davon abzuhalten, etwas Dummes zu tun. »Aber ich werde mich zu euch gesellen. Es war ein langer Marsch.«

»Ich kann es mir nur vorstellen«, erwiderte Livier. »Wir waren so enttäuscht, als wir bei den Animas ankamen, nur um zu erfahren, dass Ihr die Flucht ergriffen hattet.«

»Lampenfieber«, sagte Eujo und folgte dem Vientas-Trio zurück zu ihrem Tisch. Wax, Bliss und Torny mussten ihre Stimmung aufgegriffen haben, denn sie folgten nicht, sondern gingen stattdessen zur Bar und zum Wirt. »Auf einer Bühne zu agieren ist etwas anderes, als auf einem Thron zu sitzen.«

»Ich stelle mir vor, dass keins von beiden Euer Lieblingsding ist.« Livier zog den Stuhl für Eujo heraus und ließ sie sich setzen. »Bier? Der Eintopf ist auch recht köstlich. Unsere Küchen könnten von dieser Insel einiges lernen.«

Eujo nickte zu beidem – wenn sie sie töten wollten, könnte sie genauso gut zuerst eine Mahlzeit genießen. Livier schickte einen seiner Kameraden los, um die Bestellung zu erfüllen. Wandte dasselbe gelassene Lächeln, das er die ganze Zeit getragen hatte, wieder Eujo zu.

»Ich muss zugeben, es war schwierig, Euch zu finden«, sagte Livier und begann eine langsame Reise, in der er die Reisen des Vientas-Trios über Whent, nach Tamas und in diese kleine Stadt schilderte. Er erzählte es langsam und gab sich Zeit, sein eigenes Bier zu trinken und das versprochene Essen und Trinken servieren zu lassen. »Wir haben eure Spur südlich der Wurzeln von der Straße aufgenommen und euch einen Tag lang verfolgt. Danach sagte ein Blick auf die Tamas-Karte, dass eure Optionen begrenzt waren, also warum in der kalten Wildnis leiden, wenn es gemütliche Gasthäuser wie dieses gibt?«

»Weil man nie weiß, wem man begegnen könnte.«

Ein kleines Lachen. Eines, das Eujo hasste.

»Aber Ihr seid uns begegnet, und das ist auch gut so«, sagte Livier, das Lächeln verschwand. »Denn die Welt hat sich verändert, meine Königin, und ich fürchte, sie hat Euch zurückgelassen.«

34
DIE BEGIERDEN DES TODES

Veritrus erhob sich mit entschlossener Anmut, die Hände flach auf den Tisch gelegt. Ein Mann bestimmter Taten, und Annalyse glaubte zu wissen, was diese Tat sein würde. Also ahmte sie ihn nach, mit einem Unterschied: Sie griff nach dem groben Messer - dem Najahn-Außenposten fehlte es an Noctias Luxus - und schwenkte es in Richtung des Najahn-Kommandanten.

Einschüchternd war es nicht, und Veritrus' leicht gehobene Augenbraue ließ sie das wissen.

»Nun komm schon, Annalyse. Das muss wirklich kein Kampf sein. Du musst nicht einmal sterben.« Ein warmes Lächeln. »Zumindest nicht hier. Fassle würde dich sicher lieber gefesselt und ihm präsentiert sehen.«

»Sie wissen wirklich, wie man einen Deal macht.«

Veritrus bewegte sich um das Tischende auf sie zu. Annalyse schlüpfte hinter ihren Stuhl. Das einfache Gebäude, in dem sie zu Abend gegessen hatten, blieb leer, die anderen Teilnehmer waren zerstreut, um den scheinbar sicheren Konflikt zwischen Mottilan und Kitaye zu beobachten oder daran teilzunehmen. Die Najahn würden, so vermutete Annalyse, keine Seite wählen. Sie würden abwarten, wer die Oberhand gewinnt und ob sie es wert waren, gefürchtet zu werden. Bis dahin würden sie das Chaos genießen und die Skars sichern.

»Ein besserer Deal, als du von der Hand des Attentäters erhalten hättest«, fuhr Veritrus fort. Der Mann trug Najahn-Roben, nicht die schwarze Rüstung. Er hatte keine Hellebarde, kein Chakram. Vielleicht ein Messer irgendwo in diesen Falten, aber Annalyse hatte es noch nicht erspäht. »Die Dritte Hand hätte dich vergiftet, und wenn das nicht funktioniert hätte, dir sauber die Kehle durchgeschnitten. Fassle könnte dir eine Chance bieten.«

»Ich war schon einmal eine arbeitende Sklavin für Eure Ringstadt. Nicht noch einmal.«

Annalyse meinte es auch so, und nicht nur in Bezug auf Noctia. Auch Deshiva forderte Gehorsam unter Androhung des Speers, und selbst die Whent-Universität trieb sie mit vagen, düsteren Drohungen über äußere Einmischung voran, wenn Annalyse nicht schnell genug vorankam. Immer Druck, immer Forderungen, immer begleitet von Gefahr.

Vielleicht war es an der Zeit, etwas anderes zu versuchen.

Veritrus zögerte, die rechte Hand glitt über die Tischkante. »Ich dachte, Deshiva hätte Sie gezwungen, die Skars zu benutzen, um unser Tor zu verbrennen. Lag ich falsch?«

»Sie ist nicht viel anders als Sie.«

»Nein, ich nehme an, nicht, außer in einem entscheidenden Punkt. Sie versucht das zu tun, was sie für das Beste für ihre Stadt, ihre Insel hält. Ich versuche, sie alle zu retten.«

Annalyse wich einen weiteren Schritt zurück. Sie schätzte, dass sie noch zehn oder fünfzehn Schritte rückwärts bis zum Ausgang hatte. Draußen erhoben sich Rufe, eine Mischung aus Fragen und Alarm, durch die Entfernung und die Konzentration auf den Najahn-Anführer in ihren Einzelheiten verschwommen.

»Gladdring sagte immer das Gleiche, aber Fassle tötete ihn trotzdem«, sagte Annalyse. »Edle Ziele sind nichts wert.«

»Nicht ohne die Mittel, um zu gewinnen.« Veritrus neigte den Kopf nach draußen. »Deshiva und diese Mottilan-Narren werden nirgendwo hinkommen. Bereits jetzt ist eine Streitmacht aus Noctia auf dem Weg nach Vis. Sie werden diese Jäger zerschmettern, und mit den Skars in unseren Händen wird kein Unhold-«

»Großartig. Behalten Sie Ihre Träume und lassen Sie mich da raus.«

Veritrus öffnete den Mund für eine drohende, fade Antwort, und Annalyse ließ den Foti-Skar über ihn hinwegreden. Der mahlende Schwall des Feuersteins floss durch das Abendmesser und brach in einer aufblühenden Rose frei. Die Luft knackte, Licht knisterte, und Annalyse spürte die Hitze durch ihre eigenen blinzelnden Lider. Veritrus fluchte, stolperte zurück und fiel über einen Stuhl.

Annalyse nutzte die Gelegenheit.

Eine einfache Drehung brachte sie aus der provisorischen Speisehalle, Herberge oder was auch immer der Zweck des Gebäudes war, hinaus in eine scharlachrote Nacht. Ohne den Puffer dominierte der Lärm des hektischen Kampfes. Jäger und Najahn vermischten sich in einem Handgemenge, und Annalyse hätte ihren Kopf an einem verirrten Speer verloren, wäre sie nicht auf blutgetränktem Gras ausgerutscht. Die Waffe schlug in das Holz hinter ihr ein und zitterte, während Annalyse kroch und die warme Nässe an ihren Händen ignorierte. Der Besitzer des

Blutes lag zu ihrer Linken, mit glasigen Augen und regungslos.

Um sie herum wurde ein notdürftig reparierter Außenposten erneut zerstört. Feuer spielte nicht so sehr eine Rolle wie wilde Schläge gegen leichte Wände: Ein provisorischer Schuppen vor ihr brach zusammen, als ein Najahn seine Hellebarde weit am Ziel vorbei schwang, ein tanzender Jäger, der sich näherte, stolperte und seinen Angreifer mit einem gut platzierten Messer erledigte.

Sichi beleuchtete alles, verstärkt durch Fackeln, deren fröhliches Glühen in hartem Gegensatz zu dem Scharmützel stand.

Dennoch war ein Fluchtweg nicht schwer zu finden. Der Dschungel wartete, dunkel und einladend am Horizont. Annalyse startete in diese Richtung, bevor ein Gedanke sie zur Seite trieb, wo sie sich hinter aufgestapeltem Schutt duckte, der vielleicht für einen zukünftigen Wiederaufbau gedacht war.

Nach ihrer Zählung und den Flüstern in ihrem Kopf hatte Annalyse einen Skar von jeder Insel außer Kance in die Halskette an ihrem Hals eingesetzt. Nicht einer dieser Skars würde sie ernähren. Rana könnte vielleicht mit einiger Anstrengung Wasser hervorbringen, aber Annalyse hatte nichts, um es aufzubewahren. Ihre Schuhe waren ein ausgefranstes Durcheinander, beschädigt durch Feuer und Kämpfe. Ihre Vis-Gewebe waren nicht viel besser.

Eine Flucht in den Dschungel garantierte jetzt Verhungern, Verdursten und wahrscheinlich den Tod durch ein Raubtier, das sie weder kannte noch verstand.

Panik drohte.

Logik, wie immer, erwies sich als ihr Bollwerk.

Annalyse hatte zu Svardes abgelegener Hütte gelangen und verschwinden wollen. Eine rosige Sicht, die nicht zu ihrer Realität, ihrer Erfahrung passte. Veritrus deutete an, dass Kitaye kurz vor einer Invasion stand, zusammen mit ganz Vis. Das bedeutete, die Insel zu verlassen, was bedeutete, an einen Ort zu gehen, der für jemanden wie sie gastfreundlicher war, der sie schützen, das schätzen würde, was sie anbot.

Whent wäre ideal, aber da ihr ein Weg nach Norden fehlte, lag die nächstbeste Option im Osten.

Als Annalyse sich zu einer Kugel zusammenkauerte und die Luft nun mehr von verwundeten Schreien als von Herausforderungsrufen erfüllt war, tanzte die Geographie in der erröteten Dunkelheit. Was sie über Mottilan wusste und wie man dorthin gelangte, lag in dem gerade geronnenen Tischgespräch: ein Pass, einige Berge und eine Küste. Ostwärts.

Befehle, knapp, klar und mit Flüchen durchsetzt, durchschnitten das allgemeine Getümmel um sie herum. Veritrus gab Anweisungen an einige gehorsame Najahn. Findet die Wissenschaftlerin, lasst die Vis-Jäger sich gegenseitig umbringen. Einfach genug, obwohl in diesen Schatten alle gleich auszusehen schienen. Was ...

Sie lehnte sich nur eine Kopfbreite aus den gestapelten Satteltaschen heraus. Zu ihrer Rechten fiel der Außenposten zum Dschungel hin ab, ausgebrannte Trümmer von dieser Schlacht oder der letzten ragten hier und da wie zerbrechliche Spielzeuge empor. Zu ihrer Linken und nach Osten setzte sich der Hang fort, der dichte Dschungel schloss sich um den Pfad zum Großen Sana. Eine Reise ohne Wiederkehr und eine Falle, dort.

Süden? Süden würde mehr Dschungel bedeuten, dann, wenn Annalyse sich an ihre Karten erinnerte, den Ozean. Keine Option.

Das Durchspielen möglicher Pläne hielt den Kampf, das

Grauen, das Blut, das ihre Hände, Knie und Roben befleckte, auf Abstand. Wenn sie in ihrem Kopf bleiben konnte, die Skars flüstern ließ, während Strategien abliefen, würde auch die Panik fern bleiben.

Also nach Norden. Annalyse fiel zurück in die Satteltaschen, als sich Najahn-Rüstung näherte, Klicken und Klirren, als Metall auf Metall traf, verrieten ihr Herannahen. Der Soldat, Voulge und Augen wachsam, schlich in ihre Nähe, sogar an ihr vorbei, aber nicht einmal streifte der Blick des Schattens sie. Zu sehr mit einem tosenden Kampf im Westen beschäftigt. Stab gegen Speer oder Klinge.

Der Soldat hielt inne. Keine Armlänge von Annalyse entfernt. Drehte sich um zu beobachten, die Voulge quer über den Händen liegend, die Knie leicht gebeugt. Bereit zu rennen oder anzugreifen, je nachdem, ob der Soldat ein Feigling war.

Der Foti-Skar flüsterte eine Lösung. Den Najahn in seiner Rüstung rösten wie ein Abendessen in einem Noctia-Steinofen. Annalyse schob den Gedanken beiseite. Versuchte, den Atem anzuhalten, sich zusammenzukauern. Ihre Hände drückten auf abgenutztes Leder, ihre Schuhe rutschten auf Gras unter ihr und glitten aus. Das verdammte Blut ließ ihr linkes Bein ausschlagen und Annalyse landete auf ihrem Hintern. Eine Satteltasche kippte um und fiel mit einem leisen Platschen zu Boden.

Leise, aber nicht lautlos.

Der Najahn wirbelte herum, stieß bereits mit der Voulge zu, und ein neues Flüstern wallte auf. Ein anderer Skar, der leiseste, übernahm die Führung mit einer gekrümmten Spitze, die auf ihr Gesicht zustürzte.

Annalyse kämpfte nicht dagegen an, hielt nicht inne, als eine hungrige Kälte durch sie hindurchlief und sich in unsichtbaren und doch allzu realen Linien von Annalyse zum Najahn zog. Der Stoß des Mannes stoppte, zitterte, und ein unter dem Helm verborgenes Gesicht zuckte nur einmal. Die Voulge fiel zuerst. Der Najahn kam als Zweites, nicht auf die Knie, kein Zusammenbruch, sondern ein Zerbröckeln, ein Nichts, nur ein Haufen Metall.

Sie wäre in diesem Moment ohnmächtig geworden, die Befriedigung des Flüsterns raubte Annalyse den Atem, ihre Kraft, ihre Muskeln und Knochen verlangten alle auf einmal nach Ruhe. Das Einzige, was sie wach hielt, sie zwang, in die Hocke zu gehen, war der verwirrte Schock über das, was gerade geschehen war, und die wahrscheinliche Ursache.

Eine Frage, die später untersucht werden musste. Annalyse stolperte von den Satteltaschen weg, dem Haufen, der vor Momenten noch ein lebender, atmender Mensch gewesen war, und sah, dass das Gemetzel ohne ihr Zutun weiterging. Der Kampfbereich verengte sich, als äußere Konflikte sich auflösten und nach innen zogen, obwohl Annalyse Najahn-Rüstungen an den Grenzen glänzen sah. Ein Netz, das darauf wartete, die überlebenden Vis einzufangen.

Deshiva würde irgendwo dort drin sein, wenn sie nicht schon tot war.

Ein loyaler Anflug drohte, den Annalyse mit einem stolpernden, schleichenden Lauf nach Osten, um die Kantine herum, abwehrte. Hier gab es keine Kämpfe, und trotz Veritrus' Befehlen schienen die Najahn mehr mit den Streitigkeiten der Jäger beschäftigt zu sein. Eine Frage des Glücks, und eine, die Annalyse nicht verschwenden konnte und durfte.

Sie duckte sich weg von Fackeln, hielt sich dicht am Boden und huschte von Schuppen zu Zelt zu Lagerhaus. Keine Alarme ertönten, und Annalyse hätte vielleicht Erfolg gehabt, wäre da nicht eine schreckliche Realität gewesen:

ihre Stolperer wurden häufiger, ihre Augen schwer, und ihre Arme stöhnten jedes Mal, wenn Annalyse sie bat, sie gegen einen weiteren Holzbalken zu stützen.

»Was habt ihr mir genommen?«, murmelte Annalyse, ihre Stimme nicht einmal ein Flüstern.

Der Skar antwortete. Das taten sie immer.

Aber die Wissenschaftlerin verstand nicht. Sie konnte jedoch kriechen. Durch Gras und Farn und unter den Dschungelbäumen. Weit genug, dass sie, als die Kampfgeräusche verklangen, als ihre Füße sich nicht mehr bewegen wollten, glaubte, sie könnte verborgen bleiben.

Vor einigen Jägern zumindest.

35
FEUER SEHEN

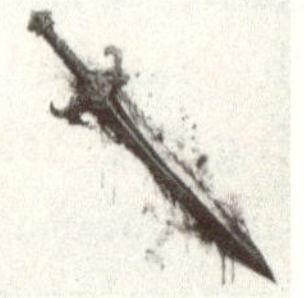

Ami zog den Karren allein, die gut gefertigten Whent-Räder knirschten unaufhörlich über den Stein. Drei feuerfeste Tuniken – Jochi hatte versprochen, der Ausrüstung irgendwann einen besseren Namen zu geben – lagen übereinander in dem einfachen Raum. So schwer wie ein eiserner Brustpanzer wäre Ami beim Versuch, sie durch den Tunnel zu tragen, eingegraben worden, aber der Karren erfüllte seine Aufgabe gut genug. Ein Glück, denn diesmal war Ami allein.

Und eine freie Hand zu haben, um nach der Klinge an ihrer Hüfte zu greifen, brachte Trost, obwohl die Feuerwandler, die am Ende des Tunnels warteten, das Schwert wahrscheinlich nicht furchterregend finden würden.

Eine Diplomatin. Ami dachte nicht oft an ihre Kindheit zurück, aber die Umstände, ihr völliger Gegensatz zu ihrer Kopf-an-Kopf, beißenden, ringenden Jugend, entlockten ihr ein leises Lachen. Eines, das die goldene Gesichtsplatte gegen ihre vernarbte Haut stieß. Die hatte sie als Kind auch nicht gehabt.

Zeit und Gewalt neigten dazu, Dinge zu verändern.

Svarde und Jochi würden den Austausch von der linken Nische aus beobachten, einer Kerbe, die Ami nicht einmal sehen konnte, als sie den Karren aus dem Tunnel in die riesige Kammer zog. Wie immer setzten die Feuerwandler ihren stetigen Marsch zur Kolonisierung fort, reparierten Schäden vom letzten Feindsangriff und verstärkten gleichzeitig die Behausungen entlang der kiesigen grauen Hänge. Die Häuser sahen so schlampig aus wie behelfsmäßige menschliche Hütten, Fels und Sand zu schrägen Bechern zusammengeschmolzen, die Oberseiten weit offen. Eine Merkwürdigkeit, bis Ami sich daran erinnerte, wer sie benutzte und was passieren könnte, wenn all diese Hitze in einem kleinen Raum komprimiert bliebe.

Konnte ein Feuerwandler brennen? Sich selbst verbrennen?

Theorien konnten warten. Vor ihr stand jemand Unmittelbareres, still und groß. Seine Haut wogte in stillen, fließenden Orange- und Blautönen, der Feuerwandler, mit dem Ami zuvor gesprochen hatte – wenn man es so nennen wollte –, schritt den Hang hinauf. Groß genug, dass sein obsidianfarbener Schädel, eine dreieckige Form mit Kanten, die für jeden Feuerwandler einzigartig zu sein schienen und die einzige Möglichkeit für Ami, die Unholde voneinander zu unterscheiden, über das hervorstehende Ende des Plateaus ragte. Funken zuckten entlang des Schwarzen, tanzten in Mustern, die Ami nicht entziffern konnte.

Stattdessen trat sie beiseite und zeigte auf den breiten Karren.

»Die sind für euch«, sagte Ami. »Ich weiß nicht, ob ihr mich verstehen könnt, aber diese, sie werden euer Feuer zurückhalten. Damit ihr uns nicht verbrennt.«

Der Feuerwandler blitzte mit goldenen und eisig blauen Funken zurück. Was auch immer das bedeuten mochte.

»Ihr tragt es.« Ami machte weiter. »So wie das.«

Sie beugte sich über den Karren und zog die erste Tunika heraus. Sie hob sie nur an, damit ihr unterer Teil über den Felsen schleifte und ihr oberer Teil gegen ihren Kopf drückte. Ungeschickt und hässlich, und absolut nicht so, wie das verdammte Ding getragen werden sollte. Ami steckte ihren Kopf in die Achselhöhle der Tunika, um die Reaktion des Feuerwandlers zu sehen: ein einzelner, ruhiger goldener Funke, keiner der vier Arme bewegte sich.

Schweiß brach aus, diesmal nicht durch die Hitze des Unholds verursacht. Ami erwog, einen Arm durch einen der Schlitze der Tunika zu schieben, aber die Idee, wie dumm sie bei dem Versuch aussehen würde, ließ sie davon absehen. Stattdessen warf Ami das Outfit vor sich auf das Plateau.

»Zieh es an.« Ami zeigte darauf.

Der Feuerwandler starrte.

»Verdammt, das ist doch nicht so schwer.« Ami nickte zur Tunika, imitierte das Aufheben des Dings mit ihren Armen und das Überstreifen über ihren Kopf. »Siehst du?«

Wenn der Feuerwandler es sah, sagte er nichts. Stattdessen zischte der einzelne Funke, teilte sich in zwei, ein röteres Glühen marschierte zur Spitze des Schädels, während ein ruhiges Weiß zum Boden wackelte. Der Feuerwandler drehte sich zur Seite, wandte Ami seine linken Arme zu, während sein rechtes Paar in Richtung des Wasserbeckens winkte.

»Ich weiß nicht, was du mir sagen willst«, sagte Ami, nur um ihre Worte von den Gefährten des Feuerwandlers beantwortet zu bekommen.

Die brennende Gruppe, spielende Junge, arbeitende Alte, andere in funkensprühenden Gesprächen, hörte auf und schob sich beiseite. Sie machten alle den Weg frei und hinterließen einen von geschmolzenem Gestein und glimmenden Kohlen gezeichneten Pfad direkt bis zum Wasserrand. Als die Trennung abgeschlossen war und sich die Feuerwandler wie eine zeremonielle Wache als Einheit umdrehten, um ihre neue Reihe zu betrachten, nahm Amis führender Unhold in langsamem Trab den Weg hinunter.

Dass sie folgen sollte, war sowohl offensichtlich als auch wahnsinnig.

Ami betrachtete die Tunika, ihre gescheiterte Mission, die im Staub lag. Sie könnte rufen, versuchen, den Feuerwandler dazu zu bringen, sich umzudrehen und erneut einen Tanz versuchen, um das Monster zu überreden, das gefertigte Gewand anzuziehen. Oder ...

Die Whent-Stiefel, die sie trug, passten zu ihrer dicken Kleidung, von denselben Ingenieuren gefertigt, um ihre Haut so hitzebeständig wie möglich zu machen. Eine Idee, die in einer Schmiede vielversprechender war als einen felsigen Hang hinunterzustolpern, da das Gewicht Ami von Halt zu Halt taumeln ließ und sie sich fühlte, als hätte sie zu viel Whent-Wein getrunken. Dass sie sich letzte Nacht definitiv etwas gegönnt hatte, war nicht wichtig: Die Vis-Narben sorgten dafür, dass kein Kater stach.

Nichtsdestotrotz löste ihr schwerfälliger Eindruck keine Reaktion in den Reihen der zuschauenden Feuerwandler aus. Ihre Konstrukte saßen hinter ihnen, alle Düsen nun auf das Wasser gerichtet statt auf den Tunnel. Entweder vertrauten sie darauf, dass Amis Freunde nicht wieder angreifen würden, oder die Bedrohung durch neue Unholde war einfach zu groß.

Was das über Jochis Waffen, Svardes untote Truppen und deren Fähigkeiten aussagte, darüber wollte Ami lieber nicht spekulieren. Die Inseln verloren langsam den Kampf gegen die Unholde. Der einzige Grund, warum sie sich am

Wasserrand befand, war, den Krieg zu beenden, bevor er alles verschlang.

Ihr Führer, ihr Gegenstück, stand in einiger Entfernung von Ami und nicht ganz so nah am Wasserrand. Der Grund dafür war nicht schwer zu verstehen: Wasser und Feuer vertrugen sich in der Regel nicht. Der Feuerwandler stand jedoch nicht still. Stattdessen kauerte er sich hin, wobei sich seine vier Arme um sich selbst schlangen, als würde er sich umarmen. Die Flammen auf seiner Haut verschmolzen zu einer einzigen Kerze, die aufstieg, nur um wieder gelöscht zu werden, als mehrere andere Feuerwandler aus ihrer Reihe traten, um eine gewundene, schwarze Eisenschale um ihn herum zu platzieren. Eine Platte lief über die Oberseite des Feuerwandlers, während vier andere Stück für Stück hineingeschoben wurden und mit tiefen, klobigen Klicks ineinander einrasteten. Während sie jeden Abschnitt platzierten, fuhren die Feuerwandler mit ihren Händen über die Fugen, wobei das Metall heiß wurde und verschmolz.

Mobile Schmieden, diese Wesen.

In allzu kurzer Zeit verschwand Amis Feuerwandler in der Metallkugel. Mit einem letzten, zischenden Streichen entlang des letzten vorderen Stücks traten die Feuerwandler, die ihren Freund eingeschlossen hatten, zur Seite und gaben der Kugel gemeinsam einen Stoß. Ohne Vorrede, ohne Zeremonie, ohne Rufe rollte die große Kugel ins Wasser und verschwand.

»Was?«, fragte Ami und wandte sich den zuschauenden Feuerwandlern zu. »Was war das?«

Die Unholde schienen zu verstehen und hoben fast wie ein Wesen ihre Arme und zeigten auf das dunkle Wasser.

Noch ein Schwimmen in all dem? Nachdem das erste Mal so gut gelaufen war?

Ami begann den Kopf zu schütteln, lachte dann aber stattdessen. Warum nicht? Sie hatte die Ziele der Mission – die Feuerwandler dazu zu bringen, die speziellen Kleider zu tragen – bereits übertroffen, und das Niederreißen von Grenzen hatte sie bis hierher gebracht.

Eine andere Realität traf sie, als sie sich wieder den Tiefen zuwandte. Ihre Kleidung, schwer und feuerfest, würde die Wächterin einfach ertränken, wenn sie damit hineinwatete. Doch wenn sie sie abstreifte und nur das leichte Tuch darunter trüge, wären alle engen Begegnungen mit Feuerwandlern ...

Die Skars. Die Vis-Skars würden sie am Leben erhalten, und Schönheit hatte sie schon lange hinter sich gelassen. Ein paar weitere Verbrennungen schienen ein angemessenes Opfer, um zu verstehen, was diese Unholde wollten. Svarde hatte sich zu einem Untoten verdammt, mit dieser Klinge immer an seiner Seite. Ami konnte ein bisschen mehr riskieren.

Für Catya, für Foti, für sich selbst.

Das kühle Wasser raubte Ami diesmal nicht den Atem. Sein seidiges Gefühl flüsterte von unbekannten Dingen, die am Grund der Kammer tot und verwesend lagen, von geheimnisvollen Flüssigkeiten, die sich im Meer der Höhle vermischten, nachdem sie aus Kreaturen gesickert waren, die nicht von dieser Welt stammten. Für manche ekelhaft, von Ami ignoriert, die sich stattdessen auf die Metallkugel konzentrierte.

Gegen die dunkle Kälte des Wassers leuchtete die Kugel in einem sanften Grau. Blasen stiegen um sie herum auf, der Pool reagierte auf die Hitze, die Ami jetzt spürte, als sie schwamm. Die Kugel drehte sich, bewegte sich, und Ami war sich nicht ganz sicher wie, bis sie kleine Düsen bemerkte, die über die Form verteilt waren. Kochendes

Wasser schoss aus diesen Düsen, nur um abgeschnitten zu werden, ein frischer Schwall erschien anderswo, um die Kugel unter dem Meer in Richtung ihres Ziels zu schießen: dem rot-orangenen Wirbel.

Ami schwamm an der Oberfläche entlang und holte Luft, während sie den Fortschritt der Kugel in Richtung des Wirbels beobachtete. Sie kamen an einem smaragdgrünen Mahlstrom vorbei, dann an einem eisig silbernen Sturm, die beide vom Feuerwandler mit Dampfstößen umgangen wurden.

Solch eine fein abgestimmte Kontrolle, sich unter Wasser zu bewegen ... was die Rana nicht für so etwas geben würden.

Hätte Ami nicht ihre eigene Reise in den blauen Wirbel unternommen, wäre sie vielleicht überrascht gewesen, als die Kugel zwischen den roten Partikeln verschwand. Verschwunden ohne Geräusch, ohne Blasen. Stattdessen holte Ami so viel Luft, wie ihre Lungen fassen konnten, und tauchte. Tritte, Züge brachten die Wächterin näher, bis diese karmesinroten Lichter um ihren Kopf und Körper tanzten. Sie fühlten sich wie nichts an, vermieden aber ihre Berührung, selbst als Ami sich dem formlosen Zentrum näherte.

Bis Ami, wie beim Verlassen einer Badewanne, nicht mehr im Pool war. Bis Luft, schwefelig und ätzend, ihre keuchenden Lungen wie glühender Rauch traf. Ihre Augen wechselten von trübem Dunkel zu gleißenden Rot- und Orangetönen, eine trockene Landschaft erstreckte sich vor ihr, übersät mit brennenden Geysiren. Wolken, von Purpur- und Rottönen gezeichnet, bedeckten den Himmel. Glasiertes Obsidian erstreckte sich so weit Ami sehen konnte unter ihren Füßen, hier und da in zackigen Spitzen aufragend, wie Speere, die von tief unter der

Oberfläche hervorstießen. Das jedoch war nur der Hintergrund.

Sie stand auf einer Klippe, nahe am Rand, die brennende Welt erstreckte sich in alle Richtungen außer hinter ihr.

An ihren Fersen wartete der Pool, aus dem Ami aufgetaucht war, und als sie sich umdrehte, sah sie eine Obsidianhaube, die über seine kleine Form gewachsen war. Die schwarzen und klaren Splitter glitzerten, als wären sie auseinander gewachsen, und versperrten ihr die Sicht nach hinten. Eine Kapuze über allem, was auftauchte oder in den Pool eintrat. Zu Amis Rechten zischte die schwarze Eisenkugel, als die geschweißten Fugen sich spalteten und die Hülle zusammenbrach, um den Feuerwandler im Inneren zu enthüllen.

»Das ist eure Heimat?«, sagte Ami und hustete, als die Luft ihre Kehle angriff.

Der Feuerwandler blitzte als Antwort in tanzendem Gold auf, bevor er mit seinen beiden linken Armen hinter Ami, hinter die Obsidianhaube zeigte. Die Angst, die hätte aufsteigen können, so weit jenseits von allem Bekannten zu sein, wurde durch das vertraute Flüstern des Vis beruhigt, jene Skars, die ihre geschockten Lungen heilten, ihre nackten Füße, die sich bei jedem Schritt auf den Obsidiansplittern Schnitte zuzogen.

Diese Angst kehrte zurück, als Ami, dem Feuerwandler gegenüber gehend, sich von der Klippe abwandte und um die Seite der Obsidianschale herumging, was ihr einen Blick auf das gewährte, was dahinter lag, unter weiteren geschwärzten Wolken und spuckendem Feuer.

Bis zum Horizont erstreckte sich ein sich bewegender Schwarm, Metall und Feuerwandler vermischten sich. Massive Konstrukte, viel zu groß, um in den Pool zu passen, trotteten in der Ferne. Die Feuerwandler selbst, jeder eine Kerze, verschmolzen in ihrer Brillanz miteinander, sodass es schien, als blicke Ami über eine einzige, reine Flamme.

Die Tausenden, die Zehntausenden und all ihre schrecklichen Schöpfungen verdarben die einzigartige, seltsame Schönheit des Anblicks.

Es gab keine andere Option gegen eine solche Macht, eine solche Ansammlung. Ami würde Frieden mit diesen Kreaturen schließen, oder die Inseln würden brennen.

36
BEISEITE GEWORFEN

Die salzige Gischt und der bittere Meereswind brachten Küsse, die Gladdring so lange wie möglich ertragen würde, solange die Kance-Königin ihn in die Freiheit brachte. Sie waren jetzt einen Tag von Noctia entfernt, auf offener See, mit der Ringed City und ihrer Insel jenseits des nördlichen Horizonts. Die Schleife, so erklärte der Kapitän, würde das Schiff der Königin fast bis nach Vis führen, bevor es weiter östlich und nördlich schwenkte, um von Süden her nach Kance zu gelangen.

Zu viele Eisschollen, um es auf eine andere Art zu machen, war die Ausrede.

Ob die Verzögerung tödlich sein würde, hing von Fassle, von Yarvick und davon ab, wie schnell sich ihr Chaos legen würde.

Aber zumindest am ersten Tag verfolgten sie keine lilaschwarzen Schiffe. Am ersten Tag speiste Gladdring frisch gefangenen Fisch und gute Vis-Früchte, die in den Häfen von Noctia gekauft worden waren, bevor sie in den... Gladdring grinste, als er sich am Geländer festhielt und über die Wellen blickte.

Die Revolution, war es nicht das, was Yarvick es nennen wollte?

Gladdring hoffte, dass der Banditenführer Erfolg haben würde. Mit Yarvick konnte man zumindest verhandeln, er wäre zu beschäftigt damit, die Kontrolle zu erlangen, ohne Gladdrings symbolische Bündnisse und Potenzial als Galionsfigur. Was für ein Schlamassel das wäre. Und wenn Fassle sich durchsetzen würde, würde die Rache des alten Zirkels zu viel Zeit in Anspruch nehmen, um ihr Schiff anzugreifen.

Er würde Kance erreichen, und dann - Gladdring drehte sich um, eine nicht unerhebliche Bewegung auf dem schaukelnden Deck des Bootes, mit schweren Mänteln bekleidet, um über das von Seeleuten bedeckte und ansonsten kahle Oberdeck zu blicken - würde Gladdring damit beginnen müssen, neue Loyalitäten aufzubauen. Die Kance-Königin machte kein Geheimnis daraus, dass ihre Toleranz für Gladdrings Anwesenheit mit seiner Nützlichkeit für sie begann und endete, eine Eigenschaft, die mit zunehmender Entfernung von Noctia schwand.

Dennoch kannte die Königin die Skars nicht so gut wie Gladdring, und das allein würde dem ehemaligen Tenet etwas Beständigkeit verleihen. Vielleicht eine Chance, sich selbst Hoffnung zu verschaffen.

»Sie verbringen viel Zeit allein hier draußen«, erklang die gedämpfte Stimme der Königin, geschützt durch einen dicken indigoblauen Schal. Sie war, wie so oft, wie durch Zauberei erschienen. Eine offene Decktür mit Treppe nach unten verriet ihr plötzliches Auftauchen, aber Gladdring ertappte sich dennoch dabei, wie er die Stirn runzelte.

Überraschungen waren etwas für Narren, die nicht genug aufpassten.

»Worüber denken Sie nach, Gladdring, während Sie auf die Wellen starren? Sind Sie glücklich, dass wir überlebt und den Najahn ihre Skars geraubt haben?«

»Warum sollte ich es nicht sein?«

»Weil ein Mann wie Sie nie zufrieden ist, wo er sich gerade befindet.«

»Weise Worte, meine Königin.« Gladdring, der eine Hand am Geländer behielt, verbeugte sich kurz vor der Königin. Wie er trug auch Ihre königliche Hoheit sperrige Mäntel, obwohl ihre eine Feinheit besaßen, mit aufgepufften Pelzen und eng anliegenden Ärmeln, die ihren Stand deutlich von seinem abhoben. Ein Königinnenwächter in seiner glasartigen Rüstung stand hinter ihr. »Ich habe festgestellt, dass Zufriedenheit oft einen Tag vor der Katastrophe liegt.«

»Wohin laufen Sie also diesmal?«

»Ich hoffe, nach Kance zu segeln und eine Atempause vom drohenden Untergang zu bekommen.«

»Eine Atempause?« Die Königin gesellte sich zu ihm ans Geländer. Der Tamas-Skar, der nach Kance-Art in ein Armband an Gladdrings Handgelenk eingesetzt war, tastete ihre Stimmung ab und erklärte die Königin für vorsichtig, erschöpft und dennoch neugierig. »Wir haben den größten Krieg begonnen, den die Inseln seit Generationen gesehen haben, während gleichzeitig Unholde wüten. Was für eine Art von Atempause ist das?«

»Für einen Mann, der kurz davor stand, den Galgen oder den kalten Ozean zu sehen, eine gute.«

Die Königin lachte, dann ging sie zu strengeren Fragen über und begann, was Gladdring für ein Muster hielt. Frühstück, Kaffee, dann ein Dialog an Deck über die Skars, was

Gladdring und seine Mitarbeiter gelernt hatten und ihre Möglichkeiten, den Krieg schnell zu beenden. Im Moment bestand das Ziel der Königin darin, Kance zu verteidigen, seine Städte zu halten und die Najahn zum Einlenken zu bewegen.

Von dort aus könnten sie sich weltlicheren Angelegenheiten zuwenden, wie Gladdrings eigenem erklärten Wunsch, die Unholde mit der Macht der Skars auszulöschen.

»Werden Sie mir das gewähren?« fragte Gladdring. »Eine Chance, die Quelle der Unholde zu finden und die Skars gegen sie einzusetzen?«

»Wenn wir so lange überleben.«

Gladdring schnaubte: »Die Najahn werden uns, selbst wenn Fassle überlebt, nicht hart bedrängen. Sobald wir Ihre Soldaten ausgebildet haben, werden sie in der Lage sein, eine Fregatte aus der Ferne zu verbrennen, einen Gegner zu Boden zu werfen oder...« Gladdring fand einen anderen Weg, wich von dem ab, worauf er zugesteuert hatte. »Ihre Meinung zu ändern und sie auf Ihre Seite zu ziehen.«

»Die Najahn sind nur ein Feind, Gladdring«, sagte die Königin. »Es wird andere geben.«

»Keinen so mächtigen.«

Die Königin antwortete nicht, eine so lange Stille, dass Gladdring an seinen eigenen Worten zu zweifeln begann. Welchen Gegner meinte sie? Doch bevor er nach mehr fragen konnte, nickte sie und ging über das Deck in Richtung der erhöhten Brücke. Eine Audienz beim Kapitän, weitere Details und Pläne, in die Gladdring nicht eingeweiht werden würde. Die Königin schrieb ihn ab, und Gladdring hatte keine anderen Verbündeten auf dem Schiff, abgesehen von diesem Vis-Jäger, obwohl Quik sich seit der Flucht zurückgehalten hatte.

Gladdring war allein. Eine Situation, die er würde beheben müssen.

Die Windrose. Ein Name, der so lächerlich war wie jeder andere, der einem Schiff gegeben wurde, aber einer, den Gladdring sich verpflichtete, mit der gleichen Ehrfurcht auszusprechen wie alle anderen Kance an Bord. Das Schiff hatte ein poliertes Äußeres, das im Inneren einem Sammelsurium wich, mit verschiedenen Hölzern, geflickten Türen und neu geöffneten, während das Schiff sich in einer ständigen Wiederauferstehung befand. Wenn man den Seeleuten Glauben schenkte - und Gladdring sprach am zweiten Tag der Reise mehr mit ihnen als mit irgendjemand anderem - war Kance so sehr auf die Legende des Schiffes angewiesen, dass man es ständig umrüstete.

Jede Königin musste der *Windrose* ihren Stempel aufdrücken, und diejenige, die gerade ein frühes Abendessen einnahm, hatte dies mit den Verteidigungsanlagen des Schiffes getan. In mehreren Schritten Abstand entlang der Reling saßen schmale Ballistakanonen und die straffen Seile, um sie abzufeuern. Neben jeder lagen gebündelte Munitionsvorräte, ein beeindruckender Bestand, von dem Gladdring erfuhr, dass er vor der Reise nach Noctia in Auftrag gegeben worden war.

Ein weiterer Pluspunkt für die Königin.

Gladdrings willkürliche Verhöre führten ihn zu den vorderen Kabinen der *Wind's Rose*, die mit wichtiger Fracht beladen waren, und zu dem Queensguard-Paar, das vor dem versiegelten Raum stand, in dem die Skars verstaut worden waren. Wie immer glitzernd, musterten sie Gladdring, als er sich näherte, wobei der Mann ein so freundliches Lächeln wie möglich aufsetzte.

»Guten Tag«, begann Gladdring und nickte jedem der beiden zu. Beide starrten ihn an und erwiderten nichts.

Typisch. Selbst der Tamas-Skar gab keine Hinweise, nur eine gedämpfte Vorsicht.

»Wisst ihr, was drin ist?«

Wieder keine Reaktion. Gladdring neigte seinen Kopf zur Tür. »Kann ich reingehen?«

Das zumindest brachte eine Reaktion hervor. Einer legte seinen Arm - Gladdring fand es schwer zu sagen, ob Mann oder Frau unter den Helmen - quer vor die Tür, während der andere die Hand an den Degen legte, der an der Hüfte befestigt war.

»Also seid ihr doch lebendig«, sagte Gladdring und trat zurück. »Ich musste sichergehen, dass die Königin ihre Tür nicht mit Statuen geschützt hat.«

»Was willst du, Najahn?«, fragte die Person mit der Hand am Schwertarm.

»Ich wollte nur fragen, ob ihr wisst, was ihr bewacht, das ist alles. Um sicherzugehen, dass ihr angemessen Acht gebt.«

Die Augen verengten sich.

»Skars können sehr gefährlich sein«, fuhr Gladdring fort. »Sie enthalten die Macht der Götter selbst. Ein falscher Schritt, und dieses ganze Schiff könnte zerstört werden.«

»Dann solltest du das der Königin sagen.«

»Das habe ich, sie weiß es. Tatsächlich ist das der Grund, warum ich hier bin.«

Der Tamas-Skar hielt ihn am Reden, eine Tür, die durch Möglichkeiten einen Spalt geöffnet und durch Gladdrings Silberzunge vollends aufgestoßen wurde. Das Queens-guard-Paar taute auf, als Gladdring die Skars beschrieb, was sie tun konnten, wie sie gehandhabt werden konnten. Annalyses Notizen, ihre Fortschrittssitzungen gaben Gladd-ring die Worte zum Werfen, die Köder zum Auswerfen, und als er zum Ende kam, kannte er ihre Namen, ihre Schichten und hatte das Versprechen, dass seine Anleitung weitergegeben würde.

Jetzt hatte er noch ein Bündnis zu schmieden, und Gladdring fand sein Ziel nahe dem Bug. Quik, mit wenig Segelkenntnissen, aber ebenso viel Rastlosigkeit wie die Matrosen, hatte seine Handschuhe griffbereit, während er eine Übung nach der anderen durchlief. Sprünge, Liegestütze, Dehnungen, es schien alles wie viel Arbeit, aber Gladdring ließ den Jäger seinen Weg durchziehen.

Quik muss bemerkt haben, dass Gladdring dort stand, vom endlosen Wind unter dem platinfarbenen Himmel umweht, aber der Vis ließ sich Zeit. Gladdring wartete ohne ein Wort, sprach erst, als der Vis-Jäger begann, seine eigenen Mäntel anzuziehen.

»Ich habe mich noch nicht richtig bei dir bedankt«, sagte Gladdring und erntete kaum mehr als einen neugierigen Blick von Quik. Es war, um fair zu sein, ein schwieriger Ort für ein gutes Gespräch, mit den plätschernden Wellen, den rufenden Matrosen und dem endlosen Pfeifen des Windes. Gladdring jedoch würde die Anstrengung auf sich nehmen. »Deine Taten damals auf Noctia haben uns allen das Leben gerettet.«

»Danke mir, indem du meinen Bruder rettest.«

»Wenn man der Königin Glauben schenken darf, geschieht das bereits. Worüber du dir jetzt Sorgen machen solltest, ist deine eigene Haut.«

Diese mächtigen Augenbrauen runzelten sich. Der Tamas-Skar meldete sich. Gut.

»Die Königin ist wie jeder andere Herrscher«, sagte Gladdring, nickte an Quik vorbei zum Bug des Schiffes und ging in diese Richtung. Der Jäger schloss sich ihm an, sodass sie mit dem Rücken zur Brücke standen, leicht sichtbar für jeden, der in ihre Richtung blickte. »Sie versucht, ihr Land zu erhalten und wird jeden benutzen, um diesen Zweck zu erreichen. Während sie sich derselben entledigt, wenn ihre Nützlichkeit vorbei ist.«

»Soweit ich verstehe, kommt ein Krieg auf Kance zu.« Der Vis klopfte auf die Handschuhe, die nun an seinen Oberschenkeln hingen. »Ich bin nützlich in einem Kampf.«

»Aber danach?«

Quik lachte. »Ich kenne dich kaum, Gladdring, aber du scheinst immer zu intrigieren. Warum so rastlos? Wir haben gewonnen.«

»Wir haben einen guten Zug gemacht, aber das Spiel geht weiter. Um unseren Platz darin zu bewahren, müssen wir zusammenarbeiten, Quik.«

»Ist dem so?« Ein weiteres unterdrücktes Lachen. »Was jetzt, Gladdring? Wen soll ich für dich ausweiden? Oder plant die Königin wieder, jemanden zu ermorden, der es nicht verdient?«

»Töte für mich keine Seele, Quik. Nicht jetzt und vielleicht nie. Was die Königin betrifft, das kann ich nicht sagen.« Gladdring ließ den Tamas-Skar frei, als er eine Hand auf Quiks Schulter legte. »Worum ich dich bitte, ist, mir den Rücken freizuhalten, und ich werde deinen freihalten. Wir sind nicht aus Kance, wir sind entbehrlich.«

Der Skar fand seinen Halt und Quiks spöttischer Blick wich direkter Besorgnis. Er schüttelte Gladdrings Hand nicht ab, erwiderte das Nicken. Als sie eine Stunde später auf Einladung der Königin zum Abendessen gingen, saß Quik an Gladdrings Seite, eine Veränderung, die der Herrscherin auffiel.

Und als kurz nach Tagesanbruch der Alarm ertönte, dass sich ein Schiff aus Noctia näherte, war Quik der Erste an Gladdrings Kabine und wartete auf einen Plan.

37
KNEIPENSCHLÄGEREI

Als Dolchstöße in den Rücken gingen, kam Liviers glatt und ohne Vorwarnung. Eujo, die auf dem einzigen freien Stuhl an ihrem Tisch saß, während um sie herum der Schlafsaal der Taverne brodelte, griff nach dem angebotenen Krug und spürte einen brennenden Schmerz, der sich in ihrem Bauch ausbreitete. Ihre Augen verschwammen, alle zusammenhängenden Gedanken vermischten sich, und der Vis-Skar schrie Unsinn in ihrem Kopf. Mit trockenen Lippen etwas murmelnd, fiel Eujo vom Stuhl auf den harten Boden.

Aus ihrer Seite ragte wie eine blutige Siegesfahne ein Kance-Dolch, silbern und glitzernd.

Eujo sah, wie ihre drei Freunde, die alle in der Nähe der imposanten dunklen Holztheke der Taverne standen, wie aus einem Mund fluchten und schrien. Bliss zog den dicken Wurzelstock hervor, den sie als behelfsmäßigen Stab benutzt hatte, und stürmte los. Sie zog die Waffe über ihre Schulter, nur um dabei eine Laterne zu treffen, die in Scherben zerbarst und brennendes Öl über den Boden verteilte. Aus ihrem Blickwinkel fand Eujo die lodernden

Spritzer hypnotisierend, ihre Funken drohten, sie zurückzuholen-

Die Skars ließen es nicht zu.

Nicht nur der Vis, sondern alle von ihnen, die Foti-, Rana-, Whent- und Kance-Steine, die um ihr Handgelenk geschlungen waren, zerrten an Eujos Aufmerksamkeit, ihrer Energie, gaben und nahmen, was sie konnten, in verzweifelten Versuchen, etwas zu tun ... irgendetwas. Eujo wollte loslassen, in den dumpfen Todesschleier sinken, den der wahrscheinlich vergiftete Dolch über sie legte, aber ihre Freunde kämpften gegen die Attentäter. Sie kämpften für sie.

Die Skars loszulassen, könnte sie alle umbringen, und Wax, Torny und Bliss verdienten es nicht, für Eujo zu sterben.

Die Banditin und ihre Vis-Freundin, ihre mehr-als-Freundin, fanden sich zuerst im Kampf gegen Livier und die Frau wieder, die Eujo nicht erstochen hatte. Bliss' Stab gab ihr Reichweite, der erste Schlag nach unten ging in einen geraden Stoß gegen Livier über, der seine Kance-Roben nutzte, um auszuweichen und den Stoß an sich vorbeigleiten zu lassen, sodass er in Reichweite für einen Rapier-Hieb kam.

Nur um dann zur Seite zu fliegen, als hätte ihn die unsichtbare Hand eines Gottes geschubst.

Was, wie Eujo erkannte, genau das war, was passiert war. Die Überreste des Kance-Skars knisterten in Eujos Arm, ihre von dem langen Tag bereits erschöpften und schmerzenden Muskeln. Livier würde auch Schmerzen haben, da sein Flug ihn in einen anderen Tisch krachen ließ, der bis auf ein paar Stühle leer war, da die zivilisierteren Gäste der Taverne geflohen waren.

Torny tanzte mit ihrem Gegner, Dolche draußen und

blitzend, während ihre Stiefel auf dem brennenden Öl stampften und ausrutschten. Hinter ihnen hatte Wax sein Schwert gezogen, schien aber verloren, wohin er sich wenden, gegen wen er kämpfen sollte.

Der Mann war kein Krieger, kaum ein Vis-Jäger. Dies war nicht sein Platz.

Eujo versuchte zu sprechen, ihren Freunden zu sagen, sie sollten fliehen, ein Versuch, der von neuer, beißender Qual unterbrochen wurde: Der Dolch in ihrer Seite wurde herausgezogen, vom dritten Attentäter. Eujo drehte ihren Kopf, sah ihr eigenes Blut von der Klinge tropfen, sah die kalten Augen hinter der Person, die ihn führte, als sie Eujo studierte, auf der Suche nach Anzeichen, dass das Leben bald entweichen würde.

Die Skars wallten erneut auf. Diesmal gewann Whent die Oberhand und verlangte eine Chance, und Eujo ließ los.

Holz knackte, der Boden unter ihr, unter Eujos Mörder, wogte, als wäre der Grund zu einer Welle geworden. Splitter flogen, der Attentäter fiel, und Eujo selbst rutschte weg, bis sie auf der anderen Seite der Taverne zum Liegen kam. Flach auf dem Rücken, den Kampf in Sichtweite, konzentrierte sich Eujo stattdessen auf die purpurrote Linie, die ihrer Reise durch die Taverne folgte.

Zu viel Blut. Zu viel für jeden Vis-Skar.

Bliss, rechts von der Blutspur, schwang ihren Stab gegen den Attentäter, der Torny bedrängte - die Messer-künste der aufgeweckten Banditin waren denen des Kance-Killers nicht gewachsen, und ihre Arme trugen die verräte-rischen Kratzer einer verzweifelten Verteidigung. Die Wurzel traf die linke Schulter des Attentäters und schickte den Killer in einen Sturz durch das brennende Öl, das endlich Feuer fing und die silber-blauen Kance-Roben in Flammen hüllte.

Der dritte Attentäter nahm keine Notiz von der Katastrophe seines Kollegen, sondern warf stattdessen den gezogenen Dolch, den er aus Eujo herausgezogen hatte. Das Messer, mit der unfehlbaren Schrecklichkeit langer Übung, bohrte sich in Bliss' Seite und wirbelte die Vis in eine halb kauernde Position. Während Torny fluchte und auf den dritten Killer zustürmte, ließ Bliss den Stab fallen und zog das Messer heraus, das nun von neuem Blut nass war.

Tut mir leid, Bliss. Eujo wollte die Worte aussprechen, hätte es getan, wenn ihre Kehle nicht so verdammt trocken gewesen wäre. Wenn ihr Körper nicht so müde gewesen wäre.

Trotzdem arbeiteten die Vis-Skars. Sie bekämpften ihre Wunden mit ebenso viel Geschick, wie die Attentäter gegen ihre Freunde vorgingen. Eujo fand den nächsten Atemzug leichter als den letzten, und wenn der Tod vielleicht unvermeidlich war, so war er es nicht hier und jetzt.

Livier musste dasselbe gedacht haben, als der Mann hinter Bliss aufstand, den Rapier gezogen und auf der Suche nach einem tödlichen Stich. Wax flog herbei, der Bruder erhob sich endlich zur Hilfe seiner Schwester, wie ein Tauchvogel, fast ein Schatten im Rauch. Wax' Schwert blitzte auf, zwang Livier zu einer Parade, der Vis tat etwas Kluges und ließ seinen Schwung den geschmeidigen Kance überwältigen und stieß Livier in denselben Tisch, den er vor einer Sekunde getroffen hatte.

Moment. Der Rauch?

Das brennende Öl hatte mehr als die Robe des Attentäters erfasst. Der aufwallende schwarze Rauch stieg zur Decke der Taverne auf und wälzte sich zwischen ihnen zurück, als die Holzbalken zum zweiten Gang nach dem Appetizer des Bodens wurden. Wenn die Attentäter sie nicht bald alle töteten, könnte die Taverne selbst die Arbeit erledigen.

Eujo drückte ihre rechte Hand nach unten, versuchte aufzustehen und begnügte sich mit einem Kriechen. Eines entlang ihres eigenen Blutes, in Richtung der wütenden Torny, die mit dem Rapier schwingenden, Dolch werfenden Attentäter duellierte. Torny hatte zumindest die richtige Idee: Sie benutzte ihre Dolche, um die Stiche des Rapiers abzuwehren und nah heranzukommen. Die Banditin erzielte einen Treffer, als Eujo ihren zweiten Vorstoß machte, ein schneller Stich entlang des Beins des Attentäters, plötzliches Rot verunstaltete die schmutzigweißen Roben.

Ein Treffer, der sie teuer zu stehen kam.

Die Attentäterin klemmte ihren rechten, rapierschwingenden Arm gegen das Bein und fing Tornys Handgelenk mit dem Dolch in den zerrissenen Roben ein. Mit ihrer linken Hand packte die Attentäterin Tornys anderes Handgelenk, das durch den geneigten Stich zu nah geblieben war, und brach es. Ein geheulter Fluch, das Klirren eines fallengelassenen Messers, und die Attentäterin bewegte ihre Hand in einem Fingerspitzenstoß gegen Tornys Kehle.

Die Skars sprachen erneut, und Eujo ließ sie gewähren.

Rana fegte das brennende Öl auf, die wenigen übrigen Tropfen, und schleuderte sie auf die Attentäterin. Die winzigen geschmolzenen Geschosse bohrten sich in das Gesicht der Killerin, brannten sich durch ihre Roben und unterbrachen den Angriff. Die Attentäterin taumelte zurück, schlug nach dem Öl und drehte ihren Rücken lange genug, damit Torny die Öffnung nutzen konnte. Der verbliebene Dolch der Banditin fand endlich sein Ziel.

»Halt!«, rief Livier, seine Stimme nicht länger so spitz,

so höflich, über das Chaos hinweg. »Der Wahnsinn endet hier, solange euer Leben noch euch gehört.«

Eujo folgte den Blicken und sah Wax, entwaffnet und blutend, mit einem kleinen Messer an seiner Kehle stehen. Livier, ebenso blutverschmiert, hielt den Vis als Geisel, ohne einen Hauch von Wahnsinn oder Verzweiflung in seiner Haltung. Seine zwei Freunde, Komplizen, lagen tot oder sterbend auf dem Boden des Gasthauses – derjenige, der Feuer gefangen hatte, lag regungslos da, während die Flammen an ihm fraßen –, aber Livier schenkte ihnen keinen Blick. Stattdessen erfasste er Torny, Eujo und die taumelnde Bliss mit seinem Blick.

»Wir gehen jetzt, und ihr habt eine Chance auf Leben«, fuhr Livier fort. »Lasst eure Waffen zurück und geht.«

Torny richtete einen zitternden Dolch auf den Mann, der Körper der Banditin verschwand im Rauch. »Dafür ist es zu spät. Ich werde dich stattdessen töten.«

»Nein«, sagte Eujo, ihre Stimme ein schwaches Ding, aber laut genug über das Knistern hinweg. »Er hat recht. Lauft.«

Der Kance-Skar flüsterte Möglichkeiten. Eujo hörte zu.

Eine Brise erhob sich, peitschte die Flammen zu neuer Höhe, fegte aber den Rauch durch die offenen Türen des Gasthauses, die durch die hektische Flucht offen geblieben waren. Torny schien von Eujos Befehl unbeeindruckt, aber Bliss, leicht zu erkennen an ihren stockenden, blutenden Schritten, löste eine stärkere Reaktion aus. Die Banditin rannte zum Vis, fing Bliss auf, als sie fiel, und zog sie zum Ausgang des Gasthauses.

»Tut mir leid, Eujo«, sagte Torny, während sie Bliss bewegte, Livier und Wax folgten. »So sollte das nicht laufen.«

Eujo versuchte zu lächeln, scheiterte. Die frühen Fortschritte des Vis-Skars gegen ihre Wunde schwanden, als Eujos eigene Kraft zu den anderen Steinen ging. Der Schmerz breitete sich aus, ein klassisches Brennen wie von Gift, das Schmerzen entlang ihrer Nerven sandte. Die Hitze des sich ausbreitenden Feuers fügte ihre eigene Qual hinzu.

Als eine Art zu sterben musste dies zu den schlimmsten gehören, aber zumindest ihre Freunde, zumindest ...

Livier hustete, das Messer zitterte. Wax rammte dem Attentäter einen Ellbogen in den Bauch und stürzte sich vorwärts. Er landete an Eujos Seite und schob eine zerschlagene Schulter unter den linken Arm der Kance-Königin. Bevor sie Wax fragen konnte, warum er etwas so Dummes tat, presste der Vis-Erneuerer seine linke Hand auf den Boden des Gasthauses, und das ganze Gebäude erbebte. Holz krachte, und der Boden selbst wogte unter ihnen, schleuderte Eujo und Wax in Richtung und durch die Vordertür des Gasthauses. Sie prallten gegen Torny und Bliss und verteilten die vier auf die gefrorene Straße dahinter.

Eujo fiel auf den Rücken und blickte hinauf zum Scheiterhaufen des Gasthauses, der hoch in den dunklen, bewölkten Himmel ragte. Für den Moment linderte die Kälte ihren verbrannten und blutigen Körper, der Vis-Skar murmelte seine Zustimmung zur Veränderung der Szenerie, zur Entfernung so vieler todbringender Elemente. Zu ihrer Rechten kämpfte Wax, mehr Rauch aushustend, darum aufzustehen. Zu Eujos Linken lag Bliss still, während Torny fluchend versuchte, den Vis aufzurichten.

Und um sie herum eine ganze Stadt, die schwatzte, nach Wasser rief und sich fragte, was los war.

»Unmöglich«, murmelte Wax, über Eujo kniend. Sie folgte seinem Blick zur Tür des Gasthauses, von Flammen umrahmt, und der Silhouette, die zwischen den Balken herausstolperte. »Er kann nicht.«

Livier, seine Roben abgeworfen und in kaum mehr als einem verbrannten Hemd, taumelte heraus, zwei lange Schritte, bevor er mit dem Gesicht voran auf den harten Boden fiel.

»Sieh dir das an, Wax«, flüsterte Eujo, während sich Stadtbewohner sammelten und die ersten Angebote von Hilfe, eingewickelten Verbänden und warmen Ruheplätzen eintrafen. »Wir haben gewonnen.«

Wax' ascheverschmiertes Gesicht, blutende Schnittwunden und müde Augen schienen sich nur über den Preis zu wundern.

38

WELCHE CHANCE BLEIBT

Die kalte Nässe weckte sie, wie sie sich gegen Annalyses Wange drückte und bei ihrer Berührung eine Schleimspur hinterließ. Die Augen der Wissenschaftlerin sahen nur Erde, als sie sich öffneten, gefleckte Erde mit verstreuten Blättern dazwischen. Ein Wurm, der sich am frühen Morgen seinen Weg bahnte. Kein Vogelgesang.

Aber ein Schnüffeln. Tiefer, lauter als das eines Menschen, als das eines Whent-Hundes.

Annalyse drehte ihren Kopf in Richtung des Geräusches. Ihr Körper schmerzte, verlangte nach Wasser. Ihre Nase, verkrustet, blockierte jegliche Gerüche. Ihre Ohren und Augen jedoch verrieten ihr, was sie wissen musste: eine riesige, grau-violette Katze mit sechs Beinen beobachtete sie. Das Maul der Katze stand offen und enthüllte Reißzähne, die genau das mit Annalyse machen würden, was sie versprachen, wenn sich die Gelegenheit böte.

Eine rosa Zunge hing heraus. Die Katze beugte sich näher.

Panik ergriff sie, vertrieb den eisernen Griff des Schlafes, und Annalyse setzte sich mit einem plötzlichen Ruck auf. Die Katze – der Hanoko, fiel Annalyse das Wort ein – wich zurück. Vorsichtig, eine Eigenschaft, die vielleicht Annalyses eigenes Leben gerettet hatte.

Vorerst.

Sie hatte keine Waffen, kein Wissen darüber, wie der Hanoko kämpfte, jagte, fürchtete. Annalyse hatte jedoch die Skars, und sie spürte, wie sie mit ihr erwachten. Flüstern, neugierig und in Fotis Fall fordernd.

Der Hanoko näherte sich erneut, die Vorderpfote erhoben für das, was wie ein heftiger Schlag aussah.

»Bleib zurück«, sagte Annalyse, ein Krächzen, das der Hanoko ignorierte.

Die Katze konnte den Foti-Skar und sein Feuer nicht so leicht abschütteln. Annalyse ließ den Skar nicht wild werden, dämpfte den Ansturm, als der Skar Hitze durch ihre Finger flutete und Feuer in kleinen Geysiren aus der Erde spross. Die Hitze und das Licht gaben dem Hanoko genug Beweise, dass dies keine Mahlzeit war, für die es sich zu kämpfen lohnte, und die Katze drehte sich fauchend um und rannte davon.

»Hab's dir gesagt«, murmelte Annalyse, zog sich hoch und klopfte den Schmutz von ihren, nun ja, schmutzigen Abendkleidern.

Der sonnige Morgen brach mit mehr Wärme herein, als die Wissenschaftlerin seit Wochen gespürt hatte, vielleicht ein Zeichen dafür, dass der Winter sich seinem unvermeidlichen, wunderbaren Ende zuneigte. Die stummen Vögel kehrten zum Zwitschern zurück, als der Hanoko floh, ihre kleinen Gestalten huschten zwischen den Bäumen oben hindurch. Dieses Gezwitscher ergänzte das Gurgeln aus ihrem eigenen Magen, eine Realität, die Annalyse trotz der Schönheit um sie herum nicht abweisen konnte.

Die Najahn waren jetzt ihre bestätigten Feinde, die planten, sie entweder zu töten oder zurück zu Gladdrings – nein, Gladdring musste tot sein, also Fassles – Türmen zu schicken, um mit den Steinen zu arbeiten. Deshiva, eine Verbündete des Zufalls, war angesichts des Mottilan-Angriffs und Veritrus' geplantem Hinterhalt wahrscheinlich auch tot. Wenn die Jäger beider Städte ausgelöscht oder in die Flucht geschlagen worden waren, und wenn Veritrus Recht hatte mit einer Najahn-Streitmacht, die hierher unterwegs war, dann war Vis keine sichere Insel mehr.

Annalyse hätte fast laut gelacht bei dem Gedanken, den Dschungel zu Fuß zu durchqueren und Svardes alte Hütte anzusteuern. Was für eine dumme Idee das gewesen war.

Also wohin? Und womit?

Annalyse hatte immer noch ihre Halskette, die Skars darin. Mehr nicht, nicht mehr. Ihre verbliebenen Steine waren im Najahn-Außenposten gewesen, in einer kleinen Schatulle neben ihrer Pritsche. Die war inzwischen höchstwahrscheinlich aufgebrochen worden, was bedeutete, dass jede Rückkehr sowohl selbstmörderisch als auch sinnlos wäre.

Was den Weg übrig ließ, den sie eingeschlagen hatte, eine stolpernde Wanderung nach Norden und Osten. Zur Küste, nach Mottilan, und dort zu einem Schiff. Eines, das Annalyse entweder nach Hause nach Whent bringen würde oder, falls Eis noch die Seewege blockierte, nach Kance. Dort gab es zumindest eine Insel, die Najahn-Kontrolle nicht leicht akzeptieren würde. Annalyse könnte ihr Wissen gegen Schutz, Nahrung und Wasser eintauschen.

Mit einer entschiedenen Richtung machte sich die Wissenschaftlerin auf den Weg, bahnte sich einen Weg durch Farne und um Pilze herum, während sie ging. Jede Pflanze bot eine potenzielle Mahlzeit, aber Annalyse hatte Vis nicht genug studiert, um zu wissen, welche sicher waren und welche sie noch elender machen würden, als sie es ohnehin schon war. Zumindest schien die Sonne hell genug, um ihr zu folgen, ihre Position am Himmel gab Annalyse eine gute Vorstellung davon, wo Norden war.

Lange Spaziergänge in den Wäldern schienen dasselbe zu sein wie lange Spaziergänge in den Whent-Bergen oder den Straßen von Noctia: eine Chance, sich neu auszurichten, sich zu fragen, was Annalyse tat und warum. Ihr ursprüngliches Ziel – die Welt auf Gladdrings Geheiß zu retten – war jetzt so fern, dass es einer Wahnvorstellung glich. Ihr Whent-Labor, seine Erfindungen, einige, die die Skars mit großer Wirkung genutzt hätten, fühlten sich ebenso unmöglich an.

Überleben, vielleicht mit einer Portion kräftigen Biers nebenbei, stand ganz oben und schob alle anderen Träume beiseite.

Dieser einzige Fokus hielt sie den ganzen Tag über aufrecht, bis sie irgendwann am frühen Nachmittag durch eine Farnbank auf einen breiten, ostwärts führenden Pfad stolperte. Breit genug für Karren zum Passieren und verlassen, aber die festgetretene Erde deutete auf kürzliche Reisen hin. Nur eine Sache, die es sein konnte.

Ihre Ostwendung und eine Stunde Fußmarsch darauf brachten neue Geräusche, denen sie sich näherte. Stöhnen, schlurfende Schritte und gedämpfte Unterhaltungen. Die Wissenschaftlerin verlangsamte ihr Tempo, als der Pfad weiter anstieg und sich um dichte Baumgruppen in einer Windung bergauf schlängelte. Im Moment, so schätzte Annalyse, war sie noch nicht gesehen worden.

Aber ihr Magen gurgelte immer noch, ihr Hals brannte,

und der Vis-Skar, der ihre kleineren Wunden in Schach hielt, flüsterte nach mehr. Zusammengebunden ließ ihre Energie nach, ihre Beine machten schwere Schritte. Wenn Annalyse allein nahe dem Pfad einschlafen würde, könnte sie vielleicht nie wieder aufwachen.

Besser eine Chance als gar keine.

Sie verfiel in einen stolpernden Lauf, setzte ihre zerschundenen Schuhe einen Schritt vor den anderen, wich beschädigtem Boden aus. Um eine weitere Kurve wartete ihre Rettung, die ihre eigene Reise bei den sich nähernden Schritten unterbrach.

Eine Rettung, die anscheinend aus etwa fünfzehn mehr oder weniger ruinierten Vis bestand. Annalyse verlangsamte ihren Schritt, als sie das Desaster erfasste: Drei lagen auf Tragen aus Bambus und geflochtenen Zweigen, getragen von anderen, während noch mehr humpelten, ihre Wunden bluteten durch notdürftige Verbände. Ein paar spärliche Beutel und Wasserschläuche in der Gruppe ließen wenig Hoffnung auf Erfrischung.

Dies war eine geschlagene Truppe, die Verwundeten auf einem verzweifelten Rückzug nach Hause.

»Wer bist du?«, rief einer, dessen linker Arm schlaff herabhing, der aber ansonsten gesünder aussah als die anderen. Er zog eine Hartholzkeule von seiner Hüfte und schwang sie in ihre Richtung. »Du siehst nicht aus wie eine Vis.«

»Bin ich auch nicht«, antwortete Annalyse, während sie in ihrem Kopf die Möglichkeiten durchging. Sie traf eine Entscheidung. »Aber ich bin auch nicht euer Feind.«

»Scheint, als wäre heutzutage jeder unser Feind.« Der Mann senkte die Keule nicht. »Was machst du dann hier?«

»Ich fliehe vor dem gleichen Ort wie ihr, denke ich. Die Najahn haben auch versucht, mir zu schaden.«

Ein kalkulierter Hinweis. Annalyse war sich nicht sicher, ob die Najahn diese Wunden verursacht hatten, aber das langsame Nicken des Mannes bestätigte ihre Vermutungen.

»Warum?«, fragte der Mann. »Du hast keine Waffen, was würden-«

»Wissen. Die Najahn fürchten jeden, der den Inseln helfen will, frei zu bleiben.«

»Und du würdest mit uns reisen, Wissensspenderin? Selbst nachdem du gesehen hast, dass wir gejagt werden?«

»Besser als allein.«

Der Mann blickte den Pfad hinauf. »Es gibt ein Gasthaus, keine Stunde Fußmarsch von hier entfernt, obwohl wir mindestens drei brauchen werden. Du kannst vorausgehen. Wir werden dich nicht aufhalten.«

Das hanoko schoss durch Annalyses Kopf.

»Besser bei euch als allein. Wenn ihr mich mitnehmt.«

»Sie sind Feiglinge«, knurrte Reth, während sie gingen, er und Annalyse bildeten die Nachhut der Gruppe. »Die Najahn warteten, bis wir müde und blutig waren, sie griffen an, während wir die Kitaye-Gefangenen fesselten. Die meisten von uns starben schnell. Der Rest von uns floh.«

»Sie verfolgten euch nicht?«

Reths Griff um die Keule verstärkte sich, die noch nicht den Weg zurück in die Stoffschlaufe gefunden hatte, die als ihr Zuhause diente. »Doch, das taten sie. Es waren mehr von uns. Tapfere Seelen, die zurückblieben, um uns Zeit zu erkaufen. Dass sie uns nicht eingeholt haben, bedeutet, dass sie es nie tun werden.«

»Du denkst also, die Insel ist verloren.«

Reth schnaubte und nickte in Richtung der Verwundeten vor ihnen. »Vis ist stark, aber wir sind keine Insel von Armeen. Die Najahn werden uns ein Joch auferlegen, und solange es nicht zu eng ist, werden wir es akzeptieren. Unsere Mütter wollen ihre Söhne und Töchter aufziehen, nicht begraben.«

»Und die Unholde werden zumindest neue Feinde haben.«

Reth sagte nichts darauf, und Annalyse ließ das Gespräch verstummen. Ihre Kehle konnte die Pause sowieso gebrauchen.

Minuten vergingen, die Sonne glitt in Richtung der westlichen Baumkronen. Grün wurde zu Orange und Lila. Die Dschungelsymphonie wurde leiser, und ein neuer Klang erhob sich, um sie zu ersetzen. Ein metallischer. Reth fluchte, gab einen Pfiff von sich, und die Gruppe beschleunigte ihr Tempo, das Stöhnen wurde nur lauter.

»Wir sind jetzt nah genug dran. Mit einem Kraftakt«, sagte Reth, »können wir es schaffen.«

Annalyse musste nicht fragen, was das klirrende Metall bedeutete: Najahn, die sich schnell näherten. Wie diese Soldaten nach einem Tag des Kämpfens, in so schwerer Rüstung, so lange laufen konnten, schien ein Rätsel, aber sie kamen.

Und mit ihrer Ankunft sah Annalyse eine Gelegenheit. Eine, die sie mit dem Glanz einer Fatalistin begrüßte.

»Reth, bleib in meiner Nähe«, sagte Annalyse und drehte sich um. Hinter ihnen führte der Pfad etwa zwanzig Schritte weiter bis zur nächsten Kurve. Den Geräuschen nach zu urteilen, würden die Najahn diese Kurve in wenigen Augenblicken umrunden. »Ich werde dich brauchen, um mich aufzufangen, wenn ich falle.«

»Wenn du fällst?«

Der Mottilan-Jäger mochte es nicht verstanden haben, aber er tat, worum Annalyse ihn bat. Warum er einer Nicht-Vis nur ein paar Stunden nach ihrer Begegnung vertraute, musste Annalyse sich nicht fragen. Der Tamas-skar in ihrer Halskette hatte seine Arbeit getan und Reth mit jedem ihrer Worte sanft auf ihre Seite gezogen.

Sie verstand jetzt, warum Gladdring so viel Wert auf den kleinen Topas legte.

Während die verwundeten Mottilan ihre langsame Flucht fortsetzten, traf die Najahn-Verfolgung in violette Schatten getaucht ein. Ihre Rüstungen glänzten nicht mehr, bedeckt mit Staub und Blut. Annalyse zählte acht, und unter ihnen nur drei Chakrams. Der Rest trug Gleven und gestohlene Vis-Speere. So ramponiert sie auch sein mochten, ihre mörderische Absicht war klar: Sie näherten sich wortlos, mit gezogenen Waffen.

»Bereit?«, fragte Annalyse.

»Ich weiß nicht, was du vorhast, aber ich schwöre, ich bin bereit dafür.«

So war es auch der Whent-skar. Annalyse bückte sich, die Najahn waren nur noch wenige Schritte entfernt, die ersten Chakrams glitten von den Rücken. Als ihre Finger den Boden berührten, ließ Annalyse den skar los. Wie ein Gewitter, das in ihrem Herzen ausbrach, nahm der Whent-skar Annalyses Wut, Angst und Hoffnung und ließ sie nach vorne krachen. Der Pfad buckelte sich, Risse breiteten sich von Annalyses Fingern aus wie erdgebundene Blitze. Die Najahn stolperten, fielen, als die Risse ihre Metallstiefel erreichten. Bei Berührung, als ob die Najahn selbst als Katalysator wirkten, weiteten sich die Risse, schleuderten Felsen hoch in den Himmel und verschlangen die Soldaten. Gruben erschienen, wo zuvor keine gewesen waren, und als die Soldaten hineinfielen, fluchend, schreiend, um Hilfe rufend, schloss sich die Erde wieder über ihnen und begrub die Najahn in Hügeln.

Annalyse sah all dies, lenkte nichts davon, der Whent-skar schrie in ihrem Kopf einen wortlosen Sieg. Aber sie hielt sich aufrecht, ihre Hand berührte den Pfad, bis der letzte Najahn verschwunden war.

Als die violette und schwarze Rüstung verschwand, sackte Annalyse zusammen, aber sie berührte nie die aufgebrochene Erde.

39
ZUM SILBERNEN MEER

Die Götter waren nicht besonders kreativ.

Ami kam zu diesem Schluss, genauso wie Fassle und seine Adepten eine Erneuerung herbeiführen würden: durch Beweise, Stück für Stück gesammelt. Die Wächterin stieg vom Plateau herab, flankiert von dem Feuerwanderer, der sie hierher gebracht hatte, und bemerkte jenseits ihres Schweißes rissige Erde, ähnlich wie Fotis Lavawüsten. Ein verbrannter Himmel, der dennoch leichte Wolken hielt. Eine heiße Brise wie die trockenen Sommer, die Ami kannte.

Der vertraute Geruch von geschmolzenem Metall biss in ihrer Nase, als die Feuerwanderer sich verschoben, um Ami Platz zu machen.

All diese Obsidiankronen funkelten und schienen zwischen den brennenden Körpern zu schweben. Die Feuerwanderer trugen hier keine Kleidung, sondern erhoben sich stattdessen als brennende Gestalten. Ein Blick zurück zum Becken und dem Portal bestätigte, dass weitere Konstrukte in Arbeit waren, weitere näherten sich. Eine sichere Passage durch das Wasser wartete dahinter.

»Muss eine ziemliche Überraschung gewesen sein, beim ersten Mal«, sagte Ami, und der schwarze Kopf ihres Begleiters flackerte mit blauen Funken als Antwort.

Was auch immer das bedeuten mochte.

Dennoch sammelte Ami mit jedem Schritt Antworten um sich herum. Als sie das Plateau verließ, erhoben sich zu beiden Seiten zwei behauene Steine, die sogar größer waren als die Feuerwanderer selbst. Sigile, die sie nicht kannte, liefen um das Obsidian herum, die geschnitzten Kanten waren geglättet, der Fels schmolz, als der Künstler die Worte signierte. Warnungen für alle, die hofften, das Portal zu erkunden, oder Andenken an diejenigen, die es bereits versucht hatten?

Die Masse der Feuerwanderer offenbarte mehr von sich selbst, die Kreaturen warteten nicht nur um das Portal herum, sondern erschufen eine Art Gesellschaft. Die Spiele, die Ami zurück in der Kammer des Beckens gesehen hatte, wurden auch hier gespielt: runde Steine wurden in dampfenden Kreisen gekickt, andere warfen Gegenstände in die Luft, um sie mit gut getimten Dreschflegelschlägen zu treffen, und wieder andere standen in gemusterten Linien, ihre Obsidiankronen blitzten in sich wiederholenden Ausbrüchen aufeinander.

Ami verlangsamte ihre Schritte bei diesen Anblicken, die Hitze nahm zu, als sie tiefer in die Menge vordrang. Ein wundersamer Anblick zuerst, ein Wunder beim zweiten Mal, verblich nun zu Sorge um sich selbst.

»Warum bin ich hier?«, fragte Ami den Feuerwanderer an ihrer Seite.

In diesem Moment beschloss sie, dem Ding einen Namen zu geben. Spark schien passend, offensichtlich genug.

So benannt, streckte Spark seinen rechten Mittelarm

nach vorne und zeigte über die Menge hinweg auf die markanten dunklen Gestalten, die über das Land rollten. Ihre schweren Stampfer ließen den Boden erzittern, ein sanftes Beben, das Ami nicht bemerkt hatte, bis sie deren Bewegung mit den Vibrationen in ihren dicken Stiefeln verband.

»Was, du willst, dass ich die sehe?«, lachte Ami, ein Lachen, das in ein Husten überging, als die trockene Hitze an ihrer Kehle zerrte. »Sie sehen ein bisschen weit weg aus, Spark. Ich bin nicht sicher, ob ich es so weit hin und zurück schaffe.«

Spark schien diese Antwort vorausgesehen zu haben, denn sein Arm schwang tiefer und nach links, zu einer Stelle, die frei von Feuerwanderern war, wenn auch nicht von ihren Aschemetallkonstrukten. Diese enthielten die flammenspeienden Monster, die Ami auf der anderen Seite gesehen hatte, aber die waren winzig im Vergleich zu den anderen Maschinen, die hier ruhten. Zwischen turmhohen Zylindern, gedrungenen Eisenkugeln und schlittenartigen Plattformen führte Spark Ami zu zwei stillen, aufragenden Dingen, die an ihrer Basis eine Reihe von Messern zu haben schienen, um die sich schlingende Linien zogen.

Ami starrte zum näheren hinauf, zu den seltsamen Knoten, die von seinen Seiten absprangen. Lüftungsschlitze durchlöcherten Metallplatten, mehrere Zylinder schossen gen Himmel. Stacheln ragten in seltsamen Winkeln hervor, als ob das Fahrzeug sich gegen eine riesige Hand verteidigen müsste, die danach greifen wollte.

Was, soweit Ami wusste, durchaus der Fall sein könnte.

Spark legte seine eigene Hand auf einen verkohlten Ring auf halber Höhe des Metallungetüms, ein brennender Umriss zeichnete seine Finger nach, bevor er entlang gemeißelter Kanäle zu einer kreisförmigen Tür floss. Als die

Hitze den Kreis vollendet hatte, sprang irgendein Riegel im Inneren mit einem hörbaren Zischen auf. Der Eingang schwang nach innen, und Spark trat weit zurück und winkte Ami, hineinzugehen.

Der Gedanke, dass sie im Begriff war, in einen Ofen mit einer riesigen brennenden Flamme zu treten, durchzuckte Amis Geist, und sie schickte ein stilles Gebet an Foti, dass diese Lüftungsschlitze die Wächterin am Leben erhalten würden. Trotzdem war es einfach nicht ihre Art, jetzt umzukehren.

Man konnte nicht so weit kommen und erst jetzt Angst bekommen. Svarde war tief in das Dunkle Unten gestolpert und nicht umgekehrt. Ami konnte das auch.

Für Catya. Für die Inseln.

Das Gehen auf Metall brachte ungewohnte Geräusche mit sich, die Ami, wie die Skar-Flüstern in ihrem Kopf, ignorierte, als sie in das Konstrukt stapfte. Eine Litanei von Hebeln umgab sie, die Form der Maschine übersetzte sich in einen einfachen Kasteninnenraum, uninteressant bis auf eine Sache: die Hebelköpfe, alle, glitzerten mit rohen Rubinsteinen.

Mit Foti-Skars.

Hitze hinter ihr ließ Ami weiter in das Konstrukt vordringen, Spark tat das Freundliche und wartete, bis Ami sich in die hintere Ecke zurückgezogen hatte. Lüftungsschlitze umgaben sie, jeder bot einen zerschnittenen Blick auf die Außenwelt, auf die Feuerwanderer, die sich wieder bewegten, um einen Weg freizumachen. Sparks Eintritt tat genau das, was Ami befürchtet hatte: Die Luft ging von heiß zu schwül über, zu erstickend. Ihr Blick verschwamm, ihre Whent-Kleidung fand nirgendwo hin, um die Hitze abzuleiten, und Ami sank auf die Knie.

Bis, mit einem sanften Seufzen, die Hitze abfloss.

Schnell genug, um sich wie Wind anzufühlen, und so
gründlich, dass Ami zitterte, als sie ihre Augen wieder
fokussierte. Spark stand an der Vorderseite des Konstrukts,
die Hände an vier Hebeln, und begann, sie im Einklang zu
bewegen. Wie diese Hebel-

Die Skars.

Die Firewalker nutzten diese Skars, um die Hitze abzuleiten. Ami schüttelte den Kopf und verfluchte einmal mehr
den völligen Mangel an Einfallsreichtum in ihrer Heimat.
Dass diese Firewalker den Sieben Inseln so weit voraus
waren, schien wieder offensichtlich, und was das für Amis
Heimat bedeutete, war nicht gut.

Andererseits würde Fassle wenigstens bekommen, was
er verdiente.

Sparks Bemühungen erweckten das Konstrukt zum
Leben. Ein Rumpeln, ein Quietschen, dann wiederholte sich
beides immer wieder. Die messerscharfen Ketten fanden
Halt im Stein, jeder Biss grub sich in den Fels und ließ das
Konstrukt sich drehen und dann vorwärts schießen.
Anfangs eine ruckartige, ungleichmäßige Fahrt, die nach
einigen Minuten glatter wurde, als die Maschine ihren
Rhythmus fand. Spark bediente weiterhin die Hebel in
einem schnellen Tanz aus Drücken und Ziehen.

Wie das Schwingen eines Schwertes in einer Übung
oder das Segeln eines Schiffes.

Die Aussicht jenseits der Firewalker wurde zu einem
ruhigen Rot und Braun des Gesteins, staubig und rissig.
Obsidianflocken übersäten die Landschaft zusammen mit
willkürlich verteilten Steinen, als hätte etwas Großes Felsbrocken hier und da ohne Rücksicht auf Muster oder Zweck
hingeworfen. Keine Pflanze wagte es, der Hitze zu trotzen,
kein Bach, weder Wasser noch sonst etwas, bot eine
Abwechslung in der Szenerie. Schluchten und Berge gab es

nicht, und die wenigen Hügel erhoben und senkten sich wie Beulen, weniger eine natürliche Schöpfung als ein Fehler in einem monströsen Prozess.

»Wie könnt ihr an so einem Ort leben?«, fragte Ami.

Sparks obsidianfarbene Platte drehte sich am Körper des Firewalkers, eine Leistung, die Ami bisher nicht gesehen hatte, die sie aber nicht hätte überraschen sollen. Die Firewalker schienen keine Knochen zu haben wie sie, auch kein Blut. Welche Kraft auch immer ihr Leben antrieb, sie brauchte keine Muskeln, also warum nicht einen frei schwebenden Kopf haben?

Die Blitze beantworteten weder diese noch irgendeine andere Frage, und nachdem die goldene Kadenz geendet hatte, drehte Spark sich wieder nach vorne zu dem schmalen Schlitz, der den Blick auf ihren Weg freigab.

Die Zeit erwies sich als schwer zu messen. Der Himmel neigte sich nie der Dunkelheit zu oder wurde zu einem helleren Tag. Ami selbst verfolgte die Stunden anhand des wachsenden Knurrens in ihrem Magen und des Durstes in ihrer Kehle. Sie hatte sich nicht auf eine lange Reise vorbereitet, auf nichts weiter als den Transport der Uniformen zum Lager der Firewalker, und nun hing ihr Wohlbefinden von einer Sache ab: den Vis-Skars, die in ihre Gesichtsplatte eingebettet waren. Die magischen Göttersteine linderten ihr Jucken, glätteten ihre Verbrennungen und dämpften Amis Verlangen zu essen.

Dass diese Bemühungen Ami nicht ewig am Leben erhalten würden, war eine Tatsache, die sie zu ignorieren versuchte.

Spark realisierte vielleicht, dass Amis Existenz nicht ewig währte. Die messerscharfen Ketten verlangsamten sich von einem konstanten Rattern zu einzelnen Schlägen, als die Maschine zum Stillstand kam, sanft genug, dass Ami nicht einmal umfiel. Sie war schon in Najahn-Karren mit schlechteren Fahrern unterwegs gewesen.

Ein weiterer Pluspunkt für die Firewalker.

Der Ausgang öffnete sich unter Sparks Hand, und diesmal folgte Ami dem Firewalker hinaus auf eine weitere staubige Ebene. Sie hatte die Fahrt damit verbracht, hinter sich zu schauen und keine Spur von kommenden Veränderungen gesehen, also als Ami Sparks Blick über die Vorderseite des Konstrukts hinaus folgte, durchbrach ihr Pfeifen die knirschende Luft.

Der endlose Stein ... endete. Nicht mehr als ein Dutzend Schritte entfernt verschwand der Fels in einem aufgewühlten silbernen Meer. Vertraute Wellen türmten sich auf und schlugen gegen die Erde, zugleich diese Vertrautheit herausfordernd in der Art, wie ihre schimmernden Wirbel alles überzogen, was die Flüssigkeit berührte. Das Meer selbst erstreckte sich bis zum Horizont und bog sich in der Ferne gegen den Felsen.

Ein Angriff auf das Land.

»Was ist das?«, sagte Ami und wagte sich an dem Firewalker vorbei in Richtung des Aufruhrs.

Spark machte keine Anstalten, sie aufzuhalten, und Ami näherte sich, fand einen Spritzer, der in ihrer Nähe austrat, und beugte sich für einen genaueren Blick hinunter. Die Klumpen trennten sich und formten sich neu, liefen in Risse im Boden. Als mehr Wellen aufschlugen, baute sich das Silber auf, lief in die Felsen hinein und über sie hinweg. Es verdunstete nie, sickerte nie in die Oberfläche ein. Schön, seltsam. Ami griff nach einem, das nahe ihrem Stiefel zitterte.

Der Ruck schleuderte sie zurück, die plötzliche Hitze flammte gegen sie auf. Ami schlug hart auf, zuckte zusammen und sah Spark davonstampfen. Rote Glut loderte über das Obsidian des Firewalkers, ihre Bedeutung klar genug.

»Nicht anfassen, hab's kapiert«, sagte Ami, stemmte sich auf die Füße und hielt auf halbem Weg inne.

Ein neues Geräusch näherte sich, ein vertrautes zischendes Knirschen wie bei den anderen Firewalker-Konstrukten. Ihre Füße zitterten, der Boden bebte. Ami und Spark folgten beide dem Geräusch nach rechts, zu dem riesigen, spinnenartigen Ding, das die Küstenlinie entlang marschierte. Mehrere lange Beine, jedes von einem Kolben angetrieben, schlugen bei jedem Schritt in den Stein, wobei der Kopf des Kolbens das Metallbein hinabglitt, um den Boden zu treffen. Wenn es das tat, brach ein lautes Zischen aus, und das Silber, das sich in den Rissen angesammelt hatte, schoss himmel- und seewärts, spritzte zurück in den schimmernden Dunst.

Als sich das Konstrukt bewegte und das erste Kolbenbein anhob, folgte ein zweites, traf denselben Punkt und spritzte einen dicken Schlamm auf den Boden. Ami und Spark warteten weitere Schritte ab, während das Konstrukt seinen Marsch entlang der Küste fortsetzte, bevor sie sehen konnten, was die Maschine hinterlassen hatte: einen dicken Schlamm, der in dieselben Risse gepresst wurde, die das glänzende Silber zuvor erobert hatte.

Diesmal hielt Spark Ami nicht davon ab, die härtenden Überreste zu berühren.

Diesmal musste Ami nicht fragen, was vor sich ging.

Sie hatte eine windgepeitschte Welt gesehen, die auseinandergerissen wurde. Sie hatte all die Firewalker am Becken warten sehen, am Portal. Die Länder hinter diesen schimmernden Toren starben, und selbst die Firewalker mit all ihren Wundern konnten ihr eigenes nicht retten.

»Aber wenn ihr jetzt alle zusammenbrecht, dann ...«,

murmelte Ami und drehte sich zurück zu Spark, zum Konstrukt und, weit weg, zum Weg nach Hause.

Jeder Unhold würde kommen, weil sie keine Wahl hatten. Nirgendwo anders hingehen konnten.

Die Sieben Inseln würden sehr überfüllt werden.

40
NOCTIAS RITTER

Niemand holte je ein Kance-Schiff auf der Flucht ein.

Diese Wahrheit, so unveränderlich wie Gladdrings Verlangen nach etwas Süßem zu seinem morgendlichen Kaffee, hatte all seine Jahrzehnte überdauert – bis heute. Bis er Quik und den neugierigen Kance-Soldaten, Seeleuten und Assistenten der Königin an Deck folgte und sah, wie ihre Verfolger die schweren Wellen am Morgenhimmel durchschnitten.

Die purpurne und schwarze Flagge des Kutters, mit Noctias gezacktem goldenen Ring in der Mitte des wehenden Stoffes, fing das frühe Sonnenlicht ein. Ein verdammendes Leuchtfeuer.

»Weniger als halb so groß wie wir«, sagte Quik, als sie sich an der Reling zurechtfanden. »Wir müssen hier mehr Soldaten haben.«

»Was mir Sorgen bereitet.«

»Dass wir mehr Soldaten haben, bereitet dir Sorgen?«

Der Jäger sprach scharf, wachsam und neugierig. Entweder hatte er in der Nacht zuvor gut geschlafen oder

Gladdring bei dem benötigten bitteren Stärkungsmittel geschlagen.

Gut. Der Tenet würde den Vis heute brauchen.

»Die Najahn würden nicht verfolgen oder angreifen, es sei denn, sie sähen den Sieg vor sich«, sagte Gladdring. »Andernfalls wären sie verzweifelt, und sich darauf zu verlassen, wäre die Taktik eines Narren.«

Quik lehnte sich weiter über die Reling, umklammerte das Holz und starrte, als könnten Antworten inmitten des sich nähernden schwarzen Schiffes gefunden werden. Und vielleicht konnten sie das, aber nicht für Gladdrings Augen. Der Tenet wich zurück, stolperte, als eine Welle das Deck ins Rutschen brachte, und fing sich an der Tür nach innen. Laternen schwankten in den Gängen, Befehle mischten sich unter ihr Knarren, und Gladdring hörte, was er wollte.

»Wo gehst du hin?«, fragte Quik, als Gladdring sich abstieß und zum Heck des Schiffes eilte.

»Zur einzigen Person hier, die von Bedeutung ist.«

Der Befehl, der die Königsgarde nach achtern rief, erwies sich als der richtige, dem es zu folgen galt, und Gladdring fand die Königin umgeben von ihren Beschützern, den Blick auf den Kance-Kutter gerichtet, der nun hinter ihnen herjagte. Ballisten und Armbrüste waren in Hülle und Fülle vorhanden, ein Fernkampfarsenal, das sich für eine erste Salve aufbaute. Ein Gehilfe legte der Königin kunstvoll gearbeitete Kance-Rüstung über die Schultern und befestigte Platten an ihren Beinen und Füßen. Für Gladdring wartete kein solcher Schutz, nicht dass er ihn getragen hätte.

Alles Schwere auf See neigte dazu, seinen Träger auf den Grund zu ziehen.

Während Quik mit einem Blick zwischen Verwirrung und stoischer Belustigung zusah, schob Gladdring seine stattliche Gestalt durch die Königsgarde, bis er neben seinem Ziel stand, eine Errungenschaft, die deutlich wurde, als er bemerkte, wie die rechte Hand der Königin ein Tötet-diesen-Mann-nicht-Signal gab.

»Ich komme, um Rat anzubieten«, begann Gladdring, die Augen auf das Najahn-Schiff gerichtet, versuchend, die Entfernung anhand des sprühenden Wassers an dessen Bug einzuschätzen.

»Dann biete ihn an.«

Eisern wie immer. Zumindest war die Königin konsequent.

»Sie denken, sie werden gewinnen«, sagte Gladdring. »Dies-«

»Ich weiß. Die Frage ist, wie, Gladdring. Könnten sie möglicherweise so viele Soldaten in dieses winzige Schiff packen, um uns zu überwältigen?«

»Unwahrscheinlich. Weniger als zwei Truppen könnten in einem solchen mit einigermaßen Komfort untergebracht werden.«

Während Gladdring sprach, hob die Königin ihre linke Hand hoch. Um sie herum wurden Armbrüste gehoben. Ballisten wurden an der hinteren Reling in Stellung gebracht, Soldaten visieren ihre Ziele an.

»Was schickt Fassle dann hinter mir her?«

»Kein Najahn-Schiff könnte *Die Windrose* einholen, nicht mit unserem Vorsprung«, sagte Gladdring, während er die Wahrheit entwirrte, als der Tamas-Skar feststellte, dass die eisige Haltung der Königin nur oberflächlich war. Die Frau teilte Gladdrings eigene Furcht. »Sie-«

Ein Pfiff von der linken Seite der Königin, und die Königliche ließ ihre Hand fallen. Ein harter Schlag, einer, der sich zu einem vielleicht unvermeidlichen, aber bis zu diesem Moment nicht ganz realen Krieg bekannte. Gladdring fand, dass seine Worte erstarben, als kleine und große Bolzen in den kühlen Wind streiften. Die Geschosse waren zu klein, um das Najahn-Schiff zu versenken, würden aber jeden an Deck, am Ruder oder an den Segeln massakrieren.

Oder sie hätten es getan, wenn die dunklen Pfeile nicht abgedreht und direkt in die sich überschlagenden Wellen gesunken wären. Bis zum letzten flogen die Geschosse vom Kurs ab. Keuchen, Flüche und klappernde Kurbeln folgten.

»Es scheint, wir hätten alle Skars mitnehmen sollen, Gladdring«, sagte die Königin.

»Und Noctia hat jemanden oder mehrere gefunden, die wissen, wie man sie einsetzt«, erwiderte der Tenet. »Ich denke, es ist Zeit, dass wir unsere eigenen zum Einsatz bringen.«

»Wer würde sie führen? Du?«

Bevor Gladdring vorschlagen konnte, dass ja, er diese Ehre auf sich nehmen würde, verschärfte die Königin ihren Blick. Er folgte ihrem Blick und bemerkte, dass der Bug des Najahn nicht mehr leer war. Eine einzelne Gestalt stand dort, gekleidet in Purpur und Schwarz, silberblondes Haar wie Meeresgischt hinter ihr wehend.

»Natürlich«, sagte die Königin. »Gladdring, die Skars saugen deinen Willen ab, ja?«

»Für schwerere Aufgaben.«

»Zielt auf die Dame! Schickt jeden Schuss auf sie, und hört nicht auf, bis sie am Boden liegt!«

Eine weitere Runde ging los, die Schüsse weniger verstreut, aber nicht effektiver. Die Bolzen näherten sich der Frau, bevor sie abgelenkt wurden, ein paar bohrten sich mit einem Knall, der laut genug war, um zu bestätigen, wie schnell das Najahn-Schiff die Distanz verringerte, in den schweren Rumpf des Kutters.

»Wie viele Runden, Gladdring, bevor sie fällt?«, fragte die Königin.

»Schwer zu sagen, aber wir wissen jetzt, wie sie uns einholen. Wenn sie ihren Kance-Skar benutzen, um ihre Reise zu beschleunigen und deine Schüsse abzulenken, kann sie nicht mehr viel übrig haben.«

»Ist es das Risiko für mein Schiff und meine Soldaten wert?«

Gladdring runzelte die Stirn. »Meine Königin, Ihr habt sie bereits riskiert. Die Najahn werden ihre Skars nehmen, und der Rest von uns wird in diesen Gewässern dem Tod überlassen.«

Eine weitere Runde, mehr Bolzen, und die gleiche Wirkung, bis auf eine Sache: Die Frau sackte zusammen, ihre Hände umklammerten den Bug des Najahn-Kutters. Die niedergeschlagene Haltung, die entschlossene Miene gaben Gladdring den Hinweis, den er brauchte, um sie zu erkennen: die Noctia-Erneuerung. Von ihrer Mission abberufen durch Fassles Erklärung, dennoch in seiner Achtung hochgehalten. Gladdring versuchte sich zu erinnern, wie viele Inseln sie erobert hatte, bevor sie zurückgerufen wurde, wie viele Skars sie haben könnte.

»Wer ist das hinter ihr?«, fragte die Königin, nachdem Befehle ergangen waren, die Klingen bereitzuhalten und sich auf ein Entern vorzubereiten.

»Ein Gefangener«, murmelte Gladdring und erkannte das vertraute Hemd, das er selbst nicht allzu lange zuvor getragen hatte.

Hinter dem ausgemergelten Mann kam ein weiterer Najahn-Soldat, der den Gefangenen mit dem Ende einer Voulge zum Bug ihres Schiffes trieb. Als sie sich näherten, während die Kance nun nach Belieben feuerten und die Bolzen weiterhin ihr herannahendes Ziel verfehlten, streckte die Noctia Renewal ihre linke Hand nach hinten aus. Sie schien nach dem Gefangenen zu greifen.

Bald griff sie nach nichts als Staub. Gladdring starrte mit offenem Mund, als der Mann und sein Hemd sich wie Morgennebel auflösten. Kein plötzlicher Fall, kein verzweifeltes Zusammenbrechen, nur ein weit aufgerissener Blick und offener Mund, bevor der Gefangene aufhörte zu existieren. Hinter dem verschwundenen Mann senkte der Najahn-Wächter seine Voulge, drehte sich um und stieg in die relative Sicherheit des unteren Decks hinab.

Die Renewal, die Renewal stand wieder aufrecht, eine lebhafte Röte färbte ihr Gesicht.

»Was war das?«, fragte die Königin. »Gladdring, was hat sie-«

»Ich weiß es nicht, aber ich schlage vor, wir verschwinden.« Gladdring begann, sich rückwärts zu bewegen und schlich sich hinter einen Königswächter. »Meine Königin, bitte!«

»Und wohin, Gladdring? Zu einem der Fischerboote?« Die Königin drehte sich um und starrte in seine Richtung, während Gladdring sich durch die Reihen zurückzog. Sie sah ganz wie die furchtlose Anführerin aus, die sie sein sollte.

Bis Flammen die Welt auslöschten.

Gladdring kam zu sich, als sein Arm an der Klinge eines toten Mannes hängenblieb. Der Degen war aus seiner Scheide gerutscht und zerbrochen, die abgebrochene Spitze schnitt eine neue rote Linie nahe dem Ellbogen des Tenets. Der Schnitt passierte nur, weil Gladdring sich bewegte, sein Körper über glattes Holz glitt.

Nein, nicht glitt.

»Es würde helfen, wenn du dich bewegen würdest«,

sagte Quik. Der Jäger stöhnte, als er Gladdring weiter über das sinkende Schiff zog.

Dass Gladdring Quiks Stimme überhaupt über die Schreie, Befehle und die ersten Geräusche aufeinandertreffenden Stahls hörte, lag daran, dass der Jäger sich tief duckte, während er zog. Der Grund dafür pfiff über ihren Köpfen hinweg – das Feuer der Najahn machte das Aufstehen zu einem sicheren Weg in den Tod. Gladdring versuchte, seine Finger und Zehen zu bewegen, stellte fest, dass alle seine Glieder noch da waren, und dankte Noctia kurz dafür, dass er ihr Reich noch nicht betreten hatte.

Der Tenet musste Quik nicht fragen, was passiert war oder warum er überlebt hatte. Das zerbrochene Heck des Kance-Schiffes, das größtenteils brannte, lieferte alle Antworten. Überall lagen Leichen verstreut, einige wenige Matrosen versuchten, Verwundete wegzuziehen, während Kance-Soldaten darum kämpften, die Najahn abzuwehren, die an Seilen hochkletterten, die an den wenigen nicht zu stark verbrannten Enden befestigt waren. Die schwarz gekleideten Todbringer kletterten mit Armbrustfeuer im Rücken und voulgebewaffnet an der Front – eine tödliche Kombination, die zu viele Leben forderte, während Gladdring und Quik ihren Rückzug fortsetzten.

»Du bist genau rechtzeitig geflohen«, sagte Quik, als sie das Achterdeck hinter sich ließen. Der Jäger huschte weiter vor als Gladdring und stand aufrecht, während er sich an die aufragenden Kabinen und die Oberdeck-Struktur presste. »Die Wachen vor dir haben die Explosion abbekommen. Nur Asche blieb übrig.«

Glück, oder hatte er geahnt, was kommen würde?

Gladdring schüttelte die Frage ab und gesellte sich zu Quik auf die Füße. Schmerzen meldeten sich, sein Körper realisierte, dass Gladdring nicht ganz tot war, aber um einiges besser dran sein könnte, wenn er einige neue Verbrennungen, den Schnitt und mehr als ein paar Splitter versorgen würde.

»Die Najahn setzt ihre Skars gegen uns ein«, sagte Gladdring und suchte zwischen den Trümmern nach der Königin, ohne ein Zeichen von ihr zu sehen.

»Das hab ich auch schon gemerkt«, erwiderte Quik. »Meinst du, wir sollten uns ein paar eigene besorgen?«

Der Tamas-Skar in Gladdrings Robe – eine Erleichterung, den Stein noch dort zu finden – bestätigte, dass Quiks Frage aus Zuversicht kam, nicht aus Angst. Der Jäger glaubte, dass hier noch ein Kampf zu führen, ein Sieg zu erringen war.

»Wir nehmen, was wir kriegen können, und laufen.«

Gladdring drängte vorwärts. Sie gingen an panischen, wütenden Kance vorbei, die in die andere Richtung liefen. Sie stolperten und rutschten, als das beschädigte Schiff mit den Wellen kämpfte. Über ihnen brannten die einst mächtigen Segel wie die größte Kerze der Welt, brennende Leinwand fiel um das Paar herum. Niemand stellte ihren Weg in Frage, warf ihnen einen Blick zu oder forderte sie heraus.

»Ihre Königin ist tot oder vermisst«, sagte Quik, als sie den Skar-Raum erreichten und ihn unbewacht vorfanden. »Was bleibt da noch außer Rache?«

»Sprich nicht wie ein düsterer Weiser«, giftete Gladdring zurück und versuchte den Türgriff, der verschlossen war. »Sie lassen zu, dass Emotionen ihnen den Krieg verlieren, bevor er überhaupt beginnt.« Er trat zurück und winkte zur Tür. »Brich das bitte auf.«

»Denkst du, ich bin nur Muskelkraft?«

»Ich denke, wenn wir erwarten, dass ich das aufbekomme, werden wir beide sehr tot sein.«

Quik schnaubte, tat aber wie Gladdring bat und warf

sich einmal mit der Schulter gegen die Tür. Das Holz bog sich, hielt aber stand. Ein zweiter Schlag ließ es knacken, und ein dritter, diesmal mit den Handschuhen ausgeführt, hinterließ ein zertrümmertes Durcheinander, das an verbogenen Scharnieren hing. Quik verzog das Gesicht und schonte seine Ansturm-Schulter.

»Schnapp dir ein paar Vis-Skars und du wirst wieder fit sein«, sagte Gladdring und trat hindurch.

Die Beutel, jeder mit seiner getrennten Beute, lagen in versiegelten Kisten im Raum. Quik musste kein zweites Mal aufgefordert werden, sondern machte sich mit seinen Handschuhen daran, jede einzelne aufzubrechen. Das splitternde Holz fügte seine Geräusche zu den wachsenden Ächzern und leiser werdenden Schreien und Kampfrufen hinzu. Eine Schlacht endete und eine andere, der Kampf des Schiffes mit dem Meer, kam in vollem Gange.

»Nimm diese vier. Ich kümmere mich um die hier.« Gladdring wies Quik an, die Beutel mit Foti, Rana, Whent und Vis zu nehmen. Der Tenet würde sich um Kance, Noctia und Tamas kümmern. »Dann hoffen wir, dass die Königin bezüglich der Rettungsboote nicht gelogen hat.«

Gladdring hob den ersten Beutel, die Noctia-Skars darin keine leichte Last, aber eine, die er in seiner Verzweiflung tragen konnte. Der zweite erforderte ein Hocken und ein Grunzen, aber bevor Gladdring den dritten hob, rief Quiks Fluch seine Aufmerksamkeit.

Die junge Frau, die einen Krieg erzwungen hatte, stand in der zerbrochenen Tür und sah unberührt und alles andere als müde aus, trotz aller Anstrengungen der Kance.

»So viele haben versucht, dich zu töten, Gladdring«, sagte die Frau, ihre Stimme Gift. »Jetzt bin ich an der Reihe.«

41
DAS ENDE DER PAUSE

Am dritten Tag hatte es fünf Versuche und null Morde gegeben. Livier war trotz seiner Verletzungen auf beiden Seiten davon beteiligt gewesen, weshalb er jetzt mit gefesselten Händen und Füßen auf der dünnen Strohmatte lag. Eujo saß auf der anderen Seite des kargen Raums, der nach königlichen Kance-Standards eher einer Abstellkammer glich, und genoss den Blick des Mannes.

»Wenn du nicht so ein Monster wärst, würde ich dich vielleicht die Skar ausprobieren lassen«, sagte Eujo, als Livier am späten Nachmittag erwachte. »Man kann nicht bestreiten, dass sie wirken.«

»Du wärst jetzt schon tot, wenn sie es nicht täten.«

Die Stimme des Mannes klang wie das Sterben einer Schlange, beruhigt eine Minute später, als er sich vorbeugte und etwas Schmelzwasser aus einer blassen Schale schlürfte. Wie ein Hund, obwohl Livier Schlimmeres verdient hatte. Torny war in dieser Hinsicht auf Eujos Seite, aber Wax bestand darauf, dass Livier noch von Nutzen sein könnte.

Eujo würde eher darauf wetten, dass Wax zögerte, seiner Liste eine weitere Leiche hinzuzufügen.

Nichtsdestotrotz war dies ein großer Tag, ein wichtiger Moment, denn Eujo selbst war dank dieser Skars und sorgfältigeren Verbandwechseln, Essen und Trinken fit genug, um den Attentäter zu verhören. Und Livier selbst schien bereit, es durchzustehen.

»Hab ich ein Glück«, sagte Eujo und begann, von dem wackligen Stuhl in ihrer Ecke aufzustehen, nur um sich bei einem schmerzenden Protest wieder fallen zu lassen, ihr Körper noch nicht ganz bereit für den einschüchternden Gang. »Vorerst muss ich darauf vertrauen, dass du mir die Wahrheit sagst. Kein Kance-Zungenschlag, keine verdrehten Worte, oder ich lasse Torny wieder herein, damit sie dich ausweiden kann.«

»Ist Torny die Göre mit dem Dolch?«

»Die, die ihn dir nur zu gerne in den Bauch rammen würde, ja.«

»Ich mag sie.«

Liviers Grinsen hatte etwas Krankhaftes. Eujo ließ es an sich abprallen. Der Mann hatte hier keine Macht, es sei denn, sie würde ihm welche geben.

»Wie sehr sie dich mag, hängt davon ab, was du mir jetzt erzählst«, sagte Eujo.

»Lass mich raten, du willst alles wissen?«

»Zum Anfang.«

Livier legte sich zurück auf die Matte, sein Blick wanderte zur Holzdecke, Bretter, die eine Auffrischung gebrauchen könnten. Das ganze Haus entsprach gerade so den Standards für das Überleben in einer abgelegenen Tamas-Stadt, eine Zuflucht, erkauft und bezahlt mit Blutgeld, mit den Rapieren, Messern und Werkzeugen von Livier und den toten Attentätern. Die Waffen verschafften

Eujo, Wax und den anderen Unterkunft und Nahrung für
eine Woche. Am Ende dieser Zeit... nun, Eujo plante, sich
auf die Suche nach dem Tamas-Skar zu machen, und Livier
würde wahrscheinlich auf einem weiteren Scheiterhaufen
verbrannt werden.

Der Attentäter schien jedoch zu glauben, er hätte einen
Ausweg. Das Geständnis begann mit einem kurzen Nicken
ins Nichts, dann flossen die Worte, hier und da verlangsa-
mend, damit Eujo eine Frage, einen Seitenhieb oder einfach
nur einen Seufzer einwerfen konnte.

Denn die ganze verdammte Sache war so dumm.

Die Königin, die ältere Königin, wollte die Skars, um
Kance angesichts des, wie sie sicher war, kommenden
Krieges zwischen den Inseln zu stärken. Whent und Rana
hatten ihre Kämpfe aufgeheizt, und die Najahn wurden
aggressiver in ihren Gebietsansprüchen. Während die
Königin vermutete, dass mehr hinter den Steinen steckte –
die Najahn schienen jedenfalls sehr besitzergreifend zu sein
– waren die Skars eher ein Handelsgut.

»Sie dachte, Fassle würde Kance in Ruhe lassen, wenn
sie mehr Skars zum Tauschen hätte«, sagte Livier.

»Ich hatte vier, Livier. Vier Skars, als sich meine eigenen
Wachen gegen mich wandten. Wie viel Zeit sollte das
erkaufen?«

»Ein willkommener Bonus, mehr nicht. Dein Leben war
der eigentliche Preis und die alleinige Kontrolle über die
Insel.«

»Bis sie eine neue Königin wählen würden.«

Livier schüttelte den Kopf, das Stroh raschelte unter
seinem zerzausten, verbrannten Haar. »Kance würde das
während einer Erneuerung nicht tun. Die Königin würde es
hinauszögern, sicherstellen, dass sie so lange wie nötig die

volle Kontrolle hätte. Dich aus dem Weg zu räumen, würde ihr die Alleinherrschaft in die Hände spielen.«

»Sie hat mich nie auch nur gefragt. Vielleicht würde mir ihr Plan gefallen?«

»Zusammenarbeit war noch nie ihr Stil, Eujo. Sie wird nichts mit dir oder irgendjemandem teilen, es sei denn, sie wird dazu gezwungen.«

Livier wusste nichts Weiteres über die Pläne der Königin, außer dass deine Gefangennahme nach dem Ende der Erneuerung durch die Najahn eine höhere Priorität bekam. Die letzte Nachricht, die Livier erreicht hatte, wartend, als sie auf Tamas landeten, deutete darauf hin, dass die Skars noch wertvoller waren als vermutet, dass Eujo nicht in die Hände der Najahn fallen durfte.

»Als ob ich sie mich nehmen lassen würde«, murmelte Eujo.

»Ein Risiko, das die Königin nicht akzeptieren kann, weshalb ich hier bin und warum mehr kommen werden, nachdem ich verschwunden bin. Akzeptiere es oder nicht, Eujo, dein Leben ist verwirkt.«

»Ich akzeptiere es nicht, und jeder, der dir folgt, wird genauso enden.«

»Du bist jetzt trotzig, aber wenn die Stunden, Tage, vielleicht Wochen vergehen, jede Minute damit verbracht, dich zu fragen, ob es deine letzte sein wird?« Livier lachte ein klägliches Lachen. »Viele zerbrechen für weniger. So wirst auch du.«

Wax ertränkte seinen Seufzer im Bier. Er, Torny und Eujo saßen um den einzigen Tisch im Zentrum des gedrungenen Hauses, einem Raum, der Küche, Wohn- und Esszimmer in einem war, gespickt mit schäbigen Holzmöbeln. Die Wände hingegen waren vintage Tamas, mit gefärbten Gemälden, die sich über die Kirschholzbretter zogen. Die Tinten hörten nicht auf, sondern liefen in einem verwirrenden Arrangement von einer zur nächsten, zeigten Frühlingstänze, Nachthimmel, brechende Wellen und einsame Tiere in verschneiten Feldern. Wenn alles andere in dem Ort billig oder kaum noch funktionsfähig erschien, diese Wände waren großartig.

»Also sind wir damit noch nicht fertig«, sagte Torny, ihre Worte vermischten sich mit dem Knistern des Feuers, das im Steinkamin hinter ihnen brannte. »Scheint, als müssten wir dieses Paradies verlassen, ihrer Verfolgung immer einen Schritt voraus bleiben?«

Das Paradies hatte zwei Schlafzimmer im Obergeschoss, die über eine Leiter zugänglich und etwas komfortabler als Liviers Matte waren. Bliss, selbst kaum noch auf den Beinen, blieb jetzt bei der Attentäterin, Teil einer Rundum-die-Uhr-Rotation, die das Quartett ermüdete, aber für die es keine andere offensichtliche Lösung gab. Livier allein zu lassen, bedeutete, eine Klinge an der Kehle oder Schlimmeres zu riskieren.

»Es gibt kein Vorankommen«, erwiderte Eujo. »Wie Livier werden sie uns bald einholen. Sie wissen, was wir wollen, wohin wir gehen, und wir können den Weg nicht ändern.«

»Können wir nicht?«, fragte Wax. »Wir könnten den Tamas-Skar aufgeben. Direkt nach Noctia zurückkehren und dann einen Umweg machen. Sie in die Irre führen.«

»Dann werden wir einfach von jemand anderem geschnappt. Besser, wir spielen mit offenen Karten. Wenn wir wenigstens den Tamas-Skar bekommen, wird Noctia mir sieben geben.«

»Und wen kümmert Wax, nicht wahr?«, sagte Torny. »Du hast ein paar. Das reicht, um... was war es noch mal, was wir versuchen zu tun? Alle Dämonen vernichten, die

Inseln retten, allen für immer genug Essen und Liebe geben?«

»Die Banditin hat's erfasst«, lachte Wax. »Ganz einfach, oder?«

»Dann-«

Wax unterbrach Torny mit einer Handbewegung, sein Lachen erstarb zu etwas Ernstem. »Es klingt wie ein Witz, Torny, aber ich habe Pan versprochen, dass ich die Erneuerung versuchen würde. Wenn das nicht mehr möglich ist, dann werde ich etwas tun, das ihn stolz machen würde. Das sein Opfer wert wäre.«

»Bin mir nicht sicher, ob der Versuch, das Unmögliche zu schaffen, der richtige Weg ist, um das Andenken eines Mannes zu ehren.«

»Ich werde es trotzdem versuchen.«

Eujo streckte ihre Hand aus und legte sie auf Wax' Arm. »Und nicht allein.«

»Eine Kance-Königin und ein Vis-Jäger.« Torny pfiff. »Wohl das beste Paar, das diese Inseln je gesehen haben. Diese Dämonen sollten besser Angst bekommen und nach Hause rennen.«

»Das werden sie, früh genug«, sagte Wax, »sobald wir herausfinden, wohin wir als Nächstes gehen.«

Die Kance-Königin warf Torny einen Blick zu, den die Banditin gut genug verstand, um anzukündigen, dass sie nach Bliss sehen musste. »Als eure Wächterin erkläre ich hiermit, dass es mir scheißegal ist, was ihr entscheidet, Hauptsache, ihr bezahlt mich ordentlich, bevor die ganze Sache vorbei ist.«

Eujo kicherte, als Torny, ihren Krug nachfüllend, in Richtung des Schranks stapfte. Wax seufzte nur - der Vis seufzte in letzter Zeit viel - und starrte ins Feuer. »Es ist nicht unmöglich, das weißt du doch, oder?«

»Das kann ich nicht glauben. Ich werde es tun. Genau wie bei Svarde, ich stehe in der Schuld von Menschen.«

»Ich auch. Einer ganzen Insel voller Menschen.«

»Derselben Insel, die versucht hat, dich zu töten? Die immer noch versucht, dich zu töten?«

»Bisher ist es ihnen nicht gelungen.« Eujo spürte eine Berührung, sah, wie Wax seinen Arm bewegte, sodass ihre Hand auf seiner ruhte. »Habe auch nicht vor, es zuzulassen.«

»Dann brechen wir morgen auf?«

Sie waren fit genug zum Reisen, und sie hatten bereits besprochen, Vorräte zu besorgen, eine Mitfahrgelegenheit oder einen Karren und ein Pony für die Reise: Wax und Eujo würden ihre Schwerter, ihre feineren Kance- und Whent-Kleider gegen dünnere, billigere Versionen eintauschen. Kein Tausch, auf den sich Eujo freute, aber die Tamas-Skars waren noch Tage entfernt im Süden, keine Reise, die sie zu Fuß machen konnten. Nicht ohne weitere feindliche Verfolgung zu riskieren.

»Ich bin bereit«, sagte Eujo, ihr Blick verweilte auf den Händen.

Musste sie etwas sagen? Was dann? Worte schienen genauso geeignet, den zerbrechlichen Moment zu zerstören wie alles andere, also schwieg sie, betrachtete das Feuer, während Wax sein Bier austrank. Er stellte den Krug beiseite, sah sie an, das hündische Grinsen, das Wax so gut stand, fand seinen Weg in sein Gesicht. Die kecke Linie, so voller Selbstvertrauen, so zuversichtlich, so... verwirrt?

Wax' Augen wanderten mit seinem Ausdruck hinter Eujos Schulter, zum kleinen Fenster des Hauses, seinem beschlagenen Glas und der nahen Tür. Eine Tür, die von einem harten Klopfen erschüttert wurde und sich einen Moment später durch einen noch härteren Tritt öffnete.

»Tolle Sicherheit«, sagte Wax, stand auf und suchte nach seinem Schwert. Eujo tat es ihm gleich, obwohl ihr Rapier an der Wand nahe der Tür lehnte, in der Nähe ihrer Mäntel.

Keine Hilfe im Umgang mit dem Mann, der grinsend wie ein hochmütiger Teufel dastand, während der kalte Nachtwind um ihn herum hereinströmte.

»Was für ein Trick«, verkündete Daklin, hinter ihm lauerten mehrere vermummte Gestalten. »Zuerst dachte ich, unsere Lieblings-Erneuerungen wären davongelaufen, aber dann stellten wir fest, dass einige Seelen fehlen.« Er trat ein und rieb sich die Hände, als würde er gleich einen leckeren Bissen essen. »Der Tamas-Skar erfordert eine Vorstellung, und ihr werdet eine für uns geben.«

»Wohl kaum«, sagte Wax, fand seine Klinge und hob sie. »Wir sind nicht eure Spielzeuge.«

»Nein, nein, das seid ihr nicht.« Daklin schnippte mit den Fingern. Die lauernden Schatten kamen in den Raum, wilde Kostüme lugten unter ihren Umhängen und Mänteln hervor. Eujo hätte gelacht, wenn Daklin nicht zu einem finsteren Blick übergegangen wäre. »Ihr seid Diebe. Verbrecher. Wärt ihr auf Whent, würden wir euch in die Gruben werfen. Da ihr auf Tamas seid, geht ihr auf die Bühne. Ihr werdet eure Szene spielen, oder ihr sterbt hier und jetzt.«

»Was kümmert es dich?«, fragte Eujo, die an Wax' Seite stand und die Schritte zu ihrer Klinge zählte und sie für zu weit entfernt hielt. »Wir sind zwei-«

»Das Stück, das Theater, ist heilig. Ihr wollt unseren Skar, ihr respektiert unsere Riten. Jetzt leg dieses Schwert beiseite.« Daklins wütendes Grinsen kehrte zurück. »Es passt nicht zu deiner Rolle, und ihr habt einiges zu proben.«

42
AUSGELÖSCHT

Die Zeit vergeht wie im Flug, wenn man um sein Leben kämpft.

Der ständige Stress verschmolz die Minuten und Stunden zu einem Strom, den Annalyse ignorierte. Tag und Nacht waren nur Hintergrundgeräusche. Kaffee und erschöpfter Schlaf wechselten sich in ungleichem Maße ab, während die Wissenschaftlerin, zuerst getragen, dann schreitend, in Mottilan ankam und die Klippen-Stadt in Besitz nahm.

Annalyse tat es nicht bewusst, aber als die Jäger sie in das breite, runde Gebäude direkt am leeren Hafen Mottilans brachten, war die Verwirrung unter den Ältesten, den anderen Jägern und sogar den wenigen herumsurrenden Insekten so offensichtlich, dass sich zurückzulehnen Annalyse erneut in die Hände von Menschen gegeben hätte, die weniger wussten als sie selbst.

»Ihr müsst euch auf den Krieg vorbereiten«, sagte Annalyse zuerst, laut und deutlich über die streitende Meute hinweg.

Ihr Publikum bestand aus Fischern, webenden Frauen,

Jägern, die über ihre Blütezeit hinaus waren, und Seeleuten, die dachten, sie würden den Winter wie üblich verbringen: sich bis zum Frühjahr sinnlos betrinken. Nur Reth, der seine neue Rolle als Mottilans Oberjäger nach den Najahn-Morden annahm, akzeptierte das Urteil auf die richtige Weise: indem er ein Najahn-Messer auf einen zentralen Steintisch schlug und diese als die neuen Feinde der Stadt erklärte.

»Aber wie?«, fragte einer der Ältesten, der in der Tat so gebrechlich und vom Leben gezeichnet aussah, dass jeder bewaffnete Konflikt unmöglich erscheinen musste.

Annalyse kannte dieses Gefühl, hatte es bis vor kurzem noch geteilt.

»Mit dem, was wir wissen, und dem, was ich euch beibringen kann«, antwortete Annalyse.

»Und wer bist du?«

Annalyse lächelte nicht, nickte nicht wissend, wie Gladdring es vielleicht getan hätte. Dies war kein Vertrauensspiel. Fakten würden sich durchsetzen, und Fakten lieferte sie.

»Eure letzte Chance.«

Mottilan hätte Annalyse bei diesen Worten ins Meer geworfen, wenn Reth sie nicht unterstützt und erklärt hätte, wie Annalyse den Najahn-Trupp vernichtet hatte. Das brachte Annalyse genug lauwarme Unterstützung ein, um der Wissenschaftlerin die Führung eines neuen Kriegsrats zu übertragen, mit ihr und Reth an der Spitze. Annalyse verschwendete wenig Zeit, fragte nach und erhielt Details über das Land um die Stadt, Ressourcen sowohl an Gütern als auch an Menschen und Talenten.

Alte Lektionen – Whent war eine kriegerische Insel, zwischen seinen zerstrittenen Kriegsherren und ständigen Konflikten mit Rana – darüber, wie man Überfälle abwehrt und eigene startet, kamen frei, als Annalyse die Details aufnahm und die nächsten Schritte plante. Getrocknete Früchte wurden zu Markierungen für mögliche Najahn-Positionen, Wahrzeichen und …

»Ungeheuer?«, fragte Annalyse, als Reth auf mehrere Melonenrinden zeigte.

»Genau«, antwortete Reth. »Wir haben nicht die Zahlen, um sie alle zu jagen, und einige von ihnen bewegen sich nicht. Die schlimmsten werden vielleicht von den Hanoko oder irgendeiner Krankheit für uns erledigt.«

»Aber Deshiva-«

Reth spuckte zur Seite, eine Geste, die von den anderen im Raum nachgeahmt wurde. »Kitaye ist größer, wenn sie Leben verschwenden wollen, indem sie jeder Kreatur auf der Insel nachjagen, können sie das tun. Das ist nicht unser Weg.«

Diese schroffe Einstellung fasste Mottilans Ansatz zusammen: kleiner, schlauer und immer mit dem Auge darauf, clever statt stark zu sein. Annalyse, mit Reth, der ihr bei Bedarf sanfte Stöße gab, passte sich schnell genug an.

Erstens, Informationen sammeln. Mottilans schnellste Jäger huschten aus der Stadt, suchten nach Najahn-Bewegungen und bestätigten versteckte Pfade durch die Berge, die Mottilan vom Großen Sana trennten. Fischer erhielten Anweisungen, auf See Ausschau zu halten und zurückzueilen, wenn etwas Lila-Schwarzes am Horizont auftauchte.

Zweitens, befestigen. All die schläfrigen Seeleute vertrieben ihre Kater mit Reths Speer im Rücken, ihre Tage waren nun gefüllt mit Steinverschieben, Fallgruben graben und dem Bau von Hinterhaltsplattformen zwischen den Bäumen an der Hauptstraße zur Stadt. Die schickeren Häuser oben an den Klippen wurden zu Festungen, gefüllt mit Vorräten, Wurfpfeilen, Pfeilen und Speeren. Jede

Landinvasion würde ein blutiger Abstieg werden, jeder Angriff von See würde sich einem Hagel von Felsbrocken und brennendem Pech von der hohen Klippenspitze über ihnen gegenübersehen.

Und drittens?

Verbündete.

»Wenn ein neuer Kriegsherr an die Macht kommt«, sagte Annalyse bei einem weiteren der ständigen Kreise um den Steintisch, »ist das Erste, was er tut, Meinungen zu ändern. Alle Messer, die auf ihren Rücken gerichtet sind, in ihre Scheiden zu stecken. Wann mussten die Najahn das zuletzt tun?«

Leere Blicke begrüßten sie.

»Genau. Sie wissen nicht, wie man Meinungen ändert oder Herzen gewinnt. Selbst wenn Kitaye fällt, werden die Menschen, die dort leben, nicht für Fassle arbeiten. Sie werden uns Informationen geben oder mit unserer Hilfe alles stören, was die Najahn zu tun versuchen.« Annalyse tippte dann auf den nordöstlichen Teil der groben Karte, die den rauen grauen Felsen überlagerte. »Als ich Noctia verließ, waren Whent und Kance die einzigen anderen Inseln, denen ihre Unabhängigkeit etwas bedeutete. Whent ist zu weit weg, besonders während Eis die Seewege verstopft, aber Kance könnte ein Freund sein.«

»Ein Freund wofür?«, fragte ein Jäger.

»Nahrung, Waffen, alles, wofür wir handeln können. Ihr werdet nichts mehr von Noctia bekommen, also müsst ihr alles durch das ersetzen, was Kance liefern kann. Oder darauf verzichten.«

»Das«, sagte Reth, »ist etwas, das wir verstehen.«

Wieder einmal rannte Annalyse mit Vis-Jägern durch eine bewölkte Nacht, diesmal nicht so sehr unter Dschungelblättern als unter Gestein. Dickere Gewebe als die, die

Deshiva ihr gegeben hatte, hielten Annalyse warm, während Mottilan-Stiefel mit in die Sohlen eingelassenen scharfen Steinen bei jedem Schritt Halt gaben, um sie vor dem Ausrutschen zu bewahren. Sie duckte sich unter Ästen hindurch und folgte Reth, als er über Spalten sprang, die von schmelzenden Schneeflüssen gebildet wurden.

Der Winter war noch da, aber auf Vis konnte sein Griff unbeständig sein.

Reth hielt auf einem scharfen Vorsprung an der Westseite des Hügels an, einer Lücke in den Bäumen, die zu sauber war, um natürlich zu sein. Der Wald breitete sich unter ihnen aus und wich bald dem grauen Aufstieg des Großen Sana. Dahinter flackerten orange und gelbe Lichter. Der Najahn-Außenposten.

»Siehst du das?«, sagte Reth und zeigte auf die Fackeln, die sich nach Norden bewegten. »Das ist unser Werk, genau da.«

Für einen Moment fragte sich Annalyse, ob Reth Mottilans wenige Kämpfer zu einem wahnsinnigen Angriff auf den Najahn-Kern geschickt hatte. Dann hörte sie das Gebrüll, laut und unheimlich, ein gurgelndes, schreckliches Geräusch. Furchtbar aus der Ferne und zweifellos noch schlimmer aus der Nähe, wo diese Najahn-Soldaten etwas jenseits ihrer schlimmsten Albträume gegenüberstehen würden.

»Das ist das Signal«, sagte Reth und richtete seinen Blick nicht auf die anderen Jäger um sie herum, sondern allein auf Annalyse. »Bist du sicher, dass du mitkommen willst?«

»Meine Idee«, sagte Annalyse, verdammt stolz darauf, dass ihre Stimme ruhig blieb. »Wenn etwas schief geht, sind die Skars unsere beste Chance.«

Reth nickte nur. Sie hatten in den Tagen zuvor darüber

gestritten, während sich das Hin und Her mit den Najahn abspielte. Die Lila-Schwarzen beschäftigten sich mehr mit Kitaye, Gerüchte drangen durch Dschungeltreffen zurück, dass die größere Stadt belagert und von Norden und Süden her eingenommen worden sei. Ablenkungen bedeuteten Öffnungen, die Mottilan maximal nutzen musste.

Und das bedeutete die Skars.

Sie liefen wieder, Reth wählte den Weg hinunter und um die Basis des Großen Sana herum. Vier Najahn-Wachen standen um den Eingang, Voulgen bereit. Ein gefährliches Ziel und nicht ihres, nicht heute Nacht. Stattdessen führte Reth sie weiter durch Farne und Bäume nach Süden, um die Basis des Najahn-Außenpostens herum. Währenddessen planten die anderen Jäger Fluchtwege, hinunter zur Südküste, wo ein Fischerboot warten würde.

Pläne in Plänen. Gladdring wäre stolz.

Sie erreichten den südlichen Rand des Außenpostens, als die Dämmerung nahte, ein zu langer Lauf, diese schrecklichen Gebrülle dauerten an, wurden aber entfernter, verzweifelter. Anstatt direkt in das Najahn-Chaos zu stürzen, hielt Reth sie zurück. Nüsse und Früchte wurden aus Beuteln in Münder weitergereicht, Kaffeebohnen darunter. Kleine bittere Bissen, die Energieschübe lieferten und die Erschöpfung vertrieben.

Versteckt, unter dem Rausch, der kranke Schub, als Annalyse wieder auf diesen schrecklichen Außenposten blickte. Die Rückkehr zum Ort ihres Beinahe-Todes oder Schlimmerem.

Um das Trauma auszumerzen, sich ihm zu stellen, es zu zerstören.

Ami hatte das mehr als einmal auf Noctia gesagt, oft während sie mit einer Klinge herumfuchtelte oder drei Ales intus hatte. Dass die Wächterin ihren eigenen Rat nicht befolgt hatte, war offensichtlich. Vielleicht tat sie es jetzt, falls Ami noch lebte.

Annalyse hoffte, dass sie es tat, hoffte, dass die rothaarige Kämpferin weiterhin Ungeheuer erschlug, wo auch immer sie war.

Es wäre schön gewesen, Ami jetzt hier zu haben, als Reth das Signal gab und ihre Gruppe aus der Deckung brach. Sie blieben tief, bewegten sich auf das erste Gebäude zu, einen niedrigen Stall. Einst Heimat für Vieh, jetzt ein behelfsmäßiges Gefängnis, oder so vermuteten es Mottilans Spione. Ein einzelner Najahn-Soldat stand am Eingang, sein behelmter Kopf nickte auf und ab, während er versuchte, dem Griff des Schlafes zu entkommen.

Reth beendete die Sorgen des Wachmanns mit einem Pfeil, geblasen, als der Kopf des Mannes sich senkte, und durchbohrte seine Kehle. Der Wachmann zuckte, versuchte zu sprechen und fiel. Eine klirrende Katastrophe wurde von Reths eigenen Händen verhindert, die den Sturz des Wachmanns auffingen und nach links umleiteten, wo zwei andere Jäger den Fall vollendeten.

Das Gras würde ein gutes Bett für den Mann abgeben, weich und vom latenten Kuss des Frosts gekühlt.

Annalyse hielt sich an der Außenwand des Stalls gedrückt. Bisher besser als erwartet. Der Kampf mit Kitaye, der Angriff des Ungeheuers, hatte so viele Soldaten abgezogen, dass der Außenposten fast verlassen war. Was das für ihr Ziel bedeutete, wollte Annalyse nicht spekulieren.

Sie musste jedoch nicht über das Licht spekulieren und darüber, wie ihre Deckung mit jeder Sekunde schwand. Was dunkle Schatten gewesen waren, enthielt nun Grautöne, und hier und da filterte Farbe ein. Reth bemerkte es auch, ebenso wie die anderen Jäger, ihre Blicke gingen zurück zum Rand des Dschungels und zur Zuflucht.

Aber das würde die Ablenkung des Ungeheuers opfern, würde die Najahn auf ihre Anwesenheit aufmerksam machen.

»Nein«, flüsterte Annalyse und gesellte sich zu den Jägern, der zusammengebrochene Najahn zu ihren Füßen. Die Rüstung klapperte. Sie lächelte. Whent würde helfen. »Reth, ich habe eine Idee.«

Die anderen Jäger verschwanden, als die ersten Strahlen die sich auflösenden Wolken durchbrachen, der Najahn-Wachmann, tief schlafend ohne seine Rüstung, wurde zwischen ihnen getragen. Die Hände hinter dem Rücken verschränkt, ging Annalyse vor Reth her, der sich hinter schlecht sitzender, aber passabler Rüstungsplatte verbarg. Sie würden nicht weit kommen müssen, würden nicht mehr tun müssen, als die Gefangenen zu finden und Annalyse unter ihnen zurückzulassen.

Dann, wenn die Nacht wieder hereinbrach, könnte sie sich selbst befreien.

Um die Ecke, durch ein loses Tor - nicht verriegelt, nicht verschlossen, laxe Sicherheit für die Najahn - betrat Annalyse das lange, schmale Gebäude. Balken und Latten teilten den Stall, und Annalyse lauschte, während sie auf altem Stroh und Erde ging, auf die ersten Fragen, die Rufe nach Essen, Wasser, Hilfe, die jedes Gefängnis bevölkerten. Keine kamen.

»Wo sind sie?«, flüsterte Reth hinter ihr. »Die Wachen? Die Gefangenen? Irgendjemand?«

»Vielleicht haben sich unsere Spione geirrt.«

Eine erhoffte Antwort wurde beiseite geschoben, als sie sich der ersten Zellenreihe näherten. Annalyse spürte, wie ihr der Atem stockte, ihr Herz donnerte mit den Skar-Flüstern in ihrem Kopf. Die Gefangenen aus Kitaye und Mottilan waren hier, ja, und sie lebten, ja. Sie starrten, sitzend, auf Annalyse und Reth, ihre Münder still, ihre Augen leer. In dieser Zelle, in der nächsten und der nächsten.

»Was ist das?«

Reth trat an Annalyse vorbei zu einem Paar. Er streckte die Hand aus, gab einem Jäger, bleich und bis auf ein Hemd nackt, eine leichte Ohrfeige. Der Mann schwankte, reagierte aber ansonsten nicht. Er versuchte es erneut, mit dem gleichen Ergebnis, und fluchte. Annalyse ging weiter, fand, was sie wollte, was sie fürchtete, im letzten Stand. Deshiva, geschlagen, aber am Leben.

Aber Deshiva saß genauso da wie die anderen, das Feuer erloschen. Lautlos, leer, wartend. Hinter ihr warnte Reth zwischen Flüchen, dass der Tag voranschritt, eine Sorge, die durch Rufe nach Frühstück, Kaffee und Schichtwechsel bestätigt wurde. Sie würden bald entdeckt werden, und es würde keine Flucht von hier geben, keine Massenflucht.

»Lass uns gehen«, sagte Annalyse. »Wir können ihnen nicht helfen.«

»Es gibt jetzt kein Verstecken mehr für uns, Whent.«

»Dann laufen wir, Reth. Wir laufen, bis wir nicht mehr laufen können.«

43
DER LANGE AUFSTIEG

Nachdem sie viel zu lange in etwas gekocht hatte, das sich wie eine Schmiede anfühlte, tauchte Ami triefend aus dem Becken der Kammer zurück in die Welt, die sie kannte. Die Feuerwandler, die die grauen Hänge zierten, beobachteten sie mit blitzenden Obsidiankronen, aber keiner bewegte sich, um ihren durchnässten Gang den Hang hinauf zu verhindern, vorbei an den klumpigen Westen, die sie abliefern sollte, und durch den Tunnel zu Jochi, Svarde und den anderen Seelen, die noch in glückseliger Unwissenheit litten.

»Sie werden alle zusammenbrechen?«, fragte Jochi, nachdem Ami ihre durchnässte, verkohlte Kleidung gegen neue getauscht hatte. Sie standen alle an Svardes Lieblingsplatz, der steinernen Kathedrale, und der Tote König selbst ragte in der Nähe auf, ein passiver Wächter über ihre Diskussion.

Ami ertappte sich dabei, wie sie den immer noch riesenhaften, in seiner dicken Rüstung ruhenden König anstarrte, während Maena, Svarde und Jochi Meinungen zu Amis Geschichte hin und her schleuderten. Der Tote König war seit Jahrhunderten hier unten, aber bot keine Einsicht zu Amis Worten? Hatte er wirklich mit seinen auferstandenen Körpern festgesteckt und nie versucht zu verstehen, was ihn an diesen Ort verdammte? Was die Dämonen zum Fliegen brachte?

Oder vielleicht hatte er es, und nahm an, dass sowieso keine Insel den Dämonen helfen würde, geschweige denn die zerlumpten, monströsen Flüchtlinge auf ihrem kargen Land akzeptieren würde.

»Das ist doch das Problem, oder?«, fragte Ami in einer Pause, als sich das Gespräch darum drehte, wie man all die Dämonen in den Höhlen des Dunklen Unten festhalten könnte. »Wir können sie nicht hier unten festhalten. Können wir nicht.«

»Haben's noch nicht versucht«, erwiderte Jochi. Der Kriegsherr war jetzt ohne seine Leibwächter unterwegs, obwohl die schwere Axt an seiner Hüfte darauf hindeutete, dass er nicht ungeschützt war. Ohne die speichelleckenden Beschützer wirkte Jochi weniger wie ein bedrohlicher Tyrann und mehr wie ein übergroßer Bär. »Meine Ingenieure können die richtigen Tunnel zum Einsturz bringen, diese Monster im Kreis laufen lassen, bis wir entschieden haben, in welche Grube wir sie stecken wollen.«

»Was, wenn wir sie in keine Grube stecken?«, fragte Maena. »Was, wenn wir sie nach oben schicken?«

»Wahnsinn«, murmelte Svarde.

»Du warst noch nie in einem Käfig. Du weißt nicht, was es bedeutet, auszubrechen zu versuchen.«

Svarde wackelte mit der riesigen, gezackten Klinge. »Nicht jeder Käfig hat Gitter, Rana.«

»Du willst aus deinem raus? Lass einfach los, Svarde.«

»Okay«, sagte Jochi und klopfte mit den Händen in die

Luft, als würde er ein unsichtbares Feuer löschen. »Beruhigen wir uns.«

Ami schnaubte: »Jochi, du solltest inzwischen wissen, dass Beleidigungen und Drohungen einfach unsere Art zu reden sind.«

»Die Wächterin hat Recht«, sagte Maena, verschränkte die Arme und strahlte mit einem mörderischen Grinsen. »Es macht keinen Spaß, einfach nur zu plaudern, Jochi.«

»Spaß macht es, Antworten zu finden, damit ich zu meinem Bier zurückkehren kann«, sagte Jochi. »Nach Amis Worten haben wir sowieso nicht viel Zeit, bis jeder Dämon, der sich bewegen kann, aus diesen Toren gekrochen kommt. Unsere Feuerwandler-Freunde werden vielleicht eine Menge von ihnen zerschmettern, aber andere werden durch die entfernten Tunnel entkommen.«

»Und wir wollen nicht, dass die Feuerwandler sterben«, fügte Ami hinzu.

»Richtig, was mich zurück zu den Tunneln bringt. Wir versiegeln ein paar Routen, halten die Dämonen im Kreis laufend, bis wir etwas Besseres ausgetüftelt haben.«

Maena blickte nach oben: »Hab schon was Besseres: Bringen wir sie an die Oberfläche.«

»Noctia hat nicht den Platz für Dämonen aus sieben Welten«, sagte Svarde. »Keine Insel hat das.«

»Sie werden nicht alle durchkommen.« Jochi zog eine Pfeife aus seinem riesigen Mantel und steckte das kleine Ding in den Mund. »Vielleicht werden es wenig genug sein, dass wir sie auf ein paar Inseln verteilen können und niemand es bemerkt.«

Ami sank zurück, während das Geplänkel weiterging, Lösungen und Probleme prallten aufeinander wie Soldaten in traurigem Schwertkampf. Die Reise des Tages fand in dem Gespräch eine gute Gelegenheit, Ami daran zu erinnern, dass sie erschöpft war, die Vis-Narben sehnten sich nach der Erneuerung des Schlafes. Vielleicht könnte sie sich davonschleichen, irgendwo eine Strohmatte finden, und bis sie ein paar Träume vertrieben hätte, würden diese drei eine Lösung haben.

Kivi, deren rollendes Kieselschnarchen in der Ecke grollte, hatte die richtige Idee.

»Ich gehe«, verkündete Svarde und zog Ami zurück in das Wechselspiel. »Ich marschiere direkt dort hoch und sage Noctia und dem Najahn, sie sollen sich bereit machen. Catya von diesem Thron holen.« Svarde nickte Ami zu. »Und du kommst mit mir.«

Verdammt.

Sie standen am Boden eines Götterschlags. Zumindest das, was davon übrig war. Der Tote König hatte die Kathedrale nahe dem tiefsten Punkt der Wunde gebaut, genau dort, wo Vis' Dolch Noctias Herz gefunden hatte. Tunnel verbanden den Stich hier und da weiter oben und ließen mehr als ein paar Dämonen seinen schnellen Weg zur Oberfläche finden und ein noch schnelleres Ende, wenn sie ankamen. Jetzt waren Ami und Svarde darauf aus, denselben Weg zu nehmen, eine schnelle Klettertour, um einen längeren Marsch nach Whent und die gefrorene Reise zurück nach Noctia zu vermeiden.

Dass sie zur Ringstadt aufbrachen, blieb für die ehemalige Wächterin eine zweifelhafte Wahl, aber was sollte Ami tun? Nein sagen? Sich vor Svarde, Jochi und Maena als Feigling erklären?

Kommt nicht in Frage.

Der Plan, wie Svarde ihn beschrieb, war einfach genug: die Wunde erklimmen, Catya dazu bringen, jeden Najahn-Angriff abzublasen, dann ihre und Amis Berühmtheit nutzen, um Fassle und seinen Zirkel zu überzeugen. Das

Stoppen aller zukünftigen Dämonenangriffen sollte für Fassle ein verlockendes Angebot sein, und mit der Unterstützung der Najahn könnten sie einen Weg finden, alle funktionsfähigen Dämonen auf die passenden Inseln zu verteilen.

Jochi, Maena und die Feuerwandler würden sich um die Monster kümmern, die zu gewalttätig waren, um gerettet zu werden.

»Und wenn Fassle beschließt, mich trotzdem hinrichten zu lassen?«, fragte Ami.

»Das möchte ich ihn mal versuchen sehen«, erwiderte Svarde. Das große Schwert war auf seinen Rücken geschnallt, der Griff festgebunden und berührte den grauen Nacken des Mannes. Eine Berührung konnte offenbar von allem ausgehen, nicht nur von seinen Händen. »Jeder Soldat, den er gegen uns schickt, wird nach ein oder zwei Schnitten auf unserer Seite kämpfen. Der Mann wird keine Wahl haben.«

»Weil die besten Geschäfte immer unter Zwang abgeschlossen werden.«

Svarde lachte und musterte die Felswand vor sich. Der Tote König und einige Whent-Ingenieure hatten genug Steine aufgestapelt und eine Leiter errichtet, um sie zum Dach der Kathedrale zu bringen, wo die eigentliche Wunde begann. Glatter, blasser Stein erwartete sie, seit vielen Jahren unberührt. Nicht weit darüber würde der makellose Aufstieg jedoch von Dämonenkrallen, verfehlten Armbrustbolzen und, wenn man dem Toten König glauben konnte, den Kerben unterbrochen werden, die er und Demion bei ihrem ersten Abstieg geschnitzt hatten.

Der Aufstieg würde lang werden, jede Stelle ohne guten Griff musste mit Meißeln herausgehauen werden. Ami schleppte Beutel mit Pilzen, Brot und Wasser. Svarde trug das Gleiche, obwohl der Mann nicht mehr aß. Er sagte, Bier habe auch keine Wirkung mehr auf ihn, es sammle sich nur an und laufe aus seinen Schnitten, die nie heilten.

Ami sprach es nicht laut aus, aber Svardes lebender Tod klang schlimmer als einfach nur … der Tod.

»Fassle hat sowieso keine Wahl«, sagte Svarde und griff nach dem ersten Meißel, um ihn zu testen. »Was wird er tun, wenn die Dämonen die Oberfläche überrennen, unsere Knochen zwischen den Zähnen? Noctia hat nicht genug Gleven, um die Inseln zu retten.«

»Falls er uns glaubt.«

Der Foti-Mann machte den ersten Satz und sprang von der Steinplattform zur untersten Wand der Wunde. Über ihm, bemüht, das Ausmeißeln der Griffe zu beschleunigen, haftete Kivi. Sie schnaubte und stieß Dampf zu Svardes Rechten aus, um die nächste Etappe anzuzeigen.

»Ami«, sagte Svarde, während er die Entfernung abschätzte und Ami dasselbe tat, wo Svarde jetzt hing. »Wenn du so missmutig bleibst, tausche ich dich gegen Maena aus.«

»Sie ist verrückt.«

»Das ist nicht ihre Schuld, aber sie ist trotzdem unterhaltsamer als du.«

»Ich wette, Catya würde das anders sehen.«

Svarde arbeitete sich zum nächsten Griff vor und machte so den Weg für Amis Sprung frei. Sie beugte die Beine, schätzte das Schwingen des Beutels ab und sprang los. Ihre Hände, mit dem Greiftuch eines Whent-Kundschafters behandschuht, fassten den Stein. Ami zog sich hoch und schob ihre Füße in die erste Nische. Die Vis-Narben flüsterten und kümmerten sich um die Muskeln, lange bevor sie schmerzten.

»Das würde sie«, sagte Svarde, und als Ami aufblickte,

sah sie, dass er schon mehrere Griffe voraus war. »Sie würde mich einen Griesgram nennen und dich den größten Spaß, den sie je hatte.« Der Foti grinste in Amis Richtung. »Aber wir wissen beide, wen sie in einer Schlägerei wählen würde!«

Oh, das waren Kampfworte.

Tage und Nächte verstrichen beim Aufstieg die Wunde hinauf. Ami ruhte sich auf größeren Vorsprüngen aus, wobei Svarde sich an den Rand legte, um sie vom Herunterrollen abzuhalten. Kivi döste mit ausgestreckten Krallen, selbst im Schlummer sicher an den Wänden. Sie aßen, tranken und teilten gute und schlechte Erinnerungen, eine Reise, die zugleich an die beste Zeit in Amis Leben erinnerte und ein hohler Hinweis darauf war, wie weit diese Zeit zurücklag.

Dass Svarde nie schlief, nie müde zu sein schien, war Ami unten entgangen. Er saß dort, schweigend, auf den Felsvorsprüngen und gab stundenlang keinen Laut von sich, blau und lila leuchtende Moose ihr einziges Licht.

»Wie hältst du das aus?«, fragte Ami in der zweiten Nacht, zusammengerollt in einer engen Nische. Der Tote König schätzte vier Tage Kletterzeit für den direkten Aufstieg, wenn sie ein zügiges Tempo beibehielten. Amis Narben und Svardes endlose Energie bedeuteten, dass sie bereits kühlere Oberflächenluft spürten. »Wie kannst du stundenlang schweigend dasitzen?«

»Nicht viel anders als in meiner Hütte«, antwortete Svarde. »Dort hatte ich auch die meiste Zeit der zehn Jahre niemanden zum Reden.«

»Wie hast du das damals geschafft?«

»In der Vergangenheit leben. Versuchen, an Wege zu denken, wie ich es anders gemacht hätte.«

»Zehn Jahre lang hast du das getan?«

»Manche Nächte habe ich mich auch betrunken.«

Ami lachte: »Weißt du, ich habe das Gleiche getan.«

»Ich weiß. Du hast auf Vis damit angefangen, bevor wir das Schiff nach Noctia nahmen.« Svarde drehte sich nicht um, um sie anzusehen, sondern blickte weiter in den Abgrund, sein Schwert im Schoß, der Griff sicher. »Ein Grund, warum ich ging. Ich wollte nicht zusehen, wie du dich auch ertrinkst.«

»Danke.«

»Ich weiß, ich bin ein Arsch. Hab nie was anderes behauptet.«

»Ein dummer Arsch noch dazu.«

»Aber rate mal, Ami? Dieser dumme Arsch darf die Welt retten. Zweimal.«

»Oh nein, Svarde. Dieses Mal nehme ich die Lorbeeren für mich in Anspruch. Du bist nur der Wächter.«

»Schon wieder?«

»Immer.«

Kurz nach Mittag am vierten Tag kündigte Kivi schnaubend ihre bevorstehende Ankunft an. Gespräche und unnatürliche Geräusche waren schon seit Minuten nach unten gedrungen, und Ami fragte sich, wann die Najahn den ersten Kontakt aufnehmen würden. Der Grund, warum sie es nicht taten, warum sie es nicht taten, bis Svarde sich über den Rand der Wunde hievte mit der kühnen Erklärung, dass Catyas Wächter zurückgekehrt sei, war überhaupt nicht das, was Ami erwartet hatte.

Und Jochi, ganz unten in der Wunde, hörte wahrscheinlich den Fluch, der Amis Lippen entfuhr.

44
TREIBEND

Für den Großteil der Geschichte der Insel endete ein Mann ohne Waffe, der von Mördern überrascht wurde, tot. In diesem Moment jedoch, mit Noctias Erneuerung, die Drohungen ausstieß, und zwei Voulge-schwingenden Najahn hinter ihr, trotzte Gladdring diesen düsteren Aussichten.

Sein Glück lag in einer Tasche zu seiner Linken, in die Gladdring griff, noch während die Erneuerung ihr eisiges Urteil verkündete. Die schwarzen Steine darin begannen, wie jeder Skar, ihre unentschlüsselbare Salve, als Gladdring sie aufhob. Er ignorierte den Schwall - als wäre Gladdring in eine schwatzende Menge gefallen - und hielt seine Faust der Erneuerung und ihren Wachen entgegen.

»Kommt näher, und ihr riskiert unser aller Leben«, sagte Gladdring.

Die Erneuerung griff mit einer Hand zu ihrem Hals, zu der Kette dort. »Drohe mir nicht mit etwas, das du nicht kontrollieren kannst. Lass die Steine fallen.«

»Oder was? Du bringst mich um?« Gladdring wich einen einzigen Schritt zurück. Jeder Schritt gab ihm eine

Sekundenbruchteil länger zum Handeln, wenn die Erneuerung oder ihre Wachen angreifen würden. »Du hast kein Druckmittel, Erneuerung. Das hast du mit deinen ersten Worten verspielt.«

Zu Gladdrings Rechten, auf der anderen Seite des Raums, beobachtete Quik sie beide. Der Vis-Jäger stand vor zwei Taschen, seine Hände hinter dem Rücken verborgen. Es bestand also die Chance, dass der Mann eine Falle bereit hatte. Und es war auch eine Bestätigung, dass er, wie so viele Vis, ignoriert wurde.

Das Kance-Schiff ließ jedoch nicht zu, dass sein Kampf vergessen wurde. Das Schiff stöhnte weiter, die Risse und Schläge waren jetzt nicht mehr die von Metallklingen, sondern von berstenden Planken, von eindringendem Wasser, das auf wenig Widerstand traf. Der Angriff der Erneuerung musste mehr als nur das Heck beschädigt haben.

»Es sinkt«, sagte die Erneuerung, als das Deck unter ihnen erzitterte. »Die Zeit ist um, Gladdring. Benutze diese Skars, oder-«

Sie unterbrach sich selbst und stürzte nach vorn. Die Hand, die noch eben an ihrer Halskette war, fuhr herunter, um das lange Messer aus der Scheide an ihrer Taille zu ziehen. Gladdring zuckte zusammen, aber es war noch Zeit, noch Zeit, die Noctia-Skars zu füttern.

Füttern?

Der ehemalige Tenet erstarrte nicht ganz. Er brach zusammen, sein Körper wurde wässrig, als die Opale in seiner Hand Gladdring mit Forderungen quälten. Ihre Wünsche, ihre Bedürfnisse präsentierten sich nicht als Worte, sondern als Gefühl, als roher, knirschender Hunger, der nach jedem im Raum greifen wollte, nach den beiden

Wachen davor, nach jedem, der auf dem Schiff noch am Leben war.

Nach ihm selbst.

Und Gladdring würde das nicht zulassen, konnte es nicht zulassen, selbst als das Messer der Erneuerung auf seine Kehle zustieß. Zumindest tat es das, bis die Erneuerung zur Seite flog, die Noctia-Tasche umstieß und gegen die Wand zu Gladdrings Linken krachte. Die Najahn-Wachen draußen schreckten bei dem Umschwung auf, nur um sich weggeschleudert zu finden, als ihre Bodenplanken nach oben schossen und sie über das kippende Oberdeck schleuderten. Ihr schweres Platschen gesellte sich zu dem anhaltenden Chaos, eine weitere Mahlzeit für die Fische, die sich heute gut nährten.

»Steh auf«, sagte Quik und eilte an Gladdrings Seite. Der Jäger ließ mehrere Whent-Skars in seinem Kielwasser zurück, die Steine glitzerten auf dem Holz. »Wir verschwinden, bevor das Schiff auseinanderbricht.«

»Die Skars«, flüsterte Gladdring, nahm Quiks Hand mit seiner leeren Rechten und taumelte zur Noctia-Tasche, um die Opale wieder hineinzuwerfen. Ihre hungrigen Dränge verschwanden, als sie fielen, und Gladdring begrüßte die Kontrolle über seinen eigenen Körper zurück, als würde er sich von zu viel Ale erholen. »Wir können sie nicht zurücklassen.«

»Verdammt seien die Skars, Gladdring, wir werden sterben, wenn wir bleiben!«

»Sie sind unsere einzige Chance, Quik«, sagte Gladdring, verknotete die Noctia-Tasche und hängte sie sich über die Schulter. »Wenn die Najahn nach Kance kommen, verlieren wir ohne ihre Macht.«

Er erwähnte nicht, dass die Kance-Soldaten Gladdring und Quik vielleicht einfach töten würden, wenn das Paar die Steine nicht hätte, um sie vom Gegenteil zu überzeugen. Das war ein Problem für einen anderen Tag, einen anderen Moment.

Quik schien Gladdrings störrisches Ziel zu verstehen und taumelte, sich bei jedem Schritt stabilisierend, während das Schiff weiter zerbröckelte, zurück zu seinen Taschen und sammelte die Whent-Skars auf dem Weg ein.

Noctias Erneuerung stöhnte, lag auf dem Boden. Augen geschlossen und leidend. Gladdring beobachtete sie, während er die Tamas-Tasche verknotete und sie zu ihren Opal-Geschwistern gesellte. Nur noch die Kance-Steine übrig, und dann ... sie zum Sterben zurücklassen?

Das Kance-Schiff versuchte, diese Frage für ihn zu beantworten. Als Gladdring die letzte Tasche erreichte und Quik seine eigene Vollendung verkündete - der Jäger konnte sich schnell bewegen, wenn er wollte - kündigte das Schiff ein fürchterliches Krachen an. Der Raum schwang, der Flur vor seiner Tür fiel weg. Gladdring stürzte, griff nach der Kance-Tasche, als die sich verschiebende Türöffnung einen grauen Morgenhimmel zeigte, hell und klar und direkt über ihnen.

Keine erwünschte Aussicht, wenn man sich in einem Schiffsraum befindet.

»Zu spät«, knurrte Quik, als Gladdring sich aufrichtete. Noctias Erneuerung lag zusammengekauert und still in der Ecke des Raumes. »Du hast uns beide getötet, Tenet.«

»Noch nicht. Dreh dich um.«

Quik fluchte, tat wie Gladdring verlangte und ließ den Tenet die vier Taschen betrachten, die Quik hielt, zwei um jede Schulter. Gladdrings Hand fuhr in eine Tasche, schnappte sich zwei Steine und zog sie heraus.

Anders als die Noctia-Skars waren Ranas Steine eher neugierig als mörderisch, obwohl ihre Aufregung deutlich zunahm, als Seewasser durch die Planken zu Gladdrings Füßen sickerte.

»Schnapp dir die Erneuerung«, sagte Gladdring und schob die Steine dorthin, wo er sie haben wollte.

Quik drängte sich an Gladdring vorbei, als das Seewasser wegsickerte und zu verschwinden schien. Gladdring kniete an der Wand, der kleine Raum war nun ein auf die Seite gedrehtes Gefängnis. Die Rana-Skars lauschten, tasteten und fanden, was er brauchte.

»Ich hab sie«, sagte Quik, und Gladdrings Blick bestätigte, dass der Jäger die Erneuerung unter einem Arm geschoben hatte, stabil auf derselben zur Bodenplatte gewordenen Rückwand wie Gladdring. »Jetzt können wir alle zusammen ertrinken.«

»Nicht ganz.«

Die Rana-Skars antworteten auf Gladdrings Frage mit einem Ruck, der den Raum nach oben und vorwärts schob. Wolken und Himmel verschwanden, als das, was einst nach oben gerichtet war, wieder flach auf dem Meer landete. Gladdring schlug hart mit seiner linken Schulter auf dem Boden auf. Quik, mit einer Geschicklichkeit, die Gladdring neidisch machte, ging mit dem Übergang mit, behielt seinen Stand und zog Noctias Renewal mit sich.

Die erzwungene Aufrichtung hatte ihre Folgen: Die Nägel, die die Wände des Raumes zusammenhielten, versagten, Bretter brachen weg. Die Wände sackten durch, das Dach, wieder über ihren Köpfen, stöhnte.

Und Gladdring wurde klar, dass er die falschen Skars gegriffen hatte. Trotz ihres wässrigen Nervenkitzels konnten die Rana-Steine sie nicht davor bewahren, zerquetscht zu werden. Er bewegte sich auf Quik zu und rief dem Jäger zu, einen Kance-Skar aus Gladdrings Taschen zu schnappen.

Stattdessen antwortete die Renewal auf seine Bitte, ihre Augen flatterten auf. An Quiks Seite gehalten, hatte Noctias Renewal das Glück, genau nach oben zu blicken, als das Bewusstsein sie fand, das größere Glück, einen Kance-Skar in ihrer Halskette zu haben, und das größte Glück, zu benommen zu sein, um den Forderungen des Skars zu widerstehen.

Als die Wände krachten, senkte sich das Dach nicht. Stattdessen brach das Holz darüber wie bei Gladdring, der eine Orange schälte, weg, kippte über die Seite und landete, wobei das Meer über ihr improvisiertes Floß schwappte.

Gladdring begann inmitten der Trümmer, der Wellen und der treibenden Körper zu lachen. Sie waren am Leben, sie hatten überlebt, alles dank der verdammten Steine. Die Skars, die so lange ignoriert und in die verfluchte Ägis verbannt worden waren.

»Worüber lachst du?«, schnauzte Quik und ließ die Renewal in der Mitte des Floßes fallen. »Wir sind immer noch dem Untergang geweiht, Gladdring.«

Die Einschätzung des Jägers war nicht weit hergeholt: Das Kance-Schiff war fast verschwunden, seine Existenz nur noch durch glücklich schwimmende Gepäckstücke, Fässer und Körper inmitten der Wellen markiert. Einige wenige Menschen planschten herum, aber selbst als Gladdring ihre verzweifelten Versuche wahrnahm, zogen nasse Kleidung, Rüstung oder die aufgewühlten Meeresraubtiere sie in die Tiefe. Najahn und Kance, beide ohne Rücksicht verschlungen.

»Mein Schiff«, flüsterte Noctias Renewal aus der Mitte des Floßes, wo Gladdring und Quik sich zu ihr gesellten. »Es schwimmt noch.«

Sie hatte nicht Unrecht. Der Noctia-Kutter trieb zwischen den Wellen, ein entferntes Ziel für jedes normale

Floß, das dem heftigen Schlagen des Meeres ausgesetzt war. Aber Gladdrings Wrack war kaum ein normales Floß. Die Rana-Skars spielten in seinem Geist, entzogen Gladdring Energie, um ihre zerschlagenen Bretter über Wasser zu halten. Solange Gladdring wach bleiben konnte, am Leben bleiben konnte, würde ihr kleiner Fleck nicht sinken.

Was ihnen eine Chance gab.

»Quik, gib mir mehr«, sagte Gladdring.

»Mehr wovon?«

Trotz seiner Worte schien Quik zu verstehen, was Gladdring wollte. Balancierend auf dem Holz schob Quik erneut seinen Rücken zu Gladdring, der mehrere weitere Rana-Skars aufhob.

»Was machst du da?«, fragte Noctias Renewal, so erschöpft, dass sie einfach in der Mitte des Floßes lag.

Ohne ihre Soldaten, ihr von Skars durchtränktes Großmaul, klang die Renewal genau wie so viele hilflose und hoffnungslose Menschen. Gladdring empfand fast Mitgefühl für die junge Frau. Fast.

Sie war schließlich der Grund, warum sie in dieser Situation waren.

Mit den zusätzlichen Rana-Skars, die sich ihren Brüdern und Schwestern anschlossen, gab Gladdring ihnen eine Richtung, einen wortlosen Befehl, das Floß zum Najahn-Kutter zu bringen. Er keuchte, als die Skars ihre Befehle annahmen und das Floß zuerst langsam und dann schneller als jedes Segel es vermocht hätte über die Wellen schoben. Das zerschlagene Holz schob Trümmer beiseite, während es dahinsauste und verlor bei jedem Aufprall mehr von sich selbst.

»Du könntest versuchen zu steuern«, bemerkte Quik.

»Weiß nicht wie«, antwortete Gladdring, seine Stimme so gedehnt, dass sie dem Jäger einen stirnrunzelnden Blick entlockte. »Keine Sorge, ich werde nicht sterben, bis wir das Schiff erreichen.«

Ein schlechter Witz, und einer, der Quiks Sorge nur vertiefte. Noctias Renewal schien zumindest ihrer früheren Tracht Prügel erlegen zu sein und verschwand wieder in Bewusstlosigkeit.

Vielleicht die beste Art zu ertrinken, sollte dieses Schicksal sie noch erwarten.

»Halt!«, rief Quik, nachdem weitere Minuten vergangen waren und der Najahn-Kutter mit seinen leeren Decks näher kam. »Es ist die Königin!«

Quik zeigte nach links, auf einen verkohlten Trümmerhaufen, der dem Durcheinander, auf dem Gladdring jetzt trieb, nicht unähnlich war. Die verbrannten Bretter hielten mehrere Körper, keiner bewegte sich, aber die glitzernden Gewänder der Kance-Königin stachen heraus, auch wenn ihre Federn zusammengeschmolzen waren und ihr Stoff nicht mehr blau, sondern aschschwarz war.

Eine Entscheidung präsentierte sich, und Gladdring traf sie.

»Du wendest nicht?«, fragte Quik, als ihr Floß weiter auf den Kutter zusteuerte.

»Ich entscheide mich für uns«, sagte Gladdring. »Sie ist entweder tot, was bedeutet, dass wir uns selbst riskieren, um nichts zu retten, oder sie ist kaum am Leben, und wir verlieren unsere Kontrolle.«

»Kontrolle?« Quiks Blick mischte Schock und Wut so gut, dass Gladdring sich fragte, ob der Mann nicht wirklich auf einer Tamas-Bühne fehl am Platz war. »Du redest jetzt von Kontrolle?«

»Ich rede von Vernunft, Quik! Sobald sie die Skars hatte, kümmerte sie sich nicht mehr um dich und mich. Wir waren Kanonenfutter, entbehrlich.« Mit viel Kraft aufzubringen, während die Rana-Skars an ihm saugten, ließ Gladdrings Sicht verschwimmen, aber er hielt seinen Blick direkt auf den Jäger gerichtet. »Wir wären bei der erstbesten Gelegenheit beiseite geworfen worden, genau wie deine Freundin, die andere Königin.«

Quik zuckte zusammen. Eine Erinnerung an etwas, das der Mann vielleicht zu vergessen gewählt hatte, wurde in ein hartes Licht gerückt. Der Jäger schüttelte den Kopf, spuckte einen Fluch aus, sagte aber nichts weiter, während das Floß weiterfuhr. Er würde jetzt mit seiner Seele ringen, und dieser Kampf könnte ewig weitergehen.

Oder Quik würde es machen wie Gladdring und das Überleben über alles andere stellen.

45
SZENEN IN BEWEGUNG

Daklin leitete, diktierte und trieb sie voran. Eujo und die anderen, die sich noch langsam von ihren Verletzungen aus der Wirtshausschlägerei erholten, hatten kaum eine andere Wahl, als dem verrückten Schauspieler zu gehorchen. Der Mann hatte loyale Wächter: grinsende Narren, die aus den Animas gepflückt, mit einem Schwert, einer Axt oder einer Peitsche ausgestattet und damit beauftragt worden waren, die Crew zu beobachten. Sie spuckten abscheuliche, sich reimende Drohungen aus, sollten Eujo und Wax von der zugewiesenen Szene abweichen.

Die Proben fanden nicht auf einer Bühne statt, sondern auf einem rollenden Karren. Ein dicker, eigentlich für Heuballen oder andere große Ernten gedachter Wagen, gezogen von einem Viergespann und mit einem einzigen Tisch und Stuhl als Requisiten dekoriert. Zwei kleinere Karren transportierten Vorräte, ihre eigenen Ponys führten den Zug westwärts zur nächsten Stadt. Jede Nacht kamen sie an einem neuen Ort an, jede Nacht fielen Eujo, Wax,

Bliss und Torny in ein bewachtes Zimmer, nur um aufzuwachen und alles wieder von vorn zu beginnen.

Livier, wie es sich für den Attentäter gehörte, blieb in Ketten. Daklin kümmerte sich nicht um den Kance-Mörder, außer um seine schleppende Bewegung vom Karren in einen engen Verschlag zu befehlen, wenn sie anhielten. Ob Livier Wasser, Nahrung oder irgendetwas zum Überleben Notwendiges erhielt, war für Eujo zunächst eine Quelle der Neugier, die sie jedoch vergaß, als das Auswendiglernen von Texten und das Treffen von Markierungen ihre Tage und Nächte zu dominieren begannen.

Zurück in den Animas waren die Proben genauso erschöpfend gewesen, aber Eujo hatte den Traum von einer Flucht gehegt, um sich über Wasser zu halten. Jetzt, mit Schnitten, Verbrennungen und einem sich ausbreitenden blauen Fleck an ihrer Seite, wo der Dolch getroffen hatte, wetteiferten die Schmerzen mit der Erschöpfung um das Recht, ihre nächste Szene zu vermasseln. Wax, der den Wirtshausstreit mit den wenigsten Narben verlassen hatte, tänzelte auf dem Karren herum und deklamierte die nächste Zeile in ihrer fade Farce, nur damit Eujo ihren Einsatz verpasste, Worte verhaspelte oder wiederholte, was sie bereits gesagt hatte.

Daklin würde eine weitere Aufnahme verlangen, und noch eine, bis der Mann für den Rest des Tages in stumme, brodelnde Wut verfiel.

Am fünften Sonnenaufgang zog sich Eujo mit kaum mehr als düsterer Akzeptanz auf die rollende Bühne. Kaffee vermischte sich mit Brot und Brühe – die Stadt der letzten Nacht war überfüllt gewesen, mit nur kargen Ställen und schmutzigem Stroh zum Schlafen – um ihr genau null Energie zu geben. Die Skars halfen nicht, das Vis-Gemurmel war allgegenwärtig, während die Steine ihre Kraft aufzehrten, um ihre Wunden zu heilen.

»Daklin sagt, es ist der letzte Tag«, meinte Wax, sprang neben sie und bot Eujo dann eine Hand an, um den Aufstieg zu vollenden. An der Vorderseite des Karrens knallte der Kutscher mit der Peitsche und die Ponys setzten sich in Bewegung. »Nur noch einmal, Eujo.«

»Bis es wirklich zählt.«

Daklin versuchte, seine Schauspieler auch mit Drohungen zu motivieren, wobei eine unter den verstreuten, gefühllosen Worten herausragte: eine letzte Aufführung in der Hauptstadt von Tamas, Videgaud, ein Name, den Daklin jedes Mal mit einer anderen Betonung aussprach. Als Wax ihn fragte, warum, antwortete Daklin, dass sich seine Insel mit jedem Tag verändere, also sollte sich auch der Klang ihres Namens ändern.

Abgesehen von diesem Unsinn betonte Daklin, dass das Paar – Torny und Bliss als Wächter hatten nicht die Freude, ihre Szenen vor einem Publikum aufzuführen – in Videgaud ihre großartigste Vorstellung geben müssten.

»Macht es gut«, wiederholte Daklin oft, »und eure Träume werden wahr. Zögert, und ihr werdet euer Versagen nie vergessen.«

Was das bedeutete, wollte Daklin nicht verraten, obwohl er angesichts der Härte, mit der er seine Schauspieler antrieb, nicht glücklich über die Idee zu sein schien. Eujo vermutete, dass ihre Aufführung Daklins eigenen Ruf beeinflussen könnte, was sie fast dazu brachte, die Szene absichtlich zu verderben. Würde dem Tyrannen recht geschehen.

»Komm schon, Eujo«, sagte Wax, als der Karren die Stadt verließ, während diese erwachte. »Noch ein Tag, um es richtig hinzukriegen.«

Sie blinzelte. Nahm einen kühlen Atemzug. Schnee glitzerte auf den Ebenen und in den Hainen um sie herum, Tamas verwandelte sich von einer wurzelbedeckten Wildnis in angenehmes Ackerland. Pfosten markierten Hopfenfelder für den Frühling, die Vorboten von Tamas' vielgeliebten Bieren.

Eujo hätte gerne mehr davon gehabt, aber Daklin hatte den Alkohol vorenthalten.

»Für Feierlichkeiten«, sagte Daklin, »und ihr habt keine davon verdient.«

Torny und Bliss saßen mit Livier in einem der nachfolgenden Karren, festgehalten nicht durch Ketten, sondern durch stille Drohung. Das Feuer des Banditen war mit Daklins Ankunft erloschen, Bliss erholte sich noch immer, und die beiden stimmten oft mit Wax und Eujo in düsterer Laune überein.

»Bereit?«, fragte Wax und positionierte sich an der Seite des Tisches. Eujo lehnte sich gegen die linke Wand des Karrens und rieb sich die Stirn. »Wenn wir eine Runde durchziehen, bevor Daklin hierher zurückkommt, treibt er uns vielleicht nicht so hart an.«

»Das glaube ich, wenn ich es sehe.«

Aber als Wax das Stichwort gab, sprach Eujo ihre Zeile.

Videgaud tauchte auf wie eine Parade für die Sinne. Zuerst ein Fleck am vorderen Horizont, angekündigt durch mehr Straßen und Karrenverkehr. Auch Fußgänger deuteten auf mögliche Reisen ohne Karren hin. Stände erschienen, Bauern und Händler versuchten, billigere, minderwertige Waren ohne das Gedränge der Stadt in bessere Tauschgeschäfte zu verwandeln. Ihre Rufe unterbrachen Eujo und Wax bei ihren Proben – Daklin rechnete ihnen ihren frühen Start nicht an – und Eujo verlangte eine Pause, ein Ende.

Daklin, der am Kopf des Karrens stand und sie von der Kutscherbank aus wie ein aufgeblasener Lord musterte, schnaubte verächtlich.

»Wie sehr ihr beide die Zeit und die Prüfungen braucht, habe ich noch bei keinen Schauspielern erlebt«, sagte Daklin. »Es gibt einen Ort, an dem man die Proben beiseitelegen und akzeptieren kann, was kommt, aber der ist nicht jetzt, nicht wenn eure Reise auf dem Spiel steht.«

»Dann wird meine Reise eben das Risiko eingehen müssen«, erwiderte Eujo und bemerkte, wie Wax Blicke zwischen ihnen beiden hin und her warf. Dass der Vis mit so viel Eifer in die Sache hineinsprang, war zunächst beeindruckend gewesen, jetzt war es nur noch nervig. »Ich bin fertig, Daklin. Fertig mit diesen Zeilen, mit diesem Karren.«

Sie erwartete eine weitere bissige Antwort. Stattdessen sprang Daklin zu ihnen zurück in den Wagen, stampfte zu Eujo, ohne einmal auf den rumpelnden Brettern das Gleichgewicht zu verlieren, und legte seine Hand an ihr Kinn. Eujo unterdrückte den wilden Drang, ihn zu beißen.

»Vielleicht irre ich mich«, sagte Daklin, ein Eingeständnis, das Eujo noch nie von dem Mann gehört hatte. »Wir sind so nah dran, etwas Ruhe und Erholung könnte Ihnen guttun. Für manche bringt es das Beste hervor, an den Rand des Todes gebracht zu werden. Für jemanden wie Sie, so verwöhnt, sind vielleicht ein paar Kissen, ein Kelch Wein und ein Nickerchen angemessener.«

»Verwöhnt?«, knurrte Eujo und überdachte ihre Entscheidung, nicht zu beißen, aber Daklin rutschte zurück und winkte die ganze Zeit abwehrend.

»Die Wahrheit braucht keinen Schleier. Sie sind eine Königin und verlangen den Komfort einer Königin. Also nehmen Sie ihn sich. Genießen Sie einen letzten Tag in der größten Stadt der Inseln.«

»Nur wenn Sie den Mund halten.«

Daklin tat zumindest genau das. Er kehrte zu seinem Kutschbock zurück und ließ die beiden Erneuerungen Videgaud auf seine eigene Art begrüßen.

Die Architektur auf den Inseln war nach Eujos Erfahrung meist von der Notwendigkeit getrieben. In Whent, mit seiner öden Tundra, bedeuteten dicke Steine und schwere Dächer Wärme und Zuflucht. Die Baumhäuser von Vis boten Schutz vor umherstreifenden Raubtieren. Foti und Rana passten zu den Eigenschaften ihrer Inseln, ebenso wie Kance. Aber Tamas?

Tamas gab sich seinen Begierden hin.

Videgaud setzte seine Ankunft fort und entrollte sich vor ihnen wie ein wundersamer Teppich. Wie die Animas sprossen Gebäude in traumhaften Formen aus dem Boden. Holz, Stein, Lehm und seltsamere Dinge ragten in alle Richtungen. Brücken, aus Seilen und anderem Material, verbanden die Gebäude. Fenster passten sich den geschwungenen Seiten an und fingen das Licht entlang vergoldeter Kanten ein, um reflektierte Regenbögen umherzuwerfen. Fahnen, einige mit Siegeln, die Eujo erkannte - Schauspielgruppen, Kaufmannsgilden und dergleichen -, vermischten sich mit gemusterten oder einfarbigen Baumwollflaggen, die im Wind flatterten. Musik prallte auf sprudelnde Gespräche, zufällige Instrumente und ihre unpassenden Spieler schlugen gegeneinander, während Daklins Zug gemächlich in die Stadt einfuhr.

Eujo erwartete irgendeinen Wachposten, vielleicht einen steifen Vorgesetzten, der von allen Einreisenden Steuern eintrieb, aber Videgaud hatte keine Mauer, überhaupt keine Ordnung. Tamas funktionierte offenbar frei und in einem Rausch.

Selbst im Herzen des Winters summte der Handel,

verkündete Geschäfte brachen aus, als die Ponys den Wagen durch eine wachsende Menge führten. Eujo hörte, wie Daklin einen Preis für den Mist aushandelte, den seine Tiere hinterließen; Dünger, der von Gassenjungen mit Schaufeln und Eimern aufgesammelt wurde. Verlockender waren die Früchte, Fleischsorten und Fische, die von südlichen Booten gezogen und an Restaurants und Lebensmittelhändler geliefert wurden.

»Kance-Sternfrucht«, sagte Eujo, als sie und Wax an der Seite des Wagens saßen, die Beine frei baumeln ließend. Ihre dicke, warme Kleidung machte alles klobig, aber solange sie nicht diese Zeilen aufsagen mussten, würde Eujo sich nicht beschweren. »Es ist so lange her.«

Geerntet aus klebrigen Büscheln hoch oben in Kances stacheligen Bergen, sah die Sternfrucht genauso aus wie ihr Namensvetter: blau und weiß gesprenkelt, mit einem atemreinigenden Aroma in jedem Bissen. Dass diese hier waren und noch nicht verfault, bedeutete, dass die Händler sie schnell bewegt haben mussten. Irgendetwas am Herunterkommen von diesen hohen Klippen ließ die Köstlichkeiten in nur wenigen Tagen schrumpfen und braun werden.

Wax bewegte sich ohne Vorwarnung und stieß sich von der Wagenseite auf die harte Steinstraße. Als Eujo seinen Namen rief, huschte der Vis zum Obststand, riss eine Sternfrucht aus ihrem Korb und warf sie in Eujos Richtung. Sie fing sie reflexartig auf und schnappte die zweite, als Wax sie nachschickte. Der Obsthändler begann nach Bezahlung zu fragen, die erfolgte, als Daklin, nachdem er den Zug angehalten hatte, Wax' eigenes Schwert übergab.

»Machen alle Erneuerungen so viel Ärger?«, sagte Daklin und schaufelte mehrere weitere Sternfrüchte in einen Beutel, um den Handel auszugleichen. »Oder sind es nur die Vis?«

»Definitiv nur ich«, antwortete Wax, ohne seinem verpfändeten Schwert einen zweiten Blick zu schenken. Er sprang zurück an Eujos Seite und hielt eine Hand aus. »Teilen?«

Die Königin willigte ein und ließ die zweite Frucht in Wax' Handfläche fallen. »Danke, Wax.« Die weiche Frucht fühlte sich perfekt in ihrer Hand an, wie tausend kostbare Erinnerungen. Sie lächelte und legte ihre Finger an eine der spitzen Enden der Frucht. »Jetzt lass mich dir zeigen, wie man das isst.«

»Man beißt nicht einfach rein?«

»Nicht, wenn man versucht, anständig zu sein.«

»Das bin ich, immer anständig.«

Eujo lachte. »Denk daran, Wax, du bist in Gegenwart einer Königin.«

Wax schnaubte, obwohl jeder Witz erstarb, als der Zug um eine Ecke bog und das Zentrum von Videgaud in Sicht kam. Dort, wie eine geschmolzene Blase, die aus der Erde aufstieg, saß Tamas' Große Bühne. Anstatt die Muster auf den gewölbten Wänden zu bewundern, fand Eujo ihre Zeilen, die durch ihren Kopf liefen.

Die Vorstellung stand bevor, und nach Daklins Worten war der Preis für ein Versagen etwas Schlimmeres als der Tod.

46

BRENNENDE KETTEN

Reth schaffte es gerade zwei Schritte vom Stall, bevor ihn ein Chakram an der gepanzerten Schulter traf und den Jäger zu Boden warf. Aus ihrem Blickfeld. Annalyse stand in der Mitte des Stalls und überlegte, was als Nächstes kommen würde. Ihr Geist und Körper waren wie gebannt von den stillen, knienden Gestalten um sie herum. Diese so friedlichen Gesichter, diese so verlorenen Augen, und doch noch lebendig.

Ihre Aufmerksamkeit änderte sich schnell, als das Chakram traf. Das Klirren des Metalls riss sie zurück in die Gegenwart, zur Flucht und deren Unmöglichkeit. In der Stalltür stand eine vertraute Gestalt, flankiert von zwei Personen in der gleichen purpurschwarzen Rüstung, die Veritrus trug. Er hielt eine Voulge in der Hand, deren gebogene Klinge das Tageslicht blinzelnd einfing. Anders als seine beiden Wachen trug er kein Chakram.

War er derjenige gewesen, der Reth getroffen hatte?

Spielte das eine Rolle?

»Ein paar Tage später als erwartet, aber trotzdem seid Ihr hier«, sagte Veritrus und blieb im Türrahmen stehen.

Er wusste genauso gut wie sie, dass es nur einen Ausweg gab.

»Habt Ihr ihn getötet?«, fragte Annalyse, denn was gab es sonst zu sagen?

Ihn nach den ausdruckslosen Gefangenen fragen? Nach dem Verrat der Najahn? Danach, was all seine purpurschwarzen Mörder mit den Menschen von Vis anstellen würden?

Nein. Reth zuerst. Der einzige Verbündete, der ihr geblieben war, zuerst.

»Wenn er Pech hat«, erwiderte Veritrus und tat die Frage mit beiläufiger Gleichgültigkeit ab. »Ich bin nicht mehr der Chakram-Werfer, der ich einmal war, und er schien eine unserer Rüstungen zu tragen. Ein hässlicher blauer Fleck vielleicht, möglicherweise ein schlimmer Schnitt.« Veritrus lächelte, dünn und selbstsicher. »Vielleicht leihe ich ihm einen Vis-Skar.«

»Ihr wollt ihn nicht tot sehen?«

»Schaut Euch um, Annalyse. Ich hätte von einer Wissenschaftlerin mehr Beobachtungsgabe erwartet. Scheinen diese Menschen Euch tot?«

Annalyse schluckte. Schüttelte den Kopf. Ließ ihre Hand an ihrem Gewebe hinauf zur Halskette gleiten. Nicht dass sie die Skars berühren musste, um ihr Flüstern zu hören, ihre gottgegebenen Kräfte anzuzapfen, aber etwas daran, das schwarze Eisen zu halten, diese warmen Steine ...

»Bei Noctia und den Najahn geht es nicht um wahlloses Töten. Es ist viel besser, Ressourcen zu nutzen, als sie zu verlieren.« Veritrus machte einen einzelnen Schritt in den Stall. »Seht Ihr, jeder Eurer Freunde hier ist ein wertvolles Mitglied unseres Außenpostens. Wir lernen noch, aber bald erwarte ich, dass sie Erfüllung darin finden werden, unsere Felder zu bestellen, unsere Teller zu säubern und die Palisade zu reparieren, die Ihr so rücksichtslos zerstört habt.«

»Wie?«

»Ah, seht Ihr? Da seid Ihr. Stellt die richtigen Fragen.« Veritrus griff in einen kleinen Beutel an seiner Hüfte und zog etwas heraus, das Annalyse nicht sehen konnte, aber leicht vermuten. »Diese Skars sind wirklich wunderbar, nicht wahr?«

»Welcher, Veritrus?«

»Wie wäre es, wenn ich es Euch zeige?«

Bevor Annalyse protestieren konnte, stieß der Noctia-Anführer seine geschlossene Hand in ihre Richtung. Wie ein schwingender Schlag, nur viele Armlängen davon entfernt, sie zu treffen. Trotzdem taumelte Annalyse. Nicht von physischer Kraft, sondern von einem stumpfen Angriff auf ihren Geist, wie eine pochende Migräne, die versuchte, sich gewaltsam Zutritt zu verschaffen. Ihre Sicht verschwamm, ihre Ohren pulsierten, und Annalyse ging würgend in die Knie.

Veritrus näherte sich.

»Wenn Ihr denkt, das hier sei schlimm, hättet Ihr am ersten Tag hier sein sollen«, sagte Veritrus. »Wir haben mehr als nur ein paar verloren. Nur die Verwundeten, wisst Ihr. Diejenigen, die kaum noch von Nutzen waren. Ihre Geister waren zu zerrüttet, um sich zu erhalten.« Veritrus ging vor Annalyse auf ein Knie, den Kopf schief gelegt, zu einer genauen Inspektion. »Einfach zerbrochen. Tragisch. Aber der nächste Schwung war besser. Sie zuckten nur, bis ihre Knochen brachen. Besser als nichts. Beim dritten Mal konnten wir sie am Leben erhalten.«

Skars schrien in ihrem Kopf, Vis und Tamas am lautesten, während all die anderen ihre neugierigen Gefühle umherscheuchten. Als hätte Annalyse zu viel Ale in einem überfüllten Raum mit hundert Gesprächen getrunken. Dieses lauteste Paar jedoch schien ein Bollwerk gegen die anstürmenden Wellen zu sein und lenkte jeden Angriff in ein zitterndes Stechen in ihre Beine, Arme und Augen um.

»Einige hielten länger durch als die anderen. Brauchten mehrere Durchgänge.« Veritrus streckte die Hand aus und gab Annalyse einen leichten Stoß an der Schulter. Die Wissenschaftlerin fiel rückwärts in den Schmutz. »Wir mussten sie anketten, als ihnen nur noch Wut blieb. Bis zur nächsten Sitzung, wenn wir sie vollends beruhigen und so zurücklassen konnten, wie wir sie haben wollten. Wie wir Euch haben wollen.«

Der Schlag tat es. Der Aufprall auf den Boden ließ Annalyse auf ihre Zunge beißen. Roher Schmerz, physisch, diente dazu, die zerfetzenden mentalen Wellen abzustumpfen. Sie musste handeln, musste das stoppen, musste alles stoppen.

Jetzt. Sofort.

Der Foti-Skar, ihr treuer Stein, antwortete auf Annalyses verzweifelten Ruf. Hitze sprühte von der Halskette, schoss überall hin, außer zu ihrem eigenen Körper. Veritrus stolperte zurück, schirmte seine Augen ab und drehte seine Rüstung, um die Strahlen zu blocken. Das trockene Stroh hatte keine solche Verteidigung. Der Foti-Skar heulte in wortlosem Triumph auf, als der Stall Feuer fing, über und um Annalyse herum in einem Augenblick.

Als diese Flammen ausbrachen, verschwand der mentale Angriff. Veritrus floh mit nichts weiter als einem Fluch, während Glut und erste Asche um Annalyse herum landeten, als sie versuchte, wieder zu Atem zu kommen und sich in Bewegung zu setzen. Ihr Körper stellte sich der Herausforderung langsam, als erwache er aus einem tiefen Schlaf.

Ihre Augen verfolgten die gierigen Flammen, während

sie über die Dachbalken rasten, von einem Strohhaufen zum nächsten sprangen. Ihre Nase brannte vom ersten heißen Rauch.

Ihre Ohren hörten die Schreie beginnen.

Roh, panisch und verwirrt. Annalyse torkelte auf die Füße, folgte dem Geräusch zur Box zu ihrer Rechten, wo sich ein Jägerpaar gegen die Stallwand drückte, während das Feuer aufflammte, als es reichlich Stroh zum Verzehr fand.

Was erschaffen werden konnte, konnte auch umgekehrt werden.

Annalyse rief erneut ihre Skars, fand Whent wartend. Wie ein wahnsinniges grabendes Biest wogte der Boden über das brennende Stroh, begrub die Flammen in einem plötzlichen Erdschaum. Die Jäger, verschont, starrten sie in wilder Verwirrung an.

»Lauft«, sagte Annalyse, hörte mehr Rufe, die mehr Handeln forderten, mehr Konsequenzen kreischten.

Der Stall brannte. Kein Erdewurf würde das in Flammen stehende Dach retten, würde die Wissenschaftlerin und die Gefangenen am Leben erhalten. Annalyse brauchte etwas Größeres. Umfassenderes. Verzweifeltes.

Sie brauchte Kance.

Der Windstein antwortete Annalyses Ruf mit raspelndem Entzücken. Annalyse verstärkte ihre Bitte, streckte ihre Arme aus und betete, dass der Windstein tun würde, was getan werden musste. Der Stein begann, die Luft im Stall aufzuwirbeln, presste das Feuer gegen das Holz und ließ die Wände knacken.

Und mit seiner Kraft forderte Kance seinen Tribut.

Annalyse schlug auf dem Boden auf, ohne es zu merken, ihre Beine waren auf einmal kaum mehr als Luft selbst. Ihre Arme fielen zur Seite, die Muskeln zu erschöpft, um sie hochzuhalten. Selbst Annalyses Zunge, blutend, lag still in ihrem Mund, ihre Augen waren halb geschlossen, und der kleinste, rauchgefüllte Atemzug war eine Qual.

Der Stall bebte. Der Wind heulte. Aber die Wände stürzten nicht ein, und das Feuer begann sich zu wehren, begann die Luft für sich selbst einzunehmen.

»Ich bin dran«, sagte eine vertraute Stimme, eine harte, und Deshivas Hand packte Annalyses Halskette und riss sie vom Hals der Wissenschaftlerin.

Das Flüstern verschwand, eine einzigartige Leere, die Annalyse seit... Wochen? nicht mehr gefühlt hatte. Sie starrte die Vis-Jägerin an, die kaum mehr als verkohlte Lumpen trug, mit mehr Wut in Deshivas schmutzigen Zügen, als Annalyse je gesehen hatte. Die Jägerin hielt die Halskette hoch, während brennendes Holz um sie herum fiel, der Wind erstarb und ihr Tod näher kam.

Bis er es nicht mehr tat. Bis die Flammen ihren Vormarsch stoppten und in die andere Richtung zurückwichen, bis Annalyse unter einer Kraft jenseits ihrer eigenen über den Boden rollte, bis der Stall selbst, oder was davon übrig war, wie ein Whent-Felsen zerbarst, der von einer hohen Klippe geschleudert wurde, und in alle Richtungen zersplitterte.

Inmitten des Strohs, der brennenden Splitter, der fliegenden und zappelnden Gefangenen sah Annalyse, wie Deshiva weiterhin im Zentrum der Katastrophe stand, ihren Fokus beherrschte und ihre Kraft lenkte. Die von Kance erzeugte Explosion musste Deshiva so viel Kraft gekostet haben, hätte sie zu Boden bringen müssen, genau wie Annalyse, aber die Kitaye-Jägerin wankte nicht, brach nicht zusammen.

Wie?

Klirren und Rufe machten diese Frage zunichte, so wie

sie schon zu viele andere zunichte gemacht hatten. Annalyse hob ihr Gesicht aus dem Dreck und sah Veritrus mit seinen Leibwächtern stehen. Einer hielt Reths verwundete Gestalt gebeugt, ein Najahn-Schwert an seiner Kehle. Im Gras ringsum erhoben sich nackte und fast nackte Jäger, schüttelten die Köpfe und stießen Flüche und Fragen gleichermaßen aus.

Sie fanden ihre Antworten in Deshivas Ruf. Ein gutturaler Schrei, wie Annalyse ihn in Kitaye gehört hatte, nur dass dieser einen wilden Knurrlaut am Anfang und am Ende hatte, das Heulen eines Hanoko, bevor es auf eine unglückliche Beute springt.

So sehr sie auch ihrer Seelen beraubt waren, dessen, was sie zu Menschen machte, Deshivas Geheul sprach etwas Tieferes an. Etwas, das Veritrus offensichtlich nicht hatte auslöschen können.

Die Najahn, weitere Soldaten, die auf die Explosion des Stalls hin kamen, waren zwischen zehn und zwanzig. Die meisten des Außenpostens waren noch weg, abgezogen von dem ablenkenden Unhold. Die Verbliebenen sahen sich im Verhältnis zwei zu eins in der Unterzahl, sahen sich besser ausgerüstet, aber nicht so getrieben, nicht so brutal.

Annalyse saß da und beobachtete, eine taube Faszination hielt sie still, während sich Deshivas Jäger, in diesem viszeralen Moment mit ihren Mottilan-Gegenstücken vereint, auf die Najahn stürzten. Die in Lila und Schwarz behielten ihre Haltung für einen Moment, zwei, bis Fingernägel Kehlen zum Zerreißen fanden und brennende Bretter durch die Lücken in ihrer Rüstung stießen. Körper, Blut und frische Schreie erhellten einen ruinierten Morgen.

Das Gemetzel endete schnell. Veritrus, seinen Beutel verloren, seinen Helm weggerissen und die Hälfte seines Gesichts mit ihm, wurde zu Deshiva geschleift. Annalyse hätte, wenn sie damals die Energie zum Sprechen gehabt hätte, vielleicht um das Leben des Mannes gebeten, um das Wissen in seinem Kopf. Deshiva setzte dieser Möglichkeit mit der eigenen Hellebarde des Najahn ein Ende.

Der Tod des Anführers löste ein anderes Erwachen aus, als ob die Vis begriffen, dass sie nicht nur rachsüchtige Geister waren, sondern noch am Leben, befreit aus ihren Geistgefängnissen. Deshiva stieß einen anderen Pfiff aus, und die Mottilan, die es nicht verstanden, bekamen ihre Anweisungen von Reths Gefährten verdeutlicht, die aus dem südlichen Dschungel mit einer bereiten Fluchtmöglichkeit zurückkehrten.

»Steh auf«, sagte Deshiva, ihre mit Eingeweiden beschmierte Gestalt packte Annalyses Schulter und zog sie hoch.

»Wie kannst du dich bewegen, nach all dem?«, sagte Annalyse, ihre eigenen Knie schwach. Die Jäger um sie herum schlurften, einige trugen Verwundete, andere gestohlene Waffen. Gräser brannten weiter. »Die Skars-«

»Ich kann kaum gehen«, murmelte Deshiva, und Annalyse wurde klar, dass der Arm der Jägerin auf ihren Schultern mehr für Deshiva selbst als für sie war. »Aber zusammen können wir rennen.«

47
STADT OHNE LEBEN

Von allen Menschen auf den Inseln verursachten wenige mehr wütende Übelkeit als Fassle und Yarvick. Dass sie neben der Person standen, die das genaue Gegenteil und noch einiges mehr inspirierte, ließ Ami nach einer Klinge greifen, die nicht da war. Weder Flamebreak, ihr lang verlorenes Bastardschwert, noch die von Whent gefertigte Waffe waren mit ihr die Wunde hinaufgekommen. Alles Teil von Jochis und Svardes Streben nach Frieden, um eine Front zu präsentieren, die für Diplomatie statt für Tod geschaffen war.

Ami hätte Letzteres sofort erledigt. Stattdessen begnügte sie sich mit einem Fluch und spuckte in die Tiefen der Wunde. Mit etwas Glück würde der Spritzer auf Jochis schrecklichem Kopf landen, weil er sie das hier sehen ließ.

»Ami«, sagte Svarde. »Erinnere dich, warum wir hier sind.«

Dafür musste sie sich nicht anstrengen. Unter dem Leinwachdach um die Wunde, am Fuße des Throns der Aegis, standen die Waffen und deren Träger, die die Feuerläufer nach Hause bringen konnten. Nicht nur die brennenden Unholde, sondern auch die unbekannten anderen hinter diesen wirbelnden Toren. Fassle, in seinen verzierten lila und goldenen Noctia-Roben, und Yarvick, in seidigem Schwarz und Silber, mit einem breiten Hut, der das geisterbleiche Gesicht des Mannes beschattete, krönten die Entourage. Das ungleiche Paar nahm Plätze zu beiden Seiten einer zu gebrechlich wirkenden Catya ein, wobei jeder Amis grobe Begrüßung mit dünnen Stirnrunzeln quittierte.

»Eine Idealistin und ein Verräter«, sagte Fassle. »Ich sehe, das Exil hat dein Benehmen nicht verbessert. Wärst du doch statt Masayo gestorben.«

»Hätte sie überlebt, wäre ich vielleicht nicht hier«, fügte Yarvick hinzu und zog dann seinen Hut in einer schnellen Verbeugung. »Also habe ich dir zu danken, Ami, dass du meine hartnäckigste Nemesis erschlagen hast.«

»Gern geschehen ist anders.«

Yarvick lachte nur, ein windiges Kichern. Zumindest brachte das Fassle dazu, noch verärgerter auszusehen, etwas, das Amis verdüsterte Stimmung für immer aufhellen würde.

»Du lebst noch«, sagte Fassle und blickte Ami finster an, »wegen deiner Mitstreiterin.« Er hob seinen Blick zu Svarde. »Euer Wiederauftauchen ist, offen gestanden, unerwartet. Als ich Euer unangenehmes Antlitz zuletzt sah, habt Ihr eine törichte Quest verkündet und seid von hier aufgebrochen zu einer Reise, die sicher mit Eurem Tod zu enden schien. Doch hier steht Ihr, vom Leben gezeichnet. Erklärt das.«

»Ihr habt uns keine Befehle zu erteilen«, sagte Ami und verschränkte die Arme, während Svarde seufzte.

Der Laut ließ sie zusammenzucken, etwas, das sie überwunden und mit einer wohlverdienten Beleidigungstirade fortgesetzt hätte, wenn Catya das Seufzen nicht mit einem eigenen beantwortet hätte. Von der Aegis kommend, die nicht einmal ein Jahr älter als Ami war, aber mehr als doppelt so alt wie die Wächterin aussah, ließ die pfeifende Resignation Amis Feuer in ihrer Kehle ersterben.

Erinnere dich, warum sie hier war. Erinnere dich, was das für Catya bedeuten könnte.

»Wir kommen als Gleichgestellte«, beendete Ami. »Nicht um zu kämpfen, sondern um, irgendwie, einen Gefallen zu erbitten. Als Freunde.«

Fassle und Yarvick tauschten Blicke aus, was weitere Fragen über ihre Beziehung aufwarf. Dass der Banditenfürst und der Anführer des Zirkels keine Freunde waren, war so beständig gewesen wie Noctias Jahreszeiten. Die Flinken Finger pickten kleine und große Taschen, immer gerade so, dass sie keine vernichtende Najahn-Aktion provozierten, aber jeder Dieb, der bei seinen schmutzigen Aufgaben stolperte, fand sich schnell am Galgen wieder.

Und doch standen sie hier, scheinbar verbündet.

»Einen Gefallen...«, sinnierte Yarvick, warf dann einen Blick um die Wunde, auf die stationierten Wachen und ihre lauschenden Ohren, potenzielle flüsternde Lippen. »Wenn ihr keine Armee mitbringt, dann schlage ich vor, wir verlegen diese Diskussion an einen privateren Ort. Kriege können durch Gerüchte begonnen und Leben durch ein falsches Wort beendet werden.«

Obwohl Ami sie als Gleichgestellte bezeichnet hatte, wussten sie und Svarde, dass ihr Leben auf Noctia nur mit Yarvicks und Fassles Erlaubnis weiterging. Während der Foti-Barbar mit seinem unsterblichen Schwert vielleicht einen Armbrustangriff, eine Chakram-Klinge überleben würde, würde Ami das nicht. Und sie vermutete, dass Svardes endloses Leben möglicherweise strapaziert würde, wenn, sagen wir, eine Henkeraxt den Kopf vom Hals trennte.

Also folgten sie Yarvick und Fassle von der Wunde hinauf, kletterten an schneebedeckten Lelune-Blumen vorbei zu einem vertrauten Tunnel. Auf Fassles Befehl hin postierten sich die folgenden Wachen an den Öffnungen und ließen die Vierergruppe weit genug entfernt, um das Lauschen zu erschweren, aber nah genug, dass jeder überraschte Schrei sicheren Tod bringen würde.

Trotzdem wunderte sich Ami über das Vertrauen. Svarde weigerte sich, sein Schwert abzugeben, erklärte nichts, und beide Herren akzeptierten es. Kein Argument, nur ein zustimmendes Nicken.

Warum?

»Wir gewähren euch diesen Moment, weil die Inseln auseinandergefallen sind«, sagte Fassle. »Weil die *Najahn* fast auseinandergefallen wären.«

Niemand verpasste den Blick, den Fassle Yarvick zuwarf, am wenigsten der Banditenfürst selbst.

»Es ist eine Zeit der Krise«, sagte Yarvick und sprang in die Lücke. »Das Geheimnis der Skars wurde enthüllt, und ihre Macht verursacht Chaos auf den Inseln. Unsere Soldaten sind-«

»Entschuldigung«, sagte Ami. »Unsere? Als in, du und Fassle? Zusammen?«

»Noctia steht vereint«, sagte Fassle, obwohl sein leiser Ton andeutete, dass diese Einigkeit unter einigem Zwang zustande kam. »Rana, Whent, Foti und Tamas stehen ebenfalls hinter uns, wenn auch ihre Loyalität nicht so fest ist, wie wir es gerne hätten. Vis und Kance haben jedoch unsere Führung zugunsten eines offenen Krieges abgelehnt. Zwischen diesen Katastrophen und der anhaltenden Bedrohung durch die

Unholde sind wir gezwungen, das zu tun, was getan werden muss.«

»Was wäre das?«

»Alle Skars sammeln«, antwortete Yarvick. »Die Göttersteine sind der Schlüssel, wie ihr inzwischen wissen müsst. Ihre Macht gibt uns die Chance, die Unholde für immer auszurotten. Doch gleichzeitig könnte sie in den falschen Händen unsere absolute Vernichtung herbeiführen.«

Der Banditenfürst schien mit jedem formellen Satz gegen seinen eigenen Akzent, seine eigene Sprechweise anzukämpfen. Eine Unbeholfenheit, die Yarvick nicht bemerkte. Aber warum sollte er auch? Der Banditenfürst trotzte unzähligen Befehlen zu seiner Verhaftung und Hinrichtung, indem er hier stand. Was blieb, wenn man den Tod besiegt hatte?

»Ihr hofft, dass wir euch helfen können«, sagte Svarde. »Ihr habt uns hochklettern lassen, weil ihr denkt, wir würden für euch kämpfen?«

»Kämpfen, inspirieren oder unerwartete Hilfe bringen«, sagte Yarvick. »Es schadet nicht, zu erfahren, warum ihr hier seid. Wenn es uns nicht gefällt, werden wir euch die Kehlen durchschneiden und eure Körper zurück in die Wunde werfen.«

Kein Zweifel in diesen Worten. Yarvicks Gewissheit erstickte Amis Antwort, bevor sie überhaupt begann.

»Unerwartete Hilfe«, murmelte Svarde. »So könnte man es sehen.«

Der Barbar verriet dann alles, erzählte detailliert von den wirbelnden Toren im Becken weit unten, dem Toten König, Jochis kolonisierender Gruppe und zuletzt den Feuerwandlern. Er stellte das Bedürfnis der brennenden

Unholde nach einer Heimat als notwendig dar, nicht als Frage oder Forderung.

»Sie werden es sich nehmen, wenn wir es ihnen nicht geben«, schloss Svarde. »Sie werden unsere Städte niederbrennen und alle Inseln in Ruinen zurücklassen.«

Fassle spottete: »Die Skars würden sie niederstrecken. Ich habe gesehen-«

»Wie viele von euch wissen, wie man sie benutzt?«, fragte Ami. »Die Skars? Vier? Fünf? Ein Dutzend? Die Feuerwandler werden euch vernichten.« Sie setzte ein höhnisches Lächeln auf. »Sie werden auch nicht allein sein. Jochi wird an ihrer Seite stehen. Genau wie wir.«

»Gegen eure Heimat?«

»Gegen euch.« Ami zeigte nacheinander auf beide. »Foti und die anderen Inseln mögen jetzt vielleicht nicht gegen euch kämpfen wollen, aber sie werden froh sein, euch zurückzulassen, wenn die Feuerwandler Noctia zu Asche verwandeln.«

»Drohungen also?«, fragte Fassle. »Ihr seid den ganzen Weg gekommen, um uns den Krieg zu erklären?«

»Unterstützt die Feuerwandler und alle anderen Unholde, die mehr wollen als Blut«, sagte Svarde und schob sich nach rechts, um sich mit seiner Masse zwischen Ami und das andere Paar zu stellen. »Beweist, dass ihr Frieden für die Inseln wollt, Fassle. Tut das, und vielleicht lassen wir euren Kopf auf euren Schultern.«

Fassle, mit rotem Gesicht, sah aus, als wolle er aufbrausen, aber Yarvick schnitt dem Mann das Wort ab.

»Werden diese Unholde an unserer Seite kämpfen?«, fragte Yarvick. »Wenn sie uns helfen, die Widerständler auf Kance und Vis auszulöschen, dann können sie diese Inseln für sich haben. Außer den Skars natürlich. Eine Heimat für ein paar Steine?«

Die *Rattenzahn* hatte sich nicht viel verändert, obwohl Amis Trinkgefährten heute zu ihren seltsamsten zählten. Sie war die Einzige mit einem Bier vor sich. Svarde, zu ihrer Linken, starrte den Krug mit einem solch verzweifelten Blick an, dass sie ihm einen Schluck anbot, nur damit Svarde erneut ablehnte.

»Es schmeckt nach nichts«, sagte Svarde. »Verschwende es nicht an mir.«

»Erinnerungen sind nicht so gut wie das Echte, oder?«, sagte der dritte Körper am Tisch mit einer so leisen Stimme, dass sie dem Gespräch im *Rattenzahn* nur wegen der Stunde und der Jahreszeit entging. Ein eisiger Hafen sorgte für eine trübe Hafenkneipe. »Aber manchmal ist es alles, was wir haben.«

Catya, in dicke Najahn-Roben gekleidet, saß auf einem hochlehnigen Stuhl. Der *Rattenzahn* hatte nicht viele davon, aber Svarde hatte einen für die Aegis gesichert. Die Hocker, auf denen er und Ami saßen, waren zu wackelig, zu anfällig fürs Umfallen, ein Risiko, das Ami vor nicht allzu langer Zeit als lächerlich bezeichnet hätte, aber jetzt ...

Sie war hier. Die Aegis war hier. Weg von ihrem Thron, weg von der Wunde und ohne die Skar-Kette. Noch besser, Catya würde sie nie wieder anlegen müssen. Die erste Bestimmung, die mit Fassle und Yarvick vereinbart und beschlossen wurde, überzeugt durch die Feuerwandler und Jochis eigene Truppen, die die Höhlen weit unten patrouillierten.

Svarde hätte glücklicher aussehen sollen, wenn man bedenkt, dass er sein Ziel erreicht hatte. Keine Seelen würden mehr über diesem schrecklichen Riss verwelken. Dass Catya verblasst, unnatürlich gealtert bleiben würde, war nicht seine Schuld. Dass sie die Chance hatte, ein weiteres Jahr oder zehn zu leben, war es.

Trotzdem griff Ami jedes Mal, wenn sie ihre Augen länger als eine Sekunde auf Catya ruhen ließ, nach dem Bier und winkte nach einer weiteren Runde.

»Dann sage ich Folgendes«, verkündete Ami in die durchnässte Stille am Tisch. »Lasst uns heute Abend ein paar davon wiedererleben, zumindest bis ich nicht mehr auf diesem Hocker sitzen kann.« Ami tippte auf die Vis-Skars, die in ihrer Gesichtsplatte eingebettet waren. »Mit diesen kleinen Kerlchen an meiner Seite braucht es viel mehr.«

Catya kicherte. Ihr eigener Becher, warm, mit wahrscheinlich überhaupt nicht frischem Tee darin, erhob sich, um gegen Amis zu stoßen, und Svarde begann mit der ersten von vielen Abenteuern, wobei das Leben Stück für Stück zurückzukehren schien, während er sprach.

Doch Ami spürte nur den geringsten Schwindel, als Catya fast schlafend über dem Tisch zusammensackte. Svarde fing die Aegis mit einem zärtlichen Arm auf, und gemeinsam verließen sie die Taverne und wanderten zurück zum Noctia-Viertel. Nachdem sie Catya in ihr zugewiesenes Bett gelegt hatten - Fassle dachte, er wäre clever, indem er Ami und Svarde ihre alten Zimmer zurückgab - ließen sich die beiden Wächter draußen auf den Straßen inmitten des dünnen verbliebenen Schnees nieder.

»Wir begrüßen diese Feuerwandler mit einem Krieg, weißt du?«, sagte Ami und lehnte sich gegen den Steinturm.

»Wenn das, was du mir erzählt hast, wahr ist, kämpfen sie schon lange einen aussichtslosen Kampf.« Svarde holte eine Pfeife und einen modrigen Beutel mit üblem Kance-Tabak hervor.

»Wo hast du das her?«

»Hab's nach meinem letzten Besuch hier gelassen«,

sagte Svarde, schüttete das Zeug in die Pfeife und benutzte einen kleinen Feuerstein, um sie anzuzünden. »Maena hat mir nicht viel Zeit zum Packen gegeben.«

»Große Abenteuer tun das selten.«

»Ich glaube, damit sind wir so gut wie fertig.«

Ami lachte: »Was lässt dich das denken?«

»Zwei Inseln mit einer Horde Feuerwandler zu zermalmen, erscheint mir nicht als großartig, Ami. Sie werden in ein paar Wochen einknicken oder in ein paar Monaten verbrennen. Dann ist es vorbei.«

Svarde paffte einmal, zweimal an der Pfeife. Seufzte und warf das Ding weg.

48

EINEN MAKEL BEHEBEN

Der Wert einer Geisel sollte nie unterschätzt werden. Gladdring und Quik konnten ihr ramponiertes, behelfsmäßiges Zimmerfloß nicht besonders genau steuern, aber der Kutter kam zu ihnen, sobald der Vis-Jäger die erschöpfte, bewusstlose Renewal in Sicht hob.

Durchnässt von der Gischt kletterten Gladdring und Quik die vom Schiff herabgelassene Leiter hinauf, wobei der Vis Renewal mit sich trug. Sie fanden ein einfaches Deck vor, das nach Najahn-Art ausgestattet war: versteckte Seile, Notfallausrüstung und Chakram-Gestelle nahe den hinteren Kabinen. Eine offene Treppe zum unteren Deck würde zu Hängematten und Zellen für die Besatzung und ihre Gefangenen führen. Einige Matrosen begrüßten ihre Ankunft mit misstrauischen Blicken und besorgten Fragen.

Diese Fragen – ob der Kapitän des Kutters lebend gesehen worden sei, ob noch andere Soldaten zurückkämen und was, um Himmels willen, in all den Säcken auf dem Floß sei – verrieten Gladdring mehr als genug: Dies war eine notdürftig zusammengewürfelte Besatzung für eine schnelle Verfolgung, der es nun an Führung und allem, was daraus folgte, mangelte.

»Zuerst die Renewal«, sagte Gladdring und wies ihre Fragen zurück, während er Quik anwies, die Frau in die ehemalige Kapitänskajüte zu bringen. »Quik, sieh zu, dass sie untergebracht wird. Vertraue niemandem anders, ihr nahe zu kommen.«

Der Jäger warf Gladdring den fragenden Blick zu, den diese Bemerkung verdiente, aber Gladdring führte es nicht weiter aus, nickte nur in Richtung von Quiks angewiesenem Ziel. Er würde es schließlich verstehen. Oder auch nicht. Es spielte keine Rolle.

»Wir fahren weiter«, sagte Gladdring als Nächstes zum Ersten Offizier, einer dunkelhäutigen Frau, deren stämmige, tätowierte Erscheinung im Widerspruch zu Najahns Vorliebe für sauberes Brandmarken stand. »Kance ist jetzt nah.«

»Entschuldigen Sie, Herr«, erwiderte der Erste Offizier, ihr starker Akzent deutete auf eine Herkunft aus Rana oder Foti hin, »aber wer sind Sie, und was fällt Ihnen ein, auf unserem Schiff Befehle zu erteilen?«

Gemurmeltes Einverständnis deutete an, dass die vier oder fünf anderen Besatzungsmitglieder, die in der Nähe standen, während der Kutter in den Wellen schaukelte, ähnlich dachten, aber Gedanken waren formbar. Gladdring tauchte seine Hände in seine nassen Roben und fühlte nicht einen, sondern mehrere Topas-Skars, die auf ihn warteten. Was mit einem einer Suggestion gleichkam, konnte mit etwas mehr zu einer Gewalt werden.

Zeit, diese Theorie auf die Probe zu stellen.

»Ich bin derjenige, der am besten weiß, was wirklich vor sich geht«, verkündete Gladdring. »Die Königin von Kance hielt mich als Geisel, nahm mich gegen meinen

Willen mit, um die Noctia-Skars für ihre eigenen Zwecke nach Kance zu bringen. Eure Renewal hat mich gerettet und dabei großen Schaden erlitten. Wenn ich sage, dass wir nach Kance segeln, sage ich, dass wir das Edikt des Zirkels überbringen müssen: Die Königin ist tot, und Kance muss ihren törichten Trotz ablegen, um sich mit dem Lila und Schwarz zu vereinen und die Unholde zu vernichten.«

Während er sprach, verwandelten die Tamas-Skars seine Worte in reine Emotion, einen dicken, unsichtbaren Dunst, der die Matrosen in Gefügigkeit hüllte. Die Steine zerquetschten fragende Gedanken auf die gleiche Weise, wie eine fesselnde Geschichte Tagträume vertrieb oder Begierde die Rationalität überwand. Die Matrosen mochten anfangs Gladdring für verdächtig gehalten haben, vielleicht sogar für einen Feind. Am Ende nickten sie bei jedem seiner Worte, als Gladdring ihnen neue Aufgaben zuwies, Informationen über ihre Nahrungsvorräte und die Gefangenen unter Deck sammelte und erfuhr, was ihre Mission gewesen war.

»Die Königin aufhalten und die Skars holen«, sagte der Erste Offizier, ihr starker Akzent glättete sich, als die Tamas-Steine den Todesstoß für Emotionen und gefärbte Sprache versetzten. »Wir sollen der Renewal in allem helfen, was sie verlangt.«

Ah ja, die Renewal. Gladdring winkte die Besatzung fort, um ihre Aufgaben zu erledigen, den Kutter wieder auf den aktuellen Kurs in Richtung der Windinsel zu bringen. Einige Rufe kamen vom Meer, weitere Schiffbrüchige, die um Hilfe flehten, aber die Najahn-Besatzung schenkte ihnen keine Beachtung. Die Verzweifelten könnten, wie Gladdring andeutete, Feinde sein. Tödliche Bedrohungen. Die immer verzweifelteren Schreie begleiteten Gladdring zur Kajüte der Renewal, der ehemaligen Residenz des Schiffskapitäns, die sich vom Deck erhob.

Zu beiden Seiten der Kajüte führten Steigleitern zum Ruder. Schwarzes Holz, verziert mit lila und goldenen Akzenten, löschte jedes natürliche Braun auf dem Schiff aus, saugte das Sonnenlicht auf und strahlte seine Hitze ab. Eine schreckliche Sache im Sommer, die jedes Wintereis zum Schmelzen brachte. Die Segel entfalteten sich oben, fingen den Wind des Tages ein und ließen den Kutter vorwärts springen, das stetige Klatschen des Ozeans ein Trost. Vor zu vielen Jahren hatte Gladdring selbst auf einem solchen gestanden und die Sterne und das Meer für das Lila und Schwarz vermessen.

Eine Erinnerung für eine andere Zeit.

Sie waren unterwegs, und Gladdring stand wieder einmal über den anderen.

Das Betreten der Kajüte drohte den ehemaligen Tenet umzuwerfen. Als Gladdring die schmale Tür hinter sich schloss, forderte der Preis für diese Tamas-Skars seinen Tribut. Sein Kopf schmerzte, seine Knie drohten nachzugeben, und Gladdring musste sich an der Kabinenwand abstützen.

»Alles in Ordnung?«, fragte Quik, der Jäger erhob sich vom Bett der Renewal.

Ein Blick bestätigte, dass der Vis den guten Doktor gespielt hatte, indem er die durchnässte Rüstung ausgezogen und die zitternde, noch immer bewusstlose Renewal in Decken gewickelt hatte. Quik selbst hatte seine eigene ruinierte Kleidung beiseite geworfen und zog sich, als er bestätigt hatte, dass Gladdring nicht kurz davor war umzufallen, wieder einige übrig gebliebene Hosen und ein Hemd an, die der vermutlich verstorbene Kapitän zurückgelassen hatte.

»Die Bewahrung unseres Lebens erforderte Anstrengung, mehr als ich wollte«, sagte Gladdring. »Aber die Besatzung gehört jetzt uns, zumindest für den Moment. Wir segeln nach Kance.«

»So hast du es auf dem Floß angedeutet. Was ist dort?«

»Eine Insel zum Erobern, Quik.«

Der Jäger runzelte die Stirn. »Wir sind nicht ihre Königin. Ich bin ein Vis, Gladdring. Bestenfalls werfen sie uns auf ein anderes Schiff nach Hause.«

»Nein, denn wir haben Neuigkeiten und ein Angebot«, sagte Gladdring und traute sich endlich, sich von der Wand zu lösen.

Die Kapitänskajüte enthielt die übliche Ausstattung eines najahnschen Seeführers: ein Bett an der gegenüberliegenden Wand, einen mit Karten übersäten Schreibtisch und mehrere Truhen, gefüllt mit Kleidung und Ausrüstung zum Tauschen, falls der Kapitän es benötigte. Gladdring ging jetzt zu diesem Schreibtisch, setzte sich auf den Stuhl und rieb sich die Stirn. Quik beendete sein Ankleiden und wartete.

Der Vis würde einen guten Diener abgeben. Fügsam und loyal.

»Kance befindet sich im Krieg«, sagte Gladdring, »auch wenn sie es vielleicht noch nicht wissen. Wir haben die mächtigsten Waffen, die die Inseln je gesehen haben, auf diesem Schiff. Waffen, die sie nicht zu benutzen wissen, selbst wenn sie die Steine aus unseren toten Händen pflücken. Allein mit diesem Angebot werden wir Schutz haben, werden wir Verbündete haben.«

»Bis sie beschließen, dass wir nicht mehr wichtig sind. Genau wie die Königin.«

»Wir werden diejenigen sein, die entscheiden, Quik.« Gladdring befreite seine Hände und legte die Tamas-Skars auf den Schreibtisch. »Diese Skars können ihren Verstand zermalmen, jeden zu unserem Verbündeten machen, zumindest für eine Weile. Lang genug, um herauszufinden, wen es noch loszuwerden gilt.«

Quik schüttelte den Kopf. »Noch mehr Morde also. Wofür, Gladdring? Du hast mir damals auf Noctia gesagt, dass unsere Taten die Inseln retten würden. Alles, was wir getan haben, ist einen Krieg zu beginnen.«

»Der erste Schritt, und ich gebe zu, es ist nicht so sauber verlaufen, wie ich es gerne gehabt hätte, aber ich bitte dich, mir zu vertrauen, Quik. Gemeinsam können wir das durchstehen. Den Najahn eine Niederlage zufügen, wie sie sie noch nie gesehen haben, und zusehen, wie Fassles Macht zerbröckelt. Dann bieten wir Rettung an, eine vereinte Front gegen die Feinde und ein Ende der Spaltung, des Chaos.«

»Mit dir an der Spitze.«

»Mit uns, Quik. Gemeinsam können wir Armeen führen, wir können deinen Bruder retten und jedes weitere Leiden auf dem Thron der Wunde beenden.«

»Du redest große Töne, Gladdring. Ich wünschte nur, ich könnte dir vertrauen.«

»Wo wärst du ohne mich? Würdest du in irgendeiner Schule sitzen und einer najahnschen Geschichtsstunde lauschen?« Gladddrings Augen glitzerten. »Oder vielleicht wärst du auf einem Schiff wie diesem, auf dem Weg nach Vis, um dein eigenes Volk zu unterdrücken. Ist es das, was du willst?«

Quik starrte nur finster.

»Mit mir«, fuhr Gladdring fort, denn er konnte eine Gelegenheit nie ungenutzt lassen, »wirst du ein Mitspracherecht haben. Du wirst die Hebel bedienen, die Männer und Frauen dieser Inseln gegen die endlose Bedrohung führen und sie besiegen. Es ist kein Fluch, Quik, es ist eine Ehre.«

Als Quik seinen stummen Blick fortsetzte, nickte Gladdring zur Tür. Es war das Beste, dem Mann eine Anweisung zu geben, bevor Quik einen gefährlicheren Weg einschlug. »Würdest du nach der Crew sehen? Ich fürchte, ich werde diese Kajüte für eine Weile nicht verlassen können. Egal, was du von mir hältst, keinem von uns ist damit gedient, in den Tiefen durch ihre Hände zu ertrinken.«

Quik stand auf, ging zur Tür und blickte dabei die ganze Zeit finster in Gladdrings Richtung. »Wir sind mit diesem Gespräch noch nicht fertig, Gladdring. Ich bin nicht dein Haustier. Mein Bruder ist immer noch das Einzige, was zählt. Ich will ihn in Sicherheit wissen, Skars hin oder her.«

»Fassle ist derjenige, der ihn tot sehen will, nicht ich.«

Quik schnaubte, öffnete aber die Tür und verschwand an Deck. Sobald die Klinke wieder zuschnappte, stand Gladdring auf und stolperte zum Bett der Renewal hinüber. Sie lag da, tatsächlich noch atmend, die Augen geschlossen. Sie hatte schon so viele Skars benutzt, Gladdring vermutete, sie würde noch stundenlang schlafen, wenn man sie in Ruhe ließe.

Seine Augen wanderten zu der Kette, die noch immer um ihren Hals hing, schwarzes Eisen, das alle sieben Skars hielt. Welcher davon hatte der Renewal all diese zusätzliche Energie gegeben, hatte den geopferten Gefangenen das Leben ausgesaugt?

Die Antwort war nicht schwer zu erraten. Gladdring hatte den schnappenden Hunger des Noctia-Skars gespürt. Er griff zu, hob den Kopf der Renewal und ihr strähniges, salzverkrustetes Haar mit einer Hand. Er löste die Kette und zog sie ab. Zu klein für Gladdrings eigenen Hals, verschob er sie in seiner linken Hand, bis seine Handfläche auf der Wärme des Noctia-Skars ruhte.

Der Stein blubberte auf, neugierig und hungrig.

Die Tamas-Skars konnten Gedanken für eine Weile verändern, konnten Wünsche in die Richtung lenken, die Gladdring wollte. Menschen würden sich jedoch korrigieren, würden zu dem zurückkehren, was sie als wahr kannten. Mit der najahnschen Crew würde man sich befassen, sobald sie den Kutter in den Hafen gelenkt hätten. Die Renewal?

Der Noctia-Skar las Gladdrings Absichten, sprang auf, um seiner Bitte nachzukommen.

Yarvick hatte Gladdring schwach genannt. Zu schwach.

Nicht mehr.

49
LETZTE ZEILEN

Daklin gab ihnen eine Führung, als die Vierergruppe den Wagen verließ – Livier, wieder an die Seiten eines kleineren Wagens gekettet, wartete mit einem Wächter. Schlammige Straßen umgaben die lavaorange Kuppel, breite Alleen frei von drängelnden Ständen, wenn auch nicht von wandernden Menschenmengen. Schauspieler standen als dunkle Steinstatuen verewigt, Blöcke mit ihren großen Stücken eingraviert, obwohl Eujo keine Namen, keine Gesichter erkannte. Wallende, prismatische Überdachungen streckten sich von der Großen Bühne aus: Das Theater selbst schien an allen Seiten offen zu sein, als ob Menschenmengen, die eine Aufführung sehen wollten, hereinströmen würden.

Eujo hörte Daklins Erklärung nicht zu, ob solche Massenandränge passieren würden. Stattdessen ging sie ihre Zeilen wieder und wieder durch, passte sich Wax' Schritten an, als sie das Gebäude betraten und nasse Pflastersteine gegen glatt polierte Marmorböden tauschten. Woher dieser Marmor kam – Foti, Whent? – wusste Eujo nicht, aber der schiere Aufwand betonte erneut, wie viel Wert Tamas auf ihre Unterhaltung legte.

Wenn der Boden einen festen Halt bot, boten die Wände großartige Blickfänge. Die meisten trugen Gemälde, einige direkt auf den beigen Stein gemalt, andere auf Leinwand oder Stoff hängend. Alle zeigten fantastische Szenen, mit Bühnen unter der Handlung.

»Du könntest auch hier verewigt werden«, sagte Daklin und unterbrach Eujos Konzentration, indem er langsamer wurde und direkt neben ihr sprach. »Als Renewal wäre eine gute Vorstellung eine legendäre Leistung. Lohnenswert, danach zu streben.«

»Wir sind hier, um die Unholde aufzuhalten, nicht um deinen Schauspielwettbewerb zu gewinnen.«

»Kein Wettbewerb, eine Lebensweise.«

Falls Eujo Daklin mit ihrer Antwort beleidigt hatte, zeigte der Mann nichts davon, sondern setzte stattdessen seinen Rundgang fort. Auf je zwei Außenportale, jedes ein Bogen mit dicken Doppeltüren, folgte ein weiterer Trichter tiefer ins Innere. Dazwischen erstreckten sich Räume zum Ablegen dicker Mäntel oder zum Bestellen berühmter Tamas-Biere. Im Moment huschten nur wenige andere ins Theater, und diejenigen, die es taten, begrüßten die Gruppe mit verwirrten Blicken.

Verwirrt, bis Daklin den Grund für ihre Anwesenheit erklärte. Das zog unweigerlich Glückwünsche für Wax und Eujo nach sich.

»Irgendwie nett«, murmelte Wax, als sie sich Daklins Ziel näherten: der Backstage-Bereich. »Nicht jeder will, dass wir versagen.«

»Ich glaube nicht, dass das irgendjemand will. Es geht mehr darum, dass wir das überhaupt tun müssen.«

»Jeder Skar hat eine Aufgabe, richtig? Zumindest

kämpfen wir nicht gegen einen Unhold oder versuchen, einer Lawine zu entkommen.«

»Das würde ich vorziehen.«

Wax neigte den Kopf, verengte ein Auge. »Veräppel mich nicht, Königin. Ich bin gut darin, Lügner zu erkennen, und ich weiß, dass du dich darauf freust.«

»Wieso denkst du das?«

Wax spitzte die Lippen, zwinkerte und lachte, als Eujo zurückwich.

»Okay«, sagte Eujo und schüttelte lächelnd den Kopf. »Beruhige dich. Konzentriere dich auf die Zeilen, die Schritte. Nicht darauf, dass du eine Königin küsst.«

»Leicht genug. Habe dich schon ein paar Mal geküsst.«

Noch ein Zwinkern. Eujo holte zu einem spielerischen Schlag gegen Wax' Bauch aus, aber der Vis tanzte lachend zurück.

»Scheint, als wären unsere Schauspieler gut gelaunt«, verkündete Daklin und drehte Bliss und Torny zu ihrem Renewal-Paar um. Sie hatten eine dickere Tür erreicht, die mit vergoldeten orangefarbenen Buchstaben verziert war und anzeigte, dass der Bereich dahinter nur für Schauspieler und Bühnenpersonal bestimmt war. »Das freut mich. Trotz dem, was ihr denken mögt, habe ich euch nicht den ganzen Weg hierher geschleppt, um ein Scheitern zu erleben. Ich hoffe, ihr macht uns stolz. Das Animas war, trotz eurer Flucht, euer erster Lehrer, und unsere Bemühungen werden heute zur Schau gestellt.«

»Nochmal, wir tun das nicht für dich«, sagte Eujo, während Torny, von Daklin abgewandt, die Augen verdrehte. »Dein Animas ist uns egal.«

Daklin grinste nur breiter und riss die Tür zu den dunkleren Gängen dahinter auf. »Gut. Kümmert euch heute nur um eure Szene und eure Geister.«

»Eure Geister?«, fragte Torny, als sie in gemütlichen Stühlen saßen und ein spätes Mittagessen verspeisten, das in der Mitte des muschelförmigen Ankleideraums auf sie wartete. »Was soll das überhaupt heißen? Sich um meinen Geist kümmern?«

›Du bist eine Banditin‹, gebärdete Bliss. ›Du hast deinen schon verloren. Diese beiden allerdings...‹

»Dann muss ich wohl deinen stehlen.«

Bliss lächelte. Sie wäre wahrscheinlich damit einverstanden, angesichts dessen, was aus den beiden geworden war. Eujo beobachtete die Interaktion, während sie ihr eigenes Mahl verspeiste. Echter, frischer Fisch und gekochte Karotten. Auch mehrere Austern pro Person, am Morgen aus dem Meer gefischt und mit Tamas-Eispeffer zubereitet. Salzige Bissen, perfekt zum Hinunterspülen mit malzigem Bier.

Ausgerechnet Daklin hatte das Getränk empfohlen und kehrte mit Krügen für alle zurück. Beruhigend für die Nerven, gut für die Bühne, sagte der Mann, und während es nicht ratsam sei, ein ganzes Stück betrunken aufzuführen, könnte es für unerfahrene Darsteller hilfreich sein, eine Szene mit leicht verschwommenem Publikum zu spielen. Nachdem er die Getränke abgeliefert hatte, ging er und sagte, er würde in einer Stunde zurückkommen.

Jegliche Fluchtideen verschwanden, als Torny neugierig die Tür versuchte und einen Wächter davor fand. Der Mann, bewaffnet mit einem gestreiften Eisenknüppel, fragte, was die Banditin wolle, und als sie Freiheit antwortete, lachte er und drückte die Tür wieder zu.

So blieben sie zu viert zwischen Kostümständern und Wänden, die mit alten Flugblättern dekoriert waren, ähnlich denen, die Eujos und Wax' ursprünglichen Auftritt im Animas angekündigt hatten. Von irgendwoher schwebte verschwommene Musik herein, ein Musiker, der übte. Auch ein einzelner Spiegel hing an einem Ende.

»Willst du unsere Zeilen nochmal durchgehen?«, fragte Wax, der sein Essen schneller als alle anderen verschlungen hatte.

Eujo schüttelte den Kopf und schluckte ihren Bissen. »Ich hab's so gut drauf, wie es nur geht, Wax. Ich schlage vor, wir suchen uns ein paar schlechte Kostüme und erzählen Geschichten.«

›Geschichten?‹, gebärdete Bliss.

»Erinnerungen, vielleicht. Etwas, das mich von hier wegbringt. Wir waren auf einem Haufen Inseln, haben alle möglichen schrecklichen Dinge erlebt, und vielleicht hat sich sogar eine Banditin verliebt.« Eujo grinste Torny an, die errötete und auf ihr Bier starrte. »Was auch immer auf dieser Bühne passiert, ob Wax und ich es schaffen oder nicht, es wird sein, weil wir das zusammen durchgestanden haben. Also das will ich. Eure besten, eure schlimmsten, eure lustigsten Erinnerungen. Wenn ich auf diese Bühne gehe, will ich es tun und genau wissen, für wen ich spiele.«

»Na, Eujo«, sagte Wax, »ich kann nicht behaupten, dass ich erwartet hätte, dass du herzerwärmend bist, aber ich sage dir eins: Du willst zurück? Meine Stimme geht an die paar Feuer im Rana-Sumpf. Mit Quik. Scherzen, streiten, Abenteuer erleben.«

»Mit unseren durchnässten Schuhen?«, spottete Torny. »Gib mir lieber diese warmen Nächte in Harrow's Edge.«

Während Bliss eifrig ihre Liebe zu den Lichtern der Stadt Noctia signalisierte, nippte Eujo an ihrem Bier und unterdrückte ein Lächeln. Sie hätte nicht erwartet, ihre drei besten Freunde während der Prüfungen der Erneuerung zu finden, aber jetzt, da sie sie hatte, konnte sich die Kance-Königin nicht vorstellen, irgendwo anders zu sein.

Eujo konnte sich allerdings sehr wohl vorstellen, irgendwo anders als auf der Großen Bühne zu sein. Sie stand da, in einer dünnen weinroten Tunika gekleidet, mit einem Hut mit Quaste, der auf ihre Ohren drückte. Sie wartete auf der linken Bühnenseite und lauerte hinter einem Vorhang, während Daklin dem, was wie eine dunkle Wand wirkte, die Szene vorstellte. Überkopflampen richteten ihr heißes Licht auf die Bühne und machten jeden Blick über ihre hölzerne Welt hinaus sinnlos. Zu ihrer Rechten zeigte ein Bühnenbild für die Hauptveranstaltung des Abends dünne Bäume und fallende Blätter, was im Widerspruch zu der sommerlichen Flirtszene stand, die sie und Wax gleich aufführen würden.

Aufführen. Leben. Annehmen.

Eujo wiederholte das stille Mantra, während ihr Herz hämmerte und Daklin zum Schluss kam. Wax stand auf der anderen Seite, in dünne weiße Kleidung gehüllt und ebenso lächerlich aussehend. Er nickte ihr zu, mit einem zuversichtlichen Lächeln. Er glaubte immer an seine Freunde, dieser Kerl, auch wenn er nicht genug an sich selbst glaubte.

Daklin verbeugte sich tief, wobei er rückwärts ging, bevor er sich zu Eujo umdrehte und an ihr vorbeiging. Er legte ihr eine Hand, ganz leicht, auf die Schulter.

»Einfach wie atmen«, flüsterte Daklin. »Sei du selbst.«

Jenseits der Bühne begann eine Trompete eine fröhliche Melodie zu spielen – möglicherweise derselbe Musiker, der ihre Erinnerungen in der Garderobe mit unkoordiniertem Spiel untermalt hatte – und Wax schritt auf die Bühne, die Arme weit ausgebreitet und mit einem breiten Lächeln dem Publikum zugewandt, während er die szeneneinleitenden Zeilen vortrug. Nach deren Abschluss würde Eujo selbst nach vorne kommen und ihre Überraschung zeigen, ihn hier zu finden, so weit weg von seiner überbehütenden Familie.

Und am Ende?

Nein. Noch nicht. Die nächste Zeile, und nur die.

Wax beendete seinen Teil, seufzte über die offensichtliche Schönheit des Sommertages. Torny, irgendwo in diesem versteckten Publikum, pfiff. Bliss klatschte vielleicht.

Eujo machte ihren Auftritt.

50
DER KOMMENDE KRIEG

Das kleine Boot erwies sich als ausreichend groß für die wenigen, die aus dem Najahn-Außenposten flohen. Nicht jeder gedankenkontrollierte Gefangene überlebte den Stallbrand, und einige, die es taten, brachen ein paar Schritte weiter zusammen, da Veritrus' Folter zu viel für sie war. Deshiva traf die Entscheidung, sie zurückzulassen, um Reth und einige andere mitzunehmen, deren Wunden es ihnen erlaubten, sich mit Armen über den Schultern vorwärts zu schleppen.

Länger zu warten, Tragen zu bauen oder die Leiden dieser verwirrten Geister zu heilen, hätte die Gruppe alles gekostet, was sie erreicht hatten. Trotzdem war Annalyse, die selbst am Rande der Erschöpfung taumelte, froh, Deshiva die Entscheidung treffen zu lassen.

Der mühsame Marsch nach Süden tauschte kultiviertes Gras gegen Dschungelfarne und kletternde Lianen ein, ein stundenlanger Fußmarsch, der bis zur Dämmerung andauerte, bis ein eiliges Lager am südlichen Strand von Vis errichtet wurde. Die Schaluppe fand sie, als die Feuer entzündet wurden, und brachte Nahrung, Verbände und

Hoffnung. Annalyse brach im Sand zusammen und schlief, bis Deshiva sie unsanft weckte, als die Morgensonne bereits hoch am Himmel stand.

Wenn die Najahn einen Gegenschlag planten, um ihre Flüchtlinge zu fangen, hatten sie ihre Chance verpasst.

»Wie ein Fieber«, sagte Deshiva später, als sie mit Annalyse auf See sprach. »Ein plötzliches. Trotzig, wütend, ich war all das und dann war es, als ob nichts mehr zählte. Ich hatte keine Bedürfnisse, keine Wünsche, keine Sorgen um mich selbst oder um das, was um mich herum war.«

»Du erinnerst dich also daran?«

Sie saßen auf dem Oberdeck und lehnten an der Steuerbordreeling, den Blick auf den offenen, schimmernden Ozean gerichtet. Mottilaner Seeleute tanzten um sie herum und hielten das Schiff inmitten der Wellen auf Kurs.

»Natürlich.« Deshiva schnaubte. »Ich war nicht tot. Nicht bewusstlos. Ich sah alles, hörte alles, es war mir nur *egal*. Der Skar, den Veritrus benutzte ... weißt du, welcher es war?«

»Tamas, wenn ich raten müsste. Die anderen sind direkter in ihren Wirkungen.«

»Der Tamas also. Er löschte aus, wer ich war.«

»Verbarg es eher.«

Deshiva runzelte die Stirn. »Weil ich zurückkam?«

»Das Feuer muss dich wachgerüttelt haben. Wie bei den meisten anderen auch. Es riss den Schleier weg, den der Skar über deine Augen gelegt hatte.«

»Dann danke, dass du mich fast umgebracht hast.«

»Es war nicht geplant.«

Deshiva lachte. Kein fröhlicher Klang. »Das ist mir klar. Kein militärischer Verstand hätte getan, was du getan hast.«

»Es war nicht allein meine Idee«, protestierte Annalyse. »Die Ältesten von Mottilan und-«

»Wie gesagt, kein militärischer Verstand wäre deinem Plan gefolgt.«

Annalyse ließ das Argument mit einem Seufzen sterben. Deshiva war zurück.

Mottilan verwandelte sich weiter, tauschte ein von Kummer geplagtes Fischerdorf gegen eine verzweifelte Chance auf Überleben. Obwohl der Winter die Dinge noch kühl und die See turbulent hielt, lagen Rahmen für neue Boote am Strand. Armbrüste und Bolzen, Speere und Steinklingen lagen neu eingewickelt in Reihen oder hingen an Gestellen am Strand. Die Häuser auf den Klippen hatten ihre Umbauten abgeschlossen, Spieße waren auf der Hauptstraße aufgestellt, Schießplattformen in den Baumwipfeln eingenistet. Körbe und Fässer, gefüllt mit gesalzenem Fisch und getrockneten Früchten, fanden ihren Weg in Verstecke in Höhlen entlang der Küste, Notvorräte für den Fall eines unerbittlichen Angriffs.

Denn das, so die Jäger, die sich aus Kitaye einschlichen und sich Lira nannten, würde kommen. Trotz der Störung am Najahn-Außenposten behaupteten sich die Lila-Schwarzen weiterhin. Kitaye blieb unter militärischer Besatzung, und täglich landeten mehr Streitkräfte aus dem Norden. Wenn die Meere auftauten, würden noch mehr kommen, darunter Söldner aus Rana und Foti. Die Najahn würden südwärts über Vis fegen, die Große Sana befestigen und Mottilan zur Unterwerfung auffordern.

»Was wir nicht tun werden«, sagte Deshiva, weitgehend erholt – dafür konnte Annalyses Vis-Skar gedankt werden – und leitete Mottilans düsteren Kriegsrat. Sie saßen um denselben Steintisch, unter demselben Strohdach, und vertieften sich in Details, denen Annalyse nicht länger zuhören mochte. »Wir haben Gesandte nach Kance geschickt. Sie werden unsere besten Verbündeten in diesem Kampf sein.«

»Unsere einzigen Verbündeten«, murmelte ein Ältester.

»Bis wir die anderen Inseln gegen die Najahn aufbringen«, sagte Deshiva. »Sobald der Winter nachlässt, werden wir um Hilfe bitten, beschreiben, was die Najahn tun. Foti, Rana und Whent könnten ihre Meinung ändern.«

»Für uns? Was kümmern sie sich um die Vis?«

Deshiva fing wieder an und Annalyse zog sich zurück, schlüpfte hinaus in die Nachmittagssonne. Sie würden stundenlang so weitermachen, zwischen direktem Gezänk und militärischen Kleinigkeiten hin und her wechseln. Annalyse hatte nicht viel Zeit um Whent-Kriegsherren und ihre Eroberungskonferenzen verbracht, aber es schien so viel Gerede zu sein, ein Warten darauf, dass etwas Schreckliches passierte.

Viel interessanter, viel mehr das, was sie bevorzugte, erwartete Annalyse in der Nähe des Hafens. Zwei Mottilaner Jäger standen bereit, Speere zum Himmel gerichtet, vor der Tür. Einer öffnete sie sogar, als sie sich näherte, und gab Annalyse leichten Zugang zu den kläglichen Skar-Vorräten im Inneren. Materialien, von Geweben über Leder bis hin zu der Rüstung und den Waffen, die Mottilan entbehren konnte, lagen überall herum. Ideen und Möglichkeiten, als ob Annalyse die zehn Skars, die sie noch hatten – einschließlich des Tamas-Skars, der von Veritrus' Leiche genommen wurde – nutzen könnte, um die Chancen auszugleichen.

Und vielleicht konnte sie das. Diese kleinen Steine konnten in den richtigen Händen erstaunliche Dinge vollbringen, und ein Schlag, der zur richtigen Zeit, im richtigen Moment geführt wurde, konnte eine Schlacht wenden, einen Krieg verändern. Die Wissenschaftlerin legte die Steine in einer Reihe aus, zählte sie und lauschte, wie ihr Flüstern in ihrem Geist aufflammte bei der kleinsten Berührung. Welcher würde der Schlüssel sein?

Ihre Augen fanden den einzelnen Noctia-Skar, dessen opalene Schönheit das Feuerlicht der einzigen Kugellampe der Kabine aufsog.

Die Tür schwang auf. Annalyse griff nach dem schwarzen Skar und wirbelte herum, die Nerven zum Zerreißen gespannt, ein hungriges Verlangen forderte Befreiung.

Es wurde erfüllt: fallengelassen, um über den Steinboden zu hüpfen.

Vor Annalyse stand jemand, der eigentlich tot sein sollte und bis zu einem gewissen Grad auch so aussah. Sawi trug nicht ihre Najahn-Roben, ihr Vis-Gewebe, sondern stand mit ernstem Gesicht da, bekleidet mit abgenutzten Whent-Pelzen und -Leder. Ihre Kleidung wies Kratzer auf, ebenso wie Sawi selbst, und die Whent-Klinge an ihrer Seite trug Flecken von längst vergossenem Blut.

Trotzdem stand sie dort. Lebendig.

Die Umarmung war fest, innig und lang. Vor diesem Moment hätte Annalyse sie nicht als eng befreundet bezeichnet, hätte sie bestenfalls als Partner bezeichnet. Aber Krieg, Tod und Verzweiflung stärken zerbrechliche Bande.

»Wie?«, fragte Annalyse durch Freudentränen. »Wie kommst du hierher?«

Sawi, die durch ihre eigenen Tränen lächelte, trat zurück. »Das ist eine lange Geschichte, und ich bin einen weiten Weg durch sehr dunkle Höhlen gegangen, um hierher zu kommen. Es gibt einen guten Gasthof in der

Nähe, mit Bier und einem warmen Feuer. Magst du mich und meine Freunde begleiten?«

»Freunde?«

Sawi trat beiseite und nickte zu einer Gruppe von Whent, die draußen standen und genauso aussahen, als hätten sie tagelang gegen die Wildnis gekämpft.

»Es kommt eine Invasion, Annalyse«, sagte Sawi, »und wenn wir nicht bereit sind, wird nichts übrig bleiben.«

51
KEIN VERRÄTER MEHR

Ami scheuchte die Helfer weg und ließ sich zum ersten Mal, seit sie als gebrandmarkter Verräter aus Noctia verschwunden war, in den Spiegel starren. Im warmen Laternenlicht verschwand das violett-schwarze Kettenhemd gegen ihre goldene Gesichtsplatte und ihr rotes Haar und blitzte nur hier und da auf, wo die Ringel darunter Lücken zum Festziehen offenbarten. Allein das Gewicht der Rüstung ließ Amis Knie fast einknicken, eine Erinnerung daran, dass das Leben mit der Suche nach Nahrung in der Dunklen Unterwelt wenig für ihre Gesundheit getan hatte. Doch zusammen mit dem anderthalbhändigen Schwert an ihrer Hüfte fühlte sich der Druck wie zu Hause an, wie das, was sie getragen hatte, als Catyas Quest sie in Konflikte führte, als Ami für ihren Aegis Haltung bewahren musste.

Die Gesichtsplatte jedoch zog ihre Aufmerksamkeit auf sich. Es war schwer, den Glanz zu ignorieren, die beiden Vis-Narben, die nahe ihrer linken Wange eingebettet waren. Glatt, juckend, allgegenwärtig. Vor der Flucht in die Höhlen hatte Ami sie nachts abgenommen. Danach wurde das Entfernen zu riskant, da die ständigen Wunden die Anwesenheit der Narben erforderten. Sie hatte gelernt, die Empfindung wegzuschieben.

Zumindest bis sich jemandes weit aufgerissene Augen darauf konzentrierten.

»Ein paar Anpassungen, aber sie wird bis morgen früh fertig sein«, sagte ein Gehilfe des Schmieds, einer der Helfer, und durchbrach ihre stillen Sekunden. »Wenn Sie bitte stillstehen würden ...«

Ami sagte nichts, und das diente den anderen als Signal, von allen Seiten mit den Händen hereinzuschnellen, um Verschlüsse zu öffnen, weitere Notizen und Markierungen zu machen, um festzuziehen, zu lockern, anzupassen, um die Wächterin zu einer so geschützten Tötungsmaschine wie möglich zu machen. Dass eine solche Metallrüstung sie im Kampf mit den Feuerwandlern schmelzen lassen würde, blieb unerwähnt: Ami würde die brennenden Unholde aus der Ferne anführen.

Ihre wahren Feinde würden Mitmenschen sein, und gegen Kance-Rapiere würde die Noctia-Platte sie nahezu unbesiegbar machen. Das Set würde bei ihrer Ankunft in Kance auf sie warten, wobei der bevorstehende Seeangriff der Najahn darauf abzielte, den Strand nahe der Höhlen zu erobern, die bekanntermaßen in die Dunkle Unterwelt führten. Jochi würde seine Späher die Routen markieren und sie von allen schleichenden Unholden freihalten lassen.

Yarvick hatte gefragt, was sie tun würden, wenn die Feuerwandler nicht durch die engen Tunnel passen würden. Auf diese Frage hatte Ami gelacht.

Die Feuerwandler hatten sich ihren Weg aus einer sterbenden Welt gebahnt. Ein simpler Fels würde sie nicht aufhalten.

Catya saß auf ihrem Balkon und trotzte der Kälte mit einem dicken Mantel und heißem Tee. Ami gesellte sich mit zwei Tellern zu ihr. Einer war belegt mit Brot, Eiern und geplünderten Vis-Früchten, der andere mit einem einfachen Whent-Ziegenkäse, der auf zwei dünnen Waffeln verteilt war. Ami stellte den zweiten vor Catya und nahm selbst auf einem harten Holzstuhl Platz.

»Svarde sagt mir, ihr beide brecht heute auf«, sagte Catya, als Ami sich die Stirn rieb. »Gerade erst angekommen.«

Die Vis-Narben würden den Kater beseitigen, aber sie brauchten Zeit.

»Es gibt Leute, die mich brauchen«, murmelte Ami und grub zwischen den Worten in ihrem Frühstück. »Na ja, nicht gerade Leute, aber du verstehst, was ich meine.«

»Das habe ich mir all die Jahre selbst gesagt. Die Leute brauchen mich. Jetzt bin ich mir nicht mehr sicher.«

»Was soll das heißen? Du warst der Aegis. Du hast diese Inseln beschützt.«

»Vor denselben Unholden, die du jetzt zu retten versuchst, wenn ich es richtig verstehe.«

Ami startete eine einstudierte Verteidigung, das gleiche Argument, das sie und Svarde zwei Tage zuvor dem Kreis mit Fassles Segen vorgetragen hatten. Während viele Unholde wilde Monster waren, schienen einige intelligent zu sein, wert, mit ihnen zu arbeiten und sie sogar zu retten. Es gab hier keine Schuld zu verteilen: Ohne Unternehmungen tief in die Dunkle Unterwelt hätte niemand wissen können, dass das Netz des Aegis für ansonsten bedürftige Kreaturen so gefährlich war.

»Du sagst, da unten gibt es ein Portal, eines für jeden der Götter«, sagte Catya. Unter ihnen riefen Gelehrte und Händler die Neuigkeiten des Morgens aus, Angebote oder

Erinnerungen an Kurse, die besucht werden mussten. »Und du denkst, sie stürzen ein. Warum jetzt, nach so langer Zeit?«

Die silberne Flüssigkeit, die an der Welt der Feuerwandler leckte, kam ihr nur allzu leicht in den Sinn.

»Weil es Zeit braucht, bis etwas so Gewaltiges stirbt«, antwortete Ami.

»Dann habe ich also Pech gehabt. Noch zehn Jahre und ich hätte nicht so leiden müssen.«

»Du hast uns zehn Jahre Frieden erkauft. Das ist nicht nichts.«

Catya lachte leise, bevor sie wieder in den entrückten Blick zum Horizont verfiel. »Glaubst du, es gibt Unholde wie diese Feuerwandler hinter all diesen Toren?«

»Du meinst kluge?«

»Ich meine welche, die es wert sind, beschützt zu werden.«

»Hab noch keine gesehen«, sagte Ami, während der Inhalt ihres Tellers zur Neige ging und ihr Magen immer noch knurrte. Najahn-Köche waren immer geizig mit ihren Portionen. »Geh auch nicht nach ihnen suchen. Zu gefährlich.«

»Sollten wir das nicht aber?«, fragte Catya. »Wenn diese Tore wirklich so klein sind, wie du andeutest, dann scheint es reiner Zufall zu sein, dass irgendein Unhold überlebt.«

»Catya, wenn du versuchst, mich dazu zu bringen, in jedes einzelne dieser Dinger zu gehen und nach irgendeinem Monster zu suchen, das versteht, dass ich es nicht töten werde, oder dass es mich nicht töten sollte, dann bist du-«

»Weißt du, wie ich das Netz gemacht habe?«

»Was?«

»Mit den sieben Narben«, sagte Catya. »Der alte Aegis hat es mir beigebracht. Sagte, der davor hätte es ihm beigebracht, bis ganz zurück zu Demion.«

»Okay?«

»Ich sage, diese Steine können unglaubliche Dinge vollbringen, aber ich hatte keine Gelegenheit zu sehen, was sie noch alles zusammen bewirken könnten. Von der ersten Stunde an machte ich das Netz, und zehn Jahre lang tat ich nichts anderes, als es aufrechtzuerhalten.« Catya warf Ami einen runzligen, verblassten Blick zu. »Wenn du diese sieben Steine zusammenbringst ...«

»Ich habe gesehen, wozu die Narben fähig sind, Catya. Wenn du das Falsche mit so vielen machst, wenn du es vermasselst, dann reden wir nicht davon, ein Haus in Brand zu setzen oder einen Stuhl umzuwerfen. Du könntest diese Inseln auseinanderreißen.« Ami tippte auf ihre Gesichtsplatte, die beiden Vis-Narben. »Diese zwei reichen mir. Wenn diese Unholde Hilfe wollen, müssen sie sie sich verdienen.«

Svarde lehnte seinen eigenen Rüstungssatz ab und zog es vor, seine Foti-Lederkluft zu behalten.

»Wozu soll's gut sein, unsterblich zu sein, wenn ich diese klobigen Dinger tragen muss?«, sagte Svarde, als Ami ihre eigene Rüstung bereits verstaut und für den Abstieg am Seil bereit hatte. »Ich werde mich schnell bewegen, Dinge töten. Und lachen, wenn sie zurückstechen.«

Der Klingenführer wartete am nächsten Morgen an der Wunde auf Ami, einige Tage nachdem sie in Noctia angekommen waren. Die kurze Reise hatte ihren Zeitplan durch die Notwendigkeit beschleunigt, da der Widerstand in Kance und Vis Fassle und Yarvick zu schnellerem Handeln zwang. Sie hatten den Eintritt der Feuerwandler in die Inseln genehmigt, es als Sieg unter den Bedingungen für eine dauerhafte Heimat erklärt und die Verantwortung für beides an Ami und Svarde weitergegeben.

Nicht dass die beiden Wächter allein in Jochis Lager zurückkehren würden. Verschiedene Gelehrte, Wachen und Diplomaten aus Noctia bereiteten sich um die Wunde herum vor. Auch Ingenieure schwärmten um den Spalt, von anderen zivilen Projekten abgezogen, um so schnell wie möglich einen Aufzug den massiven Schacht hinunter zu konstruieren. Flaschenzüge, Seile und Holzlatten, die als Plattformen dienen sollten, stapelten sich um den Eingang.

Diese wären für die Anhänger, die Najahn. Ami, Svarde und Kivi würden auf demselben Weg zurückkehren, auf dem sie heraufgekommen waren: mit Griffen und Mumm.

»Das Ziel ist nicht, sie alle zu töten, Svarde«, sagte Ami, während sie sich streckte und die Vis-Skars ihren potenziellen Kater im Keim erstickten. Es war wieder eine lange Nacht in einer Kneipe gewesen, wobei Svarde neidisch vom Anfang bis zum Ende zugesehen hatte. »Wenn wir sie genug erschrecken, geben sie auf.«

»Und was dann, Ami? Entscheiden sie sich, ihre Insel den Feuerwandlern zu überlassen?«

»Würdest du stattdessen alle abschlachten?«

»Kance war schon immer eingebildet und brauchte mal einen Dämpfer.« Svarde grinste. »Warum glaubst du, bin ich nach Vis gegangen? Diese Dschungelliebhaber haben mich nie gestört.«

»Wo, denkst du, werden wir als Nächstes hingehen?«

Svarde entschied sich, dieser Frage nicht mit seinen Augen zu begegnen, und wandte sich stattdessen der Wunde zu, wo die ersten Seile für ihren Abstieg warteten.

»Sie werden bis dahin verloren haben«, räumte Svarde ein. »Vis hat nie gegen irgendetwas Organisiertes gekämpft.«

»Sie sind hartnäckiger, als du denkst.«

Svarde nickte: »Aber nicht so hartnäckig wie du.«

Ami wollte gerade zustimmend antworten, als Sawis Gesicht hinter ihren Augen vorbeihuschte. Sie würde jetzt zu Hause sein, wenn Jochis Kundschafter ihre Routen richtig geplant hatten. Was würde die Sammlerin wählen? Würde sie einen Speer gegen die Najahn erheben?

Was würde Ami tun, wenn Foti von einer anderen Insel invadiert würde?

»Vielleicht haben wir Glück, wie du sagst«, erwiderte Ami schließlich.

Keiner von beiden sprach jedoch für lange Zeit, als sie ihren Abstieg begannen, Kivis Schnauben folgten und gelegentlich auf eingewickelte Nachrichten oder Pakete lauschten, die hinter ihnen fallengelassen wurden, um in Jochis Händen zu landen. Antworten würden durch Svardes Frettchen zurückkommen, das die ganze Strecke in weniger als einem Tag zurücklegen konnte, wenn es von seinen trägen menschlichen Gegenstücken losgebunden war.

Ein Krieg, um Unholde zu retten und Widerstand zu brechen, begann, und Ami würde mittendrin sein.

Hinter ihr, in ihrem Bett dahinsiechend, lag Catya. Endlich von ihrer Qual befreit und dennoch allein.

52
ENDLICH MACHT

Die Pflicht bot ausreichend Ablenkung, und Gladdring hielt Quik beschäftigt. Der Vis-Jäger nahm den angebotenen Kance-Skar, den Befehl, mehr Wind in die Segel des Kutters zu schicken, als guten Rat an, und bald verbrachte der Jäger seine Zeit in der Nähe des ersten Offiziers und ließ das Najahn-Schiff innerhalb eines Tages nach Kance rasen.

Gladdring engagierte ein paar von Tamas verformte Seeleute, um den Körper der Erneuerung über Bord zu werfen, und wies alle Fragen zu ihrem Ableben als tragische Folge der übermäßigen Nutzung der Skars zurück. Gladdring selbst lieferte den Beweis für die Gefahr, da ihn die Abhängigkeit von den Tamas-Steinen in einem Decksessel sitzen ließ, mit hämmernden Kopfschmerzen und halb geschlossenen Augen.

Doch sie lebten. Der Kutter segelte.

Die Besatzung murrte jedoch, wann immer Gladdring seinen Skar-Einfluss lockerte, als würden sie aus einem kollektiven Nickerchen erwachen. Quik warf Gladdring einen warnenden Blick zu, wenn ein Seemann oder der erste Offizier fragte, was Noctia wollte, warum sie auf einen Vis und einen Verräter hörten. Gladdring würde hinüberschreiten, sich irgendeine weitschweifige Geschichte über ihre schwindenden Vorräte ausdenken, über eine geheime Mission, die ihm von der Erneuerung zugeflüstert wurde, bevor sie erlag, oder was auch immer er in dem Moment zusammenkratzen konnte.

Noch nie hatte der Anblick einer Insel so viel Erleichterung gebracht.

Kance machte einen beeindruckenden ersten Eindruck, graue Spitzen erhoben sich mit der Morgendämmerung am Horizont. Möwen schwärmten, gefolgt von größeren Daibens, oder den Himmelsfalken, wie Kance sie nannte. Diese Raubvögel sahen aus wie Fehler, während sie flogen, scheinbare Lücken in ihren Flügeln waren in Wirklichkeit Filamentfedern, die bei einem Sturzflug blendeten und den armen Fisch oder das Nagetier blendeten, bis es inmitten tödlicher Klauen seinen letzten Atemzug tat. Kance-Fischerboote boten leichte Beute, ihre Segel ließen die Pfeilvögel über die Wellen jagen, während ihre dünnen Netze Mahlzeit um Mahlzeit fanden, und die Daiben schlugen nach jedem Fisch, der sich losriss. Über ihnen sorgten Gleiter für zusätzliches Gedränge in der Luft, die durch lange, spinnenartige abgeworfene Sämlinge von Pflanzen flitzten, die hoch oben in diesen Gipfeln nisteten. Wenn man einen Sämling zur richtigen Zeit erwischte, wusste Gladdring, konnte man die Schutzfasern abkratzen und sie in die schimmernde Spitze verwandeln, die in so viele Kance-Kleidungsstücke, ihre Segel, eingewoben war.

Das Funkeln, das strahlende Weiß, die vom Wind geformte Glätte.

Gladdring ließ seinen Blick hinunter sinken, vorbei am Bug des Schiffes zu den sich nähernden Docks. Die Kance-

Marine, immer beeindruckend, da sie sich so oft in der Nähe der Heimat aufhielt, bemerkte Gladdrings Farben, und zwei Klipper rasten herbei, um sie abzufangen.

»Sie könnten auf Sicht feuern«, sagte der erste Offizier. »Ich glaube nicht, dass wir viel haben, um sie davon abzuhalten.«

»Nein«, erwiderte Gladdring und legte eine beruhigende Hand in die Nähe des Ruderpfostens, als könnte seine Handfläche die ganze Angst des Schiffes mit einer Berührung stillen. »Welcher Narr würde denken, dass eine Invasion mit einem einzigen, kleinen Schiff beginnt? Sie werden fragen, was wir hier wollen, und uns dann eskortieren.«

»Wozu sind wir hier, Gladdring?«

»Um Nachrichten von Katastrophe und Erlösung zu bringen.«

Die Kance-Docks heulten. Schleier wie zerbrochenes Glas umkreisten jeden Pier, nahmen den wirbelnden Wind auf und schickten ihn in perfekten Winkeln aus, um zu verhindern, dass der Schiffsverkehr umgeblasen wurde und Menschen ins Meer gepustet wurden. Flaggen, die diese und jene Handelsgesellschaft ankündigten, knatterten, und Gladdring stellte fest, dass seine Roben zum Leben erwachten und ihn zur Steuerbordseite des Schiffes zogen, als hätte seine eigene Garderobe beschlossen, dass der Mann es verdiente, unter den Wellen zu verrotten. Dennoch behielt Gladdring seinen Fokus, behielt seine ernste Miene bei, als er von Bord ging, um die wartenden Kance-Soldaten zu treffen.

Ein Kance-Klipper war dem Kutter vorausgeeilt, um die bevorstehenden Wünsche der Ankömmlinge zu teilen, und die Kance waren bereit. Gepanzert und glänzend, scheinbar nicht im Geringsten von den endlosen Sturmböen gestört, standen mindestens fünfzehn Soldaten und unterstützendes Personal bereit, um das Najahn-Schiff zu begrüßen.

»Sie haben eure Königin ermordet«, waren Gladdrings erste Worte, Quik auf seinen Fersen, während die Najahn-Seeleute ihr Schiff sicherten. »Wir waren bei ihr am Ende. Sie benutzten gestohlene Skars, dieselben, die ihr in diesem Schiff finden werdet, um sie und alle, die mit ihr kamen, zu töten.«

Der Soldat, der die Anschuldigungen hörte, ein Mann von schmächtiger Statur, der von seiner Rüstung verschluckt zu werden schien, dennoch aber Gladdring mit einem schraubstockartigen Blick festhielt, zeigte keine Regung bei den Worten. Wäre er auf seine eigenen Eindrücke angewiesen gewesen, wäre Gladdring verloren gewesen.

Der Tamas-Skar sagte ihm etwas anderes, sagte, dass unter der schmalen Miene des Mannes brodelnde Wut und Alarm lagen.

»Die ganze Geschichte«, begann Gladdring, zuckte zusammen, als ihm sein eigenes Haar bei einer plötzlichen Böe in die Augen wehte, »ist nicht eine, die man hier erzählen sollte. Ihr werdet alle Beweise an Bord finden. Gefangene, um ihren gottgezeugten Plan zu befeuern, Seeleute, die nur allzu bereit sind, unter Verhören zu brechen, und Säcke voller Skars, die gebracht wurden, um zuerst die Königin und dann eure Insel zu verwüsten.«

»Aber nicht Sie«, erwiderte der Soldat. »Oder dieser hier? Dieser ... « Der Mann kniff die Augen zusammen und betrachtete Quik, wobei er Tinte entdeckte, die unter dem Gewand des Mannes hervorlugte. »Vis?«

Quik spielte seinerseits die Rolle des schweigenden Leibwächters mit wunderbarer Perfektion. Gladdring musste den Jäger bewundern: Trotz all seiner rauen

Proteste verstand der Mann, wie man das Ziel vor die persönlichen Gefühle stellte. Eine seltene Eigenschaft.

»Wir wären selbst Gefangene, wenn nicht Glück und Verzweiflung uns geholfen hätten«, antwortete Gladdring. »Die Königin ging nicht leise, sondern zerstörte ihren Kapitän und ihre Soldaten. Wir überzeugten sie, hierher zu kommen, dass ihr Leben verschont würde.«

»Wenn das, was Sie sagen, wahr ist, sind ihre Leben mehr als verwirkt.«

»So wie es sein sollte.« Gladdring nickte. »Aber, mein Freund, die Zeit drängt. Wo ist Kances zweite Königin? Krieg kommt auf eure Insel zu, und während wir Waffen bringen, werden eure Leute einen Anführer brauchen, der sie befehligt, und unser Wissen, um sie zu führen. Ihr müsst sofort Flieger aussenden und sie finden.«

Bei dieser Bitte sah Gladdring endlich ein Zucken der Augenbraue, der Blick des Soldaten wanderte über den Kutter hinaus zu unbekannten Orten. Die Zukunft, die Vergangenheit und tausend Sorgen dazwischen. Als der Mann sich gefasst hatte, winkte er mit der Hand nach links, den Kai hinunter.

»Folgen Sie mir«, sagte er, und als Gladdring, mit Quik an seiner Seite, sich in Bewegung setzte, strömten die übrigen Kance-Soldaten auf den Kutter.

Die Inseln mussten gerettet werden, und Gladdring hatte jetzt endlich die wirkliche Macht dazu. Solche Entwicklungen hatten die Eigenschaft, Gladdrings Aufmerksamkeit zu fesseln, sodass er den gegebenen Befehl weder hörte noch sah, und der heulende Wind sorgte dafür, dass er die Schreie nicht hörte.

53
WENDUNG DES ASSASSINEN

Die Zeilen kamen geschmeidig und leicht, der Schlagabtausch natürlich auf einer so hell erleuchteten Bühne, dass alles andere in den Hintergrund trat. Nur sie und Wax, in falscher feiner Kleidung, die um eine gefährliche Romanze tanzten. Klar, Eujo mag hier und da einen Takt verpasst haben, als sie sich auf ihre Schritte konzentrierte, und ja, sie ließ eine letzte Zeile über irgendeinen Verwandten fallen, der so wütend wäre, die beiden zusammen zu sehen, aber was spielte das schon für eine Rolle?

Die Kernszene ging weiter, und innerhalb weniger Minuten standen sowohl sie als auch Wax im Zentrum der Bühne. Der Höhepunkt, eine viel zurückgehaltene, viel geleugnete Unausweichlichkeit, die sie wieder und wieder geprobt hatten - Eujo errötete nicht einmal mehr -, aber in diesem Moment, hier, mit nichts als ihren Stimmen, die in das riesige Theater hallten, verlangsamte sich die Zeit. Wax ließ seine letzte Zeile verströmen, ließ die Silben verblassen, als er in Eujos Augen versank, als seine Arme ihren Rücken fanden und sie eng an sich zogen.

Ein Bandit kennt keine Liebe außer dem nächsten Raubzug, der nächsten Mahlzeit. Die Romanzen, die Kinder in ihren stillen Stunden stahlen, waren nie die ihren, stattdessen wurden sie genutzt, um einen neuen Trick zu lernen oder ein neues Opfer zu täuschen. Zeit, die für immer verloren war, als Eujo sich dem falschen, dem richtigen Rennen anschloss und mit zu viel Geschwindigkeit über die schwebenden Gärten hetzte. Sie verdiente sich ein neues Leben und gab die Chance auf Dinge wie diese auf, auf einen Kuss wie diesen.

Wax trat zurück, ließ sie los, die Szene verlangte eine plötzliche Zurückweisung, durch die Eujo sich stammelte. Die Zeilen brachen ab. Worte verschwanden für drei lange Sekunden, während sie Wax beobachtete, sein stets selbstgefälliges Grinsen wich der Sorge. Woher war er gekommen, dieser Vis Renewal, um ihr Leben auf eine Weise zu bedrohen, die sich so sehr von ihren verräterischen Wachen unterschied, von den tödlichen Stürzen, die ein Fehltritt in den Himmelsinseln bringen konnte?

Das hätte einfacher sein sollen.

»Zu viel?«, sagte Wax, eine Improvisation, die dazu diente, Eujo in die Gegenwart zurückzuholen, zu ihren weichen Sohlen auf den Holzbrettern, den leuchtenden Laternen, dem …

»Nie genug«, murmelte Eujo, sich an ihre Zeile erinnernd, »und doch unmöglich weiterzumachen. Das war ein Fehler.«

»Denkst du das wirklich?«

»Es spielt keine Rolle, was ich denke, es zählt, was unsere Welt zulassen wird.«

Sie drehte sich um, Wax sprach ihren Namen aus, erklärte eine verrückte Liebe, eine Täuschung, die ihnen ihr ersehntes Leben geben würde. Im Stück würde diese List scheitern. Außerhalb? Ohne die Ketten der Renewal?

Eujo ging ihre Schritte in gemessenem Tempo, verließ die Szene, während sie in Gedanken das Theater verließ. Eine Rückkehr nach Kance, eine Erklärung, dass die Königin einen Gemahl gefunden hatte. Wax würde mit ihr über die Klippen springen, mit ihr auf den Gleitern schweben, die schimmernden Morgen- und Abenddämmerungen auf den höchsten Gipfeln an ihrer Seite beobachten. Es gäbe keine Aegis, nur eine Reise, hell und schön zusammen. Torny und Bliss könnten sogar Rollen im Palast bekommen, der Bandit würde Eujos Sicherheit leiten, und-

Applaus. Der Vorhang fegte an Eujos linker Seite vorbei, um die Bühne und das Publikum dahinter abzuschirmen.

Eujo drehte sich um und sah Wax auf sie zukommen, nicht das Lächeln, das sie auf seinem Gesicht zu sehen gehofft hatte.

»Was ist passiert?«, fragte Wax, als er Eujo erreichte, aber er berührte sie nicht, bot nicht mehr als Sorge an.

Eine Diebin weiß, wie es ist, hintergangen zu werden, weiß, wie man Mauern zum Selbstschutz errichtet.

»Was meinst du?«, erwiderte Eujo und verschränkte die Arme.

»Die Zeilen? Dein Abgang? Du hast nie zurück-geschaut?«

»Wen kümmert's? Wir waren in Ordnung. Was konnten sie schon erwarten?«

Bevor sie Wax weiter abkanzeln konnte, öffnete sich der Vorhang erneut. Diesmal waren jedoch die Laternenschein-werfer gelöscht worden. Die einzigen verbliebenen Lichter umkreisten den Bühnenboden und schufen weniger ein brillantes Highlight als vielmehr einen sanften Ring. Hinter ihnen blockierte ein Bühnenarbeiter den Ausgang zu den

Umkleidekabinen. Die Frau, die die saubere Tunika und Hose des Theaters trug, winkte das Renewal-Paar zurück in die Bühnenmitte. Wax, immer noch stirnrunzelnd, ging voran. Eujo ging ebenfalls, die Szene noch einmal abspielend, die Patzer der Reihe nach abtuend.

Tamas skar hin oder her, man konnte nicht aus einer zufälligen Person einen Schauspieler machen. Eujo starrte diesen Trotz in die Dunkelheit, die Schatten offenbarten mehr, als sich ihre Augen anpassten.

Und dieser Trotz brach.

Hohe Sitze umringten die Bühne, fünf Reihen nach außen und ein weiteres Trio auf einem oberen Balkon. Die Sitze selbst waren mit ihren breiten Rückenlehnen und weiten Armlehnen wie Throne. Gepolsterter roter und violetter Samt zog sich über ihre Bretter, weit schöner als jedes Theater, das Eujo je zuvor gesehen hatte. Sicherlich wurde das Animas von dem Komfort hier in den Schatten gestellt, obwohl dieselben Annehmlichkeiten jede Menge einschränkten.

Andererseits schienen die Versammelten, die das Renewal-Paar beobachteten, zahlreich genug. Sie hatten ihre Sitze verlassen und verstopften die Gänge und den Zwischenraum zwischen der Bühne und der ersten Reihe. Jeder trug tiefrote Roben, jeder trug eine goldene Gesichtsplatte, eine Maske, die von der Stirn bis zum Kinn reichte, mit dunklen Löchern für Augen und Mund. Die Masken trugen auch unterschiedliche Ausdrücke, von Lächeln bis Stirnrunzeln, von Luftschnappen bis zu wilden Grinsen. Verstörend genug, aber was Wax und Eujo zu einem Ruck nach links veranlasste, kam von dem Kampf auf dieser Seite.

Torny, Bliss, beide von mehreren maskierten Tamas gepackt. Die beiden kämpften, aber starke Arme hielten ihre fest, während andere die Wächter in ihre Sitze zurück-drängten und ihnen den Mund zuhielten.

»Die Vorstellung ist noch nicht zu Ende«, verkündete eine dröhnende Stimme hinter einer der Masken, die Eujo nicht erkannte, obwohl die klare Aussprache auf eine Thea-terkarriere hindeutete. »Es bleibt noch das Finale, das Urteil. Bleibt bitte auf euren Plätzen, und euren Freunden wird nichts geschehen.«

»Wax«, sagte Eujo, als der Vis aussah, als würde er seiner Schwester nachspringen, »tu, was er sagt. Wir haben keine Waffen, und jede Erneuerung muss das durchma-chen, erinnerst du dich? Sie werden uns nicht töten.«

»Die anderen Skars hätten es gekonnt«, schnappte Wax zurück, die Fäuste an seinen Seiten geballt. »Jede einzelne Insel will ihre Helden töten.«

»Wir wollen keinen von euch töten«, antwortete die Stimme, und Eujo verfolgte ihren Klang zur Mitte der Bühne, gleich hinter den Laternen. Eine gerade Maske, ohne wirklichen Ausdruck. »Tatsächlich wollen wir euch gratulieren.«

Während er sprach, schwebten die maskierten und verhüllten Gestalten die kleinen Treppen an den Seiten der Bühne hinauf, ihre Schritte so geschmeidig, dass sie zu schweben schienen, als sie Wax und Eujo in einen losen Kreis einschlossen.

»Dir, Vis«, sprach die tiefe Stimme erneut, »bieten wir einen Pass und einen der geschätzten Skars unserer Insel an. Du hast dein Herz in deine Darbietung gelegt, du hast deine Einsätze getroffen, du hast deine Zeilen mit Gefühl gesprochen. Dafür hast du unseren Respekt und unseren Wunsch für deinen Erfolg verdient, Erneuerung hin oder her.«

Eine der verhüllten Gestalten in der Nähe von Wax zog

eine goldene Tafel hervor, genau wie die, die Eujo und Torny gestohlen hatten, und reichte sie Wax, der sie hielt, als wäre der Pass ein seltsames Wesen.

»Siehst du?«, flüsterte Eujo. »Nichts Schlimmes.«

»Leider«, dröhnte die Stimme und übertönte Wax' Antwort, »kann dasselbe nicht von deinem Gegenüber gesagt werden. Es wurden Fehler gemacht, die weniger der Komplexität der Szene geschuldet waren als einem Mangel an Vorbereitung, einem Mangel an Stolz, einem Mangel an Fokus. Wir verweigern dir, Erneuerung, einen Pass und einen Skar. Stattdessen sollst du, um dich an deinen Mangel an Engagement zu erinnern, deine Fehler tragen, solange du lebst.«

Die scharlachroten Roben wallten, schwarzbehandschuhte Hände zogen fingerlange goldene Nadeln hervor. Die Spitzen fingen das Laternenlicht ein und flackerten wie Sterne, als sie sich Eujo näherten.

»Was?«, sagte Eujo, drehte sich um und griff nach ihrem Armband mit den Skars, nur um festzustellen, dass es fehlte. Sie hatten die Dinge – Wax seine Halskette, sie das Armband – für die Szene abgenommen, und beide warteten in einer verschlossenen Box in der Garderobe. »Ich verstehe nicht-«.

Eine erste freie Hand griff in völliger Stille nach Eujos Arm. Die Königin riss ihn zurück, versetzte der verhüllten Gestalt einen Tritt gegen die Schienbeine und brachte den Mann oder die Frau in die Hocke. Eine andere Hand packte ihr linkes Handgelenk, und fluchend bewegte sich Eujo, um sie wegzuschlagen, nur damit Wax es für sie tat, indem der Vis die Hand wegriss und den Angreifer zurückstieß. Eujo nutzte die Gelegenheit und folgte dem Stolpern, um dieselbe verhüllte Person anzugreifen, packte die nadelführende Hand und riss das Werkzeug frei. Der kleine Kratzer, den sie sich dabei zuzog, war es wert, als sie die Nadel wie ein Schwert schwang und sie auf die zögernde Menge um sie herum richtete.

Das waren alles Schauspieler, oder? Keine Kämpfer? Wie mutig konnten sie sein?

»Halt«, sprach die dröhnende Stimme wieder, nicht ganz so ruhig wie zuvor. »Du willst den Skar, du zahlst den Preis. Du ehrst unsere Traditionen, oder du lernst für deinen Mangel an Respekt. Das ist keine Wahl. Greif noch einmal an, und wir werden dir deine Wächter wegnehmen.«

Dass das Letzte eine improvisierte Drohung zu sein schien, war offensichtlich, und Eujo stürzte sich darauf, indem sie sich neben Wax zurückzog.

»Ihr scheint nicht der Typ für Mord zu sein«, fauchte Eujo zurück. »Wie wäre es, wenn wir es dabei belassen? Ich verspreche, über meine schlechte Darbietung nachzudenken, und ihr lasst uns alle frei gehen, wobei ihr eure Augen als Pfand behaltet.«

»Oh«, sagte die Stimme amüsiert. »Wir werden sie nicht töten. Tamas hat andere Verwendungen für seine Gefangenen. So viele Kostüme zu weben, so viel Ale zu brauen. Ihre Leben werden der Insel gehören, ja, aber sie werden sie dennoch leben.«

»Und ich dachte, Tamas würde die einfache Insel sein«, murmelte Wax.

»Keine von ihnen ist einfach«, erwiderte Eujo und wandte sich dann mit erhobener Stimme an die Roben. »Lasst eure verdammten Hände von mir und meinen Wächtern.«

Ihre Worte missachtend, stürmten die Roben vorwärts. Wax fluchte, Eujo richtete die Nadel auf eine herannahende Maske und stach zu, nur damit die kippende Gesichtsplatte den Schlag ablenkte. Arme packten Eujos Schultern, ihre Handgelenke, ihre Knöchel, ihren Hals. Eine Hand legte sich über ihren Mund. Sie versuchte zu treten, als ihre Ärmel, ihre Hosenbeine hochgezogen wurden, ihr Körper auf die Bühnenbretter gedrückt wurde. Diese goldenen Gesichtsplatten ragten auf, Nadeln senkten sich, um die ersten Zeichen zu setzen.

Sie wollte schreien, aber der Ruf, der durch das Theater hallte, kam nicht von Eujo.

»Lasst sie los«, rief Livier, die förmliche Ausdrucksweise des Mannes von todsicherer Gewissheit untermalt, »oder ich werde euch alle Glied für Glied zerlegen.«

Der Angriff zögerte, obwohl die Griffe Eujo immer noch festhielten.

»Neuigkeiten kommen von Kance«, fuhr Livier fort, seine sich nähernde Stimme machte den Gang des Attentäters den zentralen Gang des Theaters hinunter deutlich. »Die Himmelsinsel hat eine ihrer Königinnen verloren. Die verbleibende liegt vor euch, und jeder Schaden an ihr wird unsere Rache nach sich ziehen.«

Jetzt ließen die Hände sie los. Sie traten zurück und weg, räumten zur Seite der Bühne. Eujo setzte sich auf, sah den erschöpften Attentäter von Kance seinen humpelnden Weg nahe der Bühne machen, Daklin an der Seite des Mannes, ihn mit grimmigem Gesicht stumm stützend. Livier sank auf ein Knie, nickte Eujo zu.

»Kance gehört allein Euch, meine Königin, und Krieg steht an ihren Ufern.«

———

Die Sieben Inseln sind im Krieg.

Wax und Eujo, verfolgt von Attentätern und Soldaten

gleichermaßen, machen sich auf den Weg zur Turmspitzen-insel Kance, um sich auf eine Invasion vorzubereiten. Sie erwarten einen Ansturm von Metall und Magie, aber die Wahrheit ist etwas viel, viel Schlimmeres. Unter der Erde marschiert eine Armee, wie die Inseln sie noch nie gesehen haben, in Richtung Kance, mit ihrem eigenen Überleben auf dem Spiel. Wenn sie gewinnen, können die Unholde sich selbst vor ihrer zusammenbrechenden Heimat retten.

Sie können nicht, werden nicht verlieren.

Setzen Sie Die Sieben Inseln-Reihe fort mit *Der Krieg der Winde*:

DANKSAGUNG

Es gibt diese Vorstellung, dass Schreiben ein einsamer Akt sei, aber das könnte nicht weiter von der Wahrheit entfernt sein. Jeder Schriftsteller ist auf Freunde, Familie und ja, auch auf die Leser angewiesen, um seine Geschichten weiter zu spinnen.

Insbesondere möchte ich meiner Frau Nicole danken, deren grenzenlose Liebe und Ermutigung jeden Tag heller machen. Meinen Brüdern Jonathan, Justin und Matthew sowie meinen Eltern Bob und Mary, die mir helfen, ein Lächeln im Gesicht zu behalten.

Und natürlich all euch Lesern, die dieses Leben möglich machen.

Danke.

ÜBER DEN AUTOR

A.R. Knight schreibt Science-Fiction und Fantasy im eisigen Norden von Wisconsin. In Begleitung zweier Katzen taucht er gerne in Abenteuer ein, die sich ebenso um den Bösewicht wie um den Helden drehen.

Nachdem er einen Abschluss in Journalismus gemacht und das Land bereist hatte, um Healthcare-Software zu installieren, dachte A.R. Knight, es wäre gut, zu dem zurückzukehren, was er liebte. So hat er jetzt ein kleines Büro und frühe Morgenstunden, um all die Geschichten zu spinnen, die seiner Fantasie entspringen.

Wenn A.R. Knight nicht gerade schreibt, reist er gerne überall hin, ob das nun Inseln vor der Küste Ecuadors sind, der Regenwald, Snowboarden in den Rocky Mountains oder Whisky-Genuss in Edinburgh. Das ist das Schöne am Schriftstellerleben, man kann es überall hin mitnehmen.

Um ihn zu kontaktieren oder zu sehen, was er gerade macht, besuchen Sie www.blackkeybooks.com

Für Holly und Ryan

Copyright © 2025 bei A.R. Knight

Alle Rechte vorbehalten.

ISBNs:

E-Book - 979-8-88858-286-2

Taschenbuch - 979-8-88858-287-9

Veröffentlicht von Black Key Books

Dieses Buch oder Teile davon dürfen ohne die ausdrückliche schriftliche Genehmigung des Verlags in keiner Form und auf keine Weise reproduziert oder verwendet werden, außer für die Verwendung kurzer Zitate in einer Buchrezension.

Dies ist ein Werk der Fiktion. Jede Ähnlichkeit zwischen den Charakteren und Situationen auf diesen Seiten und real existierenden Orten oder Personen, lebend oder tot, ist unbeabsichtigt und zufällig.

www.blackkeybooks.com

www.ingramcontent.com/pod-product-compliance
Lightning Source LLC
Chambersburg PA
CBHW061042310726
48969CB00004B/1049